BASTEI
LÜBBE
TASCHENBUCH

JASON DARK

Die Welt des

JOHN SINCLAIR

WERWOLF-FEST UND ZOMBIE-TERROR

DREI SPANNENDE KULTGESCHICHTEN

BASTEI LÜBBE
TASCHENBUCH

BASTEI LÜBBE TASCHENBUCH
Band 73 983

1. Auflage: März 2010

Vollständige Taschenbuchausgabe

Bastei Lübbe Taschenbuch
in der Bastei Lübbe GmbH & Co. KG

Lektorat: Rainer Delfs
Titelbild: iStockphoto/Hans Proppe, Shutterstock/Joel Calheiros
Umschlaggestaltung: Kirstin Osenau
Satz: Wildpanner, München
Druck und Verarbeitung: Norhaven A/S
Printed in Denmark
ISBN 978-3-404-73983-7

Inhalt

LUPINAS TODFEIND

Stocksteif lag Jane Collins am Boden. Ihre Hände hatte sie gegen das feuchte Gras gepresst. Wenn sie den Blick senkte und an ihrem Mund vorbeischielte, sah sie die blanke Messerklinge, die dicht vor ihrer Kehle zitterte. Eine falsche Bewegung ihrerseits, und Al Astor würde zustoßen!

Der Mann hockte auf ihr. Er nagelte sie mit seinem Gewicht am Boden fest, sodass sich die Detektivin nicht rühren konnte. In seinen Augen lag eine tödliche Entschlossenheit, denn Jane Collins und der Chinese Suko hatten ihn sowie die blonde Frau bei einem verdammt schmutzigen Rauschgiftgeschäft überrascht, noch bevor die beiden Männer mit einem Wagen der Marke Citroën aufgetaucht waren.[1]

Während Jane noch immer von Al Astor bedroht wurde, schaute sich der Chinese die Kerle an.

Einer war etwas untersetzt und trug auf der Oberlippe ein kleines Bärtchen. Sein Blick wieselte von einem zum anderen, und er sah aus, als hätte ihn die Szene völlig aus dem Konzept gebracht.

Der zweite Mann erinnerte Suko an einen Südländer. Dunkler Teint, schwarze Haare, ein zynisch verzogener Mund – und die Hand in Nähe der Waffe.

»Was ist hier los?«, fragte der mit dem Schnäuzer. Er schaute die blonde Silva dabei an. Wahrscheinlich akzeptierte er sie als Chefin.

»Wir hatten eine kleine Auseinandersetzung, Roland.«

»Wieso?« Die Frage stellte der Schwarzhaarige.

»Halt dich da raus, Paretti.«

»Langsam, Foucert, es geht auch um mein Geld.«

»Ja, das weiß ich.« Roland Foucert, hauptberuflich Rektor eines Internats, schüttelte wütend den Kopf. »Es wird ja alles klargehen, oder täusche ich mich da?«

---

1 Siehe »Die Welt des John Sinclair« Band 73 982: »Die Mordliga greift an«

»Du täuschst dich nicht«, erwiderte die Blonde.

»Prima, dann erzähl mal.«

»Der Chink und die Süße sind Konkurrenten von uns. Sie wollten uns den Stoff abnehmen.«

Foucert lachte. »Wirklich?«

»Sie sagen es.«

Da drehte sich der Mann um. Er starrte Suko an. Seine Nasenflügel blähten sich, die Mundwinkel verzogen sich nach unten. »Wer bist du?«

»Ein Geschäftsmann.«

Foucert nickte. »Freut mich. Aber es freut mich weniger, dass du dich in meine Geschäfte mischst. Da werde ich dir gleich mal einen kleinen Denkzettel verpassen.« Er griff unter seine Jacke und holte einen Metallstab hervor, der an seinem Ende einen Gummigriff hatte. »Für jede dumme Antwort verpasse ich dir damit eine«, sagte er. »Wie gefällt dir das, du mieser gelber Bastard?«

Suko hob die Schultern.

Nur einen kurzen Augenblick später kassierte er den ersten Treffer. Es war kein harter Hieb, nur ein Streicheln, doch das hatte es in sich, denn der kurze Stock mit dem Gummigriff war elektrisch aufgeladen, und Suko spürte den Stromstoß bis in die Zehenspitzen.

»War es schön, Bastard?«, zischte Foucert.

»Gar nicht. Behandeln Sie Ihre Schülerinnen auch immer so, Meister?«

»Wenn's sein muss.« Da musste Suko den nächsten Hieb hinnehmen.

Hart presste der Chinese die Lippen zusammen. Kein Wort drang aus seinem Mund.

»Und jetzt zu den Fragen, Gelber! Was hast du hier gewollt?«

»Den Stoff.«

»Wer gibt dir das Recht, ihn dir zu nehmen?«

»Ich selbst.«

»Das ist meine Domäne. Wie bist du überhaupt darauf gekommen, dass hier Stoff zu holen ist?«

»Ich habe es erfahren!« Im nächsten Augenblick krümmte sich Suko abermals. Der Schlag hatte ihn gegen die Hüfte getroffen. Diesmal mit stärkerer Dosis.

Foucert trat zu.

Der Schuh hätte Sukos Gesicht zerdrückt, doch da reagierte der Chinese. Mit einer Hand umfasste er den Knöchel, eine blitzschnelle Drehung, und Foucert lag auf dem Boden. Er fiel mit dem Gesicht zuerst ins Gras. Seine Zähne hackten in den Boden.

Paretti reagierte sofort. Er war ein Meister im Ziehen der Waffe. Plötzlich hielt er einen 45er Smith & Wesson in der Hand, schwenkte seinen Arm über die Kühlerschnauze und schoss.

Die Kugel riss Suko beinahe das linke Ohr weg. Mitten in der Bewegung erstarrte er.

»Die nächste bekommst du zwischen die Augen, Gelber!«, warnte Paretti. Sein Französisch hatte einen harten, rollenden Klang. Wahrscheinlich stammte der Mann aus Italien.

Suko hob die Arme. Sie schmerzten noch immer. »All right, Mann, aber du hättest es auch nicht gern, wenn man dich auf diese Weise kitzelt.«

»Stimmt.« Paretti grinste.

Sein Partner war inzwischen aufgestanden. Gebückt blieb er stehen und schüttelte den Kopf. Von der Seite her schielte er auf Suko. Den heimtückischen Schlagstock hielt er noch immer fest.

Und dann explodierte er. Aus dem Stand drosch er zu. Sein Arm wurde lang, Suko hätte ausweichen können, aber da war noch das Mündungsloch, aus dem jeden Augenblick die tödliche Kugel fahren konnte.

Er nahm den Schlag voll.

Suko spürte ihn dicht unter der Kinnspitze, dann schien sein Kopf in tausend Stücke zu zerplatzen. Wie ein gefällter Baum fiel er um.

»So«, sagte Roland Foucert nur, »das hätten wir!«

»Ist er tot?« Die Stimme der Blonden klang gelangweilt.

Der verbrecherische Schulleiter grinste. »Wenn er ein schwaches Herz hat, ja. Ansonsten wird er es überleben.«

»Hoffentlich.«

»Wieso?«

»Weil ich ihn als Opfer ausersehen habe.«

Foucert kraulte seinen Nacken. »Opfer?«

»Ja, um Mitternacht beginnt das Fest. Wenn ihr etwas sehen wollt, dann bleibt ruhig.«

Foucert hob die Schultern. »Na ja, die Bullen sind weg, und dieser Knilch aus England wird sich allein vergnügen.«

Silvas Augen verengten sich. Jetzt glichen sie noch mehr denen von Raubtieren. »Was heißt hier Bullen und Knilch aus England?«

»Eine Schülerin ist umgebracht worden.« Foucert deutete auf die Wölfe. »Die Leiche sah aus, als wären deine Tierchen die Mörder. Ich kann viel ertragen, aber das war zu viel. Wirklich.«

»Hat man denn den Täter?«

»Nein. Vielleicht ein Irrer.«

Da lachte Silva. »Das glaube ich nicht, aber mit den Wölfen, mein Lieber, liegst du gar nicht so verkehrt. Es ist wirklich alles ein tolles Zusammentreffen. Du als Dealer, der alte Familienfluch, das wird die Nacht der heulenden Wölfe.«

»Verstehe ich nicht.«

»Wirst du noch, mein Junge. Ganz sicher sogar. Aber da ist etwas anderes. Dieser Mann aus England, was hat es mit dem auf sich?«

»Irgend so ein Typ, der sich unser Internat ansehen will. Eigentlich harmlos.«

»Wie sieht er aus?«

»Ziemlich groß. Blonde Haare.«

»Und die Augen?«

»Grau bis blau. So genau habe ich ihn nicht gesehen.«

»Wie heißt er?«, wollte Silva wissen.

»John Sinclair.«

»Verdammt, das ist er!« Die Blonde stampfte mit dem rechten Fuß hart auf. »Das ist der Typ von der Fähre. Hier braut sich etwas zusammen, Freunde. Es ist gut, dass ihr hier seid. Man kann keinem mehr trauen.«

»Rechnest du mit einer Gefahr?«

»Möglich.«

»Ich muss aus dem Spiel bleiben«, sagte Foucert, »denk an meine Stellung.«

»Keine Angst, in der nächsten Nacht wird sich alles entscheiden, glaub mir.«

»Da bin ich gespannt. Und jetzt?«

»Gehen wir in die Burg.«

»Sollen wir den Chink mitnehmen?«

»Natürlich. Wozu haben wir denn unsere ausbruchsicheren Verliese auf der Burg?«

»Stimmt auch wieder.«

Silva drehte sich um. »Du, Al, kümmerst dich zuerst um unsere kleine Freundin. Dann kannst du mit Foucert und Paretti dein Geschäft abwickeln.«

»Geht in Ordnung.«

Die beiden Dealer beschäftigten sich mit Suko. Damit hatten sie ihre liebe Mühe.

Es war ihnen fast unmöglich, den schweren Mann auf die Füße zu hieven. Silva sah es, schüttelte den Kopf und beschimpfte die Männer als Schwächlinge.

Paretti lief noch roter an. »Ich zeig dir gleich, Süße, wer hier ein Schwächling ist.«

»Mensch, halt die Schnauze!«, zischte Foucert. »So schnell kannst du gar nicht sein, wie die Wölfe dich zerreißen.«

Da hielt der Kerl den Mund.

Silva half selbst mit. Zu dritt schafften sie es, Suko auf die Beine zu stellen. Unter Aufbietung aller Kräfte schleppten sie den Chinesen in die Burg.

Dort zeigte ihnen Silva den Weg zu den Verliesen.

Jane Collins hatte die letzten Minuten zwar bewegungslos am Boden liegend verbracht, aber trotzdem alles gehört. Für sie war es schlimm, so hilflos zu sein, aber sie konnte nichts unternehmen, Al Astor blieb wachsam.

Janes Glieder waren eingeschlafen. Zuerst hatte sie noch das Kribbeln gefühlt, dann war auch das vorbeigegangen. Ihre Adern schienen mit Blei gefüllt zu sein.

»Hoch mit ihr!« Silvas Stimme erklang. Die Blonde stand im breiten Eingangsportal und winkte.

Astor nickte. »Hast du nicht verstanden?«, zischte er Jane zu. »Steh auf!«

»Ich kann nicht.«

Astor kicherte. Sein Gesicht nahm einen verschlagenen Ausdruck an. »Willst du mich reinlegen?«

»Nein, aber meine Beine sind eingeschlafen!«

Der Mann trat zurück. »Okay, mach deine Gymnastik. Ich warte so lange, aber keine Tricks.«

Silva wollte wissen, was los war, und der Mann sagte es ihr.

»Aber nicht zu lange!«, rief das Weib.

»Nein, nein.«

Janes Chancen standen zwar noch immer mies, aber besser als vor ein paar Minuten. Da waren es zwei gefährliche Männer mehr gewesen, die auf sie achteten.

Jetzt nur noch Al Astor, denn die Blonde war ebenfalls verschwunden. Und die Wölfe natürlich.

Sie durfte man auf keinen Fall unterschätzen. Auch wenn sie so scheinbar desinteressiert herumliefen, achteten sie doch auf jede Bewegung.

Jane sah zu, dass sie sich immer mehr dem Citroën näherte. Der Schlüssel steckte, den Wagen konnte sie fahren. Wenn sie erst hinter dem Lenkrad hockte und die Türen verriegelt hatte, waren ihre Chancen gestiegen.

Jane Collins war körperlich fit. Auch ihre eingeschlafenen Glieder brachte sie schnell wieder unter Kontrolle. Es kribbelte kaum noch, wenn sie sie bewegte, aber das brauchte Al Astor nicht unbedingt zu wissen.

»Los, beeil dich!«, fauchte er.

»Ja, ich …«

Astor schüttelte den Kopf. »Keine Ausreden mehr, sonst kitzle ich dich mit meinem Messer.«

Jane nickte. Dabei taumelte sie etwas zur Seite. Und zwar in die Richtung, wo der Citroen stand.

Al Astor wollte sich das Spiel nicht länger mit ansehen. Er lief auf die Detektivin zu und dachte, leichtes Spiel zu haben.

Genau das hatte Jane bezweckt.

Als der Kerl seinen rechten Arm hob, da reagierte Jane wie eine vorschnellende Klapperschlange …

Ich lag in einem gläsernen Sarg!

Ja, Freunde, es war kein makabrer Witz, sondern eine verdammte Tatsache. Meine Gegner hatten mich in einen luftdicht verschlossenen Sarg gesteckt und ihn in das gefüllte Becken eines Swimmingpools geworfen.

Ich vernahm kein Klatschen, kein Gluckern. Der Sarg trudelte in einer absoluten Stille dem Grund des Pools entgegen.

Sacht, beinahe schwebend kam er auf. Das Fußteil berührte zuerst den Boden, dann stand der Sarg mit seiner gesamten Länge auf Grund.

Ich hatte die Augen aufgerissen und schaute durch den gläsernen Deckel nach oben.

Da war eine türkisfarbene, wogende Fläche, in der sich kleine Schaumstreifen zu Blasen auflösten, die wiederum der Oberfläche entgegenperlten und dort zerplatzten.

Meine Gegner sah ich nicht mehr. Sie standen wahrscheinlich am Beckenrand und schauten mir zu, wie ich bewegungslos in der engen Totenkiste lag und mich nicht rühren konnte.

Wie lange hielt die Luft?

Würde sie tatsächlich für die Zeit reichen, die ich in diesem Sarg verbringen musste? Dass man mich hier nicht sterben lassen wollte, hatte ich gehört. Man würde mich zu einem anderen Platz schaffen, wenn die Nacht hereingebrochen war. Um mich bis dahin aus dem Weg zu haben, hatte man mich in diesen Sarg gesteckt.

Ein Gefängnis, das mir überhaupt nicht gefiel, auch wenn es nicht stockfinster war wie in den anderen Särgen, in denen ich schon gelegen hatte.

Zudem hatte ich Angst, dass die Gummidichtung zwischen den beiden Teilen doch nicht so dicht war und Wasser eindringen konnte. Dann würde ich elendig ertrinken.

Ich atmete nur sehr flach. Dabei trachtete ich danach, so wenig Sauerstoff wie möglich zu verbrauchen.

Drei Personen hatten mich in den Sarg gelegt. Ein Mann, der in der Schule unter dem Namen Marcel Vendri als Lehrer arbeitete, in Wirklichkeit jedoch Vasely mit Nachnamen hieß, wie auch die schöne Jovanka. Und auch Lupina, die Königin der Wölfe, war dabei gewesen.

Zuvor hatte ich jedoch erfahren, dass auf einer Burg in der

Nähe ein großes Treffen stattfinden sollte. Die Vaselys, lange getrennt, hatten wieder zueinander gefunden. Und Lupina sollte die Anführerin der Sippe werden. Man erwartete auch noch eine dritte Person. Die hatte ich bereits kennengelernt. Es war die Blonde von der Fähre, die mit ihren Wölfen durch die Lande zog, von denen ich einen getötet hatte.

Man hatte mir meine Beretta weggenommen. Geblieben waren mir das geweihte Kreuz, der Dolch und auch die magische Kreide, die ich sicherheitshalber eingesteckt hatte.

Wie es aussah, würde ich in der nächsten Zeit wohl kaum dazu kommen, die Waffen einzusetzen. Als ich an das Kreuz dachte, schoss mir eine Idee durch den Kopf.

Ich zog es unter dem Hemd hervor und legte es offen auf meine Brust. Jetzt würden sich einige Leute wundern, wenn sie mich aus dem Sarg holten.

Das Glas beschlug. Kleine Tröpfchen bildeten sich dort, wo mein Atem gegen den gläsernen Deckel schlug. Auch das Wasser hatte sich wieder beruhigt, der Sarg schaukelte ebenfalls nicht mehr. Er stand still auf dem Grund.

Es war wiederum einige Zeit vergangen, als ich schemenhaft über mir eine Bewegung wahrnahm.

Kamen sie jetzt zurück?

Dann klatschte etwas ins Wasser. Das Klatschen hörte ich zwar nicht, aber ich bemerkte, dass das Wasser aufgewühlt wurde, wie Wellen entstanden, und auch mein Sarg schwankte ein wenig.

Etwas Längliches, Dunkles sackte langsam in die Tiefe und näherte sich dem Grund.

Nicht nur ihm, sondern auch meinem Sarg. Es sah ganz so aus, als würde der Gegenstand auf den Deckel fallen.

Gegenstand?

Nein, ein Gegenstand war es nicht, sondern ein Mensch. Er sah aus wie eine Puppe, und als er sich jetzt unter Wasser aus irgendeinem Grund drehte, schaute ich direkt in das Gesicht.

Ich hatte es bereits einmal gesehen. Hinter dem Sichtfenster der Waschmaschine hatte es mich angestarrt.

Der Schreck fuhr mir in die Glieder. Es war wirklich keine Freude, mit so etwas konfrontiert zu werden. Ein makabrer Anblick, der mir nicht erspart blieb und mich an mein eigenes Schicksal erinnerte. Würde es mir bald auch so ergehen?

Die Leiche trudelte weiter. Arme und Beine seltsam verrenkt und verdreht, die Augen weit aufgerissen, und auch der Hals saß nicht mehr so, wie er sollte.

Man hatte dem Mann das Genick gebrochen!

Ich merkte, wie sich ein dicker Kloß in meinem Magen bildete. Vielleicht gibt es Menschen, die sehr abgebrüht sind und denen so ein Anblick nichts ausmacht. Ich auf jeden Fall bin es nicht. Mir ging dieses Bild durch und durch.

Im Zeitlupentempo wurde der Tote nach unten gedrückt und berührte jetzt den Sarg. Quer fiel die Leiche darüber. Wenn ich nach links schielte, sah ich die herabhängenden Arme. Da sich das Wasser noch nicht beruhigt hatte, klatschten die bläulich schimmernden Hände in unregelmäßigem Rhythmus gegen die gläserne Wand. Dann wurde der Tote aus irgendeinem Grund angehoben und rutschte mit dem Kopf zuerst an der Sargwand entlang.

Die Arme knickten weg, als sie den Boden berührten. Ein letztes Mal sah ich das entstellte Gesicht, in dem noch das Entsetzen und die Angst zu lesen waren, die dieser Mensch in den letzten Sekunden seines Lebens empfunden haben musste.

Dann blieb die Leiche neben dem Sarg auf dem Boden liegen. Allerdings nur für einen kurzen Augenblick. Der Auftrieb des Wassers brachte sie langsam wieder in die Höhe.

Meine Gegner waren wirklich Ausgeburten der Hölle. Sie hatten ihr wahres Gesicht gezeigt.

Das Erscheinen der Leiche hatte mich für einige Zeit von meinen eigenen Problemen abgelenkt. Umso deutlicher wurde ich jetzt wieder daran erinnert.

Der Luftvorrat neigte sich langsam aber sicher dem Ende entgegen. Noch konnte ich atmen, aber ich hatte längst gemerkt, dass der Sauerstoffgehalt reduziert worden war. Ich musste immer tiefer einatmen, um meine Lungenflügel zu versorgen.

So kam auch die Angst.

Ich befahl mir selbst, Ruhe zu bewahren. Nur nichts überstürzen, nur keine zu große Panik, das hatte alles keinen Zweck. Wenn ich jetzt durchdrehte, half mir das überhaupt nichts.

Deshalb blieb ich steif liegen.

Je mehr Zeit verging, umso unruhiger wurde ich innerlich. Schon bald kostete es mich eine fast übermenschliche Anstrengung, ruhig liegen zu bleiben. Am liebsten hätte ich gegen die Innenwände getrommelt und geschrien.

Das half nichts. Durch solche Reaktionen brachte ich mich nur noch mehr in Gefahr. Denn dann würde ich schneller sterben.

Der Tote stieg weiter der Oberfläche entgegen. Er schwebte bereits über dem Sarg. Die dicken Scheiben verzerrten sein Bild zu einem grotesken Schatten.

Für mich wurde es schlimm.

Es ist ein Irrtum zu glauben, dass es am schlimmsten ist, wenn einem zwei oder drei Zombies gegenüberstehen. Das ist zwar auch arg, aber da kann man sich noch wehren. Dieser Horror hier war wie ein schleichendes Gift, das langsam immer stärker wirkte, bis es zu einer regelrechten Explosion kam.

Ich atmete jetzt schwer und keuchend. Auch mein Gedächtnis wollte nicht mehr so recht funktionieren. Noch einmal rief ich mir die Szene zurück.

Hatten Lupina und ihre Komplizen nur geblufft, als sie über die nächste Nacht sprachen, in der sie mich töten wollten, oder wollten sie mich als Toten dorthin schleppen?

Diese Frage wurde für mich zu einer quälenden Folter. In meiner Verzweiflung zog ich sogar die Beine an und stemmte die Knie gegen die Unterseite des Sargdeckels. Vielleicht schaffte ich es so, den verdammten Deckel zu lösen.

Es war ein reiner Wunschtraum. Das Wasser über mir übte einen viel zu starken Druck aus. Hinzu kam noch die Gummileiste, die die beiden Sarghälften festhielt.

Das hätte selbst Herkules nicht geschafft.

Erschöpft blieb ich auf dem Rücken liegen. Weit hatte ich den Mund aufgerissen. Dabei kam ich mir vor wie ein Fisch, den man aus seinem Element genommen und aufs Trockene geworfen hatte.

Luft! Himmel, wann bekam ich denn endlich wieder Luft!

Meine Chance schwanden. Ich musste mich mit meinem Schicksal abfinden. Es lag in den Händen meiner Feindin Lupina. Von allein konnte ich nichts mehr tun …

Marcel Vasely hatte die Leiche in den Pool geworfen. Er und seine Schwester sahen zu, wie sie langsam versank. Dann machten sie kehrt und verließen den Raum.

»Und dieser Sinclair?«, fragte Jovanka.

Ihr Bruder hob die Schultern. »Das soll Lupina entscheiden. Meinetwegen kann er verrecken.«

Die letzten Worte hatte Lupina gehört, denn sie wartete draußen im Gang. Sie lachte. »Ja, ihr habt recht, auch ich sehe ihn lieber tot als lebendig.«

»Dann lassen wir ihn im Sarg?«

»Nein.«

»Und warum nicht?«, fragte Marcel.

»Das versteht ihr nicht«, antwortete Lupina. Ein Schleier schien sich für einen kurzen Augenblick über ihre ansonsten kalten Raubtieraugen zu legen. »Mit Sinclair und mir ist das eine Sache für sich. Er war selbst einmal ein Werwolf.«

»Was?«, fragten die beiden wie aus einem Mund.

»Ja, Marvin Mondo, der Monstermacher, hat ihm ein Serum eingeimpft. Sinclair wurde zu einem Wolf. Er traf mich, und er hat sich sogar in mich verliebt.« Sie lachte. »Wenn ich daran denke, dass er dann noch um mich gekämpft hat! Wirklich, denn ich hatte Bedingungen gestellt. Wenn er mich endgültig besitzen wollte, dann musste er zuvor einige Konkurrenten aus dem Weg räumen. Er hat es geschafft. Er hat sie alle in die Flucht geschlagen.«

»Und dann?«, fragte Jovanka flüsternd.

»Kamen seine Freunde. Sie haben ihn mir genommen. Ich musste fliehen, denn Sinclairs Freunde waren gut bewaffnet. Sie besaßen mit geweihten Silberkugeln geladene Waffen, und einer brachte Sinclairs Kreuz mit. Dagegen sind wir machtlos. Ich floh und wurde von Doktor Tod in seine Mordliga aufgenommen.«

»Sinclairs Pistole haben wir jetzt«, sagte Marcel und lachte.

Lupina warf ihm einen kalten Blick zu. »Lass dir nie einfallen, die Mündung auf mich zu richten!«, warnte sie.

»Nein, nein, willst du die Waffe haben?«

»Behalte sie nur!«

»Und warum soll dieser Mann noch länger leben?«, wollte Jovanka wissen.

»Das ist aus dem besonderen Verhältnis zwischen uns beiden heraus zu erklären. Ich will ihn leiden sehen, denn er hat mir die schlimmste Schmach angetan, die es gibt. Deshalb soll

Sinclair alle Höllen durchleben, und dann werden wir ihm den Todesstoß versetzen. Er wird an unserem Treffen teilnehmen und erkennen, wie stark die Werwölfe sein können.«

»Da bin ich nur gespannt, was Silva dazu sagt«, meinte Marcel Vasely.

»Silva hat sich unterzuordnen!«

»Kennst du sie?«, fragte der angebliche Lehrer.

»Nein.«

»Dann lass dir gesagt sein, dass sie ihren eigenen Kopf hat. Sie lässt sich nichts sagen, das hat auch unsere Familie spüren müssen. Glaub mir.«

»Ich bin die Königin der Wölfe!«, rief Lupina. »Und mir allein hat sie zu gehorchen.«

»Wir werden sehen.«

Jovanka hatte sich von den beiden getrennt. Sie war zur Treppe gelaufen. Dort achtete sie darauf, dass sie im Keller nicht gestört wurden.

Nach einer Weile kehrte sie zurück.

»Was ist los?«, fragte Marcel.

»Die Polizisten sind weggefahren.«

»Das ist gut.«

»Man wird dich vermisst haben, Bruder.«

Marcel winkte ab. »Was spielt das noch für eine Rolle, bei dem, was auf dem Spiel steht?«

»Ist die Schule jetzt leer?«, wollte Lupina wissen.

»Bis auf die Schülerinnen.«

Die Augen der Wölfin leuchteten auf. »Also wären die Mädchen Opfer für uns.«

»Wenn man es so sieht, ja«, gab ihr Marcel recht.

»Hast du dir schon welche geholt?«

Der Werwolf lachte. »Nicht hier«, sagte er leise. »Es war mir zu gefährlich, ich wollte erst die Zeit abwarten. Ich bin weggefahren und habe in anderen Teilen des Landes getötet.«

»Und dieses Mädchen, das gefunden wurde?«

»Die Kleine geht tatsächlich auf mein Konto. Sie hatte sich unsterblich in mich verliebt. Ich brachte sie sogar so weit, dass sie den Mond anbetete. Dann brachte ich Jovanka mit. Die Kleine wurde schrecklich eifersüchtig, denn sie dachte, dass Jovanka meine Geliebte wäre, und wollte sie umbringen. Wir kamen ihr zuvor.«

»Dummes Weib!« Marcel nickte.

»Allerdings wird sich nun die Polizei auf unsere Spur setzen«, meinte Jovanka. »Auch die Einwohner von Graveline sind aufgescheucht worden. Sie haben unsere Großmutter getötet, aber sie wissen, dass noch mehr Wölfe existieren. Sie werden sich zusammenrotten und uns jagen.«

»Bis dahin ist alles vorbei«, erklärte Lupina. »Nein, Freunde, Angst brauchen wir nicht zu haben.«

Die Worte hatten die Geschwister beruhigt. Alle drei blieben weiterhin im Keller.

Schließlich sagte Lupina: »Es ist Zeit. Wir wollen sehen, wie es John Sinclair geht.« Dabei lachte sie, und die Geschwister stimmten mit ein.

»Meinetwegen kann er erstickt sein«, flüsterte Marcel, allerdings so leise, dass Lupina ihn nicht verstand.

Mit zehn Fingern hielt Jane Collins das Messergelenk dieses Al Astor umklammert. Sie wuchtete den Arm hoch und dann zur Seite. Gleichzeitig hob sie ihr rechtes Knie an, wobei sie den Arm des Mannes auf ihre Kniescheibe drosch.

Astors Gesicht verzerrte sich zu einer wilden Grimasse. Er schrie gellend auf. Tränen schossen aus seinen Augen, das Messer rutschte ihm aus der Hand und blieb am Boden liegen.

Mit einem Tritt beförderte Jane den Mann zur Seite, dann bückte sie sich und hob die Klinge auf.

Ihre Astra hatte sie nicht greifbar. Die steckte in der Handtasche, und diese wiederum lag im Wagen.

Blieb nur das Messer.

Silva war noch nicht in der Burg verschwunden. Allerdings stand sie zu weit entfernt, um eingreifen zu können. Dafür waren die Wölfe in der Nähe.

Die schickte sie in den Kampf, und jetzt nahm sie auch keinerlei Rücksicht mehr.

Jane hörte den schrillen Pfiff. Sie kümmerte sich nicht mehr um Astor, der bis an den Wohnwagen getaumelt war, dort gebückt stand und sein Handgelenk hielt. Er wimmerte. Mitleid kannte Jane nicht. Dieser Mann hätte sie eiskalt getötet.

Zehn Schritte bis zum Citroën CX.

Und dazwischen der erste Wolf. Eine graue, widerliche Bestie, die mit gewaltigen Sätzen heranstürmte und Jane Collins an die Kehle springen wollte.

Die Detektivin schleuderte das Messer. Es war eine reine Reflexbewegung. Ihr Körper spannte sich dabei wie eine Sehne und sackte dann zusammen.

Der flirrende Stahl traf.

Schräg hieb er in die Schnauze des Tieres und stoppte dessen Sprunglauf. Der Wolf fiel um, als hätte man ihm die Beine weggerissen. Er wand sich am Boden. Sein Maul war eine blutige Masse.

Auch Jane war entsetzt über diesen Anblick, aber sie musste sich jetzt zusammenreißen, sonst war ihr Schicksal besiegelt. Sie besaß sogar noch die Nerven, auf den Wolf zuzuspringen und das Messer aus dem Maul zu reißen.

Von der Klinge tropfte das Blut zu Boden. Jane sprang über das sterbende Tier und hetzte weiter auf den Wagen der beiden Gangster zu.

Der nächste Wolf setzte mit einem gewaltigen Satz über die

Kühlerhaube des Citroën. Jane sah ein, dass sie nicht mehr rechtzeitig genug den Wagen erreichen würde, und musste sich stellen. Gleichzeitig näherten sich zwei andere Bestien ihrem Rücken.

Es war keine Sekunde mehr zu verlieren. Die Detektivin wuchs über sich selbst hinaus und wurde zu einer Kampfmaschine. Der anspringende Wolf hatte sich verrechnet. Er schaffte es nicht ganz und klatschte auf die Motorhaube, wobei er durch den eigenen Schwung noch ein Stück weiterrutschte.

Genau in die Klinge hinein.

Jane hatte ihren rechten Arm ausgestreckt. Das Messer traf die Bestie zwischen Hals und Brust. Sie hatte den Nacken aufgerissen, die Zunge schlug aus dem Maul und schleckte über den Lack. Gleichzeitig sprudelte Blut aus der Wunde. Wie Farbe bedeckte es Janes Hand.

Die Detektivin schrie und warf sich herum, als der Wolf von der Kühlerhaube rutschte.

Zum Glück war die Wagentür nicht abgeschlossen. Jane riss sie auf. Genau in dem Augenblick, als die beiden anderen Wölfe heran waren. Auch der letzte näherte sich jetzt mit Riesensätzen. Er war noch weiter entfernt.

Einer der Wölfe hatte sich abgestoßen. Er sprang ziemlich flach über den Boden. Deshalb donnerte er auch voll gegen die Tür, die Jane noch nicht zugezogen hatte.

Das Gewicht des Wolfes schlug sie ins Schloss. Jane lag auf dem Sitz. Sie hatte die Beine gerade noch im rechten Moment angezogen, und sie sah, wie die Tür nach innen eingedrückt wurde. Das dünne Blech hielt nicht viel aus.

Der Wolf war angeschlagen. Er lag auf dem Boden, wühlte die Erde auf und heulte.

Der Zündschlüssel steckte.

Fieberhaft drehte Jane ihn herum.

Der Motor stotterte.

Ein Schlag traf den Wagen am Heck. Wieder war einer der Wölfe gegen das Fahrzeug gesprungen. Der Citroen wurde regelrecht durchgeschüttelt.

Drei Bestien wollten noch immer Janes Leben. Und auch die Blonde stand nicht mehr oben am Eingang zur Burg. Sie hatte sich ebenfalls in Bewegung gesetzt.

Die Tiere sprangen gegen den Wagen. Jane hatte Angst, dass die Scheiben nicht halten würden. Hinter den Fenstern erkannte sie die weit aufgerissenen Rachen, die spitzen Zähne und die langen Zungen, die über das Glas leckten.

Endlich sprang der Wagen an. Jane Collins fiel ein Stein vom Herzen. Bisher hatte die Blonde ihre Kumpane nicht alarmiert, die mit Suko in der Tiefe der Burg verschwunden waren. Diesen Vorteil wollte Jane ausnutzen.

Wie ein Esel bockte der große Wagen, als er sich in Bewegung setzte. Zwei Wölfe wurden abgeschüttelt. Sie nahmen allerdings sofort wieder die Verfolgung auf und rannten neben dem Fahrzeug her.

Jane musste einen Bogen fahren, weil ein Mercedes und ein Wohnwagen den Weg versperrten.

Dadurch verlor sie ein paar kostbare Sekunden. Und plötzlich sah sie links von sich eine Gestalt. Mit langen Schritten hetzte sie heran. Und sie war verdammt schnell. Das blonde Haar flog wie eine Fahne um ihren Kopf, das Gesicht war eine verkniffene Grimasse.

Silva wollte nicht aufgeben.

Jane gab kräftig Gas. Die Reifen schleuderten Dreck und Steine hoch, das Fahrzeug selbst schaukelte, als es über Bodenwellen und Steine fuhr, und der Abstand zu Silva vergrößerte sich.

Die Blonde griff zu einer anderen Taktik. Im schrägen Winkel lief sie auf die Ausfahrt des Schlosshofes zu, begleitet von drei huschenden Schatten.

Diesmal war sie schneller als Jane. Der Detektivin würde es nicht gelingen, vor ihr und den Wölfen die Ausfahrt zu erreichen.

Geduckt hockte sie hinter dem Lenkrad. Sie hatte die Zähne zusammengebissen.

»Geh weg!«, knirschte sie »Verdammt, lauf doch weg!«

Natürlich hörte Silva sie nicht, und Jane dachte nicht daran, auszuweichen.

Hier ging es um ihr Leben.

Noch zwanzig Schritte höchstens, dann war der Weg frei, vorausgesetzt, die Blonde sprang zur Seite.

Nein, sie blieb.

Und mit ihr die Tiere.

Die schickte sie sogar noch vor. Jane sah, wie Silva ihren Mund öffnete. Sie konnte nicht hören, was die Blonde sagte, das Geräusch des Motors war zu laut, dafür jedoch sah sie die Reaktion der grauen Bestien.

Die drei stießen sich ab.

Jane Collins schrie. Die Körper würden frontal gegen die Karosserie klatschen und sie durch den Aufprall zerbeulen. Hauptsache, die Frontscheibe hielt.

Eine Drehung am Lenkrad. Der Wagen vollführte einen Schlenker nach rechts. Zwei Wölfe verschwanden aus ihrem unmittelbaren Sichtfeld, nur der Dritte klatschte noch gegen den Citroën.

Ein harter Schlag traf das Fahrzeug. Fast verlor Jane die Gewalt über den Wagen, und sie wusste selbst nicht, wie sie es schließlich schaffte, das Lenkrad, das ihr beinahe aus den Fingern geprellt wurde, herumzureißen und fast wieder die ursprüngliche Fahrtrichtung einzunehmen. Von der Seite her fuhr sie auf den rettenden Ausgang zu. Aus den Augenwinkeln erkannte sie noch die Blonde und sah deren drohende Gebärde. Dann war sie draußen.

Der Weg führte vom Hügel hinab in die Ebene. Jane sah auch schon die kleine Baumgruppe, wo sie ihren Leihwagen, den R 4, stehen gelassen hatten.

Sie gab Gas.

Der Citroën wühlte mit seinen Reifen den Boden auf. Manchmal schlingerte er, doch Jane bekam ihn immer wieder unter Kontrolle. Sie musste weiter, nur weg, Hilfe holen.

Am besten war es, wenn sie zur Schule fuhr. Dort fand sie sicherlich John Sinclair.

Da fiel ihr ein, dass dieser Foucert ja der Rektor des Internats war. Er war selbst bis zu beiden Ohren in den Fall verwickelt. Nein, die Schule würde Jane kaum weiterhelfen können. Unter Umständen hatte John sie auch verlassen und war nach Graveline gefahren.

Der Name des Ortes hatte sich bei Jane so eingeprägt, dass sie sich entschloss, das Dorf anzusteuern.

Sie schaute in Rück- und Innenspiegel.

Niemand verfolgte sie.

Kein Wolf hatte sich auf ihre Fährte gesetzt, und auch von der Blonden war nichts mehr zu sehen. Trotzdem glaubte die Detektivin, dass Silva die Verfolgung noch nicht aufgegeben hatte. Sie würde die beiden Männer mobil machen, und mit Foucert sowie Paretti hatte sie eine nicht zu unterschätzende Schutzmacht. Wie weit Al Astor noch einsatzfähig war, wusste Jane nicht.

Unangefochten passierte sie die kleine Baumgruppe. Erst jetzt atmete sie auf.

Gleichzeitig erfolgte die Reaktion auf die vergangenen schrecklichen Minuten. Sie fing an zu zittern und musste so stark mit der Geschwindigkeit herunter, dass sie nur noch im Schritttempo weiterfahren konnte.

Die Burg hinter ihr wurde kleiner. Jane wusste genau, dass sie dorthin zurückkehren würde, denn ihr war die Flucht zwar gelungen, doch Suko befand sich noch in den Klauen dieser dämonischen Verbrecher …

Ich lebte noch!

Allerdings mehr schlecht als recht. Mir ging es wirklich hundeelend. Von Sekunde zu Sekunde wurde der Luftmangel schlimmer, ich trampelte mit den Füßen, schlug die Hände auf den Boden, drückte die Hacken gegen das Fußteil des Sargs und bog meinen Körper dabei wie eine Sehne durch.

Jede Faser meines Körpers schrie nach Sauerstoff, aber da war so gut wie nichts mehr. Ich hatte die Luft in meinem engen Gefängnis verbraucht.

Schon längst konnte ich nicht mehr klar sehen. Da verschwamm der Sarg mit dem Wasser des Pools zu einer türkisfarbenen Masse, in der hin und wieder rote Kreise auftauchten, die wie feurige Bälle zerplatzten.

Mein Gott, warum holte mich denn niemand hier raus? Warum nicht! Ich hätte alles getan – alles …

War ich es, der durch die Verzweiflung den Sarg bewegte, oder wurde er tatsächlich angehoben?

Nein, ich war es nicht.

Jemand schob den Sarg. Man kippte ihn sogar. Ich fiel gegen die Seitenwand, stieß mir die Nase, sah flatterhaft die Umrisse einer Gestalt, die sich jedoch in einer grellen Explosion auflöste und mich in ein tiefes Dunkel riss.

Nichts nahm ich mehr wahr.

Ich bekam nicht mit, wie Marcel und Jovanka den Sarg aus dem Becken zogen und den Deckel abhoben.

»Der ist hin!«, stellte Marcel fest.

Lupina stieß ein Knurren aus. »Hoffentlich nicht«, flüsterte sie. »Ich hätte ihm mehr zugetraut.«

Sie schauten in den Sarg. Marcel Vasely bückte sich und tastete nach meinem Gesicht.

Davon wurde ich wach.

Ich merkte die Berührung an der Wange und am Hals, schlug die Augen auf und konnte atmen.

Herr im Himmel, ich bekam Luft!

»Da, er lebt noch!« Die Stimme drang so leise an meine Ohren, als würde die Sprecherin in einem anderen Zimmer stehen.

Ich atmete.

Nein, es war mehr ein Keuchen, ein gieriges Schnappen nach Luft, ein verzweifeltes Suchen nach Sauerstoff. Ich hatte auf der Seite gelegen, wälzte mich herum und hörte einen wütenden Schrei.

»Verflucht, er hat das Kreuz!«

Erst jetzt fiel mir auf, dass das Kreuz noch vor meiner Brust hing. Unwillkürlich hob ich die Hände und umfasste das silberne Kruzifix. Es gab mir die notwendige Kraft, es war wie ein Rettungsanker für mich.

Ich öffnete die Augen weit.

Sie standen um den Sarg. Marcel, Lupina und Jovanka. Kalte Augen schauten auf mich nieder. Die Blicke waren wie Dolchspitzen, nur töteten sie nicht.

Noch immer hatte ich Schwierigkeiten mit der Atmung, doch von Sekunde zu Sekunde ging es besser. Das Luftholen normalisierte sich, und auch der Schwindel ließ nach.

Ich setzte mich hin.

»Weiter nicht!«, hörte ich Lupinas Befehl.

Die Antwort blieb mir im Hals stecken, denn den plötzlichen Schwindel konnte ich kaum ausgleichen. Fast wäre ich noch umgekippt. Mit der rechten Hand umklammerte ich den Sargrand und hielt mich daran fest.

Mein Blick blieb an Lupina haften. »Soll ich dir das Kreuz gegen deinen Schädel schleudern?«, fragte ich lauernd.

»Das wagst du nicht!«

»Wirklich nicht?« Ich wollte mich nicht noch einmal fertigmachen lassen. Die Zeit im Sarg hatte mir gereicht. Dieses verdammte Spiel war ich einfach leid.

Die Hände legte ich hinter den Nacken, um die schmale Kette zu finden, an der das Kreuz hing. Wenn ich es einmal über den Kopf gezogen hatte, würde es Lupina schwer haben, seiner Wirkung Widerstand entgegenzusetzen.

Die Königin der Wölfe war schlauer, als ich gedacht hatte. Sie gab Marcel einen knappen Befehl.

Der reagierte sofort.

Bevor ich mich versah, zog er eine Pistole. Es war meine Beretta, die plötzlich in seiner Hand lag. Ich schaute in die Mündung, in die ich schon so oft andere hatte blicken lassen, und wusste, dass diese Runde wieder an die Gegenpartei ging.

»Willst du es noch immer versuchen?«, höhnte Lupina.

Ich schwieg.

»Na los!«, hetzte sie. »Versuch es nur. Dann kann ich wenigstens sehen, wie dein verdammter Schädel unter den Einschlägen der Silberkugeln zerplatzt. Sonst hast du doch immer nur andere getötet. Diesmal wirst du selbst dran sein.«

»Darauf verzichte ich.«

»Das hatte ich mir gedacht. Und verzichtest du auch auf das Kreuz, John Sinclair?«

»Soll ich dir wirklich eine Antwort geben?«

»Ja.«

»Auf das Kreuz werde ich nicht verzichten.«

Sie lachte. »Dann muss mein lieber Freund Marcel leider schießen, John Sinclair!«

Ja, damit hatte ich gerechnet. Alles lief darauf hinaus. Sie hatten meine Beretta, jetzt wollten sie auch das Kreuz. Was blieb mir dann noch? Der Dolch und die magische Kreide.

»Weg damit!«, fauchte Lupina.

»Ja, ja, langsam.« Es blieb mir nichts anderes übrig, als die Kette über den Kopf zu streifen.

Schließlich hielt ich es in der Hand.

»Wirf es in den Pool!«, befahl Lupina.

Auch das tat ich. Es tat mir in der Seele weh, als ich sah, wie das Kruzifix einen flirrenden Bogen beschrieb und dann die Wasseroberfläche durchbrach.

Wie ein Stein sank es zu Boden.

Lupina war erleichtert. »Das hätten wir«, sagte sie. Deutlich hörte ich den Triumph aus ihrer Stimme.

»Und jetzt?«, fragte Marcel.

»Ist es eigentlich schon Zeit, sich zum Treffen zu begeben?«, wollte die Königin der Wölfe wissen.

»Ja.«

»Dann lass uns fahren.«

»Was ist mit ihm?« Marcel deutete auf mich.

»Den nehmen wir mit. Er ist für mich die Hauptsache, nicht wahr, Geliebter?«, höhnte sie.

Ich gab ihr keine Antwort.

»Lass dir etwas einfallen!«, ordnete die Frau mit dem Wolfskörper an. »Ich will ihn dabeihaben. Er ist die Krönung unseres Familienfestes.«

Marcel überlegte. Dabei beging er nicht den Fehler und ließ sich ablenken. Nach wie vor wies die Mündung der Beretta auf meinen Kopf. Die Waffe zitterte auch nicht in Vaselys Hand.

Plötzlich zuckte es um seine Mundwinkel. »Ich habe die Lösung«, sagte er grinsend.

»Und welche?«

Marcel schaute Lupina an. Nur kurz, dann wandte er seine Aufmerksamkeit wieder mir zu. »Es gibt da einen alten Gangstertrick, wie man unliebsame Personen befördert. Man rollt sie einfach in einen Teppich.«

»Das ist gut. Woher willst du ihn nehmen?«

»Jovanka kann ihn holen. Im Raum mit dem Gerümpel liegen alte Teppiche.«

Das Mädchen verschwand. Jovanka und Marcel waren beide noch nass. Sie hatten mich aus dem Pool geholt. Ich aber wollte noch einiges von meiner speziellen Freundin wissen und wandte mich deshalb an Lupina.

»Wo steckt eigentlich dein Boss, Doktor Tod?«

»Das habe ich dir schon gesagt.«

»Klar, er ist unterwegs, um Xorron zu suchen. Aber wo haltet ihr euch sonst auf? Ihr müsst doch ein Versteck haben oder eine Operationsbasis. Wo befindet sich die?«

Da lachte Lupina wild auf. Ihr Gelächter schallte mir entgegen und entfachte einen regelrechten Sturm in meinen Ohren. Marcel schaute dumm, denn er wusste nicht, um was es ging.

»Ich soll dir verraten, John Sinclair, wo Doktor Tod seine Operationsbasis hat?«

»Ja. Da ich ja doch sterben muss, kann es dir eigentlich egal sein.« Diesmal griff ich zu einer abgedroschenen Masche erfahrener Krimiautoren.

Lupina handelte nicht so wie der große Gangsterboss im Roman. Sie sagte mir nicht, wo ich meinen Erzfeind finden konnte. »Es gibt ihn«, erklärte sie nur.

»Das weiß ich selbst.«

»Und Doktor Tod wird immer aktiver. Dann werde ich dir noch etwas verraten. Er befindet sich nicht in einer anderen Dimension, sondern auf dieser Erde. So viel sei gesagt.«

Mehr verriet sie mir nicht. Dafür erschien Jovanka. Sie hatte schwer zu tragen und schleifte den Teppich hinter sich her. Zusammengerollt hatte sie ihn bereits. Ächzend ließ sie ihn fallen. Schweiß stand auf ihrer Stirn.

»Roll ihn wieder auseinander!«, befahl Lupina.

Jovanka wollte zuerst aufbegehren, erinnerte sich dann

wieder an die Rolle, die Lupina spielte, und machte sich an die Arbeit.

Erst als der rotbraun gemusterte Teppich auf dem Boden lag und vollends ausgebreitet war, durfte ich den gläsernen Sarg verlassen. Marcel behielt mich dabei genau im Auge. Stets wies die Mündung der Beretta auf mich.

Ich musste mich auf den Teppich stellen, dann niedersetzen und schließlich hinlegen. Man befahl mir, noch etwas zum schmaleren Ende hin vorzurutschen.

Ich kam der Aufforderung nach.

Lupina und Jovanka wickelten mich gemeinsam ein. Nach der zweiten Umdrehung half auch Marcel mit.

Ich kann Ihnen sagen, Freunde, es ist kein Vergnügen, in einen Teppich eingerollt zu werden. Und ich konnte mich in der Tat nicht bewegen. Zum Glück bekam ich Luft, da die Rolle oben und unten offen war. Staub drang mir in die Nase, reizte meine Schleimhäute, sodass ich niesen musste.

Dann hob man mich hoch und schaffte mich weg. Wie sie mich in den Wagen bekamen, war mir ein Rätsel. Auf jeden Fall steckte ich schließlich im Innern des Renault Alpine. Am Klang des Motors identifizierte ich das Fahrzeug.

Marcel gab Gas.

Wie eine Rakete zischte der Wagen ab. Ein Sippentreffen sollte stattfinden, und mich sah man dabei als Ehrengast an, der getötet werden sollte.

Keine guten Aussichten ...

Gute Aussichten hatte auch Suko nicht. Man hatte ihn angekettet.

Es waren rostige, uralte Ketten, aber nicht minder stabil. Sie steckten in eisernen Ösen, die in der Wand eines unterirdischen Verlieses angebracht worden waren.

Eisenreifen umschlossen Sukos Gelenke, und der Chinese hing in einer Schräglage.

Paretti und Foucert rieben sich die Hände.

»Der wird sich wundern, wenn er wieder zu sich kommt«, meinte der verbrecherische Rektor. »Mir ist noch niemand entkommen.«

Sie hatten Suko auch entwaffnet. Die Pistole und die Dämonenpeitsche befanden sich in den Händen der Männer. Nur den Stab hatten sie nicht an sich genommen. Er stellte in ihren Augen keine Gefahr dar.

»Lass uns verschwinden«, sagte Paretti, »hier stinkt es mir zu sehr.« Damit hatte er recht. Dieses Verlies war wirklich ein widerlicher Ort.

Es war durch eine Leiter zu erreichen. Sie lehnte am Rand eines viereckigen Lochs in der morschen Decke. An einer Stelle war sie eingebrochen, und ein Haufen Schutt lag unten auf dem Boden des Verlieses. Durch das Deckenloch schimmerte Tageslicht, sodass keine Fackeln oder Lampen benötigt wurden, um das Verlies tagsüber zu erhellen.

Es war ein idealer Aufenthaltsort für Ungeziefer und Ratten. Die Wände, feucht geworden durch Regenfälle und das etwas sumpfige Gelände, waren mit einer dicken, grünweiß schillernden Schimmelschicht bedeckt. In den Ritzen und Spalten zwischen dem morschen Gestein hausten zahlreiche Käfer und Kriechtiere. Die Ratten hielten sich meist versteckt. Sie hatten ihre Höhlen und Schlupfwinkel in Bodennähe, wo sie sich durch das Gestein fraßen, das ihren kleinen, scharfen Zähnen keinen Widerstand entgegensetzen konnte.

Paretti kletterte als Erster die Leiter hinauf. Foucert folgte ihm langsamer. Er warf noch einen Blick auf den Gefangenen.

Suko befand sich weiterhin im Stadium der Bewusstlosigkeit. Schräg hing er in den Ketten. Die Arme waren nach oben gebogen und mussten das schwere Gewicht tragen.

»Der Gelbe wird sich wundern, wenn er aufwacht«, kicherte Foucert und rieb seine Hände. Er hatte etwa die Hälfte der Sprossen hinter sich gelassen, als er das Schreien hörte.

Es war auf dem Vorplatz der Burg aufgeklungen.

Oben am Rand der Luke schien Paretti zu erstarren. »Verdammt, das war die Blonde!«

Er lief los, ohne sich um Foucert zu kümmern. Der kletterte langsamer nach und lief dafür schnell den Gang hinunter, der zur ehemaligen Halle führte.

Er musste dabei mehrere Geröllhaufen überspringen, erreichte die Halle, wo die Treppe nur noch als Fragment vorhanden war und durch scheibenlose Fenster der Wind pfiff.

Paretti stand draußen. Als er die Schritte hinter sich hörte, drehte er sich um.

»Was ist los, zum Henker?«, fragte Foucert.

»Fällt dir nichts auf?«

»Nein. Was?«

»Schau mal in den Hof, Foucert. Siehst du da unseren Wagen?«

Roland Foucert knirschte mit den Zähnen. »Merde!«, fluchte er. »Der ist weg!«

»Genau, mein Lieber, denn du hast den Schlüssel stecken lassen, und das hat die Kleine mit den blonden Haaren genau gesehen. Jetzt haben wir das Nachsehen.«

Foucert sagte nichts. Er schaute in den Hof und sah die beiden toten Wölfe. Ein anderer lebte noch, aber er wand sich am Boden. Silva stand am Tor. Der Wind spielte mit ihren Haaren und wehte sie hoch. Al Astor taumelte keuchend hinter einem Wagen hervor und hielt sich das rechte Handgelenk.

»Was ist los mit dir?«, schrie Foucert.

»Gebrochen, verdammt!«

Der Rektor lachte kalt. »Selbst schuld, wenn man kleine Wildkatzen unterschätzt.«

»Ach, halts Maul!«

Silva kam zurück. Drei Wölfe befanden sich in ihrer Begleitung. Einer humpelte. Ihr Gesicht war eine Maske, als sie vor den beiden Männern stehen blieb. Astor war ihr gefolgt und jammerte.

»Jaul hier nicht herum!«, fuhr Silva ihn an.

Al verstummte.

Foucert grinste hölzern. »War wohl nichts, deine Schau mit den Wölfen, wie?«

Silva warf dem Rektor einen so eisigen Blick zu, dass der Mann erschauerte. »Die Frau ist entkommen, klar, aber deshalb besteht noch lange kein Grund zur Panik.«

Da war Paretti anderer Meinung. Er streckte den Arm aus. »Für dich nicht, Blonde, aber für uns. Deine Biester sind zum Teil krepiert. Wir holen uns jetzt den restlichen Stoff und verschwinden. Die Kleine wird Land und Leute mobil machen und mit den Bullen hier auf die Burg kommen.«

Silva lächelte kühl. »Darauf warte ich«, sagte sie.

»Aber wir nicht. Zudem ist es ziemlich spät geworden. Ich muss in der Nacht noch in Paris sein. Dort warten einige Leute auf den Stoff. Wenn ich nicht liefere, schneidet man mir die Kehle durch.«

»Wollt ihr das Fest nicht mitmachen?«

»Nein.«

»Es wird aber schon dunkel.«

»Das stört uns nicht.«

Silva lächelte. »Ich hätte dich gern mit meiner Familie bekannt gemacht. Zudem kommt Lupina, die Königin der Wölfe.«

Paretti verengte die Augen. »Noch so ein Biest?«

»Du wirst dich wundern, Paretti. Sehr wundern.«

Der Dealer war nicht umzustimmen, und auch Roland Foucert wollte nicht länger auf der Burg bleiben. Es war ungemütlich geworden. Das weite Firmament war mit Wolken bedeckt. Der Wind schob die gewaltigen Gebilde mit einer spielerischen Leichtigkeit vor sich her. Die Sonne war untergegangen, hin und wieder sah man die bleiche Scheibe des Mondes durch die Wolken schimmern.

Das bemerkte auch Silva.

Sie wurde unruhig, hob ihre Schultern, öffnete den Mund und bewegte sich von einer Seite zur anderen. Sie konnte einfach nicht mehr stehen bleiben.

Foucert fiel das auf. »Was ist los?«, fragte er.

Paretti packte ihn am Arm. »Stell dich jetzt nicht an, Mensch. Wir wollen den Stoff und dann weg.«

Da lachte Silva auf. »Zu spät, Messieurs, zu spät.«

»Wieso?« Paretti fegte herum.

Silva deutete nach vorn. »Sie sind da.«

Die Frau hatte nicht gelogen. Soeben fuhr ein Renault Alpine in den Burghof ein …

Graveline!

Jane Collins erreichte den Ort, ohne dass irgendetwas geschehen wäre. Die Verfolger hatten es vorgezogen, auf der Burg zurückzubleiben, und Jane hatte unangefochten ihr Ziel ansteuern können.

Es war ein sauberes Städtchen. Steinhäuser mit glatten Fassaden, schmale Gehsteige und kaum Betrieb. Die wenigen Geschäfte waren zwar geöffnet, doch in den Läden sah Jane beim Vorbeifahren kaum Kunden.

Ihr Ziel war die Polizeistation. Zu fragen brauchte sie nicht, denn auch in Graveline war es so wie in anderen Orten dieser Größe. Die Polizei fand sie in der Dorfmitte. Die Station war in einem Eckhaus untergebracht.

Jane fand einen Parkplatz. Sie hoffte nur, dass man sie nicht festnahm, weil sie mit einem Wagen gekommen war, der den Dorfbewohnern doch ziemlich bekannt sein musste. Sicherlich besaß Roland Foucert das Vertrauen der Bevölkerung, war ein hoch geachteter Mann, und niemand würde wohl glauben, dass gerade er es war, der die Schülerinnen mit Rauschgift versorgte.

Jane hatte auch Ausschau nach dem silberfarbenen Bentley gehalten, ihn jedoch nicht gesehen. John schien sich demnach noch in der Schule aufzuhalten.

Zwei ältere Frauen musterten Jane Collins misstrauisch, als sie die Stufen zur Tür hinter sich brachte. Als die Detektivin die Frauen anlächelte, zogen sie sich zurück.

Ohne zu klopfen betrat Jane das Polizeirevier. Sie geriet in einen Gang und musste sich nach links wenden. Rechts befand sich die Verwaltung, wo am Wochenende nicht gearbeitet wurde. Es sah ganz so aus, als würde das Haus gleichzeitig Rathaus sein.

Die Tür stand offen. Jane hörte Musikfetzen und wunderte sich. Das hätte es in England nicht gegeben, aber die Franzosen nahmen eben alles ein wenig leichter.

Vielleicht war das sogar besser.

Die Musik wurde lauter. Der Mann, der hinter einem Schreibtisch saß und die Beine hochgelegt hatte, hörte Jane nicht. Er lauschte der Musik. Ein Polizeibeamter schien er nicht zu sein, denn er trug keine Uniform.

Es gab noch eine Barriere, die Dienst- und Warteraum trennte. Jane schlug mit der Hand auf das Holz. Das klatschende Geräusch schreckte den Musikhörer hoch. Er fiel fast von seinem Stuhl, als er sich umdrehte und die Beine herumschwang, dann schaute er Jane an wie einen Geist, wobei sein Mund offen blieb.

Die Detektivin musste lachen. Der Mann war noch jung. Gerade zwanzig vielleicht. Er hatte eine blonde Kraushaarfrisur und große, braune Augen, die er jetzt mit zwei Fingern rieb.

»Träume ich oder träume ich nicht?«, fragte er. »Wie kommt so ein Glanz in diese Hütte?«

»Sie träumen nicht, junger Mann.«

Der Junge stand auf. Jane sah, dass er sie mindestens um Haupteslänge überragte. Das war schon ein Riese. Auch der andere bemerkte Janes Erstaunen und meinte, nachdem er die Musik leiser gestellt hatte: »Ja, ich diene dem lieben Gott als Bleistift.« Er fing an zu lachen, als Jane den Kopf schüttelte.

»Wenn Sie dem lieben Gott als Bleistift dienen, dann können Sie kein Polizist sein.«

»Richtig, schöne Unbekannte.«

»Und was tun Sie hier?«

»Ich halte Wache.«

»Aha. Und für wen?«

»Für meinen Alten. Er ist nämlich der Polizeiboss dieses entzückenden Städtchens.«

»Wo finde ich ihn?«

»Draußen bei der Leiche.«

»Aha.« Jane nickte. »Sind die anderen Polizisten auch dort?«

»Ja, sonst wäre ich ja nicht hier, schöne Unbekannte.« Der junge Mann lächelte. »Lassen Sie mich raten. Eine Französin sind Sie nicht. Das hört man. Kommen Sie aus England?«

»London.«

»Dachte ich mir doch gleich. Und Sie sind sicher auf der Durchreise?«

»Fast.«

»Jetzt haben Sie eine Autopanne und suchen Hilfe, schöne Lady.«

»Falsch, ich habe keine Panne.«

Der Junge verzog das Gesicht. »Ich habe auch immer Pech. Wollen Sie mir anvertrauen, was Sie hierher geführt hat?«

»Nein, hören Sie weiter Ihre Musik. Ich werde Ihren Vater schon finden.«

»Sie wissen ja gar nicht, wo er sich aufhält. Ich kann Sie sofort zu ihm bringen.« Er wollte um die Barriere herum.

Jane streckte den Arm aus.

»Nein, nein, ich schaffe das schon.«

»Wie Sie wollen.« Er hob die Schultern. »Darf ich dann Ihren Namen erfahren?«

»Behalten Sie mich als die schöne Unbekannte in Erinnerung, junger Mann.«

»Ich werde von Ihnen träumen.« Der Knabe verdrehte die Augen.

»Hoffentlich werden es keine Albträume.«

»Wie können Sie so etwas sagen!«

Das hörte Jane nur noch zur Hälfte. Sie hatte den Raum bereits verlassen. Dafür drehte der Knabe die Musik wieder lauter, sodass sie bis in den Flur schallte.

Jane lief die Treppenstufen hinab und sah sich draußen um. Wer konnte ihr jetzt weiterhelfen? Sie musste einige Leute mobil machen, wenn sie etwas retten wollte.

Jane erinnerte sich, dass im Gespräch auf der Burg der Pfarrer erwähnt worden war. Ja, ihm wollte sie einen Besuch abstatten. Bereits öfter hatten einsichtige Geistliche das Sinclair-Team bei seinen Aufgaben unterstützt. Jane hoffte, dass sie auch in Graveline mit ihrer Bitte nicht auf taube Ohren stoßen würde.

Der Pfarrer wohnte meist dicht bei der Kirche. Jane blickte sich um und suchte den Turm.

Sie sah ihn sofort. Er war viereckig und hatte keine Spitze. Dafür stand auf seinem Ende ein großes Kreuz aus Eisen.

Den Wagen ließ die Detektivin stehen. Es war nicht weit, die paar Schritte konnte sie zu Fuß gehen. Sie passierte eine enge Gasse, in der es mehrere Geschäfte gab, wo Touristenkram verkauft wurde. Und sie sah schließlich den Platz vor der Kirche.

Eine grüne Hecke zäunte ihn ein. Unterbrochen wurde sie durch ein Gittertor, dessen rechter Flügel offen stand.

Jane schlüpfte hindurch.

Sie sah den Pfarrer sofort. Er hielt einen Spaten in der Hand, grub aber nicht das Beet um, neben dem er stand, sondern unterhielt sich mit einer älteren Frau, die wesentlich kleiner war als er. Dabei schaute er über den Kopf der Frau hinweg und sah Jane Collins, die langsam näher kam.

Die Detektivin blieb stehen und grüßte.

Ihr »Bonjour« wurde freundlich erwidert. Die Frau drehte sich um und musterte Jane misstrauisch.

»Kann ich Sie für einen Augenblick sprechen, Herr Pfarrer?«, erkundigte sie sich.

»Natürlich, Mademoiselle.« Und zu der Frau gewandt meinte er: »Wir waren sicherlich fertig, Madame Piralle?«

»Ja, ja.«

Die Frau packte ihre Handtasche fester und ging. Am Tor warf sie noch einen giftigen Blick zurück.

»Die hat wohl was gegen mich?«, meinte Jane.

»Sie hat gegen alle etwas.«

»Ja, solche Menschen gibt es.«

»Wollen wir hineingehen, Mademoiselle …?«

»Collins, Jane Collins. Ich bin keine Französin, sondern komme aus London.«

»Oh, eine weite Strecke.«

»Die ich nicht ohne Grund gefahren bin.«

»Das glaube ich Ihnen. Ich bin übrigens Pfarrer Georges Frambon.« Der Mann lächelte. »Dann darf ich vorgehen?«

»Natürlich.«

Ein Weg führte links an der Kirche vorbei. Er zweigte ab, und Jane sah jenseits des Wegs ein Krankenhaus. Sie aber schritten an einer blühenden Rosenhecke entlang und erreichten ein kleines Steingebäude, in dem der Pfarrer wohnte.

Georges Frambon war eine imponierende Erscheinung. Hoch gewachsen und mit grauweißem Haar. Er hatte ein energisches Gesicht, die Augen blickten hell und klar. Jane hatte das Gefühl, dass man mit diesem Mann gut zusammenarbeiten konnte.

Der Geistliche schloss die Tür auf und ließ Jane eintreten.

Die Einrichtung war etwas kärglich und beschränkte sich auf das Nötigste. Der Pfarrer hängte seine Jacke an einen Haken und bat Jane in sein Arbeitszimmer.

An einem schwarzen runden Tisch nahmen sie Platz. Überhaupt waren alle Möbel schwarz. Die Stühle ebenso wie der Schrank. Und sie hatten ihr Alter, das war sofort zu erkennen.

Die Möbel stellten einen großen Wert dar.

Der Geistliche und Jane setzten sich einander gegenüber. »Was kann ich für Sie tun, Mademoiselle Collins? Dass Sie zum Beichten zu mir gekommen sind, das glaube ich nicht.«

»Da haben Sie recht, Herr Pfarrer. Es geht um eine sehr schlimme Angelegenheit.«

»Und die wäre?«

»Mord!«

Jane sprach das Wort bewusst hart aus. Der Pfarrer hatte es gehört, doch er zeigte kaum Reaktion. Nur seine Augenbrauen hob er ein wenig an. Dann lehnte er sich zurück. »Dass Sie jemanden umgebracht haben, Mademoiselle Collins, glaube ich nicht, sonst würde ich an meiner Menschenkenntnis zweifeln. Es geht wahrscheinlich um den Mord eines anderen.«

»Ich wollte erst zur Polizei. Aber dort saß nur ein junger Mann, der mir berichtete, dass die Polizisten unterwegs wären.«

»Das stimmt«, erwiderte der Pfarrer. »Bei ihnen handelt es sich tatsächlich um einen Mordfall.«

»Wer ist umgekommen?«, fragte Jane.

»Ein junges Mädchen.«

»Und wie ist es getötet worden?«

Die Augen des Pfarrers wurden enger. »Warum interessiert Sie das, Mademoiselle?«

»Es könnte ja durchaus sein, dass ein Werwolf seine Hand im Spiel hat«, meinte die Detektivin.

Der Geistliche faltete die Hände. »Jetzt machen Sie mich neugierig.«

»Dann stimmt es also?«

»Diese Frage kann ich Ihnen erst beantworten, wenn ich Näheres über die Gründe Ihres Besuches weiß.«

»Ich will sie Ihnen sagen. Zunächst einmal, ich bin Privatdetektivin und die gute Bekannte eines Mannes, der gegen die Mächte der Finsternis kämpft.«

»Das tue ich auch.«

»Aber anders, Herr Pfarrer. Man nennt John Sinclair auch einen Geisterjäger.«

Georges Frambon stellte jetzt keinerlei Zwischenfragen mehr und ließ Jane Collins sprechen. Die Detektivin hatte einmal zu diesem Mann Vertrauen gefasst, und so redete sie sich alles vom Herzen, was sie bedrückte. Sie ließ nichts aus und schilderte vor allen Dingen die Personen, die sich oben auf der Burg befanden.

Der Pfarrer wurde immer blasser. Vor allen Dingen, als er den Namen des Mannes hörte, der auch hier im Ort bekannt war.

Roland Foucert gehörte hier zu den angesehensten Personen.

Deshalb fragte der Geistliche auch noch einmal nach.

Jane bestätigte den Namen.

»Foucert ein Rauschgiftdealer«, flüsterte der Pfarrer. »Es ist kaum zu glauben.«

»Aber eine Tatsache.«

»Sicher.«

»Rauschgift ist sehr schlimm«, fuhr Jane Collins fort. »Darüber gibt es keine Diskussion, doch die andere Gefahr ist meiner Ansicht nach noch viel stärker. Werwölfe kennen kein Erbarmen.«

»Ja, Mademoiselle Collins, das weiß ich.« Der Pfarrer legte die Hände gegeneinander. »Ich habe nämlich das Oberhaupt der Vasely-Sippe getötet.«

»Dann habe ich mich doch an die richtige Adresse gewandt«, sagte die Detektivin.

»Das haben Sie.«

»Wollen Sie erzählen?«

Der Pfarrer nickte. Er berichtete von einem nächtlichen Streifzug und wie er und einige Männer beim Zigeunerwagen auf die alte Wölfin getroffen waren. Der Pfarrer hatte sie mit einer silbernen Axt getötet. »Aber wir haben nicht alle erwischt, Mademoiselle Collins. Zumindest eine Bestie läuft noch frei herum. Sie hat auch einen von unseren Leuten getötet, indem sie ihm den Schädel einschlug. Wir fanden ihn tot auf dem Rückweg.«

Jane nickte.

»Aber von dieser blonden Silva habe ich noch nie gehört«, fuhr der Pfarrer fort. »Sind Sie denn davon überzeugt, dass sie eine Werwölfin ist?«

»Hundertprozentig.«

»Und Ihr chinesischer Bekannter ist ein Gefangener dieser Bestie?«

»Nicht nur das. Es sind auch noch andere Gegner dort oben. Ich muss zurück zur Burg.«

»Wobei ich Sie begleiten soll?«

»Natürlich. Nicht nur Sie allein, Herr Pfarrer, auch mein Freund John Sinclair. Haben Sie ihn vielleicht gesehen? Wissen Sie, wo er sich aufhält?«

»Nein.«

»Dann war er wohl nicht hier in Graveline?«

»Soviel ich weiß, nicht.«

»Könnten wir gemeinsam zum Internat fahren?«

Der Pfarrer überlegte nicht lange, sondern nickte. »Das lässt sich bestimmt machen. Aber was ist, wenn wir Ihren Freund dort nicht finden?«

»Dann müssen wir sofort zur Burg«, erklärte Jane. »Deshalb schlage ich vor, dass Sie Ihre Axt mitnehmen.«

»Sie rechnen mit einer Auseinandersetzung?«

»Ja, Herr Pfarrer. Ich will Ihnen da nichts vormachen. Vielleicht stehen wir auch auf verlorenem Posten, denn meine Waffen trage ich auch nicht bei mir. Ich habe dummerweise meine Handtasche in dem kleinen Leihwagen zurückgelassen. Die müssen wir natürlich vorher holen. Dann stehen unsere Chancen schon besser.«

»Was sind das für Waffen?«, erkundigte sich der Geistliche.

»Vor allen Dingen ist es meine Astra-Pistole. Ihr Magazin enthält geweihte Silberkugeln.«

Der Geistliche lächelte. »Sie sind sehr gut vorbereitet, wie ich sehe.«

»Anders kann man nicht gewinnen.«

»Das stimmt.« Der Pfarrer erhob sich und trat an den Schrank. »Hier bewahre ich die Axt auf«, erklärte er.

Die Tür knarrte, als sie aufgezogen wurde. Jane konnte nicht viel erkennen, sie sah nur, dass einige Kleidungsstücke an einer Stange hingen.

Der Pfarrer beugte sich vor, schob die Kleidungsstücke zur Seite und hatte gefunden, was er suchte.

Die Axt!

Er drehte sich um und zeigte Jane die Waffe.

Die Detektivin war fasziniert. Ein schwarzer Holzgriff, der

leicht gebogen war, stand in einem scharfen Kontrast zu dem hellen Silber der Schneide. Sie war an ihrer Unterseite sehr scharf, und das Licht wurde blitzend gebrochen. Die Oberfläche der Schneide fühlt sich rau an, als Jane mit den Fingerspitzen darüberstrich und anerkennend nickte.

»Woher haben Sie die Waffe, Herr Pfarrer?«

»Das ist eine lange Geschichte. Nur so viel sei gesagt: Dieses Gebiet hier muss schon vor langer Zeit eine Heimat für Werwölfe gewesen sein. Ich habe die Axt in meiner Kirche gefunden. Sie war eingemauert worden. Eine alte Schrift fand ich ebenfalls. Die Worte waren verblasst und kaum zu lesen, doch mir gelang es, sie zu entziffern. Demnach hat einer meiner Vorgänger im 18. Jahrhundert diese Axt schmieden lassen und sie dann in der Kirche versteckt. Ich fand das Versteck in der Mauer, als wir renovierten, und ich habe die Axt behalten, was ich als einen Glücksfall bezeichnen möchte.«

»Das stimmt wirklich.« Jane nickte.

Der Pfarrer wandte sich noch einmal um und holte eine Lederschatulle hervor, in die er die Axt steckte. Sie passte genau hinein. »Habe ich mir anfertigen lassen, Mademoiselle«, erklärte er und lächelte.

»Sehr praktisch.«

Der Pfarrer deutete auf die Tür. »Bitte, Mademoiselle, gehen wir, und vertrauen wir auf Gott, dass wir gegen diese Brut bestehen und Kraft genug haben, sie zu besiegen.«

Das hoffte Jane Collins auch.

Sie fuhren mit dem Wagen des Geistlichen. Es war ein beiger Peugeot 305. Das Auto parkte neben dem Haus vor der kleinen Garage. »Ich vergesse immer, ihn hineinzustellen«, meinte der Geistliche und lächelte.

Jane war mit den Gedanken nicht bei der Sache. Sie bekam

auch von der Fahrt kaum etwas mit und dachte nur an den Fall und an John Sinclair. Bisher hatte sie von dem Geisterjäger nicht die geringste Spur entdeckt.

Wo mochte er stecken?

Im Internat? Das war möglich, aber was gab es dort zu finden?

Der Pfarrer merkte, was in Jane Collins vorging und welch schwere Gedanken sie beschäftigten. Er schwieg taktvoll. Erst als sie den schmalen Weg zum Internat hochfuhren, sagte er: »In wenigen Minuten sind wir da.«

Noch eine Kurve.

»Da ist er!«, rief Jane plötzlich, weil sie einen freien Blick auf den Platz vor dem Internat hatte.

»Was ist da?«

»Der silbergraue Bentley! Das ist der Wagen, den John Sinclair fährt.«

Der Pfarrer lachte. »Dann müssten wir Ihren Freund ja auch hier finden.«

Er stoppte. An der Treppe saßen einige Schülerinnen, die dem ankommenden Wagen entgegenschauten. Sie kannten den Pfarrer und winkten ihm zu.

Georges Frambon redete mit ihnen, während Jane Collins nur die Zuhörerin spielte.

Der Geistliche hob die Schultern. »Ihren Freund hat niemand gesehen, wie Sie selbst gehört haben.«

»Ja, das stimmt. Aber er ist hier gewesen, sonst würde sein Wagen nicht hier stehen.«

»Fragen wir im Sekretariat nach.«

Der Pfarrer kannte den Weg. Als sie den Raum betraten, wollte Hèléne soeben Feierabend machen. Sie griff bereits nach ihrem Hut, der lilafarben leuchtete und aussah wie eine zerlaufene Praline.

»Herr Pfarrer, welch eine Überraschung! Wenn Sie wegen

Monsieur Foucert gekommen sind, dann haben Sie den Weg umsonst gemacht. Der Rektor ist leider nicht mehr da.«

»Wo ich ihn finden kann, wissen Sie nicht zufällig?«

»Nein«, erwiderte Hèléne honigsüß und bedachte Jane mit einem abschätzenden Blick.

Die Detektivin mischte sich ein. »Es geht auch primär nicht um Monsieur Foucert, sondern um Monsieur Sinclair. War er schon hier? Wenn ja, wissen Sie, wo er sich aufhält?«

»Das ist doch dieser große blonde Mann?«

»Genau.«

»Ja, er war hier«, sagte Hèléne. »Ist aber schnell wieder gegangen. Auf sein Zimmer, glaube ich.«

»Wissen Sie, wo es ist?«

»Natürlich, ich habe es selbst vorgeschlagen. Leider muss ich weg, sodass…«

»Ich kenne mich hier aus«, sagte der Pfarrer. »Beschreiben Sie uns, wo wir das Zimmer finden können.«

Das tat Hèléne.

Jane und der Pfarrer hielten sich keine Sekunde länger im Sekretariat auf. Mit schnellen Schritten verließen sie den Raum und gingen ebenso rasch durch die Schule.

Sie erreichten den Trakt der Gästezimmer. Jane Collins verzichtete auf Höflichkeitsfloskeln und öffnete die Tür.

Der Raum war leer.

»Nichts«, sagte der Pfarrer, der über Janes Schulter schaute.

»Wo kann er nur sein?«, murmelte Jane. »Er muss sich noch in der Schule aufhalten, weil sein Wagen noch hier steht.«

»Und Foucert ist allein weggefahren«, meinte der Geistliche.

»Eben.« Jane drehte sich um. »Kennen Sie sich hier wirklich gut aus, Herr Pfarrer?«

»Ja, ich bin des Öfteren hier.«

»Hat die Schule einen Keller?«

»Sicher.« Der Pfarrer wurde etwas blass, und sein Lächeln fiel gequält aus. »Rechnen Sie damit, dass man Monsieur Sinclair im Keller gefangen hält?«

»Ich ziehe jede Möglichkeit in Betracht«, erklärte die Detektivin.

Die beiden hielten sich nicht länger auf, sondern machten sich auf den Weg zum Keller. Der Pfarrer führte Jane durch zahlreiche Gänge. Zum Glück gab es überall Licht, dann erreichten sie eine Turnhalle und die damit verbundenen Duschräume.

»Bis auf das Schwimmbad haben wir jetzt alles gesehen«, erklärte der Geistliche. »Wollen Sie sich dort auch noch umsehen Mademoiselle Collins?«

»Ja.«

Sie betraten die Schwimmhalle. Der Pfarrer zuerst, und er blieb auch einen Schritt hinter der Schwelle stehen. Das »Verdammt!« klang aus seinem Mund recht ungewöhnlich, aber es war verständlich, wie Jane gleich darauf feststellte.

Im Pool schwamm eine Leiche!

Die Stimme des Geistlichen klang rau, als er fragte: »Ist er das?«

Jane ging einen Schritt vor, weil das Licht auf der Oberfläche des Wassers etwas blendete.

»Nein«, flüsterte sie. »Das ist nicht John Sinclair.« Ihr fiel ein Stein vom Herzen.

»Aber wer dann?«, murmelte der Pfarrer. Ihn hielt auch nichts mehr. Am Rand des Beckens ging er in die Knie und streckte den Arm aus. Seine Finger erreichten die Leiche. Sie schwamm mit dem Gesicht nach unten. Der Geistliche drehte den Mann um.

Ein bleiches, schon etwas aufgedunsenes Gesicht, blicklose Augen, ein offener Mund.

»Den Mann kenne ich«, sagte der Pfarrer. »Er wohnt im

Dorf und arbeitet hier als Handwerker. Mein Gott, warum musste er sterben?«

Die Frage stellte sich Jane auch. Der Tote wies keinerlei Bisswunden auf. Die Detektivin fragte sich, ob er überhaupt auf das Konto der Werwölfe ging.

Und dann sah sie noch etwas.

Einen hellen, blitzenden Reflex auf dem Boden des Pools.

»Das Kreuz!«, hauchte Jane.

»Ich verstehe nicht.«

Jane streckte ihren Arm aus. »Auf dem Grund liegt John Sinclairs Kreuz. Es ist seine stärkste Waffe gegen die Mächte der Finsternis. Freiwillig würde er es nie abgeben.«

»Es heißt also, dass sich Ihr Freund in den Händen seiner Feinde befindet.«

»Genau, Herr Pfarrer.«

»Und nun?«

»Ich muss das Kreuz haben.«

»Wollen Sie danach tauchen?«

»Wenn ich keine andere Möglichkeit finde, ja.«

»Da ist ja noch ein Sarg.«

Die Stimme des Geistlichen ließ Jane zusammenzucken. Sie schaute nach links und sah die gläserne Totenkiste. Sie stand dort, wo die Treppe aus dem Wasser führte.

Pool, Sarg, Kreuz – welch eine Verbindung gab es zwischen den dreien?

Janes Knie zitterten, als sie auf den Sarg zuschritt. Er war offen. Der gläserne Deckel lag neben dem Unterteil. Im Sarg selbst befand sich kein Wasser. Nur von außen war er nass. Dicke Tropfen schimmerten auf dem Glas.

Der Pfarrer war mit Jane gegangen. »Er scheint wohl im Wasser gelegen zu haben.«

»Ja. Vielleicht war sogar John Sinclair darin.«

Der Geistliche erschrak. »Das glauben Sie doch selbst nicht,

Mademoiselle Collins. Warum sollte man einen lebenden Menschen in einen gläsernen Sarg stecken und ihn dann in den Pool werfen?«

»Das müssen Sie nicht mich fragen, sondern unsere Gegner. Sie glauben gar nicht, zu was die alles fähig sind.«

Georges Frambon nickte. »Das habe ich mittlerweile auch schon festgestellt.«

Jane drehte sich um. »Den Sarg können wir auf keinen Fall mitnehmen, aber das Kreuz.«

»Ist es denn so wichtig?«, fragte der Pfarrer.

»Wichtig ist gar kein Ausdruck. Das kann zu unser aller Lebensretter werden.«

»Woher stammt es?«

Da hob Jane die Schultern. »Bisher hat noch niemand die Herkunft des Kreuzes herausgefunden. Eines Tages wird das Rätsel sicherlich gelüftet.« Sie schaute sich um.

»Was suchen Sie?«

»Irgendeinen Gegenstand, mit dem ich das Kreuz vielleicht aus dem Wasser holen kann. Ich möchte nämlich nicht gern tauchen.«

»Moment.« Der Pfarrer verschwand dort, wo es zu den Duschen ging. Nach einer halben Minute kehrte er zurück. Er hielt eine lange Stange in der Hand, an deren Ende sich ein metallener Ring befand. Lernschwimmer konnten sich daran festhalten und wurden damit durchs Wasser gezogen.

Jane nahm dem Pfarrer die Stange ab und tauchte sie ins Wasser. Sie berührte auch das Kreuz und schob es langsam auf die Treppe zu. Die Kette verhakte sich in dem Metallring, sodass Jane das wertvolle Kruzifix aus dem Wasser ziehen konnte.

Sie hielt es eine Weile in der Hand und ließ das Wasser abtropfen. Der Geistliche stand daneben.

»Ein sehr schönes und wertvolles Stück«, sagte er. »Es muss uralt sein.«

»Ja, das kann man wohl sagen.«

Der Pfarrer schaute genau auf die eingravierten Zeichen. »Da sind fast alle Religionen vertreten«, murmelte er und wog das Kreuz in der Hand. »Ich habe das Gefühl, als würde es aus dem alten Russland stammen.«

»Das ist durchaus möglich.«

»Warum hat John Sinclair nicht nachgeforscht?«

Da lächelte Jane. »Forschung kostet Zeit, und die haben wir leider nicht, Herr Pfarrer. Kommen Sie, wir haben sowieso schon zu lange hier herumgestanden. Sie besitzen die Axt mit der silbernen Schneide, ich habe jetzt das Kreuz. Eigentlich müsste es mit dem Teufel zugehen, wenn wir es nicht schaffen würden, die Werwolfsbrut zu besiegen …«

Paretti und Foucert standen nebeneinander. »Wir müssen mitspielen!«, zischte der Rektor.

»Ich will aber nicht.«

»Halt dich zurück. Die anderen sind stärker als du. Glaub mir das, Paretti.«

In den Augen des Südfranzosen funkelte es wild. Er beherrschte sich nur mühsam. »Wenn man mir in Paris wegen dieser Scheiße hier auf die Zehen tritt, trete ich zurück. Bei dir, Foucert. Dann läufst du blau an.«

»Meinetwegen.« Foucert grinste.

Silva hatte sich nicht mehr um die beiden Männer gekümmert. Sie war an ihnen vorbeigegangen und schritt den Ankömmlingen entgegen, während sich Al Astor im Schloss verkrochen hatte.

Die Türen des Renault Alpine wurden aufgestoßen. Ein Mann verließ den Wagen.

Silva lächelte, als sie ihren Bruder Marcel erkannte. Er hatte Wort gehalten. Sie hob die Hand und winkte. Marcel winkte zurück. Er sprach irgendetwas in den Wagen hinein, und die zweite Person stieg aus.

Sofort wurde ihr langes Haar vom Wind erfasst und in die Höhe geworfen. Der Beschreibung nach konnte das nur die Jüngste, die kleine Jovanka sein.

»Du bist Jovanka«, sagte Silva.

»Ja.«

»Ich bin deine Schwester Silva und freue mich, dass du gekommen bist.«

»Jurina hat mir viel von dir erzählt, Silva.«

»Ja, ja, die alte Jurina. Sie war manchmal sehr geschwätzig.«

»Jetzt ist sie tot«, sagte Jovanka.

»Ich weiß.« Die Stimme der Blonden klang hasserfüllt. »Und ich werde ihren Tod rächen.«

»Wir«, sagte Marcel und lächelte grausam.

»Natürlich, Bruder.«

»Redet nicht so lange herum, sondern kommt endlich zur Sache«, ertönte aus dem Wageninnern eine Stimme.

Die blonde Silva fragte: »Ist sie das?«

»Ja, das ist sie«, bestätigte Marcel.

»Na denn ...«

Marcel flüsterte. »Sei nett zu ihr, Silva. Sie ist unsere Königin, denk daran.«

»Deine vielleicht. Nicht meine.« Silva sagte nichts mehr, sondern schaute zu, wie Lupina aus dem flachen Wagen kletterte. Silva wunderte sich, denn sie sah zum ersten Mal diese Mischung zwischen Frau und Bestie.

Bestie insofern, was den Oberkörper anbetraf. Er war über und über mit Fell bedeckt. Menschlich war der Kopf mit dem langen blonden Haar. Allerdings floss es nicht glatt bis auf die fellbedeckten Schultern wie bei Silva, sondern etwas gekraust.

Die beiden Frauen musterten sich stumm.

Unterdessen standen Foucert und Paretti vor dem Eingang zur Burg. Sie bekamen alles mit, und als sie sahen, wer da zuletzt aus dem Wagen kletterte, wurden ihre Augen groß.

Paretti sagte: »Kneif mich mal, Roland. Ich glaube, ich spinne.«

»Nein, du spinnst nicht. Die gibt es wirklich.«

»Aber, verdammt, mit was umgibst du dich da? Ist das ein Scherz?«

»Es ist eine Wölfin, eine Werwölfin.«

Paretti bekam den Mund nicht mehr zu. Er schüttelte den Kopf und schlug sich gegen die Stirn. »So etwas gibt es doch nur im Film«, stöhnte er.

»Vor dir steht der Gegenbeweis.«

Die ungleichen und doch im Prinzip gleichen Frauen hatten bisher noch kein Wort gewechselt. Wie eine Wand lastete das Schweigen zwischen ihnen. Selbst die drei Wölfe, die Silva begleitet hatten, blieben ruhig.

Marcel und Jovanka merkten, dass Silva und Lupina keine Freundinnen werden würden. Zu groß war der Machtanspruch der Königin, und Silva würde sich nicht unterordnen.

»Ich bin Lupina«, brach die eine endlich ihr Schweigen.

»Das weiß ich.«

»Und ich bin die Königin der Wölfe.«

Da richtete sich Silva auf. Sie reckte ihren Oberkörper hoch. »Die Königin kannst du meinetwegen sein, aber nicht hier. Auf dieser Burg habe ich zu bestimmen.«

»Du widersetzt dich mir?«, lautete die scharfe Frage.

»Ja.«

Lupinas Gesicht nahm einen harten Zug an. »Ich gebe dir noch Zeit, deine Meinung zu ändern. Ansonsten sind wir Feinde, Silva!«

»Sogar Todfeinde!«

Eine harte Antwort. Die Geschwister, die dem Dialog stumm zugehört hatten, zuckten zusammen. Mit dieser Reaktion ihrer Schwester hatten sie nicht gerechnet.

Plötzlich lächelte Lupina. »Ich frage dich später noch einmal«, sagte sie.

»Kannst du.«

Die Königin der Wölfe drehte sich um. »Holt den Teppich!«, befahl sie. Die Anordnung galt Jovanka und ihrem Bruder. Beide machten kehrt und steckten die Köpfe von zwei verschiedenen Seiten in den Renault.

Marcel schob die Teppichrolle an, während Jovanka an der anderen Seite zupackte und sie hervorzog.

Sofort wurden die drei Wölfe unruhig …

Das hörte auch ich. In dem Teppich kam ich mir vor wie eine Ölsardine. Ich konnte mich wirklich nicht rühren. Meine Knochen taten mir weh, und ich war wirklich hilflos. Zusammengerollt, zur Bewegungslosigkeit verurteilt, man konnte mit mir anstellen, was man wollte.

Hart ließ man mich fallen.

Knurren und Hecheln. Die Wölfe waren da, und schon vernahm ich eine bekannte Stimme.

»Zurück, ihr Biester, er gehört uns!«

Das war die Frau von der Fähre. Teufel auch, noch ein Gegner mehr. Ich hätte mich vor Wut selbst irgendwohin beißen können.

»Das ist John Sinclair«, erklärte Lupina.

»Ich kenne ihn«, sagte Silva.

»Woher?«

»Das spielt keine Rolle. Wichtig ist, dass er sich in meiner Nähe befindet, denn er gehört mir.«

»Nein! Da irrst du dich, Silva. Ich habe die älteren Rechte an ihm.«

»Wirklich?«

»Ja.«

Ich hörte deutlich jedes Wort und fühlte instinktiv, obwohl ich nichts sehen konnte, dass sich so etwas wie eine Vorentscheidung zwischen den beiden anbahnte.

»Ich glaube, du musst jetzt schon auf deine richtige Größe zurechtgestutzt werden, Lupina. Wir werden der Königin die Krone vom Kopf reißen.« Silva lachte, bevor sie ihren Tieren den scharfen Befehl gab. »Packt sie!«

Normalerweise wären die drei grauen Bestien wie Pfeile gesprungen. Hier jedoch nicht. Sie duckten sich zwar zusammen, um sich abzustoßen, doch da traf sie der Blick.

Lupina schaute sie aus ihren Raubtieraugen an. Es war ein sprechender Blick, ein befehlender, in dem all ihr Willen und ihre Macht lagen.

Sie schien gedankliche Befehle zu erteilen, und die drei Wölfe kuschten. Sie zogen ihre Schwänze ein, senkten die Köpfe, scharrten mit den Vorderläufen am Boden und winselten.

Silva hatte verloren.

Lupina aber lächelte spöttisch. Eine Windbö fuhr über den Hof und trieb Staub hoch. »Nun, Silva, was ist mit deinen Tierchen? Warum greifen sie mich nicht an?«

Silva ballte die Hände. In ihrem Gesicht zuckte es. Dann nickte sie. »Es ist gut, Lupina, diese Runde geht an dich. Aber glaube nur nicht, dass du gewonnen hast. Nein, bestimmt nicht. Es sind Geschöpfe, die eine Werwölfin leicht zähmen kann, was nicht heißt, dass ich mich auch unter deinen Befehl stelle.«

»Es wird dir nichts anderes übrig bleiben!«, erwiderte Lupina kalt.

Silva schaute die Werwölfin noch einmal an, machte kehrt und ging davon.

Die drei Wölfe folgten ihr.

Mit schnellen Schritten lief Silva auf die Burg zu, wo Paretti und Foucert warteten.

Der Südfranzose regte sich sofort auf. »Ich will den Stoff, und dann verschwinde ich!«, zischte er.

Silva blieb stehen. »Nein!«

»Was soll das heißen?«

»Ich bestimme, wann du gehst!«

Da griff Paretti zur Waffe. Er zog sehr schnell, doch er hatte die Kanone erst halb aus dem Holster, als einer der Wölfe sprang und gegen ihn prallte. Paretti flog zurück, verlor das Gleichgewicht und krachte zu Boden. Plötzlich sah er die Zähne des Wolfes dicht vor seiner Kehle.

»Soll er zubeißen?«, fragte Silva.

»Verdammt, nimm das Biest weg!«

»Vielleicht.«

Foucert mischte sich ein. »Was soll das heißen, Silva? Willst du ihn töten?«

Die Werwölfin fuhr herum. »Verdient hätte er es, aber ich will ihm noch eine Chance geben.«

»Und welche?«

Sie trat vor und entwand dem Dealer die Waffe, die sie in ihren Gürtel steckte. Ihre nächsten Worte waren an beide Männer gerichtet. »Er kann gehen und bekommt auch seinen Stoff, wenn er eine Bedingung erfüllt.«

»Welche?«, krächzte Paretti.

»Er muss Lupina töten!«

Die beiden Männer hatten die Forderung gehört, doch niemand sagte ein Wort.

»Das – das geht doch nicht«, flüsterte Foucert nach einer Weile. »Man kann Werwölfe nicht so einfach …«

Silva schnitt ihm mit einer Handbewegung das Wort ab. »Doch, mein Lieber, man kann.«

»Und wie?«

Silva schaute sich um, ob sich Lupina auch nicht in der Nähe befand.

Dann fragte sie: »Wer von euch hat die Waffe des Chinesen?«

»Ich«, krächzte Paretti.

Silva überlegte einen Moment, bevor sie durch die Zähne pfiff. Sofort ließ der Wolf den Mann in Ruhe. Er richtete sich auf und ließ sich ein paar Schritte entfernt nieder.

»Steh auf!«

Paretti kam Silvas Aufforderung nach. Sie lächelte. »Wenn du den Stoff haben willst, musst du etwas tun, wie ich dir schon sagte. Jetzt nimm die Pistole und sieh nach, womit sie geladen ist.« Im nächsten Moment zog Silva die Beutewaffe und bedrohte damit den Dealer. »Aber sei hübsch vorsichtig.«

Paretti kannte die Spielregeln aus der Pariser Unterwelt. Er wusste, wann er still zu sein hatte. Mit spitzen Fingern holte er die Beretta hervor.

Währenddessen behielt Foucert die anderen im Auge. Sie standen noch immer in der Nähe des Wagens. Marcel und Jovanka waren dabei, die Teppichrolle auf ihre Schultern zu laden.

»Jetzt überzeuge dich, womit die Waffe geladen ist«, forderte Silva den Dealer auf.

Der holte das Magazin hervor, kippte es und blickte von unten hinein.

»Und?«

»Silberkugeln!«

Da lachte die Blonde. »Dann ist es klar, was du zu tun hast. Geh zu Lupina und töte sie!«

»Einfach so?«

»Klar. Oder hast du Skrupel? Denk an deinen Stoff. Wenn du meinen Befehl nicht ausführst, bekommst du erstens den Stoff nicht, und außerdem überlasse ich dich meinen Tierchen.«

»Du bist ein Satan, Blonde!«

»Vielleicht. Nur muss jeder selbst sehen, wie er zurechtkommt. Das kennst du doch, oder?«

Paretti nickte nur. Nervös wischte seine Zunge über die trockenen Lippen.

»Und noch etwas, mein Lieber. Solltest du eine linke Tour versuchen, ist es aus. Komm nur nicht auf den Gedanken, die restlichen Kugeln auf mich zu verfeuern. Meine Leibwächter behalten dich immer im Auge und sind schneller.«

Nach diesen Worten machte Silva kehrt und verschwand in der zerfallenen Burg.

Paretti atmete tief durch. Obwohl es kühl war, stand der Schweiß auf seiner Stirn. Er schaute zum Himmel hoch. Die Dämmerung kam mit aller Macht. Schemenhaft war der fast durchsichtig scheinende Vollmond zu sehen. Er würde, wenn es dunkel war, an Farbe zunehmen.

Vollmond – Werwölfe. Eine Gänsehaut kroch über Parettis Rücken. Er biss die Zähne so hart zusammen, dass es knirschte. Dann warf er Foucert einen Blick zu

»Mach nur keinen Mist, Junge«, flüsterte der Rektor. »Wenn wir hier mit heiler Haut herauskommen, packe ich meine Sachen und haue ab. Erschieß diese Lupina, dann bekommen wir den Stoff und verschwinden. Gegen Silva hast du keine Chance. Wirf die Knarre hinterher weg.«

»Ich hatte tatsächlich daran gedacht, auch die Blonde hinterher umzulegen«, murmelte Paretti.

»Daran darfst du nicht einmal denken«, flüsterte der Rektor. »Und jetzt halt den Mund, sie kommen …«

»Nehmt Sinclair hoch!«, hatte die Werwölfin befohlen, drehte den Kopf und schaute zum Mond hinauf.

Sie liebte ihn, liebte ihn über alles. Noch hatte er nicht seine volle Kraft entfaltet. Es würde allerdings nicht mehr lange dauern, dann strahlte sein Licht klar auf den Hof. Auch die andere wartete auf den Vollmond.

Silva!

Ihr Name hatte sich in das Hirn Lupinas eingegraben. Sie eine Wölfin, die andere ebenfalls. Und eine, die sich nicht unterwerfen wollten, die nicht der Königin Tribut zollte. Aber sie würde es tun. Wenn nicht, musste sie sterben. Denn die alte Zigeunerweissagung musste ihre Erfüllung finden.

Lupina drehte den Kopf und schaute hinüber zu Silva, die mit den beiden Männern zusammenstand.

»Was haben die drei da wohl zu flüstern?«, fragte sie.

»Einer ist der Rektor der Schule«, sagte Marcel.

»Und der andere?«

»Den kenne ich nicht.«

»Aber sie hängen irgendwie mit drin. Bin gespannt, was der Rektor sagen wird, wenn er dich sieht.«

»Foucert wird sein Maul halten.« Marcel grinste im wahrsten Sinne des Wortes wölfisch. »Freunde waren wir beide nämlich nicht. Wir haben uns nie leiden können.«

»Dann wirst du sicherlich Gelegenheit bekommen, dich an ihm zu rächen«, sagte Silva.

»Hoffentlich.«

Die beiden Männer gingen ein paar Schritte vor, während Silva im Schloss verschwand.

»Wo sollen wir mit Sinclair hin?«, fragte Marcel.

»Werft ihn vorerst in irgendein Verlies. Davon gibt es sicherlich mehrere im Schloss.«

»In Ordnung.«

Die beiden gingen los. Ich hatte wieder die Unterhaltung vernommen und fühlte mich wie ein verdammter Rollschinken in diesem dicken Teppich. Man wollte mich in ein Verlies werfen und zu gegebener Zeit wieder hervorholen.

Toll, dann konnte Lupina das vollenden, was ihr einmal nicht gelungen war.

Ich hatte mich hereinlegen lassen wie ein Narr. Ich hoffte nur, dass Suko und Jane erfolgreicher gewesen waren. Allerdings war mir nicht bekannt, wo sie steckten. Vielleicht hatten sie die Spur auch verloren.

Es war kein Vergnügen, in einem Teppich eingewickelt getragen zu werden. Der Mann und die Frau waren von unterschiedlicher Größe, ich kippte und schaukelte hin und her. Zudem war mir leicht übel, die Nachwirkungen des Luftmangels ließen mich noch nicht aus den Klauen.

Paretti und Foucert sahen die beiden mit ihrer Last auf sich zukommen. Sie wichen den Blicken aus. Auch Foucert, obwohl er Marcel Vasely gut kannte.

Marcel blieb stehen. »Na, Herr Rektor?«, höhnte er. »So trifft man sich wieder.«

Foucert erwiderte nichts, dafür übernahm Paretti das Wort. »Haut ab und kümmert euch um euren Kram.«

Marcels Augen funkelten. »Ich bin mal gespannt, ob du später auch noch so reden wirst.« Dann gingen er und seine Schwester weiter. Sie betraten das Schloss. Keiner von ihnen war jemals hier gewesen. Die Räume waren fremd für sie.

»Wohin?«, erkundigte sich Jovanka.

Marcel blieb stehen. Er sah sich um und entschloss sich für die rechte Seite.

Die gingen sie entlang. Dabei mussten sie über Geröll und

Steine steigen. Manches war von der Decke gefallen, anderes wiederum von der Wand, die große Flecken zeigte, als hätte jemand mit dem Hammer dagegengeschlagen.

Wenig später blieb der zuerst gehende Marcel stehen. »Da ist eine Luke«, sagte er. »Sogar eine Leiter steht da. Und einen Chinesen haben sie angekettet. Der Kerl ist bewusstlos.«

»Was willst du machen?«, fragte Jovanka.

»Den werfen wir hier rein.«

Sie rollten den Teppich von der Schulter.

Ich verkrampfte mich im Innern der Rolle. Sehr wohl hatte ich die Worte verstanden. Und ich hatte auch gehört, wie die Kerle mit dem Rektor sprachen.

Roland Foucert war also auch hier. Es schien mir, als würde er sein eigenes Süppchen kochen.

Verdammt, in welch ein Komplott war ich da wieder hineingeraten? Meine Überlegungen wurden unterbrochen, denn die beiden kippten den Teppich nach rechts.

Im nächsten Augenblick fiel ich in die Tiefe und hatte Mühe, einen Schrei zu ersticken.

Der Aufprall.

Trotz des Teppichs war er verdammt hart und fuhr mir durch sämtliche Glieder. Ich biss die Zähne zusammen, bekam die Zunge dazwischen und schmeckte Blut. In meinem Nacken begann es wieder zu schmerzen, dann lag ich still.

»So, da kann er erst einmal liegen bleiben«, hörte ich die Stimme des Lehrers, bevor er und seine Schwester sich entfernten …

Roland Foucert war einige Schritte in das Schloss hineingegangen. »Sie sind verschwunden«, meldete er.

Paretti grinste scharf. »Dann ist diese Lupina allein auf dem Hof.«

»Genau.«

»Sollen wir es machen?«

»Wir?« Foucert lachte leise. »Du bist doch der Mann.«

»Merde, du Feigling. Gehst du nicht mit?«

»Doch.«

»Dann erledigen wir es jetzt.«

Lupina schien ahnungslos zu sein. Sie stand mitten auf dem Burghof, drehte den Männern ihren Rücken zu und genoss es, wie die Dunkelheit immer mehr zunahm.

Sie schaute zum Himmel.

Dort trat der helle Vollmond deutlicher hervor. Eine gelbe Scheibe, in der die Kraft einer dunklen, gefährlichen Magie steckte, die von Werwölfen und Vampiren angebetet wurde und ihnen die Möglichkeit gab, zu reißenden Bestien zu werden.

Der Mond!

Sinnbild des Bösen, ein Gestirn, über das zahlreiche Geschichten und Legenden erzählt wurden und dessen magische Stärke doch nie erforscht worden war.

Lupina fühlte das Kribbeln. Ihre Haare auf dem dichten Fell stellten sich aufrecht, sie hatte den Mund weit geöffnet, den Kopf in den Nacken gelegt und nahm die Kraft voll in sich auf. Sie badete sich in seinem Schein, der fahl ihren Körper umfloss.

In ihren Adern pulsierte heißes Blut. Schwarzes Blut, Lebenssaft einer dämonischen Kreatur, die jetzt aktiviert wurde. Ein bekanntes Gefühl stellte sich ein. Sie merkte das Rauschen, das Blut schien sich zu erwärmen, schien zu kochen und wie siedendes Wasser durch ihre Adern zu laufen.

Die langen, blonden Haare verloren ihren Schimmer. Sie wurden stockig und fahl. Lupina merkte, wie sich ihr Mund spannte und verlängert wurde, sodass sich bereits eine Schnauze bildete. Überall sprossen Haare. Sie drangen aus ihrer Haut hervor und bedeckten ihr gesamtes Gesicht. Gleichzeitig wuchsen auch die Zähne. Sie wurden zu gefährlichen Hauern, zum Gebiss einer Bestie, die damit alles zerreißen konnte. Auch die Haare verloren jetzt jegliche Form und Farbe. Es verwandelte sich in einen dichten Pelz.

Lupina knurrte.

Jetzt hörte es sich wirklich an wie das Knurren eines hungrigen Wolfes.

Und hungrig war sie. Sie brauchte Menschen, sie brauchte deren Blut!

Nur die Augen waren so geblieben wie zuvor. Ansonsten hatte sich an ihrem Kopf alles verändert, selbst die Stirn war eingefallen.

Lupina hatte die endgültige Verwandlung hinter sich, riss ihre Schnauze auf und stieß ein klagendes Geheul aus, das schaurig über den Burghof hallte.

Es vermischte sich mit dem jammernden Geräusch des Windes zu einer Melodie des Schreckens.

Auch Foucert und Paretti hatten bemerkt, dass etwas nicht stimmte. Allerdings täuschte sie die Dunkelheit. So sahen sie erst genau, was geschehen war, als sie sich dicht hinter Lupina befanden.

Sie blieben stehen.

»Verdammt!«, flüsterte Paretti.

»Willst du kneifen?«, fragte Foucert.

»Nein, aber sie hat sich verwandelt. Das ist kein Haar mehr, das ist nur noch Fell.«

»Eben eine Wölfin.«

Paretti nickte. Er zog die Beretta, die mit Silberkugeln geladen war. Damit wollte er diese mörderische Wölfin umlegen. Eine Kugel in den Schädel, und das Biest existierte nicht mehr.

Foucert hielt sich etwas zurück. Er traute dem Braten nicht

so recht. Wenn Paretti schoss, wollte er nicht unmittelbar an seiner Seite sein.

Der Südfranzose merkte überhaupt nicht, dass sich sein Partner zurückgezogen hatte. Er war nur auf die Wölfin fixiert. Sie war groß wie ein Mensch, stand auf zwei Beinen, und als sie sich jetzt halb umdrehte, sah der Mann ihr Profil.

Es war tatsächlich das einer Wolfsschnauze!

Paretti schluckte.

Er hob die Waffe, zielte genau, und sein Finger fand den Abzug. Er brauchte ihn nur noch zu krümmen.

Da schaute die Wölfin ihn an. Blitzschnell hatte sie sich umgedreht, jetzt standen sich die beiden Auge in Auge gegenüber, und plötzlich schaffte Paretti es nicht mehr, abzudrücken. Er konnte den Zeigefinger einfach nicht krümmen. Es schien, als würde Leim daran kleben.

Er stöhnte auf.

Lupina starrte ihm in die Augen. »Was wolltest du, du Narr? Mich töten?«

Er nickte.

»Niemand kann mich töten. Schon gar nicht so ein Wicht wie du!«

»Ich habe Silberkugeln«, flüsterte Paretti. »Geweihte Silberkugeln. Die schaffen dich.«

»Vielleicht«, erwiderte Lupina. »Aber das tust du doch nicht aus eigenem Antrieb?«

»Nein.«

»Wer ist dein Auftraggeber?«

Da lachte Paretti. »Ist das wirklich so schwer zu raten, du Bestie?«

»Also Silva.«

»Genau.«

»Ich danke dir, dass du mir vor deinem Tod noch die Information gegeben hast«, erklärte Lupina.

Da wurden Parettis Augen groß. »Vor meinem Tod?«, keuchte er. »Wirklich vor meinem Tod?«

»Ja, denn du wirst sterben. Ich werde dich umbringen.« Sie hatte den Satz kaum ausgesprochen, da zuckte sie schon zur Seite. Es war ein blitzschnelles Reagieren, durch keinen Ausdruck in den Augen angezeigt.

Paretti schoss.

Vor der Mündung blühte für einen winzigen Moment eine Feuerblume auf, aber die Kugel jaulte an der weiblichen Bestie vorbei und pfiff irgendwo in den Nachthimmel. Der Dealer schwenkte die Pistole.

Plötzlich hatte er Angst. Zu einem zweiten Schuss ließ Lupina ihn nicht kommen. Dieses Risiko war ihr zu groß.

Ein Schlag gegen die Waffenhand prellte dem Dealer die Pistole aus den Fingern. Sie fiel zu Boden, blieb liegen, und Paretti schaute auf die Waffe.

Starr und ungläubig!

Bis er das Kichern hörte und Raubtiergeruch wahrnahm.

»Jetzt bist du dran«, sagte die Stimme der Werwölfin in einem heiser klingenden, flüsternden Ton.

Bei dem Dealer sträubten sich die Nackenhaare. Eine kalte Hand fuhr seinen Rücken hinab und schien Eiskristalle auf seiner Haut zu hinterlassen.

In diesem Moment drang das Licht des Vollmonds durch die dünnen Wolken. Ein Windstoß hatte ein kurzes Stück des Himmels blank gefegt. Freie Bahn für den Mond.

Für die Kraft des Bösen!

Irgendwie wusste Paretti dies, aber er konnte mit diesem Wissen nichts mehr anfangen.

Die Wölfin war schneller!

Zuerst sah Paretti das Blut, dann kam der Schmerz. Der Prankenhieb hatte ihm den rechten Jackenärmel buchstäblich zerfetzt, das Hemd darunter zerrissen und blutige Furchen in die Haut gegraben. Paretti starrte auf seinen Arm, ohne den Vorfall richtig begreifen zu können.

Dann stöhnte er, presste die Zähne zusammen und versuchte, sich der Werwölfin zu widersetzen. Seine Hände fanden kein Ziel. Die Bestie war einfach zu schnell. Lupina wurde zu einem wirbelnden Schatten.

Ein mörderischer Hieb traf den Rücken des Dealers und schleuderte den Mann nach vorn.

Bevor sich sein Mund mit Dreck und Erde füllte, stieß er einen Hilfeschrei aus.

»Roland!«

Aber Foucert hörte nicht oder wollte nicht hören. Er war zur Burg hin geflüchtet und sah die beiden Kämpfenden nur als bizarre Schatten.

Lupina bückte sich, zog ihr Opfer hoch und schleuderte es wuchtig zur Seite.

Wieder blieb der Dealer liegen.

Diesmal wurden beide vom Mondlicht getroffen. Scharf zeichneten sich ihre Konturen ab.

Foucert beobachtete, wie grausam Lupina werden konnte. Heftig bewegte sie sich hin und her, bückte sich ein paar Mal, er hörte noch das Schreien seines Kumpans, das abrupt verstummte, zu einem Wimmern wurde und schließlich nicht mehr zu hören war.

Totenstille.

Roland Foucert stand wie festgeleimt auf seinem Platz. Er hatte beide Hände gegen seine Brust gepresst und spürte, wie sein Herz regelrecht stampfte.

Lupina richtete sich auf. Dies geschah mit einer langsamen, fast zeitlupenartigen Bewegung, und sie richtete ihren Blick auf Roland Foucert.

Der Rektor glaubte, die erbarmungslosen Raubtieraugen schimmern zu sehen. Unwillkürlich duckte er sich.

Dann machte er kehrt. Er drehte sich so rasch auf dem Absatz herum, dass er fast gestürzt wäre, und taumelte in die Burg hinein. Begleitet wurde seine Flucht von einem schaurigen Heulen, das Lupina ausstieß und als Siegesmelodie über den Burghof schallte …

Trotz des dumpfen Gefühls im Schädel gingen mir die letzten Worte des Mannes nicht aus dem Kopf. Er hatte von einem bewusstlosen Chinesen gesprochen.

Das konnte nur Suko sein!

Also hatten sie auch ihn in ihre Gewalt gebracht.

Ich lag auf dem Rücken. Bewegen konnte ich mich überhaupt nicht, es war eine verdammte Situation. Zudem war ich waffenlos. Die Gegenseite hatte mir die Pistole abgenommen, und auch auf mein Kreuz musste ich verzichten.

Wenn ich mich jetzt verteidigen musste, dann eben mit den blanken Fäusten, und das gegen gefährliche Werwölfe.

Ich versuchte, mich in dem engen Gefängnis zu drehen. Das heißt, ich wollte meinen Körper so in Bewegung bringen, dass ich den Teppich vielleicht aufrollen konnte.

Das ging nicht.

James Bond hätte es vielleicht geschafft, ich war dazu nicht in der Lage. Also probierte ich nicht weiter, sondern blieb still liegen. Abermals musste ich niesen.

Dieser verdammte Teppich steckte voller Dreck und Staub. Als ich das zweite Mal fast explodierte, sagte jemand: »Gesundheit!«

Ich musste grinsen. Eigentlich hätte Bill Conolly so etwas sagen können, doch die Worte stammten von Suko.

»Danke!« Nur mühsam brachte ich das Wort hervor.

»Du steckst im Teppich, wie?«

»Ja, wie eine Ölsardine.«

»Und mich hat man hier angekettet«, vernahm ich die Stimme meines Freundes.

»Was ist mit Jane?«

»Keine Ahnung, John. Vielleicht ist sie entwischt.«

»Hoffentlich.« Ich pustete Staub zur Seite. »Wie sieht es hier eigentlich aus?«

»Bescheiden. Wenn etwas über den Teppich läuft, dann sind es Ratten, John. Ansonsten sehe ich vor mir eine Leiter, die ich aber nicht erreichen kann. Dann liegt hier noch Schutt und Geröll, außerdem ist es feucht. Kommt mir vor wie eine Wartekammer für die Hinrichtung.«

»Das ist es wahrscheinlich auch. Und wer hat dich überwältigt?«, krächzte ich. Ich musste immer laut sprechen, damit Suko etwas verstand.

»Dieser Rektor.«

»Was?« Diesmal lachte ich tatsächlich, obwohl mir danach nicht zumute war.

»Ja, das ist ein hinterhältiger Bursche. Ich habe ja meinen von Buddha geerbten Stab, aber der Kerl hat einen elektrisch geladenen, bei dem er die Dosis regulieren kann, die er dir geben will. Mich hat es auf jeden Fall umgehauen.«

»Danke für die Information.«

»Glaubst du denn, dass wir damit etwas anfangen können?«

»Das hoffe ich.«

»Na, dann hoffe mal weiter. Ich bin so gut wie nackt. Nur den Stab haben sie mir gelassen.«

»Ist doch wenigstens etwas. Ich musste sogar mein Kreuz in einen Pool werfen.«

»Ehrlich?«

»Und wie.« Dann berichtete ich Suko, wie man mich überwältigt hatte.

»Heldenhaft hast du dich gerade nicht benommen«, kommentierte mein Freund. »Ich habe das Gefühl, wir beide werden alt.«

»Scheint mir auch so. Trotzdem müssen wir versuchen, hier rauszukommen.«

»Aber wie?«, fragte ich.

»Lass dir etwas einfallen.«

»Klar, ich rolle mich aus dem Teppich, stehe auf und spaziere von dannen.«

»So ungefähr habe ich mir das vorgestellt.«

Dann sprach keiner mehr von uns. Wir beide hatten die Schreie vernommen, die auf dem Burghof aufgeklungen waren. Als es nach einer Weile still wurde und sich meine Gänsehaut verflüchtigt hatte, sagte ich: »Das war bestimmt Lupina, die sich ein Opfer geholt hat.«

»Wen?«

»Keine Ahnung.«

»Aber sie wird doch ihre Macht nicht schwächen. Die stehen alle auf ihrer Seite.«

»Das ist nicht sicher. Zumindest zwischen dieser Silva und Lupina scheint es eine ernstliche Rivalität zu geben, wie ich heraushören konnte.«

»Ein Grund mehr für uns, hier aus diesem verfluchten Loch zu flüchten«, schimpfte Suko.

»Ich kann mich hier nicht aufrollen, und dich hat man angekettet.«

»Klar, aber nicht die Beine.«

Ich dachte nach. »Wieso? Willst du mit deinen Beinen versuchen, den Teppich aufzurollen?«

»Wenn es geht.«

»Okay, dann los.«

Am Klirren der Kettenglieder hörte ich, wie sich Suko bewegte. Ich drückte ihm beide Daumen. Dann stieß etwas gegen die Rolle. Das musste Sukos Schuh sein.

Ich wartete mit vibrierenden Nerven. Auf meiner Stirn lag dick der Schweiß. Er rann mir auch in die Augen, wo er salzig brannte. Wieder traf Suko die Rolle.

»Und?«, fragte ich.

»Shit, ich schaffe es nicht.«

»Mach weiter.«

»Dann gib mir noch ein Bein, aber ein längeres, zum Henker.«

Suko gab nicht so leicht auf, aber wenn er sagte, dass es nichts brachte, dann stimmte das.

Ich biss vor Wut die Zähne zusammen. Wir mussten weiterhin hier hilflos liegen bleiben, daran war nichts zu ändern.

Wir schwiegen.

Schließlich meinte Suko: »Irgendwann werden sie uns holen, vielleicht haben wir dann eine Chance.«

»Oder sie killen uns hier.«

»Mann, hör auf, John!«

Ich hatte eine Antwort auf der Zunge, als mein Freund sagte: »Da kommt jemand.«

»Wer?«

»Weiß ich nicht. Aber ich habe Schritte gehört.«

»Von einem Menschen?«

»Genau.«

Ich hielt den Mund und wartete mit klopfendem Herzen ab, was sich in den nächsten Minuten tun würde.

Auch Suko war gespannt. Er hatte sich etwas bequemer hingestellt, hing nicht mehr in der Schräglage, denn seine Gelenke an den Schultern schmerzten noch immer. Den Kopf hatte er gedreht, sodass er zur Öffnung an der Decke schauen konnte.

Ein Mann erschien.

Es war Al Astor.

Dicht am Lukenrand blieb er stehen und blickte hinab.

»Was wollen Sie, Astor?«, fragte Suko so laut, dass auch ich den Namen verstehen konnte.

»Ich will mich nur davon überzeugen, ob ihr auch gut aufgehoben seid«, erwiderte er und lachte hämisch.

»Danke, es geht.«

»Bald seid ihr dran«, meinte Astor schadenfroh.

»Und womit?«, erkundigte sich Suko. Er schaute schräg nach oben. Astor hatte sich etwas vorgebeugt und rieb beide Hände gegeneinander. Sie waren ziemlich trocken. Fast hörte es sich an, als würde er mit Papier knistern.

»Die Wölfe werden euch fressen.«

»Welche, die echten?«

»Nein, die Werwölfe.«

»Noch leben wir«, sagte Suko. »Und an deiner Stelle würde ich auch hübsch vorsichtig sein, mein Freund.«

»Was soll das heißen?«

»Das will ich dir sagen. Wir haben so unsere Erfahrungen, Al Astor. Diese Lupina ist die Königin der Wölfe, und sie lässt sich ihre Macht nicht nehmen. Auch nicht von deiner Silva. Sie wird sie umbringen, um ihr Ziel zu erreichen, denn als Königin kann sie sich keine Niederlage leisten. Wenn Silva tot ist, wird sie sich die vornehmen, die zu ihr gehalten haben. Da kommt nur einer in Frage. Eben ein gewisser Al Astor.«

»Das bildest du dir ein!«, zischte der Messerheld.

»Denk an meine Worte, wenn es so weit ist. Einen hat Lupina ja schon umgebracht.«

»Woher willst du das wissen?«

»Ich habe die Schreie gehört.«

Al Astor verzog das Gesicht. »Na und?«, giftete er, wobei Speichel aus seinem Mund rann. »Das macht uns gar nichts. Warum hat sich dieser Paretti auch gegen sie gestellt? Er hätte zu ihr halten können, dann wäre es nicht passiert.«

»Auf welcher Seite stehst du denn?«

Astor lachte. Das Geräusch schallte Suko entgegen. Astors Gesicht sah der Chinese nur als einen hellen Flecken, weil es auch hier inzwischen dunkel geworden war. »Ich stehe auf der richtigen Seite, Chinese.«

»Das glaube ich kaum.«

»Halt jetzt dein Maul, oder ich stopfe es dir!«

»Wie denn, Astor? Du kannst doch nur einen Arm gebrauchen.«

»Reichen dir die Ketten noch nicht?«, höhnte Astor.

»Mit dir Witzfigur nehme ich es immer auf!«

Al Astor straffte sich. Seine Gestalt schien zu wachsen, als er einatmete.

»Mein Messer«, flüsterte er, »habe ich immer noch. Und links bin ich ebenso gut wie rechts.«

»Entschuldige, wenn ich das für übertrieben halte«, erwiderte Suko spöttisch.

Das war genau ein Satz zu viel für Astor. Und der Mann tat das, was sich Suko erhofft hatte.

»Ich werde dir mein Monogramm in den Balg schnitzen«, zischte er.

»Ja, weil ich wehrlos bin.«

Da lachte Astor. Es war ein bösartiges Lachen, voll sadistischer Vorfreude.

»Du kannst mir ja die Ketten aufschließen«, bemerkte Suko. »Dann kämpfen wir Mann gegen Mann.«

»Nein, Chink, der Schlüssel bleibt in meiner Tasche. Darauf kannst du dich verlassen.«

»Also doch feige.«

Astor gab keine Antwort mehr. Er drehte sich um, und Suko dachte schon daran, dass er verschwinden würde. Doch Astor wollte nur rückwärts die Leiter herunterklettern. Dabei hielt er sich mit der linken Hand an den Sprossen fest. Die rechte konnte er tatsächlich nicht gebrauchen.

Die letzten beiden Stufen sprang er. Drei Schritte von Suko und einen Schritt von der Teppichrolle entfernt kam er auf und drehte sich um. In der Drehung zog er das Messer.

Er hatte nicht übertrieben. Mit der linken Hand war er tatsächlich so schnell wie mit rechts.

Suko beobachtete ihn genau. Er war bis an die Wand zurückgewichen. Das raue Gestein spürte er im Rücken.

Astor stand geduckt vor ihm. Dabei hatte er sein Gewicht auf die Ballen verlagert und tänzelte leicht hin und her. »Na, immer noch die große Schnauze?«, höhnte er.

Suko hob die Schultern. Er ließ die Klinge nicht aus den Augen. Sie war schmal, spitz und gefährlich. Einmal hatte sie sich dicht an Janes Kehle befunden, aber da hatte Astor nicht zugestoßen. Hier wollte er es.

»Ich weiß nicht, ob es gut ist, wenn du den Wölfen die Beute wegnimmst«, meinte Suko.

Al lachte nur. »Ich werde dich doch nicht töten, Chink. Nur mein Monogramm einschnitzen.« Er trat noch einen Schritt näher.

Suko war die gespannte Aufmerksamkeit.

Astor hörte auf zu tänzeln. Für einen Moment stand er still. Er konzentrierte sich auf den Stoß.

Und der kam.

Al Astor wuchtete blitzschnell seinen Körper vor. Gleichzeitig streckte er seinen rechten Arm aus. Er machte ihn so lang wie möglich, wollte den Schnitt von links nach rechts ziehen und dabei quer über Sukos Brust.

Da traf ihn der Tritt.

Suko hatte mit dem rechten Fuß zugetreten, und der Treffer glich einem Hammerschlag. Bevor die Messerspitze Suko berühren konnte, zuckte Astor zusammen, sein Sprung wurde gebremst, und der Mann wirkte eine Sekunde lang wie eine Puppe.

Schwer krachte er zu Boden, wo er stöhnend liegen blieb.

Der Chinese trat noch einmal zu. Sehr dosiert, denn er wollte den Mann nicht töten. Seine Schuhspitze streifte den Kopf des Messerhelden. Astor verdrehte die Augen und wurde bewusstlos.

Der Chinese atmete auf.

Ich hatte in meinem eingerollten Teppich den Dialog mitgehört und auch die anschließenden Kampfgeräusche. Als es jetzt still war, wurde mir zuerst heiß und kalt, dann hörte ich Sukos Stimme.

»Er schläft, John.«

Mir fiel ein Stein vom Herzen. »Und jetzt?«, fragte ich.

»Er hat die Schlüssel«, erklärte Suko. »Mal sehen, wie wir es hinbiegen. Er liegt nicht sehr günstig.«

»Kannst du ihn umdrehen?«

»Mit den Füßen«, erwiderte der Chinese und machte sich sofort an die Arbeit.

Suko ging so weit vor, wie es die Ketten zuließen. Dann spreizte er die Beine und schob seine Füße unter die Schultern des bewusstlosen Al Astor. Er klemmte die Füße dabei in den Achselhöhlen ein und zog den Mann näher zu sich heran. Das kostete Kraft und Geduld. Suko hatte beides.

Schließlich lag der andere so, wie er ihn haben wollte. Der Chinese atmete auf.

»Wie weit bist du?«, fragte ich.

»Er liegt jetzt direkt vor mir. Ich muss ihn nur noch umdrehen.«

»Schlaf aber nur nicht ein.«

»Sei still in deinem Teppich.«

Zuerst hob Suko das linke Bein an, und er brachte auch den Körper ein Stück in die Höhe. Er setzte noch mehr Kraft ein, und schließlich kippte Astor um.

Jetzt lag er zwischen Sukos Beinen auf dem Rücken.

»Er liegt richtig«, erklärte mir der Chinese.

»Mach weiter!«, forderte ich ihn auf und hörte die Kettenglieder klirren.

Suko hatte sich gebückt und seine Arme so weit ausgestreckt wie möglich.

Er schaffte es tatsächlich, an die Hosentasche des Mannes zu gelangen. Jetzt musste er seine Hand drehen. Das war mit sehr großen Anstrengungen verbunden, denn die Manschette saß fest um sein Handgelenk.

Suko zog ein Taschentuch hervor, auch ein paar Münzen. Einen Schlüssel fand er nicht.

Ich hörte an seinem Schimpfen, dass der erste Versuch erfolglos verlaufen war.

»Muss mir die anderen Taschen vornehmen!«, keuchte der Chinese.

»Mach voran, Mensch.«

»Eile mit Weile!«

Suko strengte sich wirklich an. Er schob Al Astor noch weiter nach links, wobei das Messer freigelegt wurde, das der Mann zuvor mit seinem Körper verdeckt hatte.

Auch in die rechte Hosentasche konnte Suko greifen. Seine Finger tasteten, und er hatte Glück.

Suko fand den Schlüssel.

»Ich habe ihn!«, rief er triumphierend aus.

»Dafür kriegst du den ersten Preis. Eine Baggerfahrt durchs Gebirge.«

»Ja, und du musst lenken!«, keuchte der Chinese, denn er war dabei, den Schlüssel zwischen die Finger zu nehmen. Der schwierigste Teil der Aufgabe begann. Er musste den flachen Schlüssel in das kleine Schloss an der Manschette bekommen.

»Steck ihn zwischen die Zähne«, riet ich ihm.

»War gerade dabei.«

Suko klemmte sich den Schlüssel zwischen sein Gebiss und drehte den Kopf nach links. Gleichzeitig brachte er seinen Arm in die Nähe und versuchte, das Schloss an der Manschette so nahe wie möglich an den Schlüssel heranzubringen.

Beim ersten Versuch stieß er daneben.

Der zweite.

Diesmal klappte es fast. Um ein Haar hätte Suko den Schlüssel verloren.

Der dritte Anlauf.

Geschafft.

Der kleine Schlüssel glitt in das Schloss und blieb darin stecken. Suko atmete auf. So laut und befreiend, dass ich dieses Geräusch sogar vernahm.

»Hast du es gepackt?«

»Fast.« Suko führte die rechte Hand an den Schlüssel und drehte ihn herum. Er konnte seinen Bewachern nur danken, dass die Eisenketten lang genug waren. Wären sie kürzer gewesen, hätte alles keinen Sinn gehabt.

Der erste Ring fiel. Suko konnte seinen Arm wieder frei bewegen. Die zweite Manschette zu lösen war nur noch ein Kinderspiel.

Suko rieb seine Gelenke. Die Manschetten hatten ziemlich straff gesessen, das Fleisch war eingedrückt, die Zirkulation des Blutes kam wieder in Gang, und Suko hatte das Gefühl, als würden tausend Ameisen durch seine Hände laufen.

Er bückte sich und rollte den Teppich auf. Ich wurde dabei einige Male um die eigene Achse gedreht, und als Suko das letzte Stück zur Seite schlug, atmete ich auf.

Endlich geschafft!

Ich setzte mich hin. Dabei grinste ich Suko an, der den rechten Arm ausstreckte.

Der Chinese half mir hoch. Einen leichten Schwindel musste ich überwinden, dann ging es mir besser.

»Welche Waffen hast du noch?«, fragte Suko.

»Nur den Dolch und die Kreide.«

»Und ich habe den Stab. So völlig wehrlos sind wir also nicht.« Er deutete nach oben. »Erst einmal raus.«

Suko kletterte vor. Als er die Hälfte der Leiter hinter sich gelassen hatte, geschah es.

Wie ein Blitz aus heiterem Himmel erschienen die drei Schatten am Lukenrand. Wir hörten das gefährliche Knurren und wussten sofort Bescheid.

Die Wölfe waren da!

Silva starrte aus brennenden Raubtieraugen hinunter in den Burghof. Über eine Treppe war sie hinaufgelangt und hatte sich an eine Fensterluke gestellt.

So konnte sie mit ansehen, was Lupina mit diesem Paretti anstellte. Erst ihre Verwandlung, dann tötete sie den Mann.

Silva beobachtete jede ihrer Bewegungen. Sie musste sich eingestehen, dass diese Wölfin äußerst gefährlich war. Man konnte sie als raffiniert, schnell, wendig und kampfstark bezeichnen. Ihre Bewegungen waren fließend, sie gingen ineinander über, nichts daran war überflüssig oder zu viel.

Dann tötete sie ihr Opfer.

Auch dies tat sie nicht in einem Ansturm von Gefühlen, sondern mit kalter Routine.

Silvas Augen leuchteten. Sie musste sich eingestehen, dass Lupina nicht umsonst die Königin der Wölfe genannt wurde. Für einen Moment dachte sie daran, sich unter die Fuchtel der Werwölfin zu stellen. Doch sofort verschwand der Gedanke wieder aus ihrem Hirn. Nein, so einfach wollte sie es der anderen nicht machen. Lupina sollte nicht gewinnen, auf keinen Fall, auch die Vaselys waren stark. Wie stark, das wollte Silva noch in dieser Nacht beweisen.

Sie drehte sich um und spannte ihren Körper, denn im offenen Türrechteck stand ein Schatten.

Silva erkannte den Mann sofort. Es war Roland Foucert.

»Was willst du hier?«, zischte sie.

»Lupina hat ihn getötet!«, keuchte Foucert. »Sie dreht durch.«

»Ich weiß.«

»Willst du nichts unternehmen?«

»Doch.«

»Und was?«

»Das lass meine Sorge sein.«

Roland Foucert ließ sich durch die Abfuhr nicht beirren. »Bist du überhaupt sicher, dass Marcel und Jovanka auf deiner Seite stehen? Ich habe sie unten gesehen, auch sie schauten dem Kampf zu. Und sie haben gelächelt.«

»Beide sind Vaselys!«, zischte Silva.

»Das bedeutet nicht viel!«

»Du Idiot!«, zischte die Blonde. »Du hast keine Ahnung von einem Familienzusammenhalt. Wenn es hart auf hart kommt, werden sich Marcel und Jovanka auf meine Seite stellen, das kannst du mir glauben!«

»Dann rechnest du mit einer Auseinandersetzung zwischen dir und Lupina?«

»Es ist wahrscheinlich.« Silva drehte ab, weil sie Stimmen im Burghof gehört hatte.

Lupina hatte Marcel und Jovanka gerufen. Sie waren ihrer Aufforderung sofort gefolgt. Langsam schritten sie auf die Königin der Wölfe zu und passierten dabei auch das Mondlicht, das einen Schleier um ihre Körper legte.

Sie tankten Kraft!

Für wen? Für Lupina oder für Silva? Sie hatte sich vorhin sehr sicher gegeben, aber sie war es nicht. Foucert sollte nur glauben, dass sie stark war. Auf ihre Tiere konnte sie sich nicht mehr verlassen. Wie Al Astor reagierte, wusste sie auch nicht.

Wo steckte der Mann überhaupt?

Danach fragte sie Foucert.

»Ich weiß es nicht. Zuletzt habe ich ihn auf dem Hof gesehen. Dieses Weib hat ihm vielleicht das Gelenk gebrochen.«

»Möglich. Dann such ihn und hol ihn her. Ich will ihn in meiner Nähe haben.«

»Es ist gut.« Foucert verschwand. Er war kaum aus dem Zimmer, als Silva begann, sich auszukleiden. Zuerst öffnete sie ihre Lederjacke. Darunter trug sie nichts. Dann nestelte sie an dem Hosengürtel herum und stieg erst aus den Schuhen, bevor sie die enge Hose über die langen, gut gewachsenen Beine streifte.

Jetzt bedeckte nur noch ein knapper, grünlich schimmernder Slip ihren Körper. Den ließ sie an. Dafür reckte sie sich und warf ihre lange Haarflut in den Nacken.

Sie warf noch einen Blick in den Hof und flüsterte: »Ich komme, Lupina, und ich will sehen, wer von uns beiden die Stärkere ist …«

Der Wolf ließ sich kurzerhand fallen!

Er war der Erste am Lukenrand, die anderen hielten sich zurück. Suko konnte nicht mehr ausweichen, er riss zwar noch die Arme hoch, aber da prallte das Tier schon auf ihn.

Und es hatte sein Gewicht. Der Chinese konnte sich nicht mehr halten. Er wurde von der Leiter gerissen und krachte gemeinsam mit der Bestie zu Boden.

Ich wollte Suko zu Hilfe eilen, hielt jedoch in der Bewegung inne, denn die beiden anderen Wölfe sprangen und hatten mich als ihr Ziel ausgesucht.

Beide Hände legte ich zusammen und kreiselte herum. Der

Rundschlag krachte gegen den Kopf des ersten Tiers. Das verkraftete selbst diese Bestie nicht. Sie wurde zur Seite geschleudert und wälzte sich jaulend auf dem Boden.

Dem zweiten Tier entging ich durch einen gedankenschnellen Sprung zur Seite.

Suko kämpfte mit dem dritten Wolf. Er hatte so etwas wie Routine. Er selbst lag auf dem Rücken, das Tier befand sich über ihm und hatte sein Maul weit aufgerissen, um die Zähne in Sukos Hals zu schlagen.

Der Chinese riss sein Knie hoch und rammte es in den Leib der Bestie. Der Wolf zuckte zurück.

Sofort packte Suko das neben ihm liegende Messer. Seine Hand beschrieb einen Halbbogen, und im nächsten Augenblick wurde das Fell des Wolfes dunkel und nass.

Das Tier knickte zuerst in den Vorderläufen ein. Es warf in einer letzten Bewegung den Kopf hoch und stieß ein erbärmliches Winseln aus. Dann kippte es zur Seite und blieb tot liegen.

Suko atmete tief durch und richtete sich auf. Er suchte mich, denn ich hatte die beiden Bestien noch längst nicht besiegt.

Der zweite Angreifer war noch voll bei Kräften. Er hatte auch schon zugeschnappt, und mir war der Ärmel an der Seite eingerissen. Als er sich, von dem kleinen Erfolg begeistert, wieder auf mich stürzen wollte, traf ihn mein geweihter Dolch. Ich war dabei zur Seite gehuscht, in seinen Rücken gelangt und stieß dabei von oben nach unten zu.

Etwas rieselte aus dem Fell und wurde vom dunklen Blut mitgeschwemmt.

Ein weißes Pulver, wahrscheinlich Heroin oder Kokain. Dann brach das Tier in die Knie.

Den anderen Wolf hatte Suko inzwischen erledigt, sodass wir auf drei Kadaver schauten.

Der Chinese nickte. »Eine Gefahr weniger«, bemerkte er.

Ich säuberte die Klinge und steckte den Dolch wieder ein. »Ja, das war knapp. Komm, ich will hier raus.«

Diesmal hinderte uns niemand daran, die Leiter hochzusteigen. Am Lukenrand blieben wir stehen und lauschten.

Zu hören war nichts. Vor uns lag ein düsterer Gang. Ich holte die Bleistiftleuchte hervor. Als ich sie einschaltete, verlor sich der schmale Strahl in der Dunkelheit.

Dann vernahmen wir Schritte. Sofort löschten wir die Lampe und trennten uns blitzschnell. Suko ging hinter einem Geröllhaufen in Deckung, während ich mich eng gegen die Wand presste.

Die Schritte wurden lauter. Sie waren kräftig.

So ging an sich nur ein Mann.

Im nächsten Augenblick klang die Stimme durch den Gang. »He, Astor, wo steckst du?«

Es war Roland Foucert, der da rief. Dieser Knabe hatte uns noch gefehlt.

»Gib Antwort, Al!«

Es blieb still.

Aber Foucert wollte es genau wissen, deshalb blieb er nicht stehen, sondern ging weiter.

Er musste an mir vorbei.

Schon hörte ich sein Atmen. Es klang keuchend und hastig, als wäre der Mann sehr nervös.

Sollte er.

Ich sah seinen Umriss. Selbst verschmolz ich mit der Wand. Er würde mich erst im letzten Augenblick bemerken, wenn überhaupt. Doch irgendetwas warnte ihn, denn er blieb stehen.

Dabei schnüffelte und witterte er wie ein Raubtier, das seine Beute sucht.

Ich wollte eine Begegnung nicht noch länger hinauszögern und handelte. Mein rechter Arm flog hoch. Zwischen den Fingern hielt ich die Bleistiftleuchte und schaltete sie ein. War der

Strahl auch weniger dick als ein kleiner Finger, so blendete er Foucert doch. Er stach ihm ins Auge.

Roland Foucert zuckte zusammen.

»Ganz ruhig!«, zischte ich.

Gegenüber bemerkte ich eine Bewegung. Suko löste sich aus seiner Deckung. Auch Foucert musste sie gesehen haben, anders konnte ich mir seine Panikreaktion nicht erklären. Er machte auf dem Absatz kehrt und rannte davon.

Ich war näher bei ihm als der Chinese und jagte hinterher. Nach zwei langen Sätzen stellte ich fest, dass er so voller Panik gar nicht steckte, denn er wirbelte herum, und ich sah, wie er seinen rechten Arm hob. In der Hand hielt er etwas Längliches.

»Vorsicht, John! Der Stab ist elektrisch geladen!« Sukos Stimme warnte mich.

Der Rektor lachte schrill und schlug zu. Genau konnte ich es nicht erkennen, sah nur die schattenhafte Bewegung und warf mich noch in der Bewegung nach links.

Mit der Seite prallte ich gegen einen Schutthaufen und verlor die Lampe.

Ich spürte kleinere Steine und Sand zwischen den Fingern. Das schleuderte ich ihm entgegen.

Voll klatschte die Ladung in das Gesicht des Rektors. Er brüllte wütend auf, fuhr mit der linken Hand in sein Gesicht und schlug mit der anderen blind zu.

Es war gar nicht einfach, den Schlägen auszuweichen. Ich musste mich vor dem elektrisch geladenen Stock hüten.

Dann sah ich die Lücke, als er etwas langsamer wurde. Mein rechter Fuß fuhr hoch. Die Spitze kollidierte mit seinem Ellbogen. Foucert schrie auf. Er verlor den gefährlichen Stab, der durch die Luft tanzte.

Dann prallte er zu Boden.

Ich aber war bei Foucert. Zwei Ohrfeigen erstickten seinen

Widerstand. Der Rektor sackte in die Knie. Plötzlich begann er zu heulen. Ich ließ ihn, und Suko hob den Stab auf, den Foucert verloren hatte. Er nahm auch meine Lampe an sich, leuchtete den Stab an und untersuchte seine Funktion.

Ich beschäftigte mich inzwischen mit dem Rektor. Am Kragen zog ich ihn hoch.

Foucert schien ein gebrochener Mann zu sein. Sein Gesicht war verquollen, er schluckte und zog die Nase hoch. Dieser Kerl war weich. Seine Nerven spielten nicht mehr mit, das musste ich natürlich ausnutzen.

Ich schüttelte ihn durch. Nichts war von dem Dealer übrig geblieben, der jungen Mädchen Rauschgift verkaufte.

»Und nun reden Sie!«, sagte ich gefährlich leise. »Noch haben Sie eine Chance. Ich hoffe, Sie begreifen das.«

Er nickte heftig.

»Wer befindet sich alles in der Burg und auf dem Hof?«, fragte ich mit zischelnder Stimme.

»V – vier ...«

»Genauer.«

»Lupina, Silva, Marcel und seine Schwester.«

»Und Ihr Kumpan, Foucert?«

»Paretti ist tot. Lupina hat ihn umgebracht.«

»Warum? Er stand doch auf ihrer Seite.«

»Nein. Silva hat ihn geschickt. Er sollte Lupina töten, denn er hatte die Pistole mit den Silberkugeln. Aber er schaffte es nicht.«

»Wo ist die Waffe jetzt?«

»Keine Ahnung.«

Ich wechselte das Thema, während Suko Wache hielt. »Dann sind Lupina und Silva also Feinde?«

»Todfeinde«, flüsterte Foucert. »Silva will Lupina zum Kampf fordern. Sie will sich nicht unterkriegen lassen. Sie wäre eine Vasely, und die ließen sich nichts befehlen.«

»Wann findet der Kampf statt?«

»Gleich, glaube ich.«

»Wo?«

»Auf dem Hof.«

»Wie stehen die anderen dazu? Halten Marcel und Jovanka zu ihrer Schwester?«

»Das weiß ich nicht. Silva auch nicht. Verdammt, lassen Sie mich laufen! Ich verschwinde auch. Mit den Werwölfen habe ich nichts zu tun.«

»Aber mit dem Rauschgift.«

»Das ist doch eine andere Geschichte.«

»Sicher, es ist eine andere Geschichte, Herr Rektor. Allerdings eine verdammt miese. Und dass Sie als Lehrer mit drinhängen, macht die Sache nur noch schlimmer. Sie bringen den Ruf all Ihrer Kollegen in Gefahr, das sollten Sie sich hinter die Ohren schreiben. Ich sehe nicht ein, dass ich Sie laufen lasse und Sie an anderer Stelle wieder von vorn anfangen.«

»Ich schwöre Ihnen …«

»Schwören Sie nichts, Foucert.« Das waren meine letzten Worte. Gezielt und dosiert schlug ich zu. Meine Handkante traf dort, wo ich es haben wollte.

Roland Foucert sackte in die Knie. Er wurde bewusstlos. Ich ließ ihn am Boden liegen.

Das war erledigt.

Ich drehte mich zu Suko um, der mir den Stab überreichte.

»Danke«, sagte ich. »Vielleicht können wir damit auch ein paar Werwölfe kitzeln.«

»Das hoffe ich doch stark.« Suko grinste in der Dunkelheit und lachte leise.

»Vier Werwölfe!«, zählte ich auf.

»Schaffen wir die?«, fragte Suko.

»Sicher. Bisher habe ich nur Niederlagen einstecken müssen, das ist nun vorbei.«

»Frag mich mal.«

»Ich finde auch, dass wir sie kämpfen lassen sollten«, bemerkte ich. »Wenn zwei sich streiten, freut sich der Dritte. Und Jane scheint sich ja nicht mehr hier aufzuhalten, dann hätte Foucert sicherlich etwas davon erzählt.«

Der Meinung war Suko auch.

Wir bewegten uns jetzt sehr vorsichtig. Ich schaltete die Lampe nicht ein. Oft mussten wir Hindernisse umgehen, die sich schemenhaft vom Boden abhoben. So lautlos wie möglich näherten wir uns immer mehr dem Eingang.

Da hörten wir schon die Stimmen. Sie schallten vom Hof zu uns herüber.

Es waren Frauenstimmen.

Die der beiden Wölfinnen.

»Es geht los«, wisperte ich und ging unwillkürlich schneller. Suko blieb an meiner Seite, bis wir in der Halle standen, die auch ziemlich verfallen war.

Dort hatten wir einen guten Blick nach draußen – wie Zuschauer auf Logenplätzen, die sich ein Theaterstück ansahen, in dem der Teufel selbst Regie führte …

Silva schritt die brüchige Treppe hinab. Mit ihren nackten Füßen trat sie auf zahlreiche spitze Steine, aber das machte ihr nichts.

Diese Frau verspürte keine Schmerzen. Sie war erfüllt von einem unbändigen Zorn. Sie wollte endlich wissen, wer von den beiden Wölfinnen die Stärkere war.

Silva hatte nicht vor, kampflos aufzugeben. Sie wollte es bis zur völligen Vernichtung ausfechten, sie musste es sogar, denn für zwei Wesen ihrer Art war auf der Welt kein Platz.

Lupina oder sie!

Silva erreichte die Halle. Ein Windstoß fuhr hinein, trieb

Staub wie eine lange Fahne hoch und wühlte auch in ihrem blonden Haar, sodass es flatterte.

Sie betrat die Treppe, wo sie einen Augenblick stehen blieb. Und zwar noch im Schatten, denn das Mondlicht fiel nur auf den Hof, es streifte den Eingang nicht.

Noch hatte man sie nicht entdeckt. Aber Lupina war da. Sie stand mit Marcel und Jovanka zusammen und sprach heftig auf sie ein. Da die Unterhaltung im Flüsterton geführt wurde, konnte Silva nichts verstehen.

Aber ihre Wut steigerte sich. Und auch die Zweifel. Sie fragte sich, ob sich die Geschwister auf ihre Seite stellen würden, damit die Vaselys wieder vereint waren. Der Familiensinn sprach dafür, aber die alte Jurina hatte geweissagt, dass Lupina diese Familie als Königin der Wölfe anführen sollte. Die Werwölfe waren sowieso in alle Winde verstreut und unterrepräsentiert. Es wurde Zeit, dass sie sich zusammenschlossen.

So dachte auch Silva, allerdings nicht unter der Führung von Lupina. Wenn, dann wollte sie, Silva, die Herrin sein, denn sie war etwas Besonderes. Sie war eine weiße Wölfin.

Ein besonders prächtiges Exemplar, wie sie es nur sehr, sehr selten gab.

Als weiße Wölfin, so dachte Silva, war sie dazu prädestiniert zu führen. Diese Annahme stärkte sie und gab ihr die Kraft, der Feindin entgegenzutreten.

Sie schritt die Stufen hinab.

Fast unbekleidet, stolz und mit hocherhobenem Kopf. Noch hatte man sie nicht entdeckt, aber ihre Schritte waren zu hören, und wie auf Kommando hin wandten die drei ihre Köpfe.

»Silva Vasely!«, rief Lupina. »Endlich kommst du zu mir. Willst du mir nun deine Reverenz erweisen?«

»Nein, Lupina. Ich bin die Stärkere!«

Da lachte die Königin der Werwölfe. »Hast du nicht gesehen, was ich mit dem Mann gemacht habe, den du mir geschickt hast, kleine Silva?«

»Es war kein Kunststück, ihn umzubringen.«

»Zumindest hielt er eine mit Silberkugeln geladene Waffe in der Hand«, bemerkte Lupina.

»Na und? Auch ich hätte sie ihm leicht entwunden. Aber mit mir wirst du nicht so leicht fertig.«

Lupina hatte sich nicht wieder verwandelt. Noch immer trug sie den Wolfskopf auf den Schultern. Sie bot ein hässliches Bild mit ihrem dunklen, zottigen Fell. Ihre schrägen Augen glänzten wie zwei kalte Sterne in der Ewigkeit des Alls. Ohne Gefühl, ohne Erbarmen. Diese Frau war eine Bestie.

Sie schaute ihre Gegnerin an.

Silva war stehen geblieben. Stolz, unnahbar. Schlank und biegsam die Figur, sie war das Sinnbild der Verführung schlechthin, eine brandgefährliche Mischung aus Sex und Bestie. Wehe dem Mann, der auf sie hereinfiel. Der Wind spielte mit ihrem Haar, wehte es zur Seite, wieder zurück, und die Spitzen streichelten den vollen Busen. Ungemein lang waren die Beine. Sie schienen nicht enden zu wollen, und als sie jetzt den Kopf in den Nacken legte, sah man das Spiel ihrer Muskeln unter der Haut.

Welch eine Frau – welch eine Bestie!

Sie badete sich im Mondlicht. Es fiel als heller Teppich auf sie. Sie hatte den Mund ebenso geöffnet wie die Augen, wollte das Licht trinken und seine Kraft in sich aufsaugen, damit sie ihr die nötige Stärke gab.

Lupina ließ sie in Ruhe. Sie hätte Silva jetzt angreifen können, doch das war unter ihrer Würde. Stattdessen wandte sie sich den beiden Geschwistern zu.

»Es wird Zeit!«

Jovanka und Marcel nickten. Sie fassten sich an den Händen,

schauten ebenfalls hoch zum Mond, öffneten ihre Lippen, und noch bevor die Verwandlung begonnen hatte, drang bereits ein heulendes Klagen aus ihren Rachen.

Dann begann die Metamorphose des Schreckens. Bei beiden veränderte sich die Haut. Haare sprossen, wurden zu Fell. Die Gesichter verlängerten sich, aus den Mündern wurden Schnauzen mit gefährlichen Reißzähnen.

Jovanka heulte dabei und schrie. Noch hatte sie die Kräfte nicht unter Kontrolle, sie konnte sie nicht so steuern wie ihr Bruder, der sich bereits öfter verwandelt hatte.

Jovanka trampelte, taumelte und schrie. Sie wand sich am Boden, keuchte und jaulte. Ihre Kleidung riss, als würden unsichtbare Hände daran zerren. Sie bestand zum Schluss nur noch aus alten Fetzen, aber das war nicht wichtig.

Sie wollte nur zur Bestie werden. Und sie wurde es.

Als sich Jovanka wieder auf die Füße stemmte, war sie eine perfekte Werwölfin.

Auch Silva hatte die Verwandlung mit angesehen. Sie nickte zufrieden, wobei sie ein leises Lachen ausstieß. Ihre Geschwister waren den gleichen Weg gegangen wie sie. Beide hatten ihr soeben den Beweis geliefert.

Jetzt wollte sie wissen, für wen sie sich entschieden hatten. Lupina oder sie?

»Ich freue mich, dass auch ihr endlich dazugehört!«, rief Silva. »Jetzt sind wir auch äußerlich eine Familie, aber ich möchte von euch wissen, auf wessen Seite ihr steht. Sagt es mir jetzt, und sagt es mir ins Gesicht!«

Die beiden schwiegen. Wohl fühlten sie sich nicht, das war ihnen deutlich anzumerken.

»Los, raus mit der Sprache! Wem wollt ihr gehorchen?«

Jovanka übernahm das Wort, und sie sagte: »Ich habe Jurinas letzte Worte vernommen. Sie wollte, dass wir Vaselys uns wieder vereinigen, dass wir nicht mehr getrennt leben.«

»Das ist nun geschehen!«, rief Silva dazwischen. »Es ist noch keine Antwort auf meine Frage.«

»Die alte Frau wollte auch, dass Lupina die Führung der Werwölfe übernimmt. Sie ist die Königin.«

»Heißt es, dass ihr Lupinas Anordnungen und Befehlen gehorchen wollt?«

»Ja.«

Die Antwort hatte Silva doch einen leichten Schock versetzt, obwohl sie eigentlich damit gerechnet hatte. Aber es war etwas anderes, wenn man es ihr direkt ins Gesicht sagte.

»Und ich gebe dir einen guten Rat«, führte Marcel die Rede seiner Schwester fort. »Ordne dich ihr auch unter, Silva. Du kannst doch an die zweite Stelle treten!«

»Nein, niemals!«, schrie sie. »Nein und abermals nein! Ich werde die Werwölfe anführen, nicht sie!«

»Dann muss es zu einer Entscheidung kommen!«, rief Lupina.

»Die kannst du haben. Unter der schwarzmagischen Kraft des Mondes wollen wir herausfinden, wer von uns beiden die bessere Führerin ist. Der Kampf muss bis zum bitteren Ende gehen. Es darf nur einen Sieger geben. Die eine muss die andere töten. Für zwei Königinnen ist kein Platz auf dieser Welt.«

»Ich bin ganz deiner Meinung, Silva. Und jetzt verwandle dich endlich!«

Silva nickte. Ihre blonden Haare flogen. Eine Windbö rauschte in den Burghof. Irgendwo am fernen Himmel war ein fahles Wetterleuchten zu sehen. Wahrscheinlich tobte sich weit über dem Meer ein Gewitter aus.

Silva fiel auf die Knie. Sie hob beide Arme, legte die Hände gegeneinander und flehte den Mond an. Sie sprach, doch niemand hörte, was sie sagte. Silva hielt Zwiesprache mit dem Erdtrabanten, der ihr so viel bedeutete.

Und auch sie verwandelte sich. Allerdings wurde ihre Haut nicht dunkler, sondern heller. Überall spross das helle Fell. Auf dem Gesicht, am Rücken, vorn am Körper. Es bedeckte bald Arme und Beine, die Zehen und die Finger.

Das Gesicht, als Mensch mit einer sinnlichen Ausstrahlung versehen, veränderte sich ebenfalls.

Eine Schnauze bildete sich.

Lang und spitz, mit Ober- und Unterkiefer, in denen die Reihen der scharfen Zähne wuchsen. Aus den Händen wurden Krallen, die Füße verwandelten sich zu Tatzen, und das Fell leuchtete wie frisch gefallener Schnee.

Das war die weiße Wölfin!

Sie warf ihren Kopf hin und her, heulte den Mond an, als könne nur er ihr eine Antwort auf ihre Fragen geben.

Lupina scheuchte die beiden Geschwister weg. Sie brauchte jetzt Platz, um kämpfen zu können, und sie wollte Silva keine Chance lassen.

Eine konnte nur am Leben bleiben. So wollte es das ungeschriebene Gesetz der Werwölfe.

»Bist du bereit?«, rief Lupina.

»Ja!« Die Antwort war mehr ein Heulen, und doch für menschliche Ohren verständlich.

»Dann lass uns beginnen!«, rief Lupina und setzte sich langsam in Bewegung.

Der Kampf begann!

Davon ahnten Jane Collins und der Pfarrer Georges Frambon nichts, als sie durch die Dunkelheit fuhren. Zum Glück war der Pfarrer ortskundig, er kannte den Weg.

Jane saß neben ihm. Die Waffe, die silberne Axt, hatten sie auf den Rücksitz gelegt. Und die Detektivin umklammerte mit beiden Händen das Kreuz.

Immer öfter warf sie einen Blick aus dem Fenster und dann hoch zum Himmel.

»Was ist?«, fragte der Pfarrer.

»Mir gefällt der Mond nicht.«

Da nickte der Geistliche. »Ja. Vollmond. Klar und scharf zu sehen. Das ist die Zeit der Bestien.«

»Genau.«

Dann schwiegen sie wieder. Jeder hing seinen Gedanken nach, obwohl sie sich bei beiden um das gleiche Thema drehten. Konnten sie es schaffen, die Werwölfe zu vernichten? Reichten die silberne Axt und das Kreuz für eine Übermacht?

Jane wusste es nicht. Zudem dachte sie an John Sinclair, von dem sie keine Spur entdeckt hatte. Wo mochte er stecken? Hatte er gegen die Bestien gekämpft, oder war er erst gar nicht dazu gekommen?

Als sie die Baumgruppe passierten, wo der R4 stand, löschte der Pfarrer die Scheinwerfer. »Ich möchte nicht, dass man unsere Ankunft zu früh bemerkt.«

Damit war Jane einverstanden.

Sie fuhren noch etwa hundert Meter weiter, als der Pfarrer abbremste.

Der Wagen rollte aus.

»Den Rest des Weges werden wir leise und möglichst schleichend zurücklegen!«, flüsterte er.

Damit sprach er Jane Collins aus dem Herzen.

Der Pfarrer bückte sich noch einmal zurück in den Wagen und holte die Axt hervor. Er hielt sie hoch. Die Schneide wurde vom Mondstrahl getroffen und blitzte für einen winzigen Moment hell auf. Jane und dem Pfarrer kam es wie ein Zeichen vor.

»Wir werden siegen«, sagte der Geistliche mit fester Stimme. »Es kann nichts anderes geben. Das Böse darf nicht triumphieren.« Er schaute Jane dabei an und las in ihren Augen absolute Zustimmung.

Sie setzten sich in Bewegung.

Der Pfarrer ging voraus. Seine Schritte waren raumgreifend, und während er ein Bein vor das andere setzte, murmelte er Gebete. Die Axt hielt er in der rechten Hand. Jane erkannte, dass seine Fingerknöchel scharf und hart hervortraten. Das Gesicht des Pfarrers schien aus Stein zu sein. Kein Muskel regte sich darin. Die Lippen bildeten einen dünnen Strich.

Meter für Meter legten sie zurück. Niemand sprach ein Wort. Die beiden Menschen hingen allein ihren Gedanken nach.

Jane hoffte und zitterte, dass sie nicht zu spät kommen würden. Sie hatten sich schon sehr beeilt. Es war auch keine Zeit mehr gewesen, die Nachbarn des Pfarrers oder andere Helfer zu alarmieren. Es kam auf Minuten an.

Plötzlich blieb der Pfarrer stehen. Er wandte sich zu Jane um und raunte: »Hören Sie nichts?«

»Nein, nur den Wind.«

»Ich glaubte, Schreie gehört zu haben.«

»Gehen wir weiter.«

Nach etwa zehn Metern blieb der Pfarrer abermals stehen. Und jetzt vernahm es auch Jane Collins. Tierische Laute drangen an ihre Ohren.

Kreischen und Fauchen. Wild, ungezügelt und unkontrolliert.

»Großer Gott, was ist das?«, hauchte der Pfarrer.

»Die Wölfe!«, wisperte Jane und spürte die Gänsehaut, die über ihren Rücken rann.

»Ja«, sagte der Pfarrer, »das sind sie.« Er griff nach Janes Arm. »Kommen Sie, wir dürfen jetzt keine Zeit mehr verlieren.«

Die beiden beeilten sich, erreichten ihr Ziel und warfen sich zu Boden.

Sie hatten freie Sicht auf den Burghof, wo der helle Mond eine gespenstische, gleichzeitig auch faszinierende Szene beleuchtete. Sie erlebten den Kampf zweier Bestien!

Beide waren sie vorsichtig und nicht ungestüm, wie man es eigentlich hätte erwarten können. Sie kannten sich gut und wussten genau, was sie voneinander zu halten hatten.

Vor allen Dingen beging Lupina nicht den Fehler, ihre Gegnerin zu unterschätzen. Sie hielt sich sogar noch stärker zurück als ihre Herausforderin.

Die Bestien umkreisten sich.

Nur ihr Hecheln und das Tappen der Pfoten auf der Erde war zu hören.

Marcel und seine Schwester schauten zu. Sie standen wie unter Strom, so sehr hielt sie die Spannung gepackt.

Wer würde siegen?

Da griff Silva an. Sie sprang aus dem Stand und schlug mit den Pranken zu, um ihre Gegnerin hart zu treffen. Lupina wich geschickt aus, sodass dieser Angriff verpuffte.

Silva lachte. »Du bist ja schnell, Lupina. Gratuliere.«

»Für dich langt es immer.«

Beide hatten sich für die gleiche Kampftechnik entschieden. Sie waren hoch aufgerichtet, standen auf ihren Füßen und hielten die Pranken angewinkelt.

Und dann stürmte Silva vor.

Diesmal wich Lupina nicht aus. Sie ließ ihre Feindin kommen und warf sich ihr sogar noch entgegen.

Beide Körper klatschten zusammen.

Die Zuschauer zuckten. Schaum bildete sich vor Marcels Schnauze, so erregt war er.

Seiner Schwester erging es nicht anders. Ihre Raubtieraugen schienen zu leuchten, unruhig scharrte sie mit den Füßen.

Zu sehen war kaum etwas. Die beiden Wölfinnen hatten sich ineinander verkrallt, sie grunzten, keuchten und fauchten.

Noch hatte niemand von ihnen zugebissen. Sie hielten sich nur gegenseitig fest und versuchten, ihre Pranken in das Fell des Gegners zu schlagen.

Dann biss Silva.

Lupina fauchte wütend. Es war schon fast ein Kreischen. Silva hatte ihr ein Stück Fell weggerissen. Die Haare schimmerten zwischen ihren Zähnen.

Auch Lupina biss zu.

Und diesmal gab Silva nicht acht. Sie hatte wohl zu sehr an ihren ersten Erfolg gedacht, bis sie sah, dass sich ihr weißes Fell an der linken Seite rot färbte.

Werwolfblut pumpte aus der Wunde. Dieser Anblick machte Silva rasend. Sie setzte alle Kraft ein und schleuderte Lupina von sich, die zwar zu Boden fiel, sofort aber wieder aufsprang und lachte.

»Das war erst der Anfang, Silva. Glaubst du immer noch, mich besiegen zu können?«

»Sei ruhig.«

»Ich gebe dir eine Chance, Silva. Unterwirf dich. Gehorche meinen Befehlen, und wir können den Streit vergessen. Gemeinsam werden wir stark sein.«

»Niemals!«, keuchte Silva. »Nie werde ich dich als Königin anerkennen, Lupina!«

»Dann wirst du sterben!«

»Das werden wir sehen!«

Die weiße Wölfin Silva stand nicht mehr aufrecht, sondern auf allen vieren. An ihrer rechten Flanke lief das Blut aus der Schulterwunde herab. Es hatte das Fell gerötet und durchnässt. Die Wunde musste schmerzen, doch die weiße Wölfin zeigte es nicht. Ihr Hass und ihr Siegeswillen waren einfach zu groß.

Sie wollte es Lupina zeigen und die Königin entthronen.

»Komm doch!«, lockte Lupina, »komm her, du willst mich doch packen. Dann tu es.«

Diesmal war Silva vorsichtiger. Sie ließ sich nicht mehr provozieren. Die eine Wunde hatte ihr gereicht. Sehr genau hielt sie die Distanz ein. Ihre Blicke glitten dabei an Lupina vorbei und trafen die Geschwister.

Eigentlich standen Marcel und Jovanka günstig. Sie hielten sich in Lupinas Rücken auf und konnten die Königin der Wölfe angreifen, ohne dass sie sich hätte dagegen wehren können.

Die Geschwister sahen die Blicke zwar, erkannten auch die Aufforderung, aber sie reagierten nicht. Sie stellten sich nicht auf die Seite ihrer Schwester.

Ungeduldig scharrte Silva mit den Vorderläufen. Ihr weißes Fell hatte sich gesträubt. Die Wölfin war hochgradig erregt. Sie hielt es auf ihrem Platz nicht mehr aus, sondern bewegte sich langsam vor.

Lupina ließ sie kommen.

Da war sie eiskalt.

Dann, als sich die weiße Wölfin in der Bewegung befand, stieß sich Lupina ab. Es war ein wuchtiger Sprung, flach geführt, die Schnauze hatte sie aufgerissen, und sie wollte die Zähne in den Körper der weißen Wölfin hacken.

Silva wich aus.

Trotzdem prallte Lupina gegen sie.

Im nächsten Augenblick hatten sich die beiden Bestien ineinander verbissen. Sie wälzten sich auf dem Boden. Gras und Dreck flogen hoch, auch Staubwolken vernebelten die Sicht, entzogen die Kämpfenden den Blicken der Zuschauer.

Für eine Weile war nur das Knurren, Jaulen, Heulen und ein menschlich klingendes Keuchen zu hören. Hin und wieder tauchte ein Körper aus der Wolke auf. Dann war er grau vom Schmutz und vom Dreck, der wie eine Schicht auf dem Fell lag.

Ein wilder, klagender Schrei erreichte die Ohren der Zuhörer. Niemand wusste, wer ihn ausgestoßen hatte. Im nächsten Augenblick sahen die Zuschauer klarer.

Die Gegnerinnen lösten sich wieder. Beide taumelten sie, denn beide hatten Wunden davongetragen. Die weiße Wölfin zeigte ein Fell, das durch ihr Blut mit einem dunklen Muster versehen war. Sie hinkte auch, denn ein Biss hatte sie auch am Hinterlauf erwischt.

Lupina ging es besser. Auch sie blutete am Nacken. An der Brust war ebenfalls das Fell abgerissen worden, sodass die dunkle Haut mit der Bisswunde zu sehen war, die wie ein Spalt klaffte. Doch Lupina ging normal. Ihre Läufe waren noch völlig in Ordnung, sie konnte sich nach wie vor schnell bewegen, während Silva ihre Schwierigkeiten damit hatte.

»Willst du aufgeben?«, fragte Lupina.

»Nein!«

Als Jovanka und Marcel die Antwort hörten, erschraken beide. Ihnen war klar, dass Silva eine nächste Attacke kaum überstehen würde, dazu war sie nicht mehr beweglich genug.

Abermals versuchte Marcel zu retten, was noch zu retten war.

»Hör auf, Silva! Beende den sinnlosen Kampf!«

»Nein!«, heulte die weiße Wölfin. »Es war abgemacht, dass eine von uns stirbt!«

Auch Lupina hatte die Worte vernommen. Sie leckte mit ihrer langen Zunge das Blut aus den Wunden, unterdrückte die Schmerzen und schüttelte sich. Längst wirkte sie nicht mehr so kraftvoll wie zu Beginn. Auch die Königin hatte Federn lassen müssen.

»Weiter!«, hetzte Silva. »Komm her!«

Lupina tat ihr den Gefallen nicht.

Sie lauerte, denn sie wollte, dass Silva angriff. Und die ging auch vor. Dabei zog sie ein Bein nach. Es war eine groteske Haltung. Silva war stark behindert. Nie würde sie den Kampf zu ihren Gunsten entscheiden können.

Das war auch den beiden Geschwistern klar. Marcel versuchte es mit Gewalt. Drei lange Sprünge brachten ihn zu seiner Schwester. Er versuchte sie zu überreden, doch er erntete nur ein wildes Fauchen und eine noch wildere Drohung.

»Denk an unsere Großmutter!«, schrie er. »Jurina hat es so gewollt. Sie wollte Lupina als Königin, denn sie wusste von ihrer Stärke. Warum begreifst du das nicht?«

»Weil ich mich nicht unter die Knute einer anderen stelle«, erwiderte Silva.

»Vergiss deinen Stolz. Denk an unsere gemeinsame Zukunft!«

»Die gibt es nicht. Lupina ist meine Todfeindin. Sie muss sterben, sie muss es!«

Da war nichts zu machen.

Sterben oder untergehen, so lautete Silvas Devise. Lieber starb sie, als dass sie sich in die Knechtschaft einer Königin wie Lupina begab.

Marcel zog sich zurück.

Er ging langsamer, und Silva folgte ihm. So gelangte sie näher an Lupina heran. Sie wollte es jetzt wagen. Eine letzte Attacke musste zum Erfolg führen.

Noch einmal sammelte sie ihre Kräfte, richtete sich hoch auf und sprang an ihrem Bruder vorbei auf Lupina zu.

Die Königin der Wölfe hatte aufgepasst. Sie sah die zu allem entschlossene Gegnerin, das geöffnete Maul, und sie dachte gar nicht daran, auszuweichen.

Auch sie schnellte in die Höhe, und so prallten beide klatschend zusammen.

Jeder wollte beißen, jeder verfehlte den anderen. Zähne

klackten aufeinander, ein schauriges Fauchen drang aus den Schnauzen der Wölfinnen. Sie rissen ihre Köpfe hoch und fanden abermals ihre Ziele. Die Schnauzen wühlten sich in das Fell der Gegnerin, suchten nach schwachen Punkten. Beide Wölfe schrien, heulten und fauchten, schlugen sich mit ihren Pranken und suchten nach einem schwachen Punkt beim Feind.

Über die Lichtung schallte das Schreien, Kreischen und Jaulen, während der runde Vollmond sein geisterhaft fahles Licht ausstrahlte und es über die beiden Wölfinnen ergoss. Er gab den beiden Bestien immer wieder neue Kraft, die sie unbedingt brauchten, um weiterkämpfen zu können.

Die Wölfinnen waren von einer erschreckenden Wildheit. Auch Silva merkte man nicht an, dass sie schwerer verletzt war als ihre Gegnerin. Sie hatte noch einmal sämtliche Kräfte mobilisiert. Ihr mit Blut besudelter Körper zuckte und drehte sich. Immer wieder wuchtete sie gegen Lupina, wobei ihre Zähne ein Ziel suchten. Wenn es ihr gelang, Lupina mit einem Biss den Hals aufzureißen, war sie die Siegerin.

Die Königin der Wölfe konnte kämpfen. Sie wich geschickt aus, blockte die Bisse der anderen ab und gab sich dabei kaum eine Blöße.

Silva wurde immer ungestümer. Sie ließ sogar von Lupina ab, um sie im nächsten Augenblick wieder anzuspringen.

Dabei dachte sie nicht mehr an ihr verletztes Bein und kam schlecht vom Boden weg. Der Sprung wurde zu flach, und so bot sich Lupina die große Chance, die sie eiskalt nützte.

Was hatte Silva gefordert?

Der Kampf sollte bis zum bitteren Ende durchgeführt werden. Und das sollte sie haben.

Jovanka schrie unwillkürlich auf, denn sie ahnte, was folgen würde. Ihr Bruder hatte sein Maul weit aufgerissen, ein verzweifeltes Stöhnen stieg aus seiner Kehle.

Lupina ließ sich die Chance nicht entgehen. Durch den zu flachen Sprung ihrer Rivalin lag deren Nacken ungeschützt vor ihr. Schnell wie ein Pfeil griff Lupina an.

So weit es ging, hatte sie ihr Maul aufgerissen. Ein wildes Fauchen drang daraus hervor.

Und dann biss sie zu.

Sämtliche Zähne gruben sich in das Fell der weißen Wölfin, bissen durch und trafen die empfindlichen Stellen.

Plötzlich sackte Silva zusammen.

Sie hatte ihr Maul ebenfalls weit aufgerissen. Ein klagender, fast menschlich zu nennender Schrei drang daraus hervor.

Die beiden Geschwister sahen ihre Augen, in denen sich plötzlich die Angst und das Entsetzen widerspiegelten, bis sie schließlich brachen und Silva blutüberströmt am Boden liegen blieb.

Ein letztes Mal zuckte ihr Körper noch. Reflexe irgendwelcher Muskeln, dann war die weiße Wölfin tot.

Schweigen breitete sich aus.

Lupina, die Königin der Wölfe, hatte auch diesmal bewiesen, dass sie den Titel zu Recht führte. Sie hatte ihre Todfeindin besiegt. Lupina senkte den Kopf und schaute auf die tote Wölfin hinab. Dann schüttelte sie sich, öffnete noch einmal ihr Maul, und Siegesgeheul drang daraus hervor. Beide Vorderläufe legte sie auf den Körper der Toten, während sie den Kopf drehte und zum Mond hochschaute, dem sie das Geheul entgegenschleuderte.

Sie hatte gewonnen!

So musste es sein.

Auch Lupina blutete. Aber ihre Wunden waren längst nicht so stark, als dass sie sich jetzt ausruhen müsste. Nein, sie war richtig in Fahrt gekommen. Der Kampf mit Silva war für sie nur der Auftakt gewesen, andere würden folgen.

Lupina verließ ihren Platz und kümmerte sich nicht mehr

um die Besiegte. Sie ging zu den beiden Vaselys. Vor ihnen blieb sie stehen.

»Was ist?«, fragte sie. »Steht ihr auf ihrer Seite?«

Menschliche Laute aus dem Maul der Bestie zu hören war mehr als seltsam.

»Nein, sonst hätten wir ihr geholfen«, erwiderte Marcel. »Du bist unsere Königin, so schreibt es die Familientradition der Vaselys vor. Jurina hat es uns mit auf den Weg gegeben.«

»Ich freue mich, dass ihr euch daran haltet. Ein Anfang ist gemacht, doch der längste Weg liegt noch vor uns. Wir werden alle Gegner ausschalten, und mit dem schlimmsten fangen wir an. Mit John Sinclair. Wo befindet er sich?«

»Hier bin ich!«, gellte meine Stimme.

Auch Jane Collins und der Pfarrer Georges Frambon hatten den Kampf beobachtet. Noch nie in ihrem Leben hatten sie so etwas gesehen und waren dementsprechend fasziniert und gleichzeitig abgestoßen.

Sie lagen in Deckung eines Erdhügels dicht am Eingang zum Burghof. Jane hatte die Hände zu Fäusten geballt, aus der rechten schaute das Kreuz hervor.

Sie hielt mit keiner Wölfin. Am liebsten wäre es ihr, wenn sich beide gegenseitig töteten.

Der Pfarrer murmelte ununterbrochen vor sich hin. Jane konnte nicht verstehen, was er sagte, sie glaubte aber, dass es Gebete waren. In der Rechten hielt er seine Axt mit der silbernen Schneide. Die Wangenmuskeln zuckten, die Augen leuchteten, denn sie waren weit aufgerissen.

»Mein Gott«, flüsterte er, als er den blutüberströmten Körper der weißen Wölfin sah. »Sie wird es nicht schaffen.«

Diesmal hörte Jane die Worte, doch sie reagierte nicht darauf. Sie beobachtete weiter.

Und auch die beiden anderen Bestien ließ sie nicht aus den Augen. Den Gesprächen hatte sie entnommen, dass es die Geschwister der weißen Wölfin waren.

Sie hatte also eine regelrechte Werwolf-Sippe vor sich.

Nur von John Sinclair sah sie nichts. Jane machte sich Sorgen. Wo steckte der Geisterjäger? Hielt man ihn irgendwo gefangen? Oder hatte man ihn schon getötet? Und was war mit Suko, dem Chinesen, geschehen? War er vielleicht auch schon ausgeschaltet worden?

Jane merkte, wie sie von einer wilden Wut überschwemmt wurde. Sie wollte diese Bestien töten, beide Wölfinnen sollten mit der Weißen Magie des Kreuzes zerstört werden.

Ihre Gedanken wurden unterbrochen, denn die weiße Wölfin, schon angeschlagen, startete ihren letzten verzweifelten Angriff. Und sie legte alles hinein, zu dem sie noch fähig war.

Trotzdem lief sie Lupina in die Falle.

Jane hatte Mühe, einen Schrei zu unterdrücken, als sie sah, wie die Königin der Wölfe zubiss. Ihre Zähne fanden genau die schwache Stelle der Gegnerin.

Tot sank die weiße Wölfin zu Boden.

»Das war's dann wohl«, sagte der Pfarrer und atmete schwer. Auch ihn hatte das Zuschauen erregt.

Jane nickte. Sie fragte: »Sollen wir jetzt eingreifen?«

»Nein, warten Sie. Ich will wissen, was die Siegerin jetzt vorhat.«

Zunächst heulte sie nur. Dieser klagende, schaurige und doch triumphierende Ton rief bei Jane Collins eine Gänsehaut hervor, und sie schüttelte sich.

Dann brach er ab.

Nur noch das Echo schwang zwischen den alten Mauern der unheimlichen Werwolf-Burg.

Jane und der Pfarrer vernahmen die nächsten Worte der

Wölfin. Beide bekamen mit, wie sie von ihrem Todfeind, John Sinclair, sprach. Zuletzt rief sie: »Wo befindet er sich?«

»Hier bin ich!«

Nicht nur die Wölfe waren völlig überrascht, sondern auch die Detektivin.

Damit hätte sie nicht gerechnet, aber ein Lächeln huschte über ihre Lippen, als sie sich an den Pfarrer wandte und flüsterte: »Jetzt stehen unsere Chancen besser!«

Lupina hatte meine Antwort ebenfalls vernommen. Wie Jane Collins war auch sie überrascht worden. Doch für sie war es eine böse Überraschung.

Sie zuckte zusammen, als hätte ihr jemand einen Peitschenschlag versetzt, dann drehte sie sich langsam in die Richtung um, aus der die Stimme aufgeklungen war.

Suko und ich hatten unsere Plätze nicht verlassen. Noch immer standen wir im Schatten des Eingangs, und das änderte sich auch nach meiner Antwort nicht.

Wir konnten die Wölfe genau sehen. Besonders Lupina, denn auf die fiel das silbrige Mondlicht und traf sie wie ein Scheinwerfer. Deutlich waren die Wunden zu erkennen. Es gab in ihrem dichten Fell einige nasse Flecken.

Die Königin der Wölfe war geschwächt, und das war meine Chance.

Ich schaute zu Suko hin. Mein Partner stand ebenfalls auf dem Sprung.

»Jetzt hole ich sie mir!«, versprach ich mit dumpfer Stimme.

»Sei vorsichtig, John. Ein angeschlagener Gegner ist oft gefährlicher als ein gesunder.«

»Ich weiß. Deck du mir nur den Rücken. Und achte vor allen Dingen auf die beiden anderen.«

»Geht klar.«

Ich schritt die Treppe hinunter. Bewaffnet nur mit meinem silbernen Dolch und einem Stab, der elektrisch aufgeladen war. Konnte ich damit gewinnen?

Die zweifelnden Gedanken wischte ich weg. So sollte man nicht in einen Kampf gehen.

Als ich einen Blick nach links warf, wo die beiden anderen Werwölfe standen, zuckte ich zusammen.

Der Platz war leer.

Das Geschwisterpaar hatte es vorgezogen, das Weite zu suchen. Nur gut, dass Suko mir den Rücken deckte, denn die beiden wollte ich nicht gern hinter mir haben.

Zwei Gestalten lagen auf dem Hof. Die weiße Wölfin, die sich nicht mehr rührte, und ein Mann. Das musste Paretti, der Dealer, sein, von dem Foucert gesprochen hatte.

Hoch aufgerichtet schritt ich der Königin entgegen. Sie rührte sich nicht, stand neben der Leiche der Besiegten und hatte ihr Maul weit aufgerissen.

Erinnerungen überkamen mich. Erinnerungen an eine Zeit, wo ich selbst ein Werwolf gewesen war. Wo ich gehandelt und gefuhlt hatte wie diese Bestien und wo ich mich in Lupina verliebt hatte.

Ja, sie war für mich das erstrebenswerteste Ziel gewesen. Damals hatte ich nur sie gesehen.

Ich war gerettet worden, und abermals standen wir uns gegenüber. Diesmal als Todfeinde.

Lupina gab sich so locker, weil sie genau wusste, dass ich mein Kreuz nicht bei mir trug. Sonst hätte sie aller Wahrscheinlichkeit nach die Flucht ergriffen, denn vor dem Kruzifix hatte sie eine nahezu panische Angst, wie ich zuletzt im Schwimmbad erlebt hatte. Wenn sie es berührte, war es um sie geschehen.

Fünf Schritte vor ihr blieb ich stehen. Wir starrten uns an. Wahrscheinlich dachten wir beide an die Vergangenheit, und wenn ich in Betracht zog, dass ich mich in diese Bestie einmal verliebt hatte, wurde mir jetzt noch schummrig. Lupina senkte den Blick und starrte auf den Stab in meiner rechten Hand.

»Willst du mich damit besiegen, John Sinclair?«

»Nein.«

»Dann wirf ihn doch weg!«

Das tat ich, und Lupina stieß einen überraschten Laut aus.

»Jetzt bist du waffenlos«, sagte sie.

»Fast«, erwiderte ich, griff unter mein Jackett und holte den geweihten Silberdolch hervor. »Den hast du übersehen, Lupina!«

Sie zeigte sich irritiert. Ihr Blick irrte für einen Moment zur Seite, weil sie ihre Helfer suchte, und ich ahnte, welche Gedanken in ihrem Hirn abliefen.

»Ja, Marcel Vasely hat meine Beretta. Ich weiß nur nicht, ob er auch als Werwolf damit umgehen kann.« Zuletzt schwang in meiner Stimme ein spöttischer Unterton mit.

»Du gibst dich sehr siegessicher«, sagte Lupina.

»Das bin ich auch.«

Sie lachte. »Glaub nur nicht, dass du schon gewonnen hast, nur weil du mich als geschwächt einschätzt. Aus dem letzten Kampf bin ich sogar gestärkt hervorgegangen. Ich habe es ja laut und deutlich gesagt, ich werde dich töten, Geisterjäger.«

»Dann komm!«, lockte ich sie und packte den geweihten Silberdolch fester. Werfen wollte ich ihn nicht. Mir war Lupinas Reaktionsschnelligkeit bekannt. Sie hätte dem Wurfgeschoss zu leicht ausweichen können, und das wollte ich auf keinen Fall.

Sie kam tatsächlich.

Einen Schritt, dann den nächsten. Da hörte ich Sukos Warnschrei.

»Vorsicht, John, hinter dir!«

Der Chinese war an der Treppe stehen geblieben und hatte sich sogar noch mehr zurückgezogen, weil er so von der Dunkelheit besser geschützt wurde.

Auch ihm war aufgefallen, dass sich die beiden Geschwister aus dem Staub gemacht hatten. Sie mussten sich in einen Teil des Hofes zurückgezogen haben, der nicht einsehbar war.

Das passte Suko nicht.

Er beobachtete mich. Allerdings nur auf den ersten Metern, dann glitt sein Blick wieder ab. Links hatten die übrigen Werwölfe gestanden, dort in der Nähe mussten sie noch lauern.

Der Chinese glaubte auch, eine Bewegung erkannt zu haben, war jedoch nicht sicher.

Er stand wie ein Denkmal. Seine Augen brannten vom langen Starren in die Dunkelheit.

Ja, da war jemand.

Ein Schatten, der sich schemenhaft von der Dunkelheit abhob, näherte sich den beiden ungleichen Gegnern. Dieser Schatten bewegte sich lautlos, und Suko glaubte seinen Augen nicht zu trauen. Das war kein Wolf mehr, sondern ein Mensch!

Tatsächlich, er hatte sich nicht getäuscht. Für einen Moment war Suko irritiert. Mit einem erneuten Gegner hatte er nicht gerechnet, bis ihm einfiel, dass sich auch einer der Werwölfe in einen Menschen zurück verwandelt haben konnte.

Der Mann hielt etwas in der Hand.

Jetzt blieb er stehen, hob beide Arme, stützte den rechten mit dem linken ab, sodass Suko den Gegenstand erkennen konnte.

Eine Waffe!

Und die Mündung war auf John Sinclairs Rücken gerichtet, der voll im Mondlicht stand.

Da schrie Suko die Warnung.

Im selben Augenblick drückte der andere ab!

Am Klang erkannte ich die Beretta. Doch da befand ich mich bereits in der Luft und hechtete zu Boden. Ich rechnete mit einem Einschlag und spürte, wie etwas über meinen Nacken strich. Genau dort, wo der Hemdkragen aufhörte.

Es brannte feurig. Ich merkte, dass Blut aus der Wunde quoll und vom Hemdkragen aufgesaugt wurde. Dann prallte ich zu Boden, rollte mich jedoch über die Schulter ab, sodass ich nicht die Übersicht verlor.

Ein zweiter Schuss peitschte.

Das war mein Glück.

Lupina hatte sich auf mich stürzen wollen. Durch die zweite Silberkugel allerdings war sie zurückgehalten worden, denn das Geschoss pfiff nur haarscharf an ihrer Brust vorbei, und dicht neben meiner Schulter stieß es in den Boden.

Ich wälzte mich herum.

Für einen Moment hatte ich freie Sicht und glaubte Suko zu erkennen, der mit einem Mann, wahrscheinlich dem Schützen, rang. Ich konzentrierte mich wieder auf Lupina.

Sie war zur Seite gezuckt und stand gebückt da, als würde sie die dritte Kugel erwarten.

Als dies nicht eintrat, wandte sie sich wieder um.

Ich kam soeben hoch. Stoßbereit hielt ich den Dolch und sprang auf die Königin der Wölfe zu.

Da vernahm ich die Schreie.

Für den Bruchteil einer Sekunde wurde ich abgelenkt, schaute an Lupinas Schulter vorbei und erkannte zwei Gestalten, die sich aus der Deckung der im Hof stehenden Wagen lösten. Blondes Haar flatterte. Die eine war Jane Collins, den Mann kannte ich nicht, aber er schwang etwas über dem Kopf, das aussah wie eine Axt.

Dann prallte ich mit Lupina zusammen …

Suko hatte nichts mehr auf seinem Platz gehalten. Ob John getroffen worden war, wusste er nicht, und er konnte auch den zweiten Schuss nicht verhindern, doch zu einem dritten ließ er den Kerl nicht mehr kommen.

Ein Faustschlag riss den Schützen von den Beinen. Der fiel hin und gurgelte auf.

Suko hechtete auf ihn zu, kassierte einen Tritt und geriet aus dem Rhythmus. Dem anderen gelang es deshalb, auf die Füße zu gelangen. Und er verwandelte sich. Noch in der Bewegung wurde er wieder zum Werwolf.

Suko hieb ihm die Faust unter die Achselhöhle. Der rechte Arm des Kerls flog hoch. Wie von selbst rutschte ihm die Beretta mit den Silberkugeln aus den Fingern.

Suko trat sie weg, hechtete selbst hinterher, bekam sie zu fassen und rollte sich auf den Rücken.

Der Werwolf stieß ein schauriges Gebrüll aus. Und er stürzte sich auf Suko. Sein Maul hatte er aufgerissen, die Reißzähne waren gefletscht, dem Chinesen blieb nur noch eine Möglichkeit.

Er schoss.

Zweimal drückte er ab. Und beide Silberkugeln drangen in die breite Brust der Bestie.

Die Treffer stießen ihn zurück. Hoch warf er die Arme in die Luft. Er schleuderte seinen Körper herum und riss den Kopf in den Nacken, während aus seinem Maul ein schauriges Heulen drang, das mit dem Wind fortgetragen wurde.

Dann brach er in die Knie. Dicht vor Suko schlug er auf. Halb Mensch, halb Bestie. Er hatte den Körper eines Menschen und den Kopf einer Bestie.

Der Chinese stand auf.

Er wusste, dass er keine dritte Kugel mehr benötigte. Marcel Vasely existierte als Werwolf nicht mehr. Er war tot. Sein Fell löste sich vom Körper.

Zurück blieb ein normaler Mensch.

Eine Pause durfte sich Suko nicht gönnen, denn noch gab es Lupina und das Werwolfmädchen.

Als sich Suko umdrehte, hörte er schon die Schreie …

Ich hatte Lupina den Dolch mitten in die Brust stoßen wollen, doch durch die Ablenkung war ich etwas aus dem Konzept geraten. Sie konnte ausweichen und gleichzeitig zuschlagen. Der Prankenhieb traf mich zwischen Oberarm und Ellbogen. Er fetzte mir dort die Kleidung auf, und eine dicke Schramme grub sich in meine Haut.

Ich wurde herumgewirbelt, stolperte über einen kleinen Erdhügel, blieb jedoch auf den Füßen und hielt den geweihten Silberdolch fest.

Ich wartete auf Lupinas Attacke. Die kam nicht, denn die Königin der Wölfe war ebenfalls abgelenkt worden.

Sie sah den Mann und die Frau.

Der Mann wandte sich nach rechts, er rannte dorthin, wo soeben Jovanka erschien, aber die Frau, Jane Collins, lief genau auf Lupina zu.

Beide sahen wir, dass sie etwas in der rechten Hand hielt. Ein Gegenstand, der im Mondlicht aufblitzte und mir wie ein Fanal der Hoffnung erschien.

Das Kreuz!

Jane hatte es gefunden. Mich interessierten nicht die Gründe. Wichtig war nur, dass sie es bei sich trug.

»Jane!«, brüllte ich. »Wirf es her!«

Die Detektivin reagierte automatisch. Sie schleuderte das Kreuz aus vollem Lauf. Es beschrieb einen hohen Bogen, einen zu hohen. Ich schnellte dem Kruzifix zwar entgegen, aber ich bekam es nicht zu fassen.

Jane hatte es zu weit geworfen.

Meine Hände griffen ins Leere, und ein paar Yards hinter mir fiel das Kreuz zu Boden. Bis ich mich umgedreht und es aufgehoben hatte, verging Zeit.

Eine Spanne, die die Werwölfin nutzte.

Lupina sah, dass ihr die Felle davonschwammen. Ausgelöst durch ein wichtiges Ereignis, das sie mit einem Auge sah.

Der Pfarrer war auf Jovanka zugerannt. Er lief in langen Sätzen und hielt dabei die Axt hoch erhoben. Die Schneide glänzte hell und silbrig im Licht des Mondes, es war wie ein Blitzstrahl, der das Ende der Werwolf-Sippe einläutete.

Jovanka rannte dem Pfarrer entgegen. Warum sie das tat, wusste keiner, vielleicht überschätzte sie auch ihre Kräfte. Oder sie dachte an ihre von dem Pfarrer getötete Großmutter Jurina. Auf jeden Fall wollte sie ein Opfer.

Eiskalt wartete der Pfarrer ab.

Und dann, als Jovanka genau in der richtigen Entfernung stand, da schlug er zu.

Die silberne Schneide pfiff schräg von oben nach unten durch die Luft, und sie traf genau.

Plötzlich löste sich der Kopf der Bestie vom Rumpf. Die Beine liefen noch in einem letzten Muskelzucken weiter, während der Werwolfkopf in der Luft stehen zu bleiben schien.

Dann sackte er weg und schlug mit einem dumpfen Laut zu Boden. Der Pfarrer aber ließ den Arm mit der Axt sinken und starrte auf den Torso.

»Die Letzte!«, flüsterte er. »Die Letzte aus der Sippe der Vaselys.« Dann schlug er das Kreuzzeichen.

Jane und ich hatten den Vorgang genau beobachtet. Ich hielt bereits mein Kreuz fest und hatte den Dolch in der anderen Hand. Jetzt würde es Lupina verdammt schwer haben.

Doch sie hatte die Zeit genutzt.

Wie ein Schatten war sie verschwunden. Als ich mich umsah, entdeckte ich nichts mehr von ihr.

»Wo ist sie?«

Die Frage galt Jane Collins. Die Detektivin deutete zu den Wagen. »Vielleicht da irgendwo.«

Ich lief hin.

Auch Suko war plötzlich da, und Jane gesellte sich ebenfalls zu uns. Nur der Geistliche kniete am Boden und betete.

Wir durchsuchten die Wagen.

Jeden nahmen wir uns gründlich vor. Nur Raubtiergestank drang uns entgegen.

Von Lupina keine Spur.

»Die kann sich doch nicht in Luft aufgelöst haben«, schimpfte Jane Collins.

Ich grinste. »Bisher konnte sie das nicht. Aber man weiß bei denen ja nie so recht.«

Dann standen wir wieder auf dem Hof und schauten uns dumm an. Lupina war uns entwischt. Jedenfalls schien es so.

»Hat denn niemand gesehen, wo sie hingelaufen ist?«, fragte ich.

Der Pfarrer hatte meine Frage gehört. »Ja, ich sah sie rennen, glaube ich.«

Wir waren wie elektrisiert. »Und wohin?«

»In die Burg.«

Zu dritt jagten wir los. Suko und ich erreichten die Halle als Erste. Dort taumelte uns Roland Foucert entgegen. Noch ziemlich wacklig auf den Beinen und mit glasigem Blick. Ich wies Jane an, sich später um ihn zu kümmern, und nahm mir den Rektor dann vor: »Wo steckt Lupina?«, fauchte ich.

Er deutete nach hinten.

Wir ließen den Mann stehen und rannten. Suko machte sich die bittersten Vorwürfe, dass er seinen Stab nicht eingesetzt hatte. Damit hätte er die Flucht der Werwölfin verhindern können.

Nicht einmal Spuren sahen wir von ihr. Sicherlich kannte sie die Burg wie ich meine Wohnung.

In einem verlassenen Teil stießen wir dann auf einen Geheimgang. Er befand sich in einer Nische.

Ich leuchtete mit der Bleistiftlampe.

Wie zum Hohn sahen wir die Fußspuren im dichten Staub. Jetzt wussten wir, wo Lupina verschwunden war.

Ohne zu zögern drangen wir in den Gang ein.

Nach zehn Schritten – wir mussten gebückt gehen, weil die Decke niedrig war – hörten wir das Donnern. Ich kannte das Geräusch. Es entsteht, wenn ein Gang einstürzt.

Wir liefen zurück. Kaum hatten wir uns in Sicherheit gebracht, als eine Staubwolke aus der Öffnung quoll. Ein letztes Zeichen von Lupina.

Sie war uns endgültig entwischt.

»Die ist doch schlauer, als ich dachte«, sagte ich und machte meinem Ärger danach durch einen saftigen Fluch Luft.

»Jedenfalls haben wir die Werwolf-Sippe erledigt. Die Vaselys gibt es nicht mehr.« Suko sah die Sache etwas optimistischer, und damit hatte er recht.

Marcel und Jovanka waren wieder normal geworden. Ihre Leichen wurden vom Mondlicht angestrahlt und lagen auf dem Burghof. Das Mädchen bot einen schrecklichen Anblick. Wie auch die weiße Wölfin.

»Ich bete für sie«, sagte der Pfarrer.

Suko holte Al Astor. Auf ihn und auf den verbrecherischen Roland Foucert warteten schwere Strafen. Die Verteilung von Rauschgift ist kein Kavaliersdelikt. Und Paretti hatte seinen schmutzigen Job mit dem Leben bezahlt.

Als ich das Kreuz an mich nahm, ging es mir wieder besser. Dass ich es bald wieder gebrauchen würde, war mir klar, denn der nächste Fall wartete bereits auf mich …

ENDE

GHOULS IN MANHATTAN

New York!

Traumziel erlebnishungriger Touristen – Weltstadt. Wolkenkratzer, Verkehr, Unruhe, Geschäftigkeit. Ein brodelnder Hexenkessel, Schmelztiegel der Nationen.

Glanz und Elend liegen dicht nebeneinander. Auf der einen Seite die Welt der Finanzen, des Show Business und der Mode, auf der anderen finstere Slums, Rassenhass, nackte Gewalt und Terror.

Verbrechen sind an der Tagesordnung. Überfälle, Morde, kaum noch zählbar.

New York ist ein Moloch, der alle frisst.

Seit Monaten beherbergte dieser Moloch einen schrecklichen Gast – Doktor Tod!

Der Wind kam von Osten. Über den East River fuhr er und fiel wie ein zuschnappendes Raubtier ein in die Straßen der South Bronx. Er fegte durch die Gassen des Elends, wirbelte Staubfahnen hoch, Papier und Abfall. In den Häuserschluchten fing er sich, in abgerissenen oder halb zerstörten Gebäuden, wo die leeren Fensterhöhlen wie die herausgerissenen Augen eines Ungeheuers wirkten.

Heiß war der Wind. Heiß und schwül. New York stöhnte unter der Hitze, sie war allgegenwärtig und erinnerte manchmal an einen gewaltigen Schwamm, der sich über die Menschen gelegt hatte und sie einfach leer saugte.

Die Reichen hatte ihre Apartments und Wohnungen nicht umsonst mit Klimaanlagen ausgestattet. Sie saßen dort im Kühlen oder fuhren an den Strand von Long Island, wo sich das Klima noch einigermaßen ertragen ließ.

Aber die anderen, die Armen, die mussten in ihren Löchern sitzen und die Hitze ertragen. Jedes Grad steigerte die Emotionen. Da wurde der Hass noch mehr angeheizt, da gab es wegen einer Nichtigkeit die größten Streitigkeiten, da blitzten die Messerklingen oder krachten Revolver.

Die Slums in der South Bronx oder an der East Side verwandelten sich in Hexenkessel.

Es gab Verletzte, es gab Tote. Die Polizei hatte Großeinsatz, aber auch sie konnte nichts machen. Manchmal fasste sie einen Gangster, doch es war nicht mehr als der berühmte Tropfen auf dem heißen Stein. In New York wuchsen die Killer nach.

Manche lebten wie die Maden im Speck. Das waren die großen Bosse, die es überall gab. Schon ein kleiner Straßengang-Führer konnte sich in seinem Reich als König fühlen. Da war er der King, wenigstens entlang der Häuserzeile, doch eine Straße weiter herrschte ein anderer.

Darüber standen dann die Härteren, die Kings des Viertels. Sie verließen sich nicht nur auf Messer oder Schlagstöcke, sie schossen bereits. Ihren Weg nach oben zeichneten Tote und Verletzte.

Und der Moloch New York hatte für jeden Platz. Wenn Manhattan unter der Sonne kochte und die Emotionen ins Unermessliche stiegen, dann hatten die Killer, Dealer und Mugger Saison.

Auch in der South Bronx!

Dort befand sich das schlimmste Elendsviertel der Millionenstadt. Kaum ein Haus sah aus wir früher. Die meisten waren leer, ausgebrannt, mit beschmierten Fassaden, ohne Dächer, aber als Unterschlupf für die kleinen Street Gangs ideal.

Meist lagen die Straßen leer. Autowracks zierten sie. Mülltonnen waren umgekippt. Ihr Inhalt vermischte sich mit dem Schutt verfallener Bauten.

Manchmal erinnerte die South Bronx an die gespenstische Kulisse eines Science-Fiction-Films.

Polizei gab es kaum. Und wenn, dann fuhren die Beamten nur in Zweierstreifen durch das Viertel. Sie mussten immer damit rechnen, von einer Kugel aus dem Hinterhalt getroffen zu werden.

Es waren die Meilen des Elends, des Terrors, der Gewalt.

Wenn die Hitze besonders drückte, dann blieben die Menschen zu Hause. Auch Killer, Diebe und Mörder hockten in ihren Löchern und trauten sich kaum hervor, denn jeder Schritt, jede Bewegung bedeutete Anstrengung. Und so etwas hassten sie.

Jeder Tag hatte einen Abend. Wenn die Dämmerung kam, dann erwachten sie. Dann kamen sie aus ihren Löchern, und die sonst so tote South Bronx begann plötzlich zu leben.

Am Tage konnte man den Eindruck haben, dass es überhaupt keine Elektrizität gab, umso mehr musste sich ein Fremder wundern, dass mit Beginn der Dämmerung Leuchtreklamen zu sehen waren. Es gab Lokale in der South Bronx.

Ein Normalbürger würde sich hüten, die düsteren Kneipen zu betreten, und auch bei erlebnishungrigen Touristen hatte es sich inzwischen herumgesprochen, dass man die South Bronx am besten mied. So waren und blieben Totschläger, Dealer, Killer und Süchtige unter sich. Und wenn sich doch mal einer verirrte, wurde er ausgenommen und konnte von Glück sagen, wenn ihm nicht irgendeiner eine Kugel in den Kopf jagte oder die Kehle durchschnitt.

Denn hier trafen alle zusammen. Vom zehnjährigen Taschendieb bis zum irren Killer.

Die Bar, in der pünktlich um 21 Uhr das Licht angeknipst wurde, lag an der Ecke. Das Haus darüber war seltsamerweise nicht so heruntergekommen wie die meisten anderen. Sogar Fensterscheiben gab es. Sechs Stockwerke hoch. Das hatte seinen Grund, denn einige Bosse brauchten Quartiere, um mit ihren Mädchen hin und wieder zu verschwinden.

Keine der Street Gangs hätte es gewagt, sich mit den Bossen anzulegen oder eine Scheibe einzuwerfen. Dieses Haus war für sie tabu.

Der Wirt, ein ehemaliger Zuchthäusler aus St. Quentin, hieß Red Head Jackson. Er stammte aus Irland, hatte brandrotes Haar und war als Gewalttäter gefürchtet. Unter seiner schmutzigen Theke lag die doppelläufige Schrotflinte stets geladen, und so manchem Großmaul hatte er schon eine Ladung verpasst.

Unterstützt wurde der Rotschopf von Angel Zingara, einem Farbigen, der als Kellner, Gelegenheitskiller und Rausschmeißer fungierte. Die beiden bildeten ein höllisches Tandem, und die Bosse akzeptierten sie, denn der Ire und sein Helfer hielten den Laden »sauber«. In seiner Kneipe konnte man ungestört dunkle Geschäfte abwickeln.

Die lange Bar lag dem Eingang gegenüber. Das Holz war längst verkratzt, ebenso der Handlauf und die Trittstange für die Füße der Gäste. Über dem Tresen schaukelten ein paar trübe Lampen, sodass es mehr Schatten als Licht gab.

Stühle und Tische waren auch vorhanden. Sie standen auf schmutzigen Holzdielen, deren ehemalige Farbe nicht mehr zu erkennen war. Das spielte keine Rolle. Es zählte nur, dass man sich hier wohl fühlte und die Bar gewissermaßen eine Insel im Meer der Gewalt war. Denn hier hatten sich oft feindliche Banden getroffen und einen vorübergehenden Waffenstillstand geschlossen.

Kaum hatte Red Head Jackson die Kneipe eröffnet, als der Betrieb auch schon begann. Angel Zingara, der Kellner, hatte alle Hände voll zu tun, um die Wünsche der Gäste zu befriedigen. Der vergangene Tag war besonders heiß gewesen, entsprechend groß war der Durst der Gäste.

Bier und Whisky flossen in Strömen. Der Rauch zahlreicher Zigaretten hing wie eine Wand in der Luft. Kein Ventilator brachte frische Luft, und durch die offen stehende Tür drang die Hitze.

Am Straßenrand parkten Wagen. Die kleinen Gangster hätten es nicht gewagt, sich an ihnen zu vergreifen, denn sie hätten nicht mehr lange gelebt.

An diesem Abend hockte der Frosch mit seiner Bande in der Kneipe. Frog oder Frosch wurde er wegen seiner Augen genannt, die weit aus den Höhlen quollen. Der Frosch mischte überall mit, man sagte ihm auch Beziehungen zur Mafia nach, und er war einer der gewalttätigsten Killerbosse der Bronx.

Vier Männer hatte er mitgebracht. Mit dreien hockte er am Tisch. Einer stand. Und zwar so, dass er immer die Tür im Auge behalten konnte, denn auch der Frosch hatte Feinde, und gegen eine Kugel aus dem Hinterhalt ist niemand gefeit.

Natürlich hatte der Frosch Mädchen mitgenommen. Zwei blutjunge Dinger, die für ihn auf den Strich gingen und aus Cuba stammten. Exotinnen, angesetzt auf Fremde, denn ihr Gebiet war nicht die South Bronx, sondern das Touristenmekka Manhattan.

An diesem Abend hatten sie frei. Der Frosch lud die beiden ein, um sich hinterher von ihnen verwöhnen zu lassen.

Sie hockten links und rechts auf seinen Beinen, trugen glänzende Boxershorts und knappe Hemden. Eine hatte die Haare im wilden Afrolook frisiert, die andere ließ sie glatt nach unten hängen.

Die beiden lachten schrill, denn der Frosch zeigte sich großzügig, er versorgte sie mit Champagner. Seine Leute schütteten Whisky in sich rein. Unverdünnt, hochprozentig, bei solch schwülen Temperaturen Gift.

Sie hockten am Tisch und stierten ihren Boss an, dessen Hände auf Wanderschaft gegangen waren. Man sah sie nicht. Nur die Bewegungen unter den T-Shirts verrieten, wo sie sich momentan befanden.

Der Frosch fühlte sich wohl. Er warf sogar eine Lokalrunde, was mit großem Hallo angenommen wurde.

Auch an der Theke standen oder hockten die Mädchen. Sumpfblüten der Bronx, manche leidlich hübsch, andere verlebt und vom Koks oder Heroin gezeichnet. Mit scharfen Falten in den jungen Gesichtern, die bereits alles gesehen hatten.

Angel Zingara kam allein nicht zurecht. Er holte sich ein Girl als Bedienung. Hätte sich die Kleine geweigert, wäre Red Head Jackson mit der Säureflasche gekommen, und ein verunstaltetes Gesicht wollte niemand riskieren.

Der Betrieb lief.

Eine Musicbox dröhnte. Rock und Disco-Klänge waren in, und der Frosch schleuderte die Mädchen von seinem Schoß, um mit ihnen zu tanzen. Er selbst trug einige Pfunde zu viel mit sich herum und bewegte sich wie ein Bär, was ihm jedoch niemand zu sagen wagte, denn lebensmüde war keiner.

Die Girls beherrschten die modernen Tänze, ihre Körper zuckten zu den Rhythmen, und mit ihren biegsamen Figuren führten die Mädchen fast artistische Verrenkungen durch.

Der Frosch hielt da nicht mit. Er produzierte nur noch Schweiß, sein Gesicht sah aus wie eine glänzende Speckschwarte. Zwischendurch griff er zur Seite, nahm sein Glas und schüttete Sekt in sich hinein. Einer der Begleiter füllte das leere Gefäß sofort wieder auf.

Die Stimmung schlug fast über. Sogar die Gäste an der Bar klatschten, in manche Augen trat ein hungriges Funkeln, wenn die Blicke über die Körper der beiden Tänzerinnen glitten.

Niemand ahnte etwas von dem Grauen, das bereits zu ihnen unterwegs war.

Noch in dieser Nacht sollte ein Albtraum Wirklichkeit werden und das in Erfüllung gehen, was in zahlreichen Filmen als eine Apokalypse des Bösen über die Leinwand geflimmert war.

Noch tanzte man in diesem Lokal der South Bronx, noch feierten in Manhattan die Touristen, noch machten New Yorker und Fremde die Nacht zum Tage, aber das Grauen schwebte wie ein gewaltiges Schwert über der Stadt zwischen Hudson und East River.

»Champagner!«, brüllte der Frosch und verlangte sein Glas.

Er bekam es und schüttete sich das Zeug in die Kehle. Dabei verzog er das Gesicht und rülpste. Sein Hemd zeigte große Schweißflecken, der Mund war geöffnet, die Augen quollen noch weiter aus den Höhlen, und sein Atem ging schwer.

»Verdammt!«, schrie er und schleuderte das Glas zu Boden, wo es in zahlreiche Splitter zerbrach. Dann wankte er zurück und ließ sich auf seinen Stuhl fallen.

In diesem Moment verstummte die Musik. Für Sekunden wurde es still. Die Bewegungen der Tänzerinnen erstarben. Der Frosch rülpste laut, weil der Sekt hochkam.

Dann beugte er sich vor, grinste schief und schrie: »Striptease! Los, ihr beiden, weg mit den Klamotten! Zeigt mal, was ihr zu bieten habt. Wir wollen was sehen – oder?«

Beifallsstürme waren die Antwort. Jeder hatte darauf gewartet. Jetzt wurden Männerträume wahr, denn die Girls hatten wirklich etwas drauf.

Sie lächelten.

An der Theke drehten sich die Männer um. Niemand starrte mehr auf das Flaschenregal. Auch Angel Zingara legte sein Tablett weg. Der Wirt beugte sich vor und stützte beide Ellbogen auf die Thekenplatte.

Es wurde spannend.

»Musik!«, schrie der Frosch.

Einer seiner Männer warf Geldstücke in die Box. Sekunden später hämmerte der Beat durch die Kneipe.

Die beiden Mädchen nickten sich zu. Es war nicht das erste Mal, dass sie so etwas taten. Sie waren bereits ein eingespieltes Team.

Synchron begannen sie mit den Hüften zu kreisen. Jeder hatte nur Augen für sie. Niemand schaute zur Tür, auf deren Schwelle zwei Gestalten standen, die nicht zu der Clique aus der South Bronx gehörten.

Sie waren auch keine Menschen, sondern Zombies. Xorron schickte seine ersten Boten vor, die Invasion hatte begonnen …

Das Klatschen steigerte sich zu einem wilden Rhythmus.

Keinen hielt es mehr auf den Stühlen. Die beiden Girls waren in einer sagenhaften Form. Sie tanzten sich selbst in Ekstase hinein, schüttelten ihre Körper, beugten sie vor, wieder zurück, und das geschah alles so geschmeidig, dass die Zuschauer das Gefühl haben konnten, die Mädchen würden keine Knochen haben, sondern ein Gummiskelett.

Ein angetrunkener Gast schrie mit überlauter Stimme: »Reißt euch endlich die Fetzen vom Leib, ihr Gänse!«

Red Head Jackson holte kaum aus. Doch sein Treffer war punktgenau. Er schleuderte den Schreier vom Barhocker zu Boden, wo er liegen blieb und sich den blutenden Mund hielt.

In diesem Augenblick betraten die Zombies den Schankraum. Fast unauffällig wirkten sie, und niemand beachtete sie, sodass sie sich vorschieben konnten und bis dicht an den Kreis der Zuschauer gelangten. Die Gaffer wandten ihnen den Rücken zu. Alle waren sie fasziniert von den beiden Tänzerinnen, die ihre T-Shirts angehoben hatten, sodass es nicht mehr lange dauern konnte, bis sie wegflogen.

Die Zombies gingen weiter. Sie umrundeten den Kreis der

Gaffer und bewegten sich auf die Musicbox zu. Sie wurden zwar gesehen, doch niemand kümmerte sich um sie.

Unter lauten Gebrüll schleuderte das Mädchen mit den langen Haaren sein T-Shirt weg.

Arme reckten sich in die Höhe. Hände griffen zu, jeder wollte das schweißnasse Hemd ergattern, das nach Parfüm und Puder roch. Fast prügelte man sich darum, und auch die Zweite war dabei, ihr Hemd über den Kopf zu streifen, als der erste Zombie die Musicbox erreichte. Er sah das Kabel und den Stecker.

Seine Hand griff zu.

Mit einem Ruck riss er den Stecker aus der Dose.

Die Musik jaulte auf. Es waren schrille Töne, die in den Ohren schmerzten, dann folgte eine bedrückende Stille.

Die Bewegungen der beiden Tänzerinnen erstarben. Und auch die Zuschauer wussten im ersten Augenblick nicht, was sie sagen sollten. Etwas wirklich Ungeheuerliches war geschehen. Da hatte jemand tatsächlich gewagt, die Musik abzustellen.

Der Frosch stemmte sich langsam hoch.

Diese Bewegung war ein Zeichen. Auch die anderen drehten sich um, und jetzt sah sie jeder.

Die beiden Zombies standen vor der Box. Sie hielten sich in der Nähe einer Lampe auf, sodass der gelbliche Schein ihre Gesichter erreichte. Aber auch er konnte die bleiche Farbe kaum übertünchen. Die in der Nähe stehenden Gäste nahmen den Geruch von Moder und Grab wahr, den die beiden Untoten ausströmten.

Es traf sie wie ein Pesthauch, und sie wichen unwillkürlich zurück.

Beide trugen zerlumpte Kleidung. Ihre Gesichter wirkten wie Masken. Unbewegt, und in den Augen sah man kein Gefühl, sie waren Steine in einem wächsernen Gesicht.

Sie standen da und starrten.

Der Frosch unterbrach das Schweigen. »Ich glaube, ich spinne!«, keuchte er und schüttelte verwirrt den Kopf. So etwas war ihm noch nie vorgekommen.

Jemand lachte. Es klang wie das Meckern einer Ziege. Allen war klar, dass man diese Provokation nicht hinnehmen konnte. Die beiden, die es gewagt hatten, die kleine Feier zu stören, würden aus der Kneipe hinausgetragen werden.

Das stand jetzt schon fest.

Die Leibwächter des Froschs setzten sich in Bewegung. Ihre Waffen hatten sie nicht gezogen, denn die beiden Kerle hielten ebenfalls keine bereit.

»Moment.« Der Wirt mischte sich ein, und der Frosch blieb tatsächlich stehen. »Das ist mein Lokal, also werde ich auch den Typen zeigen, wo es langgeht.«

Der Frosch war einverstanden. Ein Grinsen zog sich über das Gesicht. »All right, mach sie fertig. Warum sollen wir nicht auch mal Zuschauer sein. Aber lass uns noch was übrig.«

Red Head Jackson nickte. »Sicher, Frosch, sicher.« Der Wirt selbst wollte sich nicht einmal die Finger schmutzig machen. Er hatte dafür einen Mann: Angel Zingara!

Der Schwarze kannte den Blick, den sein Herr und Meister ihm zuwarf. Darauf hatte er schon gewartet. Zingara hatte nicht die Figur eines Preisboxers, im Gegenteil, er war schlank und geschmeidig, von einer gefährlichen Lässigkeit, und er trug auch keine Schusswaffe, sondern nur Messer.

Davon allerdings zwei. Die Waffen steckten in Lederscheiden, die an seinen nackten Armen befestigt waren, und Angel Zingara verstand es, sie blitzschnell zu ziehen. Er schüttelte sie förmlich aus dem Ärmel, was er jetzt tat.

Plötzlich funkelten die Klingen in seinen Händen. Die Messer stachen als helle Gegenstände aus den Fäusten hervor, beidseitig geschliffen und ungemein gefährlich.

Angel lächelte.

Er kannte seine Wirkung auf Gegner. Wenn er sich ihnen näherte und sie mit den Messern bedrohte, dann wussten Fachleute sofort, dass es jetzt an der Zeit war, lieber einen Rückzieher zu machen, bevor es Ärger gab.

Die Zombies dachten nicht daran. Sie blieben stehen, und kein Muskel regte sich in ihren Gesichtern, was Angel Zingara sichtlich irritierte.

Er krauste die Stirn und bewegte den Kopf. Am rechten Ohrläppchen trug er einen Ring, der durch die Bewegung in den Lichtschein einer Lampe geriet und funkelte.

Die Gäste hinter ihm schwiegen. Sie waren gespannt, was Zingara unternehmen würde. Und Angel enttäuschte sie nicht. Beide Arme zuckten vor, und im nächsten Augenblick befanden sich die Messerspitzen nur eine Fingerbreite von den Kehlen der Zombies entfernt, dann ritzten sie die Haut. Eigentlich hätte Blut aus den Wunden quellen müssen. Jeder rechnete auch damit, doch nichts dergleichen geschah.

Die Haut klaffte auf, sie wuchs nicht wieder zu, wie es bei Untoten manchmal der Fall war, aber Blut war nicht zu sehen.

Zingara schluckte. Er produzierte noch mehr Schweiß. Wie viele seiner farbigen Landsleute war er ein wenig abergläubisch. Als er jetzt sah, dass die beiden dastanden, als wäre nichts gewesen, da begriff er überhaupt nichts.

Er stöhnte auf und wankte zurück.

»Teufelsspuk«, flüsterte er, »das ist Höllenspuk!«

Der Wirt hielt ihn auf. »Stell dich nicht so an, los, mach es noch mal.«

Zingara holte tief Luft. Seine Gesichtsfarbe war leicht grau geworden. Von irgendwoher klang ein spöttisches Lachen auf, was bei ihm die Entscheidung beschleunigte.

Er warf sich vor, und diesmal stach er zu.

Rechts und links. Beide Zombies wurden von den schmalen Klingen getroffen.

Jetzt hätten sie fallen müssen!

Sie blieben stehen.

Angel Zingara ließ die Griffe der Messer los und wollte zurück. Er ächzte schwer, doch nun griffen die Zombies zu.

Plötzlich hatten sie ihn.

Ihre Hände waren schwer wie Blei, der Griff hart wie Eisen. Angel Zingara fühlte den Druck an der Kehle, er wollte sich dagegen stemmen, kam gegen die Kraft der Untoten nicht an und sackte in die Knie.

Er würgte und röchelte. Seine Augen wurden groß. Panik und Angst veränderten den Blick, und nur noch verschwommen nahm er die übrigen Gäste wahr.

Das war der Augenblick, wo auch der Frosch aus seiner Erstarrung erwachte. Er drückte die beiden totenblassen Stripperinnen zur Seite und zog seinen Revolver.

Es war ein Single Action Colt, eine schwere Waffe. Damit hatte er schon so manchen Konkurrenten aus dem Weg geräumt.

»Platz!«, schrie er, stieß mit der linken Hand einen Mann zur Seite, zielte und drückte ab.

Selbst abgebrühte Typen zuckten beim Krachen des Schusses zusammen. Auf diese Entfernung konnte einfach keiner danebenschießen, und auch der Frosch traf.

Alle sahen, wie der Zombie zusammenzuckte, doch sein Opfer ließ er nicht los.

Er drückte Angel dem Boden entgegen.

»Nein!«, keuchte der Frosch, schwenkte die Waffe und feuerte ein zweites Mal. Diesmal hatte er sich den zweiten Untoten als Ziel ausgesucht. Auch ihn traf er, aber die Kugel richtete keinen Schaden an. Sie konnte kein Leben zerstören, weil keins vorhanden war. Der Zombie fiel zwar gegen die Musicbox, blieb aber auf den Beinen.

Langsam sank die rechte Hand des Gangsterbosses nach unten. Nichtbegreifen und Entsetzen packten ihn wie eine eisige Klaue. Niemand sagte etwas, abgebrühte South-Bronx-Killer waren von diesen Ereignissen geschockt worden.

Bis eine der Stripperinnen die Last des Schweigens unterbrach.

»Das sind Zombies!«, kreischte sie. »Höllenwesen! Der Weltuntergang ist nahe. Voodoo-Zauber, ich kenne das! Rette sich, wer kann!« Sie schrie wie von Sinnen, und niemand machte Anstalten, ihren Schrei zu stoppen.

Der erste Zombie hatte Zingara zu Boden gedrückt. Er traf keinerlei Anstalten, ihn loszulassen. Das sahen nicht nur die Gäste, sondern auch der Wirt.

Er überwand sich selbst, als er unter die Theke griff und seine Schrotflinte hervorholte.

Zombies, dachte er. Und er dachte auch daran, was Leute erzählt hatten, die in den entsprechenden Filmen gewesen waren.

Man musste ihnen in den Kopf schießen. Nur so konnte man sie sich vom Hals halten.

Aber das war Film. Man sah ihn sich an, bekam eine Gänsehaut und konnte das Kino verlassen, ohne selbst betroffen zu sein.

»Schießt ihnen in den Kopf!«, schrie der Wirt und drückte ab.

Die erste Ladung fetzte aus dem Lauf. Es gab einen gewaltigen Donnerschlag, in dem das Prasseln der gehackten Schrotkörner fast unterging. Rauch vernebelte für kurze Zeit die Sicht, und als er sich zur Seite verzog, da drückte der Wirt ein zweites Mal ab.

Der Schuss vermischte sich mit dem Echo des ersten. Den Rückstoß der Waffe fing der Wirt mit der Schulter ab, und er blieb auf den Beinen. So stand er auch, als sich der Rauch verzogen hatte. Sein Gesicht war verzerrt, halb offen der Mund, die Augen geweitet.

Träge zogen die Schwaden durch den Raum. Jeder sah es, jeder bekam es mit.

Die beiden Zombies lagen auf dem Boden. Ohne Kopf! Der Wirt hatte ausgezeichnet gezielt.

»Die Filmemacher hatten recht«, stöhnte er, und erst dann sah er das Blut.

Mit einer Schrotflinte kann man nicht zielen wie mit einem Gewehr. Einen Teil der Ladung hatte Angel Zingara abgekriegt. Da sie ihn auf kürzeste Distanz getroffen hatte, war ihm nicht mehr zu helfen.

»O verdammt!«, keuchte der Wirt und wischte über seine nasse Stirn. Dann schaute er sich um.

Die Gesichter der abgebrühten Bronx-Hyänen waren totenbleich. Das nackte Grauen war zwischen sie gefahren. Sie hatten eine wahre Hölle erlebt.

Mädchen schluchzten. Ihre Nerven spielten nicht mit. Der Frosch griff nach einer halb vollen Whiskyflasche. Er setzte sie an und trank sie fast leer.

Ein anderer sagte: »Ich glaube, da müssen wir die Bullen informieren!«

Der Frosch zuckte herum. »Bullen?«

Der Sprecher schwieg.

»Nein«, sagte der Gangsterboss, »wir werden die Bullen nicht holen. Hört zu, ich habe einen Plan. Ihr habt erlebt, wie diese Zombies zu töten sind. Zwei von ihnen haben wir gesehen, aber wir wissen nicht, wie viele noch herumlaufen. Deshalb werden wir jetzt die Häuser und die Gegend genau durchsuchen. Nehmt eure Kanonen mit. Wir müssen die Brut finden, falls es wirklich mehrere sein sollten. Und schießt eure Kugeln in die Schädel.«

»Das ist wie im Kino«, sagte einer und schüttelte sich.

Der Wirt lachte hart, während er seine Schrotflinte nachlud. »Schlimmer, Freunde, viel schlimmer.«

Die anderen nickten. Plötzlich hielten alle zusammen. Sie erkannten den Frosch als Führer an. Er teilte seine Leute in Gruppen auf, wobei er die Frauen zurückließ. Sie sollten sich irgendwo verbarrikadieren.

»Und wir gehen los«, sagte er.

Vierzehn entschlossene und bewaffnete Männer wollten sich auf die Suche begeben.

Red Head Jackson hatte vor, in seiner Kneipe zu bleiben. Er wollte die Frauen beschützen.

Der Frosch war damit einverstanden.

Die Männer machten Platz, damit er durch die Gasse zur Tür gehen konnte.

Er kam bis zur Schwelle, dann stoppte er, als hätte ihn eine Wand aufgehalten. Draußen standen sieben Zombies!

Manhattan – Central Park!

Die grüne Lunge der Halbinsel. Hort für Tausende von New Yorkern, die zwischen Wolkenkratzern und Benzinabgasen ein wenig frische Luft tanken wollten.

Bei Sonnenschein ein El Dorado für Spaziergänger, für Familien, die in den Zoo wollten, für Nichtstuer, für Musikgruppen und für Laiendarsteller.

Es war immer was los. Der Central Park kam nicht zur Ruhe. Er wurde voll ausgenutzt und fast schon überstrapaziert. Aber das konnte man den Leuten nicht beibringen. Straßen durchschnitten ihn. An seiner Ostseite führte die elegante Fifth Avenue entlang, an der Südwestspitze befand sich der Columbus Circle. Es gab mehrere Seen innerhalb des Gebiets, und die Ufer waren von sonnenhungrigen Menschen belagert, wenn sich das Wetter entsprechend zeigte.

Nach jedem Tag folgte eine Nacht. Wenn die Dunkelheit hereinbrach und die Menschen mit ihren Familien den Park verließen, dann kamen die anderen.

Gäste, die tagsüber das Licht scheuten. Dealer, Junkies, Gewalttäter, Totschläger.

In der Nacht wurde der Park zur Hölle. Polizisten konnten ihn kaum durchkämmen, es gab zahlreiche Schlupfwinkel für lichtscheues Gesindel, das auf schnelle Geschäfte aus war. Selbst die leichten Mädchen trauten sich bei Anbruch der Dunkelheit nicht mehr in den Park. Zu viele von ihnen waren bereits ermordet worden.

Es gab zahlreiche Denkmäler und Statuen, verschlungene Wege und breite Straßen. Bäche, kleine Brücken, Grillplätze und auch stockdunkle Flecken, die von keinem Lichtschein erhellt wurden.

Und solche Orte waren für lichtscheues Gesindel ein idealer Treffpunkt. Hier wurden gefährliche Geschäfte getätigt, Mordpläne geschmiedet, Banden gegründet.

Etwa in der Mitte des Parks, zwischen der Transverse Road No. 2 und der Transverse Road No. 3, existierte eine gewaltige Fläche, die in der Nacht in fast absoluter Dunkelheit lag. Schmal waren die Wege, die Bäume wuchsen dicht an dicht. Undurchdringlich schien das Buschwerk zu sein, hin und wieder hörte man das Plätschern eines Bachs. Verlassen waren die weiten Rasenflächen zwischen den dichten Waldstücken, und der Widerschein zahlreicher Lichter aus der City von Manhattan reichte nicht bis hierher.

Auch der Autoverkehr sank mit Einbruch der Dunkelheit. Nur vereinzelt durchquerten noch Wagen den Park, und dann hatten es die Fahrer zumeist eilig, die Strecke hinter sich zu bringen, denn auch in seinem eigenen Fahrzeug war man nicht sicher.

Umso erstaunlicher musste es einem Beobachter vorkommen, wenn er den schweren pechschwarzen Cadillac gesehen hatte, der fast lautlos über die Transverse Road No. 2 fuhr. Der Motor flüsterte, und die Reifen summten über den Asphalt. Die beiden hellen Scheinwerferaugen schienen einem Raubtier zu gehören.

Hinter dem Lenkrad saß eine Frau. Schwarzhaarig und ebenfalls dunkel gekleidet. Ihr Gesicht schimmerte hell. Es war unbewegt, die Augen leicht verengt, der Mund zusammengepresst. Sie fuhr sehr sicher und ging mit dem schweren Leihwagen um, als hätte sie nichts anderes in ihrem Leben gefahren.

Sie war tatsächlich auf vielen Gebieten perfekt. Ihr Name: Pamela Scott, auch besser bekannt unter der Bezeichnung Lady X. Reporter hatten der ehemaligen Terroristin den Namen verpasst, die ihren alten »Job« aufgegeben hatte und nun für einen Mann arbeitete, der Mensch und Dämon in einer Person war.

Solo Morasso, alias Doktor Tod!

Er war derjenige, der die Mordliga gegründet hatte. Eine Allianz aus Dämonen und kaltblütigen Verbrechern, denn mit seiner Mordliga wollte er die absolute Herrschaft an sich reißen. Und nicht nur über die Welt, sondern auch über Reiche, die jenseits der normalen Dimensionen lagen und dabei von Geistern und Dämonen bewohnt und bevölkert wurden.

Das war sein Ziel. Im Geheimen dachte er darüber nach, denn diese Gedanken durfte er nicht laut werden lassen, zu leicht konnte eine Dämonin davon erfahren, die über ihm stand und die Tochter des Teufels war.

Noch hatte Doktor Tod ihr zu gehorchen, was ihn gewaltig störte. Er hielt sich für mächtig genug, sich nichts mehr von der rothaarigen Teufelstochter sagen zu lassen. Ein paar Mal hatte er den Aufstand im Kleinen geprobt, doch Asmodina hatte ihn jeweils auf die richtige Größe zurechtgestutzt.

Die Niederlagen schmerzten wie tiefe Wunden. Doktor Tod hatte sich einige Zeit zurückgezogen, ein Hauptquartier ausgebaut und lange nachgedacht. Er hatte seinen ursprünglichen Plan nicht aufgegeben, aber er wollte bessere Bedingungen für eine Auseinandersetzung mit der Teufelstochter schaffen.

Eine Bedingung war die Vollständigkeit der Mordliga. Bisher fehlte noch eine Person.

Xorron, Herr der Zombies und Ghouls!

Doktor Tod hatte lange suchen müssen. Er war falschen Spuren nachgegangen und immer wieder in Sackgassen geraten. Er hatte Ghouls befragt, die Xorrons Aufenthaltsort angeblich wissen mussten, und Niederlagen erlitten.

Doch schließlich war es ihm gelungen, die entscheidende Spur zu finden. Zwei alte Ghouls hatten ihm den Tipp gegeben. Xorron sollte sich in New York aufhalten.

Doktor Tod war sofort in die Metropole am Hudson gefahren und hatte hier nachgeforscht. Es war schwer genug gewesen. Wochen vergingen, bis er einen Hinweis erhielt. Und nun wollte er diesem Tipp, der angeblich hundertprozentig sein sollte, nachgehen.

Wie es hieß, lag Xorron unter der Erde des Central Parks in tiefem Schlaf.

Dem wollte Doktor Tod Abhilfe leisten. Er wusste auch genau die Stelle und befand sich auf dem Weg dorthin.

Fast verschwand er im Polster des Caddy. Solo Morasso war nicht sehr groß, man konnte ihn schon als klein bezeichnen. In seinem ersten Leben war er ein gefürchteter Mafioso gewesen. Er hatte Palermo mit eiserner Hand regiert. Er war gestorben. Bevor es zur Beerdigung kommen konnte, hatte Asmodina eingegriffen. Ihr war es gelungen, Doktor Tods Geist aus dem Reich des Spuks loszulösen, damit er in Solo Morassos Körper fahren konnte. Das geschah. Morasso erhob sich wieder, sprengte seinen Sarg und war frei.

Und noch etwas war geschehen. Aus ihm war nicht völlig ein Dämon geworden, sondern eine Mischung zwischen Mensch und Dämon. Deshalb konnte er geweihte Gegenstände anfassen, ohne zu Staub zu verfallen, was einen ungeheuren Vorteil darstellte. Dass Doktor Tod Asmodina seine Existenz zu verdanken hatte, vergaß er. Gefühle zählten in diesem Geschäft nicht.

Und doch gab es bei ihm ein Gefühl: Hass!

Dieser Hass konzentrierte sich besonders auf einen Mann. Das war der Geisterjäger John Sinclair, der Doktor Tod in seinem ersten Leben schon gejagt und ihm einen silbernen Nagel in den Kopf geschlagen hatte. Auch jetzt war John Sinclair wieder sein großer Gegner, und in zahlreichen Kämpfen hatten sie sich auseinandergesetzt. Unentschieden stand die Partie. Keiner war richtig Sieger geblieben, aber Doktor Tod glaubte fest daran, dass er mit seiner vollständigen Mordliga auch John Sinclair und seine Freunde besiegen konnte.

Zur Mordliga zählten Lady X, Mr. Mondo, der Monstermacher, ferner Vampiro-del-mar, Kaiser der Blutsauger, den Doktor Tod noch bewusst im Hintergrund hielt, dann Lupina, die Königin der Wölfe, und Tokata, der einarmige Samurai des Satans. Er hatte es auch John Sinclair zu verdanken, dass er seinen linken Arm losgeworden war. Der silberne Bumerang hatte ihn abgetrennt. Nun befand sich diese Waffe in der Hand Solo Morassos, und Doktor Tod hatte sich fest vorgenommen, Sinclair damit den Kopf vom Schädel zu schlagen.

Tokata hockte ebenfalls im Wagen. Er saß im Fond und sah aus wie immer. Sein verunstaltetes Gesicht war durch eine Maske verdeckt, die wie ein Netz wirkte, durch dessen Maschen hin und wieder die bleichen Knochen schimmerten. Er trug eine dunkle, lederne Rüstung, die auch Kugeln standhielt, und seine Waffe hatte er ebenfalls bei sich. Es war das in der Hölle geschmiedete Schwert, dessen Klinge in der Lage war, selbst Hauswände zu durchschlagen.

Tokata war ein Gegner, den man fast als unbesiegbar bezeichnen konnte, und Doktor Tod hatte ihn aus der unheiligen Erde Japans geholt. Er, Vampiro-del-mar und Xorron sollten sich enger zusammenschließen und ein mörderisches Trio bilden, dem so leicht keiner etwas entgegensetzen konnte.

Noch fehlte einer, aber nicht mehr lange, denn Doktor Tod wollte in dieser schwülen Nacht Xorron erwecken.

»Wo ist es genau?«, fragte Lady X, die lenkte.

»Fahr noch weiter.«

Die ehemalige Terroristin nickte. Sie rollten in Richtung Fifth Avenue, doch bis dorthin wollten sie nicht. Kurz zuvor mussten sie abbiegen. Morasso kannte den Weg.

Er beugte sich jetzt ein wenig vor, um besser sehen zu können. Gespenstisch erhellte das Scheinwerferlicht den Weg und auch die Büsche rechts und links. Irgendwie wirkte die Szenerie unheimlich, genau das Richtige für Doktor Tod.

Von der linken Seite her huschten zwei Gestalten auf den Weg. Sie wirkten wie Schatten, blieben eiskalt stehen und winkten.

Doktor Tod grinste. »Fernlicht!«, befahl er.

Die Helligkeit knallte förmlich auf die beiden Typen, und sie zuckten zusammen, liefen jedoch nicht weg. Einer zog sogar eine Waffe hervor.

»Gas!«

Das war Lady X nur recht. Andere Motoren heulten auf, wenn sie getreten wurden. Nicht so der Caddy. Er flüsterte nur etwas böse, dann raste die Rakete auf vier Rädern gegen die beiden Kerle.

Keinem von ihnen gelang es, einen Schuss abzufeuern. Die

Stoßstange des Caddy haute sie von den Beinen und schleuderte sie nach beiden Seiten weg.

Der Aufprall war im Wagen kaum zu spüren. Ohne sich umzudrehen, fuhr Lady X weiter.

»Idioten«, sagte Doktor Tod.

Die gefühlskalte Frau nickte. Sie ging wieder vom Gas, und der schwere Wagen wurde langsamer. An der linken Seite verschwanden die Bäume. Dunkel glitzerte das Wasser eines Sees.

Belvedere Lake hieß er. Da hatte sich Solo Morasso zuvor genau erkundigt. Wenn sie den See passiert hatten, war es nicht mehr weit bis zu ihrem Ziel.

Sie fuhren fünf Minuten. Bevor die Bäume wieder dicht an dicht wuchsen, tauchte die Mündung eines schmalen Wegs in die Transverse Road No. 2 auf.

»Da hinein.«

Die Scott drehte das Lenkrad mit zwei Fingern. Der schwere Wagen gehorchte ihr auf den kleinsten Fingerdruck. Da der Weg nicht gepflastert war, wurde die Fahrt ein wenig unbequemer, doch das meiste schluckten die Stoßdämpfer.

Lady X musste Kurven fahren. Auch das schaffte sie sicher. Als sie dann um die letzte Linkskurve gerollt waren, hatten sie ihr lang ersehntes Ziel endlich erreicht.

Die hellen Scheinwerferlanzen fielen auf dschungelähnliches, hohes Buschwerk, das in Form einer Wegbegrenzung wuchs und wie die Wand einer Sackgasse wirkte.

»Halt an!«

Lady X bremste.

»Lass die Scheinwerfer brennen, ich will sehen, wenn sie kommen«, ordnete Doktor Tod an und verließ als Erster den gemieteten Prunkwagen. Lady X folgte. Ihren Bräutigam, die Maschinenpistole, nahm sie mit. Den Schluss bildete Tokata. Er hatte etwas Mühe, seine Gestalt aus dem Fond zu hieven.

Schließlich stand er draußen und hielt Wache. Er musste den anderen den Rücken decken.

Doktor Tod war stehen geblieben. Er schaute auf den Gegenstand, der von dem Scheinwerferpaar angeleuchtet wurde.

Es war ein Denkmal, eine Figur aus Stein. Sie zeigte einen Mann, der den Arm in die Höhe gereckt hielt. Die Figur stand auf einem ebenfalls steinernen Sockel und sah völlig harmlos aus.

»Was ist damit?«, erkundigte sich Lady X.

»Das ist Xorron.«

»Was?« Überraschung und Ungläubigkeit zeichneten das Gesicht der ehemaligen Terroristin. »Das soll Xorron sein?«

»Ja.«

»Hat man dich da nicht reingelegt?«, fragte sie vorsichtig.

Doktor Tod fuhr herum. Diese Frage schmeckte ihm gar nicht, das merkte man ihm an. »Der Dämon, den ich beschworen habe, stammt aus Asmodinas unmittelbarer Nähe. Vampiro-del-mar, Tokata und ich haben ihn gezwungen, seine Aussage zu machen. Er konnte nicht lügen. Er hat uns ferner mitgeteilt, dass New York von Untoten überschwemmt wird, wenn wir Xorron erwecken, und schau dir hier den Boden an. Fällt dir da etwas auf, Lady X?«

Pamela Scott senkte den Blick. Morasso hatte recht. An einigen Stellen war der Boden aufgewühlt, als wäre jemand aus der Erde gekrochen. Deutlich hoben sich die braunen Erdhügel vom ansonsten dunkelgrünen Rasen ab.

»Dann sind schon welche unterwegs?«, fragte sie leise.

»Ja.« Doktor Tod grinste. »Vielleicht Ghouls, vielleicht Zombies. Unter Umständen auch beide. Wer weiß. Auf jeden Fall werden mit Xorron noch mehr auferstehen, das kann ich dir versichern.«

»Aber wer hat ihn hierher geschafft?«

»Über Xorrons Vergangenheit weiß ich kaum Bescheid.

Vielleicht waren es Auswanderer. Er muss schon sehr lange hier liegen. Als die Amerikaner die Halbinsel Manhattan erwarben, muss er schon unter dieser Erde gelegen haben. Vielleicht werden wir später einmal herausbekommen, was es damit auf sich hat.«

»Würde mich interessieren«, sagte Lady X.

»Erst einmal soll er erweckt werden!« Doktor Tod wandte sich um und winkte Tokata herbei. »Deine Aufgabe«, sagte er. »Zerschlage diese Figur und hole Xorron heraus.«

Tokata nickte und zog sein Schwert. Die Klinge glänzte bläulich im Streulicht der Scheinwerfer. Sie war schmal, biegsam, aber äußerst gefährlich.

Tokata, der riesenhafte Samurai, trat noch zwei Schritte weiter vor. Dann schlug er zu.

Doktor Tod und Lady X hörten das Pfeifen, als die Schwertklinge durch die Luft schnitt. Im nächsten Augenblick prallte sie gegen die steinerne Figur, und plötzlich stoben rotweiße Funken hoch, die wie Sternschnuppen ihre Bahn zogen und verlöschten.

Doktor Tod stieß einen überraschten Laut aus. Damit hatte er nicht gerechnet.

»Was kann das gewesen sein?«, fragte die Scott.

Solo Morasso dachte einen Moment nach. Seine Augen verengten sich dabei zu Schlitzen. »Es gibt nur eine Antwort. Magie!«

»Aber wieso ...?«

»Weiß ich auch nicht. Die Personen, die Xorron damals begraben haben, haben genau gewusst, dass er praktisch aus der Hölle kam.«

»Steht die Statue denn bereits so lange?«

»Möglich.« Doktor Tod wandte sich wieder an den Samurai. »Versuch es noch mal, Tokata.«

Diesmal fing der Samurai es schlauer an. Er hieb nicht mit

dem Schwert zu, sondern legte die Klinge gegen den Kopf des Denkmals.

Zuerst geschah nichts, dann jedoch glühte die Spitze des Schwerts weiß auf. Das Glühen pflanzte sich fort, es erfasste die gesamte Klinge und endete erst vor dem Griff.

Tokata erzitterte. Er musste mit einer ungeheuren Gegenkraft zu kämpfen haben, aber er ließ nicht los, sondern hielt die Waffe eisern fest. Ein singendes Geräusch, vergleichbar mit dem einer Säge, entstand. Jeder sah, wie das Schwert in den Stein eindrang und ihn förmlich zerschnitt.

»Er schafft es!«, flüsterte Doktor Tod. »Verdammt, er schafft es tatsächlich!« Seine Hände hatte er zu Fäusten geballt. »Xorron wird erweckt, das spüre ich. Mach weiter, Tokata, mach weiter! Lass dich nicht beirren.«

Der Samurai gehorchte. Er gab nicht auf. Und jetzt sahen es auch Lady X und Tokata.

Der Stein war aufgeweicht. Er zerfiel in zwei Hälften, die links und rechts zur Seite kippten.

Sie krachten zu Boden.

»Geschafft!«, keuchte Doktor Tod. Er war nicht mehr zu halten, lief vor, drängte Tokata zur Seite und stand vor Xorron.

Endlich konnte er ihn anschauen!

Sieben Zombies standen vor der Tür. Und auf der Straße lagen drei Männer. Wahrscheinlich waren sie getötet worden.

Der Frosch schluckte. Er vernahm hinter sich das pfeifende Atmen seiner Männer. Sie waren ebenso geschockt wie er. Die Zombies sahen schaurig aus. Bleiche Gesichter hatten sie alle. Ihre Bewegungen wirkten lahm, zeitlupenartig. Einer Frau fehlte der linke Arm, ein Mann hatte überhaupt keine Hände mehr, dafür gefährliche Zähne. Sogar ein junges Mädchen war dabei. Sie trug ein weißes Leichenkleid, das ein paar Blutflecken aufwies. Und Blut befand sich auch um ihren Mund herum. Schwarze Haare fielen ihr in die Stirn. Jeder der Männer war sicher, dass dieses Blut nicht von ihr stammte.

»Hier dreht jemand einen Film!«, heulte einer im Hintergrund. »Verdammt, das kann es doch nicht geben!«

Der Frosch hätte den Kerl normalerweise zur Ruhe gerufen, aber jetzt sagte er nichts, auch ihm steckte das Grauen tief in den Knochen.

Ein Zombie stand noch auf der Straße. Er ging jetzt vor, um auf den Gehsteig zu gelangen. Dabei übersah er die Kante und fiel der Länge nach aufs Gesicht.

Die anderen schauten gar nicht hin. Der Gefallene stand wieder auf, ungelenk, mit steifen Bewegungen.

Als er seinen Kopf hob, war die Nase gebrochen.

»O verdammt!«, keuchte der Frosch. »Das glaube ich einfach nicht …«

Dann hörten sie Polizeisirenen.

»Die Bullen«, sagte jemand. Irgendwie klang es sogar erleichtert. Vor einer Stunde noch hätte es Hassausbrüche gegeben, doch jetzt schienen die Gangster froh zu sein.

Das Sirenengeheul steigerte sich. Die Wagen befanden sich schon in der nächsten Querstraße und bogen dann in die Rogers Street ein.

Drei Patrol Cars waren es. Das Rotlicht bewegte sich auf den Dächern. Es verbreitete einen blutigen Schein, und das Heulen der Sirenen sorgte für eine entsprechende Geräuschkulisse. Scheinwerfer waren aufgeblendet. Helle Lichtspeere machten die Nacht zum Tag. Auch die Zombies wurden getroffen. Irgendwie schien sie das Licht zu stören. Einige drehten sich um, andere griffen an.

Der auf den Gehsteig Gefallene war der Erste. Seine Arme hatte er ausgestreckt, die Hände gekrümmt, und er wollte den Gangsterboss packen.

Der schoss.

Er hatte genau zwischen die Augen gehalten und traf auch. Sein Gesicht verzog sich dabei. Der Zombie kippte zurück, fiel gegen seine Artgenossen und riss zwei von ihnen von den Beinen, bevor er endgültig erledigt liegen blieb.

Jetzt schossen auch die anderen.

Plötzlich war die Straße erfüllt vom Krachen der Schüsse. Es war die reinste Hölle. Die Echos brachen sich an den Hauswänden, fahl glänzten die Mündungsfeuer, Zombies stürzten zu Boden, andere warfen sich gegen die Gangster und klammerten sich an ihnen fest.

Selbst den Wirt hielt es nicht mehr hinter seinem Tresen. Mit schussbereiter Schrotflinte sprang er nach draußen, sah die Polizeiwagen und entdeckte die Cops, die mit schussbereiten Waffen aus ihren Fahrzeugen sprangen.

Red Head Jackson schrie ihnen Worte zu und hoffte, dass sie ihn auch verstanden und begriffen, was hier los war.

»Das sind Untote, Zombies!« Seine Schreie übertönten fast noch das Krachen.

Dann fiel ihn das Mädchen mit den schwarzen Haaren an. Der Wirt spürte die kalten Totenklauen. Der weibliche Zombie hatte sein Maul aufgerissen, und Red Head Jackson brachte zwischen sich und die Untote die Mündung.

Er drückte ab. Dabei schoss er zwischen die Augen. Der Abschussknall schien sein Trommelfell zerreißen zu wollen. Als er die Augen wieder öffnete, lag sie am Boden.

Erledigt.

Jetzt schossen auch die Polizisten. Nachdem einer von ihnen angegriffen worden war, krachten schwere Polizeirevolver.

Es war wirklich wie im Horrorfilm. Kein noch so guter Starregisseur hätte die Szenen besser stellen können. Im kalten Licht der Scheinwerfer torkelten die Zombies, und der Frosch brüllte immer wieder: »In den Kopf! Schießt ihnen in den Kopf!«

Noch einmal krachten Schüsse. Dann war alles vorbei. Auch der letzte Zombie sank in die Knie.

»O Gott!«, keuchte Red Head Jackson und schüttelte den Kopf. »Das gibt es doch nicht!«

Polizisten erhoben sich hinter ihren Streifenwagen, die ihnen als Deckung gedient hatten. Die Männer waren fast so bleich wie die Untoten vorher.

Ein junger Beamter drehte sich um und musste sich übergeben. Ein anderer schrie: »Das war kein Film, das war echt! O verdammt!« Er schlug die Hände vors Gesicht und weinte.

Geisterhaft zuckte das rotierende Rotlicht der Streifenwagen über den Ort des Schreckens. Die South Bronx, ein Gebiet des Terrors und der Gewalt, hatte eine Sensation mehr. Allerdings eine traurige.

Die Gäste aus der Kneipe hatten ihre Waffen weggesteckt. Keiner sagte ein Wort. Abgebrühte Gangster standen da wie Schuljungen und starrten zu Boden.

Als Erster fasste sich der Einsatzleiter ein Herz. Er hatte den Schrecken überwunden und ließ sich mit seiner Zentrale verbinden. Was er zu melden hatte, empfand man dort als einen makabren Scherz, und man fragte ihn, ob er betrunken wäre.

»Nein, Sir, ich bin nicht betrunken. Aber bei Gott, ich wollte, ich wäre es ...«

Eine halbe Stunde später.

Das Gebiet war abgesperrt worden. Da die City Police nicht mehr durchkam, war der FBI alarmiert worden. Im Nahkampf ausgebildete G-men durchkämmten die Häuser.

Geleitet wurde der Einsatz von einem Mann namens Abe Douglas. Der hochgewachsene blonde FBI-Beamte behielt die Ruhe und befand sich in Sprechfunk-Verbindung mit anderen G-men.

Bis jetzt war kein Zombie gefunden worden. Noch war nicht die Zeit, sich offiziell Gedanken über das Auftauchen dieser Wesen zu machen, erst musste man sämtliche Rattenlöcher und Schlupfwinkel durchleuchtet haben, aber Douglas suchte natürlich nach einem Motiv.

Ein dunkelhäutiger Beamter kam auf ihn zu. Er war von Miami versetzt worden und sollte ein halbes Jahr in New York Dienst tun. Der G-man hieß Jo Barracuda, hatte zufällig Nachtdienst gehabt und war mitgefahren.

Jo steckte seinen 38er weg, als er neben Douglas stehen blieb. »Wie ist es, Abe?«

»Beschissen, Jo. Aber da sehen Sie mal, wie es in New York zugehen kann. Dagegen ist Miami ein stilles Örtchen.«

»Sagen Sie das nicht.«

Abe Douglas drehte den Kopf. Dadurch geriet sein Gesicht in den Widerschein des Rotlichts. »Wollen Sie im Ernst behaupten, dass es so etwas in Miami gibt?«

»Geben kann, Abe.«

»Verstehe ich nicht.«

»Haben Sie schon mal etwas von Voodoo-Zauber gehört?«

»Klar. Das ist doch dieser komische Trommelzauber.«

»Trommelzauber akzeptiere ich noch. Aber das andere Wort sollten Sie lassen. Zombies sind die schlimmsten Folgen eines Voodoo-Zaubers.«

»Moment«, sagte Douglas. »Wenn ich Ihnen richtig folge, dann gibt es also hier in New York einen Voodoo-Zauber?«

»Ja.«

Der G-man holte tief Luft. »Das erzählen Sie mal meinem Boss.«

»Das werde ich auch.«

Douglas zeigte die Zähne. »Haben Sie so etwas schon erlebt?«, wollte er wissen.

»Nein, aber ich habe schon mit den Vampiren zu tun gehabt.«

Die Antwort klang so ernst, dass Douglas die spöttische Bemerkung hinunterschluckte. »Also Vampire.«

»Genau.«

»Und wo?«

»In der Karibik. Und da habe ich mit einem Mann von Scotland Yard zusammengearbeitet, der sich Geisterjäger nennt. Er hat die Blutsauger geschafft. Wenn es einen gibt, der uns gegen die Zombies helfen kann, dann John Sinclair, so heißt er nämlich.«

»Aber die Zombies sind erledigt.«

»Wissen Sie, ob das alle waren, Abe? Können nicht in Manhattan, Queens, Staten Island oder Jersey City noch mehr von ihnen herumirren? Würden Sie Ihre Hand dafür ins Feuer legen?«

»Hören Sie auf, Mensch!«

»Ich an Ihrer Stelle würde mal mit dem Chef reden.«

Abe Douglas dachte lange nach. Er schaute auf seine Fingerspitzen. Dann hob er den Kopf und sagte: »Verdammt, Jo, das mache ich auch. Ich rede mit ihm.«

Jo Barracuda nickte. Er war beileibe kein Schwarzseher, aber die Zukunft sah für ihn jetzt mehr als düster aus.

Ein lang ersehnter Traum war für Doktor Tod in Erfüllung gegangen.

Endlich stand Xorron vor ihm. Doktor Tod wollte es kaum glauben. Er fühlte sich wie ein kleines Kind, das seine ersehnte Weihnachtsüberraschung vorfindet.

Wie lange hatte er gewartet! Welche Gefahren und Strapazen hatte er auf sich nehmen müssen!

Und nun war Xorron da!

Von seinem Aussehen hatte Doktor Tod nichts gewusst und sich auch keinerlei Gedanken darüber gemacht. Xorron hätte ein blutgieriges Monster sein können oder ein normal aussehender Mensch, es wäre ihm egal gewesen, Hauptsache, er war da.

Die Steine waren zu beiden Seiten zu Boden gefallen, Xorron stand jetzt frei, und er war wirklich eine imposante Erscheinung.

Konnte man Vampiro-del-mar oder Tokata als widerliche Monster bezeichnen, so tat man sich bei ihm zumindest schwer. Xorron war fast ebenso groß wie Tokata, doch sein Körper schimmerte hell. Er hatte menschliche Formen, war völlig glatt, als würde er in einer Silberhaut stecken, und auf seinem Kopf befanden sich keinerlei Haare. Er war völlig kahl, glänzte wie geschoren. Ein Gesicht war kaum zu erkennen. Wo sich bei einem Menschen Mund, Nase und Augen befanden, da wies die Gestalt nur Schlitze auf.

Doktor Tod trat näher.

Scharf schaute er Xorron an. Und als er jetzt genauer hinsah, da meinte er, durch die helle Haut die Umrisse eines Skeletts zu sehen. Ja, Xorron war ein Knochenmann, den irgendjemand, wahrscheinlich der Satan persönlich, mit dieser weißsilbrig schimmernden Haut überzogen hatte, die sogar einen gewissen Leuchteffekt zeigte.

Auch Lady X starrte das neue Monster an. Sie hatte die Maschinenpistole halb erhoben, nagte auf der Unterlippe und betrachtete Xorron mit kalten Blicken.

Das also war der Herr der Zombies und Ghouls.

Es hatte Minuten gedauert, bis Solo Morasso in der Lage war, einen Satz hervorzubringen. Er sagte: »Du bist Xorron!«

Keine Antwort.

Doktor Tod zeigte sich irritiert. »Kannst du mich überhaupt verstehen?«

»Ja.« Xorron presste dieses Wort hervor. Der schlitzartige

Mund bewegte sich kaum dabei, aber die Antwort war zu verstehen, und Morasso zeigte sich zufrieden.

»Du weißt, wer dich erweckt hat?«

»Ich nahm deine Gedanken wahr, Solo Morasso.«

Doktor Tod nickte. »Das ist gut. Dann ist dir sicherlich auch klar, dass ich dein Herr sein werde. Du hast mir zu gehorchen, nur mir und keinem anderen.«

»Ich weiß.«

»Kennst du Asmodina?«

»Auch ihre Gedanken spürte ich.«

»Welche waren das?«

»Sie wollte nicht, dass ich auferstehe.«

»Und warum nicht?« Innerlich freute sich Solo Morasso, denn vielleicht war dieser Xorron sogar ein Feind der Teufelstochter.

»Das kann ich dir nicht sagen.«

»Dann weißt du also, dass Asmodina nicht zu deinen Freunden gehört. Und das wirst du dir genau merken.«

»Ja.«

Jetzt trat Lady X vor. »Wieso schimmert deine Haut so komisch?«, wollte sie wissen.

»Es ist ein Schutz.«

»Und woraus besteht der?«

»Dämonenhaut.«

»Aha, dann bist du auch gegen Kugeln gefeit?«

»So ist es.«

»Das werden wir gleich sehen«, sagte sie, hob ihre Waffe an und feuerte.

Die Garbe zerhackte die Stille der Nacht. Flämmchen tanzten vor der Mündung, die Kugeln jagten aus dem Lauf, als wollte eine die anderen einholen.

Und sie trafen.

Die Geschosse klatschten gegen Xorron, zogen einen langen

Streifen von unten nach oben und hätten ihn normalerweise vom Sockel stoßen müssen. Doch der Herr der Zombies und Ghouls blieb stehen. Seine Haut wurde nicht einmal geritzt.

Lady X ließ die Waffe sinken. Sie nickte zufrieden und schaute Solo Morasso an. »Er passt zu uns«, bemerkte sie.

Doktor Tod grinste. »Wie steht es denn mit Silberkugeln?«, wandte er sich fragend an Xorron.

»Sie machen mir nichts aus.«

»Wie kommt es?«

»Die Haut des toten Dämons, die mich schützt, ist stärker als die Kugeln.«

Er sagte dies mit solch einer Selbstverständlichkeit, dass Doktor Tod und Pamela Scott ihm glaubten. Solo Morassos Herz hüpfte sogar vor Freude, wenn er daran dachte. Der war so gut wie unbesiegbar, dachte er. Er konnte es kaum fassen. Xorron übertraf alle Erwartungen, und er drehte sich um, damit er Tokata ansehen konnte.

Der Samurai des Satans verstand den Blick und kam näher.

»Berühre ihn mit deinem Schwert!«, befahl Morasso. Tokata zögerte. Er schaute auf Xorron, merkte, dass von ihm aus kein Protestwort erklang, und zog die Klinge. Den rechte Arm streckte er vor, brachte die Spitze dicht an Xorron heran und berührte ihn.

Ein, zwei Sekunden vergingen.

Nichts geschah.

Keine gegensätzlichen magischen Kräfte, die einander zu zerstören versuchten.

Das Schwert reagierte nicht und auch Xorron nicht. Sie hoben sich auf.

Doktor Tod hätte am liebsten in die Hände geklatscht. Das war ausgezeichnet. Mit Xorron wurde er zum Herrscher der Welt. Davon konnte ihn jetzt keiner mehr abhalten.

»Es ist gut, Tokata«, sagte er, »tritt zurück, damit Xorron von seinem Sockel steigen kann.«

Der untote Samurai ging, und Xorron stieg vom Sockel.

Jeder wunderte sich, wie geschmeidig er sich bewegte, obwohl er ewige Zeiten in dem Stein gefangen gewesen war. Solo Morasso berührte ihn. Seine Haut fühlte sich kalt an. Nicht wie die eines Toten, sondern wesentlich kühler. Als hätte dieser Dämon in einem Eiskeller gelegen. Durch seine Adern floss sicherlich kein Blut, sondern irgendein dämonischer Saft.

»Und wo sind deine Diener?«, wollte Solo Morasso wissen.

Da wandte ihm Xorron den Kopf zu und schaute auf Doktor Tod nieder. »Sie sind überall!«

»Ich weiß, dass es Zombies und Ghouls gibt. Einige haben sich schon aus ihren Gräbern erhoben, du brauchst dir nur den Boden hier anzuschauen. Aber das können nicht alle sein.«

»Nein, sie warten auf meine Befehle!«

»Dann gib sie.«

»Ja, doch zuvor müsst ihr zurücktreten. Geht bis an den Wagen, damit ich Platz habe.«

Wortlos drehten sich Lady X, Doktor Tod und Tokata um. Sie überließen Xorron das Feld.

Und das Monster enttäuschte sie nicht. Die nächsten Minuten gehörten wirklich zu den fantastischsten im Leben Solo Morassos, denn was er nun zu sehen bekam, war reine Magie, die ihn immer wieder von Neuem faszinierte.

Xorron war in die Knie gegangen. Er wandte den anderen seinen Rücken zu. Die Arme hatte er ausgestreckt, die Finger waren gespreizt. Jeder sah die Umrisse der dunkleren Knochen unter der hellen Haut. Xorron senkte den Kopf und presste seine Stirn gegen den Boden, wobei er beide Hände flach auf die Erde legte.

Er hatte etwas vor, das mit dem normalen Verstand und physikalischen Gesetzen nicht mehr zu erklären war. Im nächsten Augenblick veränderte sich die Farbe des Bodens. War er zuvor dunkel und von einer Grasfläche bedeckt gewesen, so zeigte er nun einen durchsichtigen Schimmer. Den Zuschauern kam es vor, als würde er sich verwandeln, und zwar in sprödes Glas.

Doktor Tod, Lady X und Tokata konnten in den Boden hineinschauen.

Erst nur einen halben Yard, dann immer tiefer. Je mehr Zeit verging, umso weiter konnten sie schauen.

Sie hatten das Gefühl, auf einer gewaltigen Glasplatte zu stehen, und sie sahen tatsächlich etwas. Da waren nicht nur Kriechtiere oder irgendwelche anderen vierbeinigen Wesen, sondern Menschen.

Nein, Tote ...

Doktor Tod persönlich wollte es kaum glauben, obwohl er schon viel erlebt hatte, und ihm, dem Mensch-Dämon, lief ein Schauer über den Rücken. Als er einen Blick auf Lady X warf, da erkannte er, dass es ihr nicht anders ging als ihm.

Auch sie war fasziniert. Ihr Mund stand halb offen, denn diese Magie konnte auch sie nicht fassen.

Nur Tokata verzog keine Miene. Er stand bewegungslos auf dem Fleck und hatte seine rechte Klaue auf dem Griff des Schwerts liegen, wobei seine Blicke die nähere Umgebung absuchten, damit ihm auch nichts entging.

Xorron stand auf.

Er hielt sich jetzt im Mittelpunkt der gläsernen Platte auf. Seine Arme hingen locker an den Seiten herab, und aus seinem kaum zu erkennenden Mund drangen Laute in einer Ursprache, wie sie nur von Dämonen verstanden wurde.

Die Beschwörung zeigte Erfolg. Die Toten in der Erde, vorhin noch regungslos daliegend, bewegten sich.

»Das ist es«, flüsterte Doktor Tod, als er auf die Gestalten sah, die sich aufrichteten, als hätten sie nie zuvor in der feuchten Erde gelegen. Das waren aber nicht nur Zombies, sondern auch schleimige Ghouls, die schneller vorankamen als die lebenden Toten, ihre Arme hoben und nach oben stiegen.

Sie schafften es.

Zuerst durchbrach ein fetter Ghoul die Oberfläche. Er war graubraun wie die Erde, in der er gelegen hatte, und er stank entsetzlich nach Moder und Verwesung. Selbst Lady X, die inzwischen viel gewohnt war, verzog das Gesicht.

Der Ghoul hatte kaum die Erde verlassen, als das zweite Ungeheuer erschien. Ein dunkelhäutiges Wesen mit Teufelshörnern auf der Stirn. Das musste ein Dämon sein, denn dieses Wesen hatte rote Augen, die sich wie kleine Feuerräder bewegten.

Zombies folgten. Bleiche Gestalten, oft schon halb verwest, dann kamen wieder Ghouls, und alle Monster gruppierten sich um ihren Anführer, um Xorron.

Doktor Tod sah es mit großem Vergnügen. Diese Armee des Schreckens würde fürchterlich aufräumen, das war sicher. Sie mussten Jahrhunderte unter der Erde gelegen haben. Manche hatten völlig verunstaltete Gesichter, anderen war der Schädel eingeschlagen worden.

Ein normaler Mensch wäre schreiend weggerannt, nicht so Doktor Tod. Er badete sich in dem Gefühl, der große Sieger zu sein.

Als der letzte Untote aus dem Boden gekrochen war, nahm die Erde auch wieder einen normalen Farbton an. Sie wurde braun, und wie durch Zauberhand bewirkt war auch wieder der Rasen zu sehen.

Schwarze Magie machte es möglich.

Doktor Tod zählte. Vier Ghouls, fünf Zombies und dieses rotäugige Wesen.

Das musste vorerst reichen.

Xorron drehte sich um, sodass er die Mitglieder der Mordliga anschauen konnte.

»Es fehlt keiner«, erklärte er. »Alle, die man mit mir zusammen begraben hat, sind zurückgekehrt.«

»Das ist gut«, erwiderte Solo Morasso. »Aber warum hat man sie begraben?«

»Wir kamen aus Spanien. Ein Schiff hat uns hergebracht. Man hatte mich schon in den geweihten Stein eingemauert, und meine Diener lagen in mit Silber ausgeschlagenen Särgen. Mir macht das Silber nichts aus, aber ihnen. Sie werden zur Untätigkeit verdammt, wenn sie damit in Berührung kommen.«

»Und nicht getötet?«, wunderte sich Doktor Tod.

»Es kommt auf die Stärke an. Manchmal ist das Silber zu schwach. So war es damals. Deshalb konnten sie auch in der Erde überleben. Und sie warteten, bis ich so weit war und sie hervorholte.«

»Womit kann man dich töten?«, wollte Doktor Tod wissen.

»Es gibt kein Mittel. Kein Feuer und auch kein Silber. Die Dämonenhaut schützt mich.«

»Das glaube ich dir nicht.«

»Wenn es tatsächlich eine Waffe gäbe, dann würde ich sie dir nicht nennen«, erwiderte Xorron.

Das war deutlich genug. Solo Morasso wollte es auch nicht auf die Spitze treiben und fragte nicht weiter.

Xorron war der Führer, die anderen gehorchten ihm. Normalerweise jedenfalls, doch sie hatten zu lange in der Erde gelegen. Ein Zombie konnte nicht an sich halten. Er roch die Menschen, und vor allen Dingen sah er Lady X, die ganz in seiner Nähe stand. Es war ein Wesen mit verunstaltetem Gesicht, in dem die Oberlippe gespalten war. Da sich Lady X mehr auf Doktor Tod und Xorron konzentrierte, kam das Wesen bis dicht an sie heran.

Es streckte seinen Arm, und die Hand klatschte auf Pamela Scotts Schulter.

Lady X zuckte herum. Die Berührung ekelte sie. Mit dem Waffenlauf hieb sie zu.

Der Zombie bekam ihn quer durchs Gesicht gezogen. Dabei entstand ein Laut, als hätte sie in Teig geschlagen. Aber der Untote blieb auf den Beinen, er wollte sein Opfer und warf sich vor.

Lady X schoss.

Es war nur eine kurze Garbe, bestehend aus höchstens fünf Kugeln, die den Kopf des Wesens zerschmetterten. Für alle Zeiten erledigt blieb der Zombie liegen.

Lady X drehte sich um. Ihre Stimme klang messerscharf, als sie sagte: »Noch so eine Dummheit, und ich werde auch die anderen erledigen. Darauf könnt ihr euch verlassen!«

Xorron sagte nichts. Doktor Tod stellte sich auf Pamela Scotts Seite.

»Du hast richtig gehandelt«, sagte er. »Sie müssen lernen, dass wir keine Opfer sind, sondern dass sie uns zu gehorchen haben. Sag es ihnen, Xorron. Menschen bekommen sie genug. In der nächsten Nacht schon werden wir New York erobern, bis dahin aber müssen wir uns verstecken. Bestimmt hat man inzwischen die anderen entdeckt, die zuvor zurückgekehrt sind.«

Dagegen hatte niemand etwas einzuwenden, auch Xorron hielt sich zurück.

Doktor Tod war zufrieden. Er lächelte böse. Für ihn war ein lang ersehnter Traum in Erfüllung gegangen.

Xorron war frei!

Jetzt konnte er zuschlagen.

Asmodina, hüte dich, dachte er. Bald bin ich so weit. Und ich habe nichts vergessen …

Der Anruf aus New York hatte mich elektrisiert!

Natürlich erinnerte im mich noch gut an den dunkelhäutigen Jo Barracuda. Ich wusste, dass er kein Spinner war, sondern ein G-man, der mit beiden Beinen auf dem Boden der Tatsachen stand, allerdings nicht mit Scheuklappen durch die Welt lief. Er wusste genau, dass es Dinge gab, die man nicht mit einer achtlosen Handbewegung abwerten durfte. Gemeinsam hatten wir ein heißes Abenteuer erlebt, als es gegen das Vampir-Schiff gegangen war, und wir hatten es im letzten Augenblick geschafft, dort mit heiler Haut herauszukommen.[2]

Doktor Tod suchte noch immer nach dem letzten Mitglied, das er in die Mordliga aufnehmen wollte. Xorron sollte erweckt werden, damit seine Mordliga vollständig war. Als ob sie mir nicht schon genügend Ärger bereitet hätte. Meine Freunde und ich hatten mit allen Mitteln versucht, eine Erweckung Xorrons zu verhindern. Es klappte nicht, denn wir wussten nicht, wo sich dieser Dämon aufhielt. Er konnte überall auf der Welt stecken, doch die letzte Spur führte nach New York.

Und nun dieser Anruf.

Ich kannte die Stadt zwischen Hudson und East River. Mehr als einmal hatte ich dort zu tun gehabt. Ich brauchte mich nur an das Horror-Taxi zu erinnern, sowie an die Reporterin Laurie Ball und Captain Hamilton. Ob ich wohl dazu kommen würde, ihnen guten Tag zu sagen? Es war fraglich, denn Suko und ich – den Chinesen hatte ich mitgenommen – waren praktisch in einer Geheimmission unterwegs. Nur wenige Leute waren eingeweiht worden. Der FBI kümmerte sich um den Fall und damit auch ein G-man namens Jo Barracuda.

Ich freute mich darauf, ihn wiederzusehen. Er war ein sym-

---

2 Siehe »Die Welt des John Sinclair« Band 73 982: »Die Mordliga greift an«

pathischer Bursche, mit dem man Pferde stehlen konnte. Dazu würden wir wohl nicht kommen; wenn ich seinen Worten glauben durfte, dann erwartete uns in Manhattan der nackte Horror.

Unsere Maschine flog den John-F.-Kennedy-Flughafen an. Dort wollte uns Jo abholen.

Wir hatten eine Sondergenehmigung erhalten, damit wir unsere Waffen mitnehmen konnten. Ich hatte alles dabei, auch das Schwert, das einmal Destero, dem Dämonenhenker, gehört hatte.

Wir kreisten bereits über dem Flughafen. Unter uns schimmerte blaugrau das Wasser des Atlantiks. Am Himmel stand ein strahlender Sonnenball, der etwas von der Hitze ahnen ließ, die über der Millionenstadt lastete.

In London war der Sommer bisher ziemlich mies gewesen, hier würde er uns voll treffen. Auch kein Wunder, denn New York liegt auf demselben Breitengrad wie Neapel.

Der Clipper hatte seinen Kreis beendet und erhielt Landeerlaubnis. Wir waren schon längst angeschnallt und hockten inmitten erwartungsfroher europäischer Touristen, die das berühmte New York und das Land der unbegrenzten Möglichkeiten kennenlernen wollten. Auch Geschäftsleute waren unterwegs. Sie hockten mit steinernen Mienen auf ihren Sitzen und hatten dunkle Aktenkoffer zwischen die Beine geklemmt.

Der Riesenvogel senkte sich der Landebahn entgegen.

Wie ein langer grauer Streifen lag sie da, sie schien in die Unendlichkeit zu führen.

Wir setzten auf.

Der Pilot war ein Ass. Die Maschine rumpelte nicht, sondern lief ruhig aus.

Wir waren bis an den langen Schlauch gerollt, durch den wir das Flughafengebäude betreten konnten.

Der Ausstieg schwang auf. Noch drang die Hitze nicht herein, aber eine abgestandene, muffig riechende Luft erreichte unsere Nasen. Wir ließen den Touristen den Vortritt. Kinder wischten an mir vorbei und lachten. So ziemlich als Letzte verließen Suko und ich die Maschine. Ich trug meinen Einsatzkoffer und kleines Handgepäck, während Suko das Schwert in der rechten Hand hielt. Es steckte in einem flachen Behälter. Innen aus Samt, außen aus Leder.

Zollkontrolle.

Männer in Uniformen empfingen uns.

Wir hielten uns etwas zurück, denn ich suchte Jo Barracuda. Es herrschte ein unwahrscheinlicher Betrieb. Das Stimmengewirr aus den gewaltigen Hallen drang als fernes Summen zu uns. Von der Seite her kam ein breitschultriger junger Mann in der Uniform des Zollbeamten auf uns zu.

»Mr. Sinclair?«, fragte er mich.

»Ja.«

»Sie werden erwartet. Wenn Sie und Ihr Partner mir bitte folgen würden?«

Wir gingen hinter ihm her. Der Mann brachte uns in einen kleinen Raum, der so spärlich möbliert war, dass man auf den Rest auch hätte verzichten können.

Es gab einen Tisch und einen Stuhl. Auf dem Stuhl saß jemand.

Jo Barracuda, der dunkelhäutige G-man mit dem Filmnamen. Als wir eintraten, schoss er in die Höhe.

»John Sinclair, du alter Geisterkiller und Dämonenfresser!« Er lachte und zeigte seine blitzenden Zähne. Dann haute er mir auf die Schulter, dass ich leicht in die Knie ging. Auch Suko bekam sein Fett weg, doch der Chinese schlug zurück. Diesmal ging Jo in die Knie.

Er stöhnte. »Himmel, Suko, willst du mir die Knochen brechen?«

»Ich dachte, die Begrüßung wäre hier so üblich.«

Jo lachte. Dann trat er einen Schritt zurück, nickte und sagte: »Jetzt seid ihr hier.«

»Und?«

»Da werden sich einige Wesen in New York wundern.«

Ich winkte ab. »Du tust gerade so, als wären wir Supermänner.«

»Wenn ich da an das Vampir-Schiff denke ...«

»War mehr Glück als Verstand, Jo.«

Wir hielten uns nicht lange auf, denn der G-man wollte uns sofort zum FBI Building fahren. Gemeinsam verließen wir die Bude. Draußen traf uns der Schlag.

Es war wie in den Tropen, und dabei wehte hier noch eine kühle Brise. Ich pustete und spürte Schweiß auf der Haut.

Jo hob die Schultern. »Was willst du, John? In Manhattan ist es noch schlimmer.«

»Dann warte ich hier.«

»Okay, ich sage den Dämonen Bescheid. Sie kommen dich dann der Reihe nach besuchen.«

»Wäre nicht schlecht.«

Wir gingen zum Parkplatz. Manchmal bekamen wir von der Bucht einen kühlen Windstoß mit, der unsere Haare aufwühlte.

Jo fuhr einen vier Jahre alten Ford. Ohne Klimaanlage. Der Wagen war ein Backofen.

Auch Durchzug brachte nicht viel Kühle, und erst der Fahrtwind wirbelte etwas frischere Luft herein.

Ich saß neben Jo. »Bei diesem Wetter«, sagte der G-man, »kochen die Emotionen über. Da steigt die Prozentrate der Morde und Totschläge schlagartig.«

»Kann ich mir denken. Auch in London ist es so. Wir haben einen heißen Sommer hinter uns.« Dabei dachte ich an die zahlreichen Demonstrationen, die unsere Stadt erschüttert hatten.

Wir rollten in den großen Verteilerkreis hinein, der uns auf einen Expressway brachte. Es war die direkte Verbindung zum La Guardia Airport, und diese Straße führte mitten durch Queens, von Süden zum Norden.

Einen Arm hatte ich aus dem Fenster gehängt, während ich den Worten des dunkelhäutigen G-man lauschte.

Er berichtete von dem Auftauchen der Zombies in der South Bronx und dass Polizisten und Gangster in einem gemeinsamen Kampf die Brut erledigt hatten.

»So etwas ist in New York auch noch nicht passiert«, sagte er.

»Waren das wirklich alle?«, wollte ich wissen.

»Ich selbst war dabei, als man das Gebiet durchsuchte. Wir haben keine mehr gefunden.«

»Was natürlich nicht heißt, dass keine Zombies mehr vorhanden sind.«

»Genau. Deshalb bist du ja hier.«

»Von Solo Morasso habt ihr nichts gehört?«

Er schüttelte den Kopf und überholte einen Truck. »Nein, John, ich wusste ja von dir, dass sich Morasso in New York befinden sollte. Wir haben sofort alle Hebel in Bewegung gesetzt, sogar die Unterwelt beteiligte sich an der Suche – erfolglos.«

»Das kann ich mir denken. Morasso ist viel zu raffiniert. Der Hundesohn kennt alle Tricks.«

»Einen großen Vorteil haben wir, John«, fuhr Jo Barracuda fort. »Die Presse haben wir aus dem Spiel halten können. Selbst die Gangster hielten dicht. Sie haben natürlich kein Interesse daran, dass die Sache breitgetreten wird, und zeigten sich kooperativ. So können wir auch eine Panik vermeiden. Und eins sage ich dir jetzt schon. Nie mehr im Leben schaue ich mir einen Zombie-Film an. Die Wirklichkeit übertrifft Romeros Schreckenswerk noch.«

Das konnte ich Jo nachfühlen.

Der Stadtteil Queens erinnerte mich so gar nicht an New York. Hier wirkte alles ländlich, fast europäisch. Nur wenn ich einen Blick nach links warf, dann sah ich die Silhouette der Halbinsel Manhattan in der Sonnenglut liegen.

Über den Wolkenkratzern schwebte ein Dunst, den man mit dem Wort Smog umschreiben konnte. Die Sonnenstrahlen wurden gefiltert, und sie verwandelten die Straßenschluchten in regelrechte Backöfen.

»Wir müssen gleich ab«, erklärte der dunkelhäutige G-man. »Dann geht es auf dem Long Island Expressway weiter. Der bringt uns direkt zum Queens Midtown Tunnel, der nach Manhattan rüberführt.«

Eine Minute später reihten wir uns in eine Autoschlange ein. Wir fuhren erst rechts, schlugen einen Bogen, passierten danach den über uns herführenden Expressway und erreichten ihn über eine andere Auffahrt.

Der Verkehr nahm zu, aber auf der vierspurigen Bahn kamen wir trotzdem gut voran.

»Was hast du da eigentlich mitgenommen?«, wandte sich unser Freund an Suko.

»Ein Schwert.«

Jo lachte. »Ritter sind ja jetzt in. Sogar Romero, von dem wir gesprochen haben, hat einen modernen Ritterfilm gedreht. Über Motorradfahrer in Ritterrüstung, aber dass ihr umgestiegen seid, wusste ich noch nicht.«

Suko erklärte es ihm.

»Dann hätte ich das Schwert auch mitgenommen. Damit könnt ihr die Zombies auflaufen lassen.«

»Du rechnest also damit, dass noch welche da sind«, sagte ich.

»Und wie.«

»Wie steht es denn mit den Polizeikräften?«, wollte ich wissen.

»Die befinden sich in ständiger Alarmbereitschaft, John. Und nicht nur die Leute vom FBI, auch die City Police weiß Bescheid.«

»Gibt es dort noch Captain Hamilton?«

»Klar, der alte Haudegen ist nicht unterzukriegen.«

»Weiß er, dass wir kommen?«

»Nein, das ist so geheim wie möglich gehalten worden. Aus verständlichen Gründen.«

»Sicher.«

»Aber du kennst Hamilton?«

»Klar, wir haben schon öfter zusammengearbeitet.«

»Ein sehr guter und fähiger Mann. Aber ich hoffe, dass Hamilton mit seinen Leuten nicht einzugreifen braucht«, sagte der FBI-Agent, »denn wenn wir erst einmal Großalarm geben müssen, sieht es böse aus.«

Da hatte mir der dunkelhäutige G-man aus der Seele gesprochen. Und ich hoffte inständig, dass der Fall ohne Panik über die Bühne gebracht werden konnte.

Vor dem Queens Midtown Tunnel gerieten wir in einen Stau. Wir ließen die Fenster offen, trotzdem erdrückte uns die Hitze fast. Irgendwo jaulten Sirenen. Ein Patrol Car, das hinter uns war, wollte durch. Einige Wagen fuhren zur Seite.

Nur langsam kamen wir voran. Das ging immer schubweise, denn man musste Tunnelgebühren bezahlen.

In der Röhre wurde es dann noch schlimmer. An der Südseite des UN-Gebäudes erreichten wir Manhattan. Sofort umgab uns ein sagenhafter Betrieb. Es war früher Nachmittag, und wieder einmal wunderte ich mich, wer alles auf den Beinen war.

Die G-men waren vor kurzer Zeit umgezogen. Sie residierten jetzt an der Federal Plaza, Downtown Manhattan, wo auch die City Hall liegt und das World Trade Center, die höchsten Gebäude der Halbinsel. Vierzig Stockwerke zählte das Hochhaus, in dem das FBI-Office New York untergebracht war.

Die G-men hatten nur vier Etagen gemietet. Nummer 22, 24, 25 und 26. Eine Seite des Gebäudes grenzte an den Broadway.

Über diese Straße fuhren wir auch in Richtung Süden. Fuhren war übertrieben, denn wir bewegten uns nur stoßweise voran. Stop and go, mehr war nicht drin.

Dafür hatte ich Zeit, mir das Treiben auf den Gehsteigen anzuschauen. Es war unheimlich was los. Irgendwie kamen mir die Menschen auch gehetzt vor, vor allen Dingen die im mittleren Alter, die trotz der Hitze noch Anzug und Krawatte trugen, weil sie ihren Geschäften nachgehen mussten.

Die Polizeiwagen waren ununterbrochen auf Achse. Von irgendwoher vernahm man immer das Heulen der Sirenen.

Etwa zwei Yards über der Straße schwebten die Abgase. Bläulich schimmernde Wolken. Wenn man in sie hineinschaute, hatte man das Gefühl, die Straße würde sich bewegen.

»Kann sich nur noch um Stunden handeln«, meinte der schwarze G-man.

»Und was macht ihr, wenn ihr mal dringend zu einem Einsatz gerufen werdet?«, wollte Suko wissen.

»Ich bin noch nicht lange in der Stadt, aber ich habe erlebt, dass man mit Hubschraubern flog.«

»Das würde ich auch tun.«

Der Verkehr nahm noch mehr zu, je näher wir dem Bankenviertel kamen. Wall Street ist wohl jedem ein Begriff. Und wir steckten in den Straßenschluchten, wo rechts und links die Fassaden in den Himmel wuchsen. Manche Häuser waren neu. Konstruktionen aus Glas, Aluminium und Beton. Die Sonnenstrahlen trafen nur die oberen Scheiben, wo sie dann blitzend zurückgeworfen wurden, als wäre die Fassade ein gewaltiger Spiegel.

Ich hatte Durst und sagte es auch.

»Bei uns bekommst du die tollen Automatengetränke«, lachte der dunkelhäutige Freund.

»Auch den Kaffee?«

»Ja, die Brühe gibt es. Ich habe schon Blasen an den Fingern, so heiß sind die Becher.«

»Wie in London«, sagte ich und dachte dabei an meine Sekretärin Glenda Perkins, die den besten Kaffee der Welt kochte, jedenfalls nach meinem Geschmack.

Als wir schließlich auf den Parkplatz rollten, da atmete ich auf. Endlich hatten wir die Fahrerei hinter uns.

Klimaanlage! Ein Königreich für eine Klimaanlage!

Ich brauchte kein Königreich zu geben, ich bekam sie umsonst. Das Gebäude war klimatisiert. Der Schweiß trocknete auf meiner Stirn.

Das Büro unseres dunkelhäutigen Freundes befand sich im 22. Stock. Es war ebenso nüchtern eingerichtet wie auch meins in London. Zum Glück gab es drei Stühle.

Ich nahm so Platz, dass ich direkt auf die Karte von Groß New York schauen konnte. Daneben hing ein Bild des Präsidenten.

»Kaffee oder was Kaltes?«

Wir entschieden uns für das Letzte. Kaffee bei dieser Hitze? Nein danke, außerdem wollte ich nicht, dass sich Jo seine Fingerspitzen verbrannte.

Er ließ uns allein.

Ich stand auf, trat ans Fenster und blickte hinunter in die tiefe Straßenschlucht des Broadway.

Es war kein schönes Bild. Von hier aus wirkte es, als wären die einzelnen Wagen miteinander verbunden. Sie fuhren Stoßstange an Stoßstange, und ich musste daran denken, dass ich auch in dieser kochenden Hölle gesessen hatte.

Die Luft über dem Asphalt flimmerte, weil die Abgase eine zitternde Wand bildeten.

Schwungvoll wurde die Tür geöffnet. Jo Barracuda kam zurück. Er brachte nicht nur den Saft, sondern auch einen hochgewachsenen dunkelblonden Mann um die vierzig mit, der sich uns als Abe Douglas vorstellte.

Wir nannten unsere Namen.

Douglas lächelte, was allerdings nicht darüber hinwegtäuschen konnte, dass er ziemlich müde war.

Ich erfuhr auch den Grund. Abe Douglas war mit dabei gewesen, ebenso wie Jo Barracuda. Douglas hatte den Einsatz sogar geleitet. Als er berichtete, merkte man seiner Stimme an, dass ihm das erlebte Grauen noch immer in den Knochen steckte.

»Das war also in der South Bronx«, sagte ich.

»Genau.«

Ich trat an die Karte und fand das Gebiet sofort. »Können wir nicht davon ausgehen, dass die Zombies, falls welche übrig geblieben sind, rüber nach Manhattan kommen?«

»Ja.«

Ich nickte und spann den Gedanken weiter, wobei ich einen Schluck Automatensaft nahm, der wie ein Laternenpfahl ganz unten schmeckte. Fad und abgestanden, widerlich. »Wenn Sie dabei gewesen sind, haben Sie unter Umständen einen Anführer gesehen? Ich meine, jemand kann die Zombies geleitet haben.«

»Wäre möglich.« Abe Douglas zündete sich ein Zigarillo an und paffte blaugraue Wolken. »Aber mir und meinen Männern ist nichts dergleichen aufgefallen.«

»Das ist schlecht.«

»Sie gehen davon aus, John, dass die Zombies einen Führer gehabt haben?«

»Ja.«

»Und was bringt Sie zu dieser Meinung?«

Ich krauste die Stirn. »Eine Erfahrung, mein Lieber. Ich

suche einen Mann namens Solo Morasso, wie Sie sicherlich gehört haben. Der soll sich seit einigen Wochen hier in New York aufhalten, und er sucht einen Dämon, der auf den Namen Xorron hört und Herr über Zombies und Ghouls sein soll. Dass hier in New York Zombies erschienen sind, ist für mich Beweis genug. Irgendwie muss es Solo Morasso, alias Doktor Tod, gelungen sein, Xorron zu erwecken. Aber nicht nur ihn. Er hat sich direkt seine Armee der Untoten mitgebracht und wird sicherlich New York in ein Chaos stürzen wollen.«

Der G-man Abe Douglas hatte mir mit offenem Mund zugehört. Nach meinen Worten grinste er hölzern. »Wenn ich sie ja nicht mit eigenen Augen gesehen hätte, dann würde ich Sie für einen Lügner und Aufschneider halten, John. Aber so sieht die Sache schon ganz anders aus. Ich glaube Ihnen, John, und ich glaube auch an die Gefahr, in der wir alle schweben.«

»Was sagt Ihr Chef?«

»Der steht auf meiner Seite. Ich habe völlig freie Hand.«

»Das ist gut.«

»Leider wissen wir nicht, wo wir anfangen müssen zu suchen«, meinte Suko.

Ich schnappte den Ball auf, den er mir zugeworfen hatte. »Mit anderen Worten, wir sitzen hier untätig herum und warten darauf, dass sich der Gegner meldet. Gefällt mir gar nicht.«

»Mir auch nicht«, erwiderte Douglas.

Da schrillte das Telefon. Jo Barracuda war als Nächster am Apparat und schnappte den Hörer.

Er meldete sich mit Namen und hörte eine Weile zu. Sein Gesicht nahm einen gespannten Ausdruck an. »Okay«, sagte er, »lasst alles so, wie es ist, wir kommen.«

»Was ist geschehen?«, fragte Abe Douglas.

»Keine Ahnung, aber irgendeine Schweinerei im Central Park. Sie scheint mit den Zombies zusammenzuhängen ...«

Irgendwie erinnerte mich der Central Park an unseren Hyde Park. Auch hier wimmelte es bei schönem Wetter von Menschen. Familien ruhten sich aus, lagen faul in der Sonne, und ich hatte auch einige knackige Girls mit oben ohne entdeckt.

Gern wäre ich ausgestiegen, aber der Fall ließ mir für die angenehmen Dinge des Lebens leider keine Zeit.

Polizisten hatten ein Gebiet abgesperrt, in dem es eigentlich nicht viel zu sehen gab. Nur aufgeworfene Erde und einen Steinhaufen, der neben einem Sockel lag.

Abe Douglas wusste nicht so recht, was er hier sollte, bis ich ihn aufklärte.

»Die Spuren weisen eindeutig darauf hin, dass die Toten aus der Erde gekommen sind.«

Baff schaute er mich an.

»Glauben Sie denn, die Zombies fallen vom Himmel?«, fragte ich ihn. »Sie kommen aus Gräbern, Grüften, überall her.«

»Das ist kaum glaublich.«

Ich wechselte das Thema. »Wie war es möglich, dass man Sie alarmierte, Abe?«

»Wir haben die Weisung erlassen, dass alle ungewöhnlichen Fälle sofort an uns weitergeleitet werden.«

»Das war gut.« Ich schritt den Weg ab. Nach den Spuren zu urteilen, schienen hier mehr als zehn Untote aus der Erde gestiegen zu sein, vielleicht das Doppelte. Im Hintergrund drängten sich die Neugierigen.

Leute von der Spurensicherung waren ebenfalls eingetroffen. Mit ihnen unterhielt ich mich, und mir wurde gesagt, dass man im weichen Erdreich auch Reifenabdrücke entdeckt hatte.

»Jemand ist hierher gefahren.«

»Können Sie die Marke des Wagens feststellen?«, wollte ich wissen.

»Das haben wir schon. Es war ein Cadillac. Die Reifenspuren ließen sich deutlich identifizieren.«

Jetzt wussten wir immerhin, welch einen Wagen Doktor Tod höchstwahrscheinlich fuhr.

Das sagte ich auch Abe Douglas.

Der schaltete sofort.

»Gekauft haben wird er sich ihn kaum, eher geliehen. Wir werden beides überprüfen. Die Leihwagenfirmen und auch die Händler, die Wagen dieser Marke verkaufen. Wenn wir da fündig werden, und das dauert gar nicht mal so lange, wie ich aus Erfahrung weiß, könnten wir noch heute am frühen Abend die Fahndung anlaufen lassen.« Er grinste erleichtert.

Doch das Grinsen gefror ihm auf den Lippen. Beide vernahmen wir den gellenden Schrei, der zu uns herüberwehte. Eine Frau hatte ihn ausgestoßen.

Wir kreiselten herum.

Die Frau wankte aus einem in der Nähe liegenden Gebüsch. Beide Hände hatte sie gegen ihre Wangen gepresst, schluchzte, schrie und kreischte in einem.

Schockwirkung!

Suko und Jo Barracuda standen am nächsten. Die beiden liefen los und verschwanden im Gebüsch. Als wir die Stelle erreichten, kamen sie uns entgegen.

Jo war grau im Gesicht, und in Sukos Miene regte sich kein Muskel.

»Was ist geschehen?«, fragte ich.

»Sieh selbst nach, John«, erwiderte mein Partner mit kratziger Stimme.

Ich hob Zweige zur Seite und duckte mich etwas, damit Abe Douglas über meine Schulter schauen konnte.

»Mein Gott!«, presste er hervor und wandte sich ab.

Ich schaute noch zwei Sekunden länger. Was einen New Yorker G-man so aus der Fassung gebracht hatte, war eine halb verweste kopflose Leiche, die im hohen Gras lag, als hätte man sie kurzerhand dorthin geschleudert.

Ich ging ebenfalls.

»Die Zombies!«, flüsterte Jo Barracuda, während Abe zu Boden starrte und immer wieder den Kopf schüttelte.

»Nein, Freunde, nicht die Zombies. Das war ein Zombie, den man durch Kopfschüsse getötet hat.«

»Aber keiner von den Polizisten.«

»Das stimmt.« Ich gab Abe recht.

Jo fragte: »Wer dann?«

Für die Antwort fühlte sich Suko zuständig. »Vielleicht hat sogar ein Mitglied der Mordliga dieses Wesen umgebracht.«

»Das wäre doch unlogisch!«, rief Abe Douglas. »Glauben Sie denn, die würden sich gegenseitig töten?«

»In der Regel nicht«, sagte ich. »Aber keine Regel ohne Ausnahme. Wer von uns weiß denn, was hier vorgefallen ist?«

»Da haben Sie recht, John. Verdammt, da haben Sie recht!«

Es war ihnen gelungen, unbeobachtet zu bleiben. Im Schutze der Nacht waren Doktor Tod, die Mitglieder der Mordliga und die Zombies sowie die Ghouls verschwunden.

Xorron führte sie an. Und für ihn wusste Solo Morasso auch schon ein Versteck.

Die Armee des Schreckens erreichte die Südseite des Central Park und damit ein Gebiet, wo die großen Hotels der Riesenstadt in den Himmel wuchsen. Herbergen für Touristen, die Tausende von Menschen aufnehmen und versorgen konnten. Im sogenannten Theatre District wollte er tagsüber untertauchen und erst bei Dunkelheit erscheinen. Hier pulsierte das Leben, hier schlug das Herz der Riesenstadt.

Times Square, Broadway, Rockefeller Center, Waldorf Astoria, um nur einige Schlagworte zu nennen. Wenn die Zombies hier erschienen, war die Panik perfekt.

Noch war es nicht so weit. Tagsüber mussten sie sich versteckt halten. Erst wenn die Dunkelheit angebrochen war, würden sie aus ihren Löchern kommen.

Sie verließen den Park nicht, sondern fanden in der Nähe des Columbus Circle einen Einstieg in die Unterwelt. Niemand sah sie, als sie durch den Schacht in die Abwasserregion eintauchten.

Zombie für Zombie verschwand. Die Ghouls folgten, den Schluss bildete Xorron.

Auch er gierte nach Menschen.

Immer wieder hatte er es Morasso zu verstehen gegeben, doch Doktor Tod hatte ihn stets abgewiesen.

»Nein, du musst warten.«

Xorron fügte sich. Aber beruhigt war Morasso nicht. Er traute diesem Monster nicht über den Weg.

Als er den Kanaldeckel schloss, stand Lady X neben ihm.

»Es ist dir nicht wohl, oder?«, fragte sie.

Doktor Tod richtete sich auf. »Nein.«

»Hast du dich übernommen?«

»Das glaube ich nicht. Aber ich habe nicht damit gerechnet, dass noch so viele Zombies und Ghouls mit aus der Erde kommen. Es wird schwer sein, sie unter Kontrolle zu halten.«

»Willst du die anderen holen?«

»Nein, wir würden zu leicht auffallen. Bisher hat uns niemand entdeckt. Ich hoffe, das bleibt so. Komm jetzt, wir fahren.«

Sie gingen zum Wagen. Tokata war auf der Rückbank sitzen geblieben. Er traute sich kaum heraus. Das Hotel, in dem sie Zimmer gemietet hatten, hatte eine Garage, von der es einen direkten Weg zum eigentlichen Gebäude gab. Dort konnte Tokata dann ungesehen das Zimmer erreichen.

Weit hatten sie nicht zu fahren. Der schwere Caddy umrundete den Columbus Circle und fuhr in den Broadway ein.

Ihr Hotel lag in der 53. Straße West. Sie mussten erst um den Block herum, um in diese Straße einbiegen zu können. Es gab eine Zufahrt zu einem Hof. Dort führte eine Rampe in die Tiefgarage, über die der später errichtete Anbau stand.

»Duck dich«, befahl Solo Morasso, als sie in den Hof einrollten. Der Befahl galt Tokata, und der Samurai des Satans tauchte tatsächlich unter.

Auf dem nur mäßig erleuchteten Hof standen einige Menschen. Sie waren sommerlich gekleidet und lachten, denn sie wollten zu einer Tour aufbrechen.

Langsam rollte der schwere Caddy näher. Die Scheinwerferlanzen blendeten, die Menschen gingen zur Seite.

Morasso schaute zu, wie Lady X den Wagen die Rampe hinunter lenkte und in die Garage fuhr, wo sie einen Stammparkplatz gemietet hatten.

Zum Hotel ging es links, der Weg in den Anbau lag gegenüber.

Zuerst stieg Lady X aus. Doktor Tod und Tokata blieben noch im Wagen sitzen.

Die Scott horchte. Auf dem Hof über der Garage standen noch immer die Nachtbummler. Eine Frau lachte laut. Dann eine Männerstimme: »Kommt jetzt endlich, sonst ist die Nacht vorbei.«

»Ja, Jamie, du wirst deinen Strip schon noch sehen. Und hinterher werde ich mich ausziehen.«

»Gut!«, schrie ein anderer. »Können wir da zusehen?«

»Nur gegen Eintritt.« Die Leute lachten und zogen sich zurück. Ihre Schritte verklangen.

Doktor Tod meldete sich. Es war jeden Abend das Gleiche.

»Ist die Luft rein?«, flüsterte er und hatte seinen Kopf aus dem nach unten gelassenen Fenster gesteckt.

»Ich glaube ja.« Lady X ging zur Seite. »Ich sehe aber sicherheitshalber nach.«

»Gut.«

Es war ein ziemlich großer Komplex, der von viereckigen Säulen gestützt wurde. Licht konnte man selbst einschalten. An jeder Säule befand sich ein Schalter.

Darauf hatten Lady X und Doktor Tod bisher immer verzichtet. Die Dunkelheit war für sie besser.

Pamela Scott trat nicht leise auf. Die MPi hatte sie im Wagen gelassen. Sollte ihr jemand begegnen, so wollte sie nicht mit der Waffe in der Hand gesehen werden. Nur nicht auffallen, so hieß ihre Devise, mit der sie bisher gut gefahren war. Das Hotel konnte man als anonym bezeichnen. Da kümmerte sich keiner um den anderen.

Wie gesagt, bisher war alles glatt gelaufen, doch seltsamerweise hatte Lady X heute ein komisches Gefühl. Sie wurde den Verdacht nicht los, dass man sie beobachtete. Irgendjemand lag auf der Lauer und ließ sie nicht aus den Augen. Im Laufe der Jahre hatte sie einen Instinkt für Gefahren entwickelt, und hier roch es nach Gefahr.

Sie blieb stehen.

Rechts und links befanden sich die abgeteilten Parktaschen. Dort standen die Wagen der Hotelgäste. Sie lagen im Dunkeln. Der etwas hellere Schein der Leuchtreklamen verlief sich auf der breiten Rampe. Die Tiefgarage lag im Dunklen.

Schritte!

Lady X spannte sich. Angst hatte sie nicht. Sie wusste nur nicht so recht, woran sie war. Langsam drehte sie sich um.

Das war nicht nur eine Person, die sich in ihrer Nähe aufhielt, sondern mehrere.

Mindestens zwei.

Nein, drei. Soeben lösten sich die Typen aus den Deckungen der Säulen.

Es waren Mugger, Straßenräuber. Ein Weißer, zwei Farbige. Die beiden Dunkelhäutigen trugen glänzende Boxershorts und T-Shirts. Die Turnschuhe an ihren Füßen leuchteten weiß, und auch Messerklingen blitzten.

Der Weiße hatte über seinen nackten Oberkörper eine rötlich schimmernde Stoffjacke gehängt. Die enge Hose war pechschwarz. Er hielt keine Waffe in der Hand, doch in seinem Gürtel steckte ein Revolver.

Ein Trio, wie es dies in New York des Öfteren gab. Kalt, brutal, zu allem entschlossen. Junge Leute, die sich auf eigene Faust durchschlugen und sich dabei über Recht und Gesetz hinwegsetzten.

Lady X atmete tief ein. Sie wusste, was die drei von ihr wollten.

»Haut ab«, sagte sie.

Leises, meckerndes Lachen schallte ihr entgegen. Dann sagte der Weiße: »Du glaubst doch nicht, Süße, dass wir hier umsonst gewartet haben. Wir haben dich über eine Woche lang beobachtet, wie du und der alte Knacker in die Tiefgarage gefahren seid. Hier entkommst du uns nicht mehr.«

»Macht keinen Unsinn!«, warnte Lady X. Sie dachte dabei an Tokata. Den hatten die Mugger noch nicht gesehen.

»Wir machen auch keinen Unsinn, wir wollen nur dich. Erst bin ich dran, dann meine Freunde. Und damit du vor Freude nicht schreist, wird dir einer immer das Messer an deinen hübschen Hals halten. Ist doch ein Geschäft, oder?«

»Verschwindet! Die letzte Warnung!« Lady X hätte normalerweise nicht so viel Geduld aufgebracht, aber sie wollte keinen Ärger haben. Die Straßengangster merkten nicht, dass sie mit ihrem Leben spielten. Sicherlich hatte Solo Morasso schon etwas gehört und würde entsprechende Gegenmaßnahmen einleiten.

»Warnung? Du warnst uns?«

»Ja, ich. Weil ich es gut mit euch meine. Ihr wollt doch noch ein wenig leben, nicht wahr?«

»Du erhoffst dir was von dem Alten, wie?«

Lady X schwieg.

Der Weiße wandte kurz den Kopf. Dann zog er seine Waffe. Es war eine Luger-Pistole. »Geh mal zu dem Alten hin, Blabby, und rasiere ihm ein wenig das Kinn und den Hals.«

»Okay.« Einer der beiden Farbigen tänzelte an Lady X vorbei. Dabei pfiff er ein Liedchen.

Diese Idioten, dachte Pamela Scott.

Plötzlich blieb Blabby stehen. Das war in gleicher Höhe mit dem Anführer. »Verdammt«, sagte er.

»Was ist?«, fragte der Weiße.

»Da kommt jemand.«

»Der Alte?«

»Nein, ich …« Er redete nicht weiter, sondern ging zurück. Seine Augen hatte er weit aufgerissen, sie waren verdreht, und die Hand mit dem Messer zitterte.

»He, was ist los?«, wollte der Weiße wissen, während sich Lady X entspannte und spöttisch lächelte.

»Sieh selbst!«

Das tat der Weiße auch. Er drehte sich um.

Tokata kam!

Eine unheimliche, schaurige Gestalt, die sich langsam aus der Dunkelheit schälte und zu einem Fanal des Schreckens wurde. Doktor Tod hatte die Geduld verloren und den Samurai des Satans vorgeschickt.

Auch der Anführer bekam es mit der Angst zu tun, obwohl er sie nicht zeigen wollte. Bewusst forsch fragte er: »Hi, Partner, wer bist du denn? Haben sie dich aus einem Bühnenstück entlassen? Geh mal in die Garderobe und zieh dich um!«

Tokata sagte nichts. Er ging weiter und zog sein Schwert. Der Weiße starrte auf die Klinge, seine Augen wurden ebenfalls groß wie die seines dunkelhäutigen Kumpans, und er ahnte, was die Gestalt mit ihm vorhatte.

»Los, nehmt euch die Puppe vor!«, schrie er.

Lady X reagierte bereits. Sie wurde zwar noch bedroht, aber es war leicht, die Messerhand zur Seite zu stoßen. Dann rammte sie dem Kerl ihren Ellbogen in die Brustgrube, sodass er zurückgeschleudert wurde und gegen einen parkenden Wagen dröhnte.

Der Weiße aber konnte sich nicht länger zurückhalten. Er oder ich, sagte er sich.

Er schoss!

Für den Bruchteil einer Sekunde erhellte der Widerschein des Mündungslichts die unmittelbare Umgebung vor dem Weißen. Er sah auch Tokata besser und dessen schaurige Erscheinung. Und er sah, wie die Kugel in die Brust des Unheimlichen hieb, sogar der dumpfe Schlag war genau zu hören.

Jetzt musste er fallen!

Er fiel nicht.

Der Weiße wollte nicht glauben, was er mit eigenen Augen sah. Er schüttelte den Kopf und hob noch einmal seine Waffe, um eine zweite Kugel zu verschießen. Vielleicht hatte er sich beim ersten Mal getäuscht und doch danebengeschossen.

Tokata ließ ihn nicht mehr abdrücken. Plötzlich spürte der andere einen beißenden Schmerz am rechten Handgelenk. Er war nicht mehr in der Lage, die Waffe zu halten, seine Finger – voller Blut – öffneten sich, und die Pistole fiel zu Boden.

Tokata ging weiter.

Das Gesicht des Weißen verzerrte sich. Er lief zurück, drehte sich um, wollte rennen und kam nicht mal mehr einen Schritt weit.

Der glühende Schmerz im Rücken trieb ihn herum. Er torkelte, fiel nach rechts, hielt die Arme dabei weit ausgestreckt und krachte gegen einen Wagen.

Es war ein Chrysler, auf dessen Kühlerhaube er zu liegen kam, sich herumwälzte und plötzlich dem Tod ins Auge sah.

Tokata stand vor ihm.

Ein dunkler, unheimlicher Riese, nur mit einem Arm, aber ungeheuer gefährlich.

Der Weiße riss den Mund zu einem Schrei auf. Tokata stoppte ihn, bevor er über die Lippen drang.

Seine Klinge machte ein Ende.

Als hätten Hände sie angestoßen, so rutschte die Leiche über die Motorhaube des Chryslers. Danach schlug sie dumpf auf den kalten Betonboden.

Tokata drehte sich um. Er suchte die anderen beiden.

Die waren verschwunden. Sie hatten eine günstige Sekunde genützt und sich aus dem Staub gemacht. Zudem kannten sie sich hier unten ausgezeichnet aus, ihnen war jeder Schlupfwinkel bekannt.

Doktor Tod gefiel das natürlich nicht. »Die werden reden!«, zischte er.

Die Scott schüttelte den Kopf. »Die reden nicht, sondern halten ihren Mund.«

»Wieso?«

»Ich kenne die New Yorker Mugger. Die haben so viel Dreck am Stecken, dass sie rot werden, wenn sie einen Bullen nur von Weitem sehen. Nein, die verkriechen sich, halten ihren Mund und warten, bis der Schock vorbei ist, um dann wieder zu arbeiten.«

»Wenn du meinst …«

»Meine ich.«

»Und was ist mit der Leiche?«, fragte Morasso.

»Tokata muss sie wegschaffen.«

»Klar, aber wohin?«

Da wusste Lady X auch keine Antwort. Nur liegen lassen konnten sie den Toten nicht. So beschlossen sie, ihn in den

Kofferraum eines anderen Wagens zu legen. Da stand ein Mercedes gerade richtig. Den Kofferraum zu öffnen bedeutete keine Schwierigkeit. So etwas übernahm Tokata gern. Mit der Schwertspitze drückte er ihn auf, und der Deckel glitt in die Höhe.

Dann packte der Samurai des Satans den Toten in den Kofferraum und hieb den Deckel wieder zu.

Solo Morasso lachte. Für solche und ähnliche Späße war er immer zu haben. »Der Fahrer wird sich wundern.« Er nickte seinen beiden Komplizen zu. »Kommt jetzt, wir haben schon genug Zeit vertrödelt. Die nächste Nacht wird heiß.«

Die Fahndung nach einem Caddy lief.

Heerscharen von Polizisten klapperten die Verleihfirmen und auch die Autohändler ab. Ständig wurden die Namen von Mietern oder Käufern durchtelefoniert.

In den FBI-Büros wurde dann organisiert und koordiniert. Ich bekam davon nichts mit, weil ich im Bereitschaftsraum auf einem Feldbett lag und schlief.

Die Hitze hatte mich einfach umgeworfen. Hinzu kam die Zeitverschiebung, und wieder einmal musste ich feststellen, dass ich auch nur ein Mensch bin und kein Supermann. Man würde mich wecken, wenn ein Ergebnis vorlag.

Zwei Betten weiter schnarchte Suko. Für ihn gab es auch nichts zu tun. Er wollte ebenfalls Kräfte für eine Auseinandersetzung sammeln, die garantiert bevorstand.

Als mich jemand an der rechten Schulter rüttelte, schreckte ich hoch. Sofort setzte ich mich auf und schaute mich verwirrt um, weil ich im ersten Augenblick nicht wusste, wo ich mich befand. Dann sah ich vor mir das grinsende Gesicht meines dunkelhäutigen Freundes. Sofort war die Erinnerung wieder da.

»Hi, John, alles klar?«

»Und wie.« Ich nickte, wobei ich bereits die Beine herumschwang. Ich fühlte mich tatsächlich frischer.

Auch Suko stand auf. Er war ebenfalls erwacht und lauschte Jos Worten.

»Wir haben ihn!«

»Doktor Tod?«, fragte ich sofort.

»Nein, aber den Caddy.«

Ich pfiff durch die Zähne. »Wo denn?«

»Er hat den Wagen bei einer kleinen Firma geliehen. Aber nicht allein. Da war noch eine Frau bei ihm. Schwarze lange Haare und …«

»Klar, das ist Lady X.«

»Die Fahndung läuft schon«, erklärte mir der dunkelhäutige G-man. »Jeder Polizist weiß Bescheid und hält die Augen offen. Da ist vielleicht was los, kann ich dir sagen.«

»Sei doch froh.«

Wir verließen den Bereitschaftsraum. Auf dem Weg zum Büro passierten wir einen der berühmten Automaten, und ich kaufte mir einen Becher Saft, um den faden Geschmack aus dem Mund zu spülen.

»Wie steht es mit Meldungen?«, fragte ich Jo, als wir in seinem Office hockten.

»Verstehe ich nicht.«

»Sind Zombies aufgetaucht, oder ist etwas Ungewöhnliches geschehen, während wir schliefen?«

»Manhattan kocht zwar langsam über, aber da ist nichts passiert, was mit unserem Fall in einem unmittelbaren Zusammenhang steht, John. Das Übliche. Raub, Messerstechereien, auch Morde …«

»Und das ist das Übliche?«

»Leider, John, leider. Diese Stadt hier ist verdammt. Da schlägt der Teufel mit der Faust rein.«

Über Rohrpost wurden laufend neue Berichte in das Büro geschleust. Inzwischen war auch der Zombie vom Central Park untersucht worden. Die Ärzte konnten nur die Köpfe schütteln. Wenn sie die Untersuchungsergebnisse nicht täuschten, war dieses Wesen bereits seit einigen Hundert Jahren tot.

Dann erschien Abe Douglas. Er schwenkte einen Zettel aus dünnem Papier.

»Leichenfund in einer Hotelgarage«, sagte er. »Ich wäre dafür, dass wir uns die Sache mal anschauen.«

»Haben Sie einen Grund?«, wollte ich wissen.

»Ich sprach mit dem zuständigen Arzt der Mordkommission. Der Mann ist gestorben, weil er von mehreren Stichen und Hieben getroffen wurde. Das war entweder ein Amokläufer oder …«

»Tokata«, vollendete ich.

Suko warf mir einen schnellen Blick zu.

»Schätze, wir nehmen die Waffen mit«, sagte er.

Ich nickte.

Mit dem Lift fuhren wir nach unten. Abe Douglas blieb zurück, aber Jo Barracuda befand sich an unserer Seite. »Das lasse ich mir doch nicht entgehen.«

Diesmal fuhren wir mit Konzert. Die Sirene wimmerte. Es war Abend, die Hitze hatte nicht nachgelassen, dafür nahm die Konzentration der Abgase zu.

Wir fuhren nach Norden. Das Hotel lag zwischen Broadway und 7. Avenue und hieß Hotel Lee.

Jo erlitt ein paar Wutanfälle, weil wir trotz eingeschalteter Sirene kaum schneller vorankamen. Schließlich fuhr er über den Gehsteig. Als wir unser Ziel endlich erreichten, waren wir bis auf die Haut nass.

Auf einem Hinterhof hielten wir an. Hier standen schon die Wagen der Mordkommission. Zu Fuß betraten wir die Tiefgarage, wo das Opfer gefunden worden war.

Ein schreckensbleiches Ehepaar fiel uns zuerst auf. In ihrem Kofferraum hatte die Leiche gelegen. Man hatte sie dorthin geschleppt, anhand der Blutspuren konnten wir den Weg deutlich verfolgen. Die Leiche war bereits zugedeckt worden. Ich wollte sie trotzdem noch einmal sehen.

Sie bot einen schrecklichen Anblick. Ja, das konnte Tokata gewesen sein, der diesen jungen Mann ermordet hatte.

Ich wandte mich ab.

Der Arzt stand in greifbarer Nähe. Ich erkundigte mich bei ihm nach dem Eintreten des Tods.

»Oh, der Mann liegt bereits seit zwölf Stunden hier im Kofferraum«, gab er mir zu verstehen.

»So lange?«

»Ja, die Temperatur war schon ziemlich gesunken. Der Mord ist nach Mitternacht passiert.«

Nach Mitternacht also. Aber wieso in diesem Hotel? Hatte Doktor Tod vielleicht hier Unterschlupf gefunden? Das wäre natürlich ein Ding gewesen. Den Wagen hatte er auf den Namen Solo Morasso gemietet. Unter Umständen war er hier unter dem gleichen Namen abgestiegen. Ich wollte mich erkundigen.

Zuvor jedoch machte mich Suko auf etwas aufmerksam. Er zog mich zur Seite und zeigte mir einen abgestellten Wagen.

»Das ist ein Cadillac, John.«

Wieder ein Steinchen, das in das Mosaik passte.

Ich sprach mit Jo Barracuda über Sukos Entdeckung. Der dunkelhäutige G-man war plötzlich nervös.

»Mensch, John, wenn das wirklich wahr wäre, dass wir Doktor Tod hier finden könnten …«

»Befänden sich zahlreiche Menschen in Gefahr. Tokata würde sicherlich durchdrehen, glaub mir.«

»Aber was machen wir dann?«

»Zunächst einmal erkundigen wir uns an der Rezeption, ob Morasso überhaupt hier abgestiegen ist.«

»Sicher.«

Den Weg in die Hotelhalle brauchten wir nicht zu suchen. Wir fuhren mit dem Lift nur zwei Etagen höher.

Die Luft war herrlich. Klimatisiert, und die Kühle tat uns allen gut. Es herrschte reger Betrieb in der Halle, weil in diesem Hotel auch Touristen abstiegen.

Hinter der Rezeption arbeiteten mehrere Leute. Einer trug einen dunklen Anzug, er schien so etwas wie der Chef vom Ganzen zu sein. Den schnappte sich Jo Barracuda.

»Sie wünschen, Sir?« Die Stimme des Mannes mit der Halbglatze klang ein wenig blasiert.

Jo war solche Spielchen gewöhnt. Er gab keine mündliche Antwort, sondern präsentierte seinen FBI-Stern.

Da fiel dem Mann die Kinnlade nach unten. »Bitte, Mister, kein Aufsehen. Wenn es eben geht ...«

»Das liegt an Ihnen, Meister.«

»Ich werde alles tun, was in meinen Kräften steht. Womit kann ich Ihnen dienen?«

»Meine Kollegen und mich würde es interessieren, ob bei Ihnen ein gewisser Solo Morasso wohnt.«

»Das haben wir gleich, Sir.« Sein Ton wurde immer freundlicher. Er drehte sich um, bückte sich und öffnete unter dem Tresen einen Karteikasten. Auf Schienen fuhr der Kasten heraus.

Der Mann mit der Halbglatze blätterte die einzelnen Karten durch und murmelte den Namen vor sich hin. Dann kam er hoch, wobei sein Gesicht rötlich angelaufen war.

»Nein, Gentlemen, damit kann ich Ihnen leider nicht dienen. Ein Mr. Morasso wohnt hier nicht.«

Wir waren enttäuscht.

Doch der Mann hatte noch einen Trumpf in der Hinterhand. »In unserem Anbau wohnt jemand, dessen Name mit Moran angegeben ist. Er hat dort eine unserer Suiten gemietet, weil er nicht allein gekommen ist, sondern noch jemanden mitgebracht hat. Seine Tochter.«

»Wie sieht die Tochter aus?«, fragte ich sofort.

»Ich habe sie und Mr. Moran erst einmal zu Gesicht bekommen. Da bin ich wirklich überfragt.«

Ein Bild der Lady X trug ich bei mir. Es stammte noch aus ihren Tagen als Terroristin. Das hielt ich dem Mann mit der Halbglatze unter die Nase.

»Ist sie das?«

Der Knabe setzte erst seine Brille auf, bevor er sich das Foto genau anschaute und dabei zweifelnd das Gesicht verzog. »Es könnte sie sein. Sicher bin ich mir nicht.«

Ich nahm das Bild wieder an mich. »Vielen Dank, Sie haben uns sehr geholfen.«

»Was wollen Sie jetzt unternehmen, Gentlemen? Die Gäste verhaften oder irgendwie …«

»Nicht verhaften und nicht irgendwie«, erwiderte ich. »Es war nur eine Routineangelegenheit.«

Der Angestellte atmete auf.

Wir gingen.

»Das hast du doch nur als Ausrede benutzt«, sagte Jo Barracuda.

»Sicher.« Ich blieb stehen. »Wir werden uns diesen Anbau einmal genauer anschauen.«

»Kennst du die Zimmernummer?«

»Nein, danach habe ich bewusst nicht gefragt. Bestimmt sehen wir einen Hotelangestellten, der uns Auskunft geben kann.«

So war es auch. Auf dem Weg zu unserem Ziel lief uns ein Zimmermädchen in die Arme. Wir erhielten unsere Auskunft und sie ein Trinkgeld.

»Suite drei also«, murmelte Jo. »Na denn …«

Wir mussten durch einige Gänge und noch einmal fragen.

Schließlich erreichten wir den Anbau und auch die entsprechende Suite mit der Nummer drei.

Wir standen in einem ziemlich breiten Gang vor der Tür, die zu unserem Ziel führte. Wenn sich Doktor Tod, Lady X und Tokata wirklich in dieser Suite befanden, würde es schwer sein, sie aus den Räumen zu holen. Ein wenig mulmig war mir schon dabei.

»Soll ich das Hotel umstellen lassen?«, erkundigte sich der dunkelhäutige G-man.

»Nein, das gäbe zu viel Aufsehen.«

»Dann willst du es so versuchen?«

Ich nickte.

»Zuerst müssen wir einmal reinkommen«, sagte Suko. »Machen wir es auf die einfache Tour?«

»Klar.«

Ich klopfte dreimal fest gegen das Holz, sodass das Geräusch auch gehört werden musste. Dann trat ich sofort zurück, um in den toten Winkel zu gelangen.

Schon vernahmen wir die Frauenstimme. Ich zuckte zusammen, als ich sie erkannte. Das war Lady X!

»Sie wünschen?«

Jo Barracuda übernahm das Wort. »Der Zimmerkellner, Madam. Die Hotelleitung erlaubt sich, Ihnen als Dauergast ein kleines Präsent zu überreichen.«

»Ein Geschenk?«

»Ja.«

»Moment bitte.«

Ich gab Jo ein Zeichen, dass er sich ebenfalls in den toten Winkel stellte. Und das war sein Glück, denn die Antwort war für Lady X typisch.

Sie schoss. Die Schüsse klangen nur gedämpft auf, doch plötzlich zeigte die Tür Löcher, und das Blei jaulte hindurch, bevor es gegen die Wand klatschte.

»Zimmer-Service!«, schrie sie. »Das ist mein Service, ihr verfluchten Hundesöhne!« Eine weitere Garbe folgte. Sie zerhämmerte allerdings auch das Türschloss – unser Glück.

Längst hatten wir unsere Waffen gezogen. Suko hielt auch das Schwert in der Hand. Ich gab ihm ein Zeichen, und er warf es mir rüber. Geschickt fing ich es auf und drückte mit der Spitze die Tür nach innen.

Als Antwort ratterte wieder eine Garbe. Weitere Kugeln durchschlugen das Holz, und die Splitter fegten uns um die Ohren.

Danach war es still.

Wir hörten auch keine Schritte. Ich wagte es und stieß die Tür auf.

Diesmal schoss niemand. Hatten sich die anderen vielleicht zurückgezogen?

Es fiel mir schwer, im Flur zu lauern. Am liebsten wäre ich vorgestürmt, doch die Vernunft gebot es, sich erst einmal zurückzuhalten.

Suko stand neben mir. Gegenüber schaute ich in das angespannte Gesicht von Jo Barracuda. Er hielt einen Revolver in der Hand. Allerdings seine normale Dienstwaffe, keine mit Silberkugeln geladene. Das war schlecht.

Ich machte ihn flüsternd darauf aufmerksam und warf ihm meine Beretta zu.

Er fing sie geschickt auf.

Über eine Minute hatte sich nichts getan. Wir hörten auch keine Geräusche, und ich konnte mir nicht vorstellen, dass Doktor Tod und die Mitglieder seiner Mordliga so lange warten wollten. Dafür waren sie einfach nicht die Typen.

»Gebt mir Feuerschutz«, sagte ich zu meinen Begleitern, zog den Kopf in den Nacken, atmete noch einmal tief durch und stürmte dann vor. Mit dem Arm wuchtete ich die Tür vollends auf, dann hechtete ich in den Raum, berührte den Boden, rollte mich über die Schulter ab und stand.

Blitzschnell beschrieb ich einen Halbkreis.

Ich befand mich in einem leeren Flur. Links ging eine Tür ab und auch am Ende des Flurs.

»Kommt!«, rief ich den beiden Freunden zu.

Suko und Jo erschienen. Ich hatte inzwischen die nahe Tür aufgedrückt und schaute in ein gelb gekacheltes, allerdings leeres Bad. Niemand hielt sich dort versteckt.

Der Chinese deckte mit schussbereiter Waffe den Weg zur anderen Tür hin ab.

Sie stand offen.

Leicht schwang sie hin und her, tickte einmal gegen die Füllung und dann wieder zurück.

Ich trat sie auf.

Gegenüber lag das offene Fenster. Jetzt war mir klar, warum wir keinen gesehen hatten. Doktor Tod und Lady X hatten das Weite gesucht. Ich durchquerte den Raum, schaute aus dem Fenster in den Hinterhof und sah keine Spur von unseren Gegnern.

Sie waren schlauer gewesen. Die Chance, sie zu finden, war verschwindend gering, denn von hier bis in das Menschengewimmel des Theatre District war es nur ein Katzensprung. Dort konnten sie untertauchen.

»Was machen wir jetzt?«, fragte Jo.

»Ruhig!«, zischte ich.

Wir standen lauschend. Und jetzt hörten auch die anderen beiden die Schreie.

»Die können noch nicht weit sein«, sagte ich und startete …

Es war mir zu umständlich, den normalen Weg zu gehen, deshalb sprang ich aus dem Fenster hinunter in den Hof. Zum Glück war es nicht sehr tief.

Das Schwert ließ ich während des Sprungs fallen, und es

landete dicht neben mir auf dem Boden. Ich kam federnd auf, glitt in die Hocke und schaute in die Runde.

Die Ausfahrt war gar nicht zu verfehlen. Gemeinsam mit Suko hetzte ich darauf zu. Jo Barracuda folgte nur wenige Schritte hinter uns. Soviel ich noch behalten habe, war es die 53. Straße West, in der wir landeten. Da der Broadway nur knappe siebzig Yards entfernt lag, war der Betrieb entsprechend. Und aus Richtung Broadway waren auch die Schreie aufgeklungen.

Wenig später hatte ich die Einmündung zum Broadway erreicht und rannte nach Norden zu, wo der Columbus Circle liegt.

Ich musste seltsam ausgesehen haben, weil ich mein Schwert in der Hand hielt, denn einige Passanten schauten mich verständnislos an. Andere wiederum nahmen an, dass ein neuer Film gedreht wurde. Das war mir lieb. Zudem wurde in New York jeden Tag irgendwo und irgendetwas gedreht.

Ich rannte jetzt an den Wolkenkratzern vorbei, wo die Automobilfirmen Lincoln und Mercury ihre Filialen hatten. Als ich mich auf der gleichen Höhe mit dem Mercury Building befand, da hörte ich die Schüsse.

Plötzlich war der Weg vor mir frei. Passanten warfen sich schreiend zu Boden, Autofahrer hupten, Reifen radierten über den Asphalt, wenn die Wagen gebremst wurden. Im Nu entstand ein Stau.

Und wieder jagte Lady X eine Garbe aus der Maschinenpistole. Diese Frau war eine wahre Bestie. Sie war für einen Moment stehen geblieben und schwenkte die Waffe noch, um die Streuwirkung zu erhöhen.

Suko und ich hechteten zu Boden. Hinter uns machte sich auch Jo Barracuda flach. Ich hörte sein Schimpfen.

Lady X drückte ab.

Im grellen Sonnenlicht sah ich die Mündungsflämmchen

nicht, aber ich hörte die Einschläge. Sie hieben nicht nur gegen die Häuserwände auf der rechten Seite und tanzten über das Pflaster, sondern klatschten auch in stehende Wagen.

Ich verzog das Gesicht.

Schreie ertönten, Glas splitterte, und ich sah hinter der Scott den Samurai des Satans.

Doktor Tod hatte also auch Tokata mitgebracht. Er schlug sich mit seinem Schwert den Weg frei.

Noch eine letzte Garbe jagte die Frau in unsere Richtung, wobei ich mir nicht sicher war, ob sie uns auch erkannt hatte, denn alles war sehr schnell gegangen.

Dann machte Pamela Scott kehrt und jagte davon. Wir sprangen ebenfalls auf.

Der Weg war frei. Die Menschen hatten sich auf den Gehsteig geworfen. Ihre Körper bildeten eine Gasse, durch die wir laufen konnten. Verdammt, ich musste einen von ihnen kriegen, denn sicherlich wussten alle drei, wo sich Xorron und die lebenden Leichen verborgen hielten.

Die Polizei war ebenfalls alarmiert worden. Das Wimmern der Sirenen erzeugte bei mir eine Gänsehaut.

Dann passierte es.

Lady X hatte nicht umsonst auf die Fahrzeuge gehalten. Dabei wollte sie weniger die Menschen treffen als die Autos. Und sie hatte es tatsächlich geschafft, durch eine Kugelgarbe einen Wagen in Brand zu setzen.

Ich sah die ersten Flammen über eine Motorhaube lecken und brüllte eine verzweifelte Warnung.

Da flog der Wagen in die Luft.

Die Feuersäule stieg himmelan. Um sie herum wallte ein schwarzer, beißender Rauch, der sie wie ein Mantel eindeckte. Glühende Blechtrümmer wirkten wie die Teile von geplatzten Raketen. Wieder mussten wir zu Boden, und ein heißer Hauch traf uns wie ein Gruß aus der Hölle.

Der Detonationsdruck fegte Fensterscheiben aus den Rahmen. Menschen schrien, blitzschnell breitete sich die Angst aus. Es kam zu einer Panik, während fetter Qualm die Sicht vernebelte und die Flammen langsam zusammensanken.

Uns war nichts passiert, doch als sich Jo auf die Beine quälte, sah ich Blut an seiner linken Schulter.

Er bemerkte meinen besorgten Blick und grinste. »Nur ein Kratzer. Streifschuss. Komm weiter!«

Die vergangene Zeit hatte Lady X, Tokata und Doktor Tod natürlich einen guten Vorsprung verschafft. Einholen würden wir die Verbrecher und Dämonen nicht mehr.

Trotzdem versuchten wir es.

Wir jagten den Broadway weiter hoch und stießen Passanten zur Seite, die sich wieder auf die Füße wagten, nachdem die erste Gefahr vorbei war.

Wir hatten einen freien Blick, sahen jedoch nichts.

»Verdammt, entwischt!«, keuchte Jo.

Ich nickte. Sprechen konnte ich kaum noch, da ich Schwierigkeiten mit der Atmung hatte.

Mein Blick fiel auf einen Subway-Schacht. Eine Steintreppe führte nach unten, und im nächsten Augenblick vernahmen wir aus dem Schacht die Schreie.

Jetzt wussten wir, wo die Bande steckte.

Mir wurde bald schlecht bei dem Gedanken, was die drei da unten alles anrichten konnten. Meine Kehrtwendung veranlasste auch Suko und Jo, sich umzudrehen. Wir rasten die Treppe hinunter.

Wir kamen nur bis zur Hälfte. Da quollen sie uns nämlich entgegen. Zahlreiche Menschen drängten sich aus dem Eingang nach oben. Ich schaute in verzerrte Gesichter, aus denen mir die Angst entgegenleuchtete, hörte die Schreie und stellte fest, dass sich Menschen kaum von Tieren unterscheiden, wenn sie sich auf der Flucht befinden.

Die Männer nahmen auf Frauen keinerlei Rücksicht. Da regierte die Kraft des Stärkeren. Einer stieß den anderen zur Seite, drückte ihn zu Boden, und Füße trampelten über die schreienden und wimmernden Frauen. Sogar Kinder sah ich.

Meine Wut explodierte.

Ich warf mich dem Mob entgegen, wobei Suko an meiner Seite blieb, und seine Arme arbeiteten wie gewaltige Schaufelbagger.

Ich sah verzerrte Gesichter, Fäuste, die gegen mich stießen. Ich wurde getreten, aber ich kam heil unten an. Suko ebenfalls und auch Jo Barracuda. Der allerdings mit schmerzverzerrtem Gesicht. Ein Jackettärmel hatte sich mit Blut vollgesaugt.

Wir rannten durch die Sperren.

Dann ging es noch einmal eine breite Treppe hinab, bevor wir den düsteren Bahnsteig erreichten.

Er bot ein Bild des Schreckens.

Tokata räumte auf.

Er schwang sein Schwert, zerschlug damit, was ihm im Wege stand, und hielt den anderen beiden den Rücken frei, damit sie in den Wagen einsteigen konnten.

Soeben fuhr eine U-Bahn ein.

Suko schoss.

Die Echos der Detonationen übertönten selbst die Schreie des Samurais. Er wurde von einer Silberkugel getroffen und sackte für einen Moment in die Knie. Aber unsere Schüsse hatten auch Lady X aufmerksam werden lassen.

Sofort feuerte sie zurück.

Lange Garben tanzten aus der Mündung. Sie jagten über den gefliesten Boden, sangen als Querschläger durch die Halle, schlugen in die Wände und zerhämmerten die Glasscheiben eines bisher noch heil gebliebenen Kiosks.

Ich rollte mich um die eigene Achse, fand hinter einer Säule Deckung und blieb liegen.

Der Zug war da.

Donnern, Zischen und Brausen erfüllte die Luft. Zahlreiche Passagiere würden aussteigen und der Bande genau in die Arme laufen. Wie sollte ich die Menschen warnen?

Da griff Doktor Tod ein.

Und er besaß etwas, das ich gern gehabt hätte. Nicht nur meinen Bumerang, sondern auch den Würfel des Unheils, einen geheimnisvollen Gegenstand, der sich manipulieren ließ und mit dem der Besitzer Böses wie auch Gutes tun konnte. Es kam darauf an, wer ihn in seinen Fingern hielt.

Zurzeit gehörte er Doktor Tod.

Damit hatte er auch den schrecklichen Nebel produziert, der den Menschen die Haut vom Körper löste und sie zu Skeletten machte. Diesmal jedoch produzierte Doktor Tod keinen Nebel, sondern benutzte den Würfel zur Flucht. Er, der bisher so völlig normal gelebt hatte und in New York untergetaucht war, griff zu magischen Mitteln.

Ein gewaltiger Sog entstand, dessen Ausläufer ich zwar noch spürte, aber von ihm nicht erfasst wurde.

Dafür Lady X und Tokata.

Wie Puppen wurden sie auf Solo Morasso zugewirbelt, und plötzlich nahm der Sog die Gestalt eines farbigen Kreisels an, in dem die drei Mitglieder der Mordliga verschwanden.

Als die ersten Passagiere die U-Bahn verließen, war von der Mordliga nichts mehr zu sehen, und wir hatten das Nachsehen.

Wieder einmal!

Abermals hatten wir den Beweis bekommen, wie harmlos geweihte Silberkugeln waren, wenn es gegen eine Gestalt wie Tokata ging. Die anderen Waffen einzusetzen – zum Beispiel Sukos Stab –, dazu waren wir nicht gekommen.

Die Fahrgäste blieben überrascht stehen, als sie bemerkten, was auf diesem Bahnsteig geschehen war. Sie schauten in ein Chaos, einige drängten sogar wieder zurück in die Wagen, weil sie befürchteten, dass Rocker einen Angriff gestartet hatten.

Dann ertönte über Lautsprecher eine Stimme, dass die Gefahr gebannt sei, und die Menschen konnten aufatmen. Schnell hasteten sie dem Ausgang zu.

Der U-Bahn-Fahrer fuhr wieder an. Ratternd verschwand die Subway in der dunklen Röhre.

Suko, Jo und ich trafen zusammen. Der dunkelhäutige G-man musste Schmerzen im Arm haben. Er konnte kaum noch reden, so fest biss er die Zähne aufeinander. Dabei hatten wir noch Glück im Unglück gehabt. Hier unten hatte es keine Toten gegeben, nur zwei Verletzte, die sich am Boden krümmten und stöhnten.

Schwere Tritte polterten die Stufen hinab. Cops kamen. Schussbereit hielten sie die Waffen in den Händen. Wir hoben erst einmal die Arme. Jo nur den rechten.

Die Lage klärte sich schnell. Irgendjemand hatte auch einen Arzt und mehrere Sanitäter in den Schacht geschickt. Sie kümmerten sich um die Verletzten.

Von den Cops erfuhren wir, dass es auf der Straße zwei Tote gegeben hatte und mehrere Verletzte. Dort war der Anschlag nicht so glimpflich abgelaufen.

Und wir hatten noch immer keine Spur von den Zombies oder den Ghouls.

Die Wunde an Jos Schulter entpuppte sich in der Tat nur als Streifschuss. Der G-man bekam nach der Desinfizierung ein Pflaster darüber geklebt.

»Ist dieser Solo Morasso eigentlich unsterblich?«, fragte mich der dunkelhäutige G-man.

»Ich hoffe nicht«, lautete meine Antwort.

»Manchmal kommt es mir so vor.«

»Da sagst du was.«

»Wo könnte er stecken?«

»Das ist schwer zu sagen, Jo. Da er den Würfel besitzt, kann er durch seine Kräfte in eine andere Dimension verschwinden. Du hast es ja selbst erlebt.«

»Dann ist das eine Art Zauberwürfel?«

»So kann man ihn auch nennen.«

Jo Barracuda schüttelte den Kopf. »Das begreife ich alles nicht. Wir haben es in New York auch schwer, gegen das Verbrechen anzugehen, aber hier arbeiten die Gangster mit normalen Mitteln, wenn ich das mal so ausdrücken darf. Doch bei euch ist das ja kaum möglich. Da wird Magie ins Spiel gebracht. Ist man da nicht wehrlos?«

»Fast«, erwiderte ich. »Es ist leider nicht möglich gewesen, nahe genug an sie heranzukommen, dann hätten wir vielleicht etwas ausrichten können. Ist dir aufgefallen, dass der Samurai nur einen Arm hat?«

»Ja.«

»Den Verlust des anderen verdankt er mir und verfolgt mich seitdem mit glühendem Hass.«

»Irgendwie verständlich.«

»Du sagst es.«

Wir hielten uns nicht länger in der Station auf, sondern gingen nach oben.

Hier sah es schlimm aus. Polizeikräfte hatten einen Teil des Broadways abgesperrt. Der Autoverkehr war völlig zum Erliegen gekommen, und noch immer trafen Streifenwagen ein. Auch die Feuerwehr war vertreten. Ein Schaumteppich wurde über das noch glühende Autowrack geblasen. Zum Glück hatte kein weiteres Fahrzeug Feuer gefangen. Der Fahrer des verbrannten Wagens war nur noch eine verkohlte Leiche. Er war nicht rasch genug weggekommen.

Auch ein Opfer, das ich der Mordliga zur Last legte. Irgendwann würde ich Doktor Tod und Vasallen die Rechnung präsentieren. Vorgenommen hatte ich mir dies fest, aber nicht ausführen können. Bisher waren die anderen immer schneller gewesen.

Jo hatte sich von uns getrennt. Er hockte in einem Streifenwagen und telefonierte. Suko und ich lehnten an der Hauswand. Noch immer hielt ich das Schwert in der Hand.

Die Sonne war verschwunden. Dafür hatte die Schwüle zugenommen, und die Dämmerung kam.

Ich schaute in den Himmel, von dem in diesen Straßenschluchten immer nur Ausschnitte zu sehen waren.

Sie wurden langsam grau.

»Denkst du das Gleiche wie ich?«, fragte der Chinese leise.

»Vielleicht.«

»Ich denke an die Zombies, die Dunkelheit, an die Nacht. Das ist ihr Metier, da kommen sie aus ihren Löchern, und sie werden ihre Opfer finden. Manhattan ist voll …«

Nicht, dass man Suko als einen Pessimisten oder Schwarzseher bezeichnen konnte, aber mit diesen seinen Worten hatte er den Nagel auf den Kopf getroffen.

Die Zombies würden kommen. Und mit ihnen die verfluchten Ghouls und auch Xorron, deren Herr und Meister. Wenn man sich das vor Augen hielt, konnte man selbst als Optimist schwermütig werden …

Über Generationen hinweg hatten sie in der feuchten kalten Erde gelegen und auf den Tag ihrer Befreiung gewartet. Der war nun eingetreten. Endlich waren sie frei.

Frei und trotzdem gefangen. Denn da gab es einen, der sich ihrer Hilfe bedienen wollte und ihnen die Befehle gab, was den Untoten und den Ghouls überhaupt nicht passte.

In der Kanalisation hielten sie sich versteckt, abermals unter der Erde, aber nicht verflucht oder eingeengt, sie konnten existieren und sich bewegen.

Bisher hatte Xorron sie noch zurückhalten können. Je mehr Zeit verging, desto unruhiger wurde die Armee des Schreckens. Sie wollten raus, an die Oberwelt, wo es mittlerweile Nacht geworden war. Und die Dunkelheit lockte sie. Ihre Unruhe steigerte sich, sie hielt es nicht mehr unter der Erde.

Die Zombies machten den Anfang. Langsam schraubten sie sich in die Höhe und wankten in einen Tunnel, durch den ein stinkender Abwasserstrom floss.

Ein schauriges Bild hätte sich dem Betrachter geboten. An der Wand entlang schlichen die halbverwesten Gestalten, nur hin und wieder vom bläulich schimmernden Lampenschein getroffen, der auch Reflexe auf der Wasseroberfläche verursachte und kleine Wellenkämme hin und wieder aufblitzen ließ. Das Wasser war schaumig, eine widerliche Unratkloake, die sich durch das künstlich angelegte Kanalbett wälzte. Der Weg an den Seiten war schmal, und so kam es, wie es kommen musste.

Ein Zombie kippte ins Wasser. Sofort überspülten ihn die dreckigen Wellen, die Kraft des Wassers riss ihn mit, und er ruderte wie ein Schwimmanfänger mit den Armen, die sporadisch aus der widerlichen Brühe auftauchten, bevor sie verschwanden.

Die anderen standen da und glotzten, wie ihr Artgenosse zurückgetrieben wurde.

Irgendwie gelang es ihm, sich an einer breiten Spalte im Gestein an der Seitenwand des Kanals festzuklammern. Das strömende Wasser riss dem Zombie zwar die Beine hoch, aber es schwemmte ihn nicht mehr fort. Er konnte hochklettern.

Ganz in der Nähe von Xorron. Der Dämon mit der silbrig schimmernden Haut schaute nur zu. Auch er spürte jetzt eine gewisse Unruhe. Es fiel ihm immer schwerer, sich an die Anordnungen von Solo Morasso zu halten. Deutlich spürte er den Trieb, der ihn voranpeitschen wollte.

Den Menschen und deren Blut entgegen!

Er brauchte die Opfer, sie waren für ihn Nektar.

Schon längst hätte Doktor Tod kommen müssen. Er war nicht erschienen und hatte die Ghouls im Stich gelassen. Denn die schleimigen Wesen blieben nicht mehr sitzen. Wie auch die Zombies wurden sie von einem unheimlichen Drang gepackt, sich Opfer zu suchen.

Eine fette Ratte huschte vorbei.

Der Zombie, der im Wasser gelegen hatte, griff zu. Es war ein Zufallstreffer, dass er das Tier packte. Von der Faust umschlossen fiepte es ängstlich, nur der Kopf schaute hervor.

Aus blicklosen Augen sahen die anderen Zombies zu, was ihr Kollege mit der Ratte anstellte.

Zuerst brach er ihr das Genick, und dann biss er in das Tier hinein. Ein Ghoul wollte es ihm entreißen, doch der Untote hieb seine Klaue in das schleimige Gesicht des widerlichen Dämons und schleuderte ihn in den Kanal.

Danach störte ihn niemand mehr …

Die anderen drei Zombies waren weitergegangen. Das Wesen mit den Teufelshörnern stand ebenfalls auf. Seine Augen glühten rot. Eine lange Zunge huschte aus dem Mund, und es blieb in einer geduckten Haltung stehen.

Da war etwas.

Ein Geräusch!

Das Wesen hatte es genau gehört, drehte sich um und machte Xorron darauf aufmerksam.

Der stand auf. Er lauschte, und plötzlich verzog sich sein Gesicht. Gleichzeitig nahm das silbrige Schimmern zu.

Da war etwas.

Und ganz in der Nähe.

Menschen!

Drei Jahre war Jesus Imanuel Gonzales arbeitslos gewesen, und er hatte nicht gewusst, wie er seine vierköpfige Familie über die Runden bringen sollte, als ein Sozialarbeiter ihm eine Stelle verschafft hatte. Als Arbeiter einer Reinigungsfirma, die auch die Abwässerkloaken von Manhattan kontrollierte.

Gonzales hatte sofort zugegriffen. Und er erinnerte sich auch an das Sprichwort, dass Geld bekanntlich nicht stinkt. So war er mit Feuereifer an die Arbeit gegangen.

Gonzales galt bei seinen Kollegen als guter Mann. Er machte nicht blau, hatte immer einen Scherz auf den Lippen und stieg auch in die engsten und dreckigsten Schächte ein. Meist waren sie ja zu zweit. Ihm zur Seite stand ein Mann namens Samuel Renkov, ein bulgarischer Jude, der aus seiner Heimat geflohen war. Ihn nannten die Kollegen nur Anatevka, weil er fast bei jeder Arbeit Songs aus dem bekannten Musical schmetterte.

Und das Lied »Wenn ich einmal reich wär« war zu seinem persönlichen Hit geworden. Leider reichte das Geld gerade, um die Familie über die Runden zu bringen und sich hin und wieder einen Wodka leisten zu können.

Gonzales und Renkov waren im Laufe der Zeit zu einem perfekten Team zusammengewachsen, und sie wurden auch immer gemeinsam losgeschickt. Zudem arbeiteten sie in Schicht.

Einmal morgens, mittags und nachts, denn zu tun gab es immer etwas. Wenn der Vorarbeiter sie losschickte, dann sprach er immer von den beiden Kloaken-Direktoren.

Auch an diesem Abend – die Schicht hatte kaum begonnen – wurden Jesus Imanuel Gonzales und Samuel Renkov wieder zum Vorarbeiter geholt. Der hatte eine neue Aufgabe für die beiden.

»Da ist irgendein Schieber defekt«, erklärte er, »steigt mal in die Unterwelt und schaut nach, was es da gibt. Aber nehmt Werkzeug mit. Ihr könnt ihn direkt reparieren.«

»Jawohl, Sir«, antwortete Renkov in seinem harten Dialekt. »Und wo kann es sein?«

»Südlich vom Columbus Circle. Ihr werdet ihn schon finden.« Der Vorarbeiter wischte sich den Schweiß von der Stirn. »Seid froh über die Arbeit, hier oben ist es heißer.«

Gonzales grinste schief, wobei sein Schnäuzer anfing zu wackeln. »Aber da unten stinkt es mehr.«

»Das macht dir doch nichts aus. Du frisst so viel Knoblauch, dass du die Fäkalien nicht riechst.«

»Knoblauch ist gesund, Sir«, sagte Renkov. »Sollten Sie auch mal essen, dann hätten Sie weniger Magengeschwüre.«

»Haut ab!«

Die beiden setzten ihre gelben Helme auf und verschwanden. Die Werkzeugtaschen standen im Lager. Sie hängten sie sich über die Schulter und nahmen den großen Einstieg, um in die Unterwelt von Manhattan zu klettern.

An den Helmen waren Lampen befestigt, die sie einschalteten, sobald ihre Füße auf der Leiter Tritt gefasst hatten. Nacheinander stiegen sie in die Tiefe.

An diesem Tag war der Gestank noch schlimmer als sonst. Vielleicht eine Folge der drückenden Luft draußen, so genau wussten das die beiden Männer nicht. Aber sie schimpften darüber.

Dann standen sie nebeneinander. Im Schein der Lampen schauten sie auf eine schmutzige Karte und steckten dort den Weg ab, den sie nehmen mussten.

Gonzales fluchte in seiner Heimatsprache, weil sie durch enge Kanäle klettern mussten. »Das gibt wieder eine Schufterei!«, schimpfte er.

»Wir lassen uns Zeit«, sagte Renkov.

»Dann geh du vor.«

Das tat der Bulgare auch. Zuerst konnten sie noch aufrecht gehen, doch an der ersten Kreuzung mussten sie nach links und gelangten in einen Gang, in dem es erbärmlich stank.

Aus einem Loch in der Wand schäumte braungraues Wasser und quirlte in den unterirdischen Fluss, wo es sich mit dem anderen Abwasser vermischte.

Die beiden Männer hielten sich dicht an der Wand. Es gab nur einen schmalen Laufsteg, der zudem sehr glitschig war und leicht zu einer Rutschfalle werden konnte. Es wäre nicht das erste Mal gewesen, und einer der Männer hätte im Wasser gelegen.

Die Lichtlanzen tanzten auf und nieder. Sie machten den Rhythmus der Bewegungen mit. Manchmal zuckten sie über die Wasserfläche und schufen blitzende Reflexe. In diesem Tunnel brannte nämlich kein Licht, die Männer mussten sich allein auf ihre Lampen verlassen.

Sie trugen hohe Stiefel, die mit ihren Schäften bis über die Knie reichten. Das war auch bitter nötig, denn auf einmal war der schmale Steg zu Ende. Einfach weggebrochen oder unterspült worden. Auf jeden Fall mussten sie in die Brühe.

Natürlich reichten die Schäfte in ihrer Länge nicht. Wasser spülte über und nässte ihre Hosenbeine. Beide schimpften um die Wette, als sie sich langsam und vor allen Dingen gegen die Strömung voranarbeiteten. Erst fünfzig Yards weiter konnten sie wieder aus der Brühe klettern. Und ausgerechnet da geschah es.

Renkovs Lampe erlosch.

Der Bulgare fluchte in seiner Heimatsprache, während er den Helm abnahm und die Lampe untersuchte.

»Was ist mit der Batterie?«, fragte Gonzales.

»In Ordnung.«

»Kannst du es reparieren?«

»Vielleicht, aber das dauert zu lange.« Renkov hatte die Fassung aufgeschraubt.

»Dann nimm die Taschenlampe.«

»Okay.« Der Bulgare kramte in seiner Werkzeugtasche herum und holte die Ersatzleuchte hervor, die er sofort einschaltete. Ein breiter Lichtstrahl wies den Weg.

Bald wurde es besser. Sie brauchten nicht mehr gebückt zu gehen, sondern konnten sich aufrichten.

Und sie erreichten die nächste Kreuzung, wo ein breiterer Kanal floss und es auch Licht gab.

Diesmal ging Gonzales vor, und er blieb so hastig stehen, dass Renkov gegen ihn stieß und ihn fast in den Kanal stieß.

»Verdammt«, schimpfte der Bulgare, »mach nicht so einen Mist.«

Gonzales schüttelte den Kopf. »Sei doch mal ruhig.« Er nahm sogar den Helm ab. »Hörst du nichts?«

»Ja das Wasser rauscht wie eine Klospülung.«

»Das meine ich nicht. Da ist irgendetwas anderes. So komische Geräusche.«

Sam stieß seinen Kollegen an. »Komm, geh weiter, Dicker, wir müssen das Ding noch finden. Oder soll ich vorgehen?«

»Wenn du willst.«

Renkov drückte sich an seinem Kollegen vorbei. »Hat Schiss, der junge Mann, das hätte ich nicht gedacht.«

»Hier unten ist es ziemlich gefährlich. Und was ich gehört habe, das habe ich gehört.«

»Ja, ja, ich auch.« Renkov ging weiter. Geduckt schritt er voran. In der rechten Hand hielt er die Lampe. Ihr Strahl tanzte hin und her, und er mündete in den Schein, den eine an der gewölbten Decke hängende Lampe verbreitete.

Sie hatten die unterirdische Kreuzung erreicht, wo einer der Hauptkanäle floss. Ihn mussten sie noch durchgehen, dann erreichten sie den Schieber.

Plötzlich blieb Renkov stehen. Diesmal wäre Gonzales fast gegen ihn gelaufen.

»Was ist?«, flüsterte der Puertoricaner.

»Da hat sich was bewegt.«

»Hast du es genau gesehen?«

»Nein.«

»War vielleicht 'ne Ratte?«

»Möglich«, antwortete Renkov und leuchtete mit der Lampe einmal in die Runde.

Der Schein traf feuchtes, zum Teil verwittertes Gestein. Schlupfwinkel und Geburtsstätte für Kriechtiere und Ratten. Ein Lebewesen sah der Bulgare nicht.

»Da ist nichts«, erklärte er und schritt vor. Er musste sich schmal machen, um auf den anderen, wesentlich breiteren Steg zu gelangen, der parallel zum nächsten Kanal lief. Die Stützmauer sprang dabei an einer Seite ein wenig zu weit vor, deshalb konnte Renkov schlecht sehen, was sich im nächsten Schacht befand.

Aus dem Dunkel stieß die schleimige Klaue hervor.

Renkov wusste überhaupt nicht, wie ihm geschah. Plötzlich spürte er den Druck am Hals, und die Luft wurde ihm knapp. Die Klaue war ungemein kräftig, sie wickelte sich wie ein Band um die Kehle des Mannes, der noch einen gurgelnden Laut ausstieß, aber nicht gehört wurde, weil er vom Rauschen des Kanalwassers übertönt worden war.

Jesus Imanuel Gonzales war ahnungslos. Er schaute erst auf, als sein Kollege umkippte.

»Sam!«, rief er.

Da war es schon zu spät. Nicht nur der Ghoul hatte Renkov gepackt, sondern auch die Zombies waren da. Der Ghoul hatte Renkov zu Boden gedrückt, sodass er auf dem Rücken lag und in die über ihm schwebenden bleichen Fratzen starrte.

Er glaubte, wahnsinnig zu werden.

Da waren die toten, bläulich schimmernden Gesichter, die weit aufgerissenen Mäuler und ein Wesen, das anstatt normaler Augen rotierende Feuerräder hatte.

Es beugte sich über ihn.

Renkov wollte schreien, da packte das Wesen zu und schleuderte ihn mitsamt dem Ghoul in den Abwasserkanal hinein.

Die dreckige Brühe schwappte über zwei Bestien und einem Menschen zusammen. Samuel Renkov hatte die Augen weit aufgerissen, ebenso wie den Mund, und das Kloakenwasser drang in beides hinein. Im ersten Augenblick glaubte er, einen bösen Traum zu erleben, doch als ihm die Wahrheit bewusst wurde, erlitt er einen Schock. Nun begriff er die gesamte Tragweite des Vorfalls.

Sie wollten ihn töten!

Töten!

Das Wort hämmerte in seinem Gehirn, und Renkov reagierte wie ein in die Enge getriebenes Tier. Er mobilisierte seine gesamten Kräfte und stemmte sich gegen den Druck an.

Nach wie vor umklammerte der Ghoul seine Kehle, und das andere Wesen hielt seinen Arm fest. Die Lampe hatte Renkov längst verloren, aber einen Arm konnte er noch bewegen. Es war der rechte. Über seiner linken Schulter hing die Werkzeugtasche, und die hatte er seltsamerweise nicht verloren.

Während das Wasser an ihnen zerrte und über sie hinwegschäumte, schlug Sam den rechten Arm in einem Halbbogen auf seine linke Schulter zu. Er wollte versuchen, den Druck zu lockern, doch seine Hand rutschte ab und verschwand zufällig in der offenen Werkzeugtasche.

Die Finger umklammerten eine schwere Zange, mit der man auch Blech zerschneiden konnte.

In seiner Panik riss der Arbeiter die Zange hervor und schlug um sich.

Er traf auch. Dabei spürte er den Widerstand, und irgendwie lockerte sich der Griff, sodass er für einen Moment auftauchen konnte und mit dem Kopf über Wasser kam.

Es waren vielleicht nur zwei Sekunden, die jedoch reichten, um all das zu sehen, was ihn schließlich völlig am Boden zerstörte.

Sie hatten ihn eingekreist.

Er sah die schrecklichen Gestalten zu beiden Seiten des Kanals. Albtraumfiguren, wie er sie noch nie in seinem Leben gesehen hatte.

Er ging nicht ins Kino, wusste nichts über Zombies oder Voodoo-Zauber, aber eins war ihm klar: Die wollten ihn töten!

Zwei stürzten sich auf ihn.

Sie ließen sich einfach fallen. Vom Rand aus knallten sie wie Bretter nach unten und klatschten mit ihren kalten Totenkörpern auf Samuel Renkov.

Das Gewicht drückte ihn unter Wasser.

Er wollte noch einen Schrei ausstoßen, als ihm die Brühe in den Mund drang.

Und dann spürte er die Schmerzen. Sie waren überall. An der Schulter, den Hüften, an den Beinen.

Die Zombies hatten jetzt das, was sie wollten. Und das schmutzige Wasser wurde durch einen rötlichen Schimmer gefärbt.

Auch Xorron reagierte.

Er sah nicht ein, dass nur die anderen sich labten. Deshalb packte auch er zu.

Seine Kräfte waren ungeheuer. Er schleuderte die Zombies aus dem Wasser und trat die Ghouls zur Seite. Dann hatte er seinen Willen.

Das alles hatte auch Jesus Imanuel Gonzales gesehen. Er stand zum Glück so, dass die Zombies ihn nicht sahen, weil er durch eine vorspringende Mauer gedeckt wurde.

Aber er sah sie.

Und alles sehr genau!

Seine Lippen bewegten sich. Sie flüsterten Worte, die sich zu Gebeten vereinigten. Gonzales war nicht in New York aufgewachsen, sondern in der Karibik. Den Klang der Voodoo-Trommeln würde er nie in seinem Leben vergessen. Diese dumpfen, rhythmischen Laute holten die Toten aus den Gräbern, sie machten sie zu gierigen Zombies.

Genau wie hier.

Das waren welche. Die bleichen, grausamen Gestalten. Leere Blicke, stumpfe Augen, ja, so sahen die Zombies aus, und so waren sie von den Alten immer beschrieben worden.

Die schleimigen Wesen kannte er nicht. Aber auch sie waren gefährlich und stürzten sich ebenfalls in die Flut.

Gonzales hätte seinem Freund so gern geholfen, doch das war nicht möglich. Die Übermacht der Zombies war zu groß. Sie würden auch Gonzales zerreißen, und dann wusste niemand etwas von ihrer Existenz. Aber die Menschen sollten Bescheid wissen. Gonzales wollte sie warnen. Er musste ihnen sagen, dass die Zombies unterwegs waren. Man konnte dann Gegenmaßnahmen ergreifen, eine andere Möglichkeit existierte nicht. Silberkugeln, Kopfschüsse …

Seine Gedanken stoppten.

Sam tauchte noch einmal auf, und er hielt eine Zange in der Hand, mit der er zuschlug.

Er traf auch.

»Sam!« Es war Gonzales' Fehler, dass er den Namen seines Kollegen geschrien hatte, aber er konnte nicht anders. Der Name war ihm so hervorgerutscht.

Jetzt wussten die übrigen Zombies Bescheid, dass sich noch ein Opfer in ihrer Nähe befand.

Sie drehten sich um.

Etwa zwei Sekunden starrte Gonzales in die blassbläulichen Fratzen der Bestien. Es war ein Bild, das sich fest in sein Gehirn eingrub und er wohl niemals vergessen würde. Dann griffen die Zombies zu.

Zum Glück waren ihre Bewegungen nicht so geschmeidig

wie die eines normalen Menschen. Sie wirkten eher tapsig und recht unbeholfen. Gonzales zuckte zurück, und doch wurde er von den aufgedunsenen, bleichen Fingern getroffen.

Sie rutschten über seine Arbeitsjacke und hakten sich plötzlich zwischen den beiden untersten Knöpfen fest.

Gonzales erschrak bis ins Mark. Der Zombie zog ihn sofort zu sich heran, öffnete den Mund, und Gonzales sah die schrecklichen Zähne. Da wusste er, was ihm bevorstand.

Der zweite Untote wollte ebenfalls zupacken. Dass Gonzales sein rechtes Bein hob und der Bestie in den Leib trat, registrierte er kaum. Er sah die lebende Leiche nur kippen. Dann verschwand sie in den schmutzigen Fluten.

Der Arbeiter aber fiel gegen den ersten Zombie. Er spürte die weiche, teigige Körpermasse und bemerkte aus den Augenwinkeln, wie einer der schleimigen Ghouls aus dem Wasser kletterte und sein Knie umfassen wollte.

Da ließ der Zombie ihn los und fuhr zurück, als hätte er einen Stoß erhalten.

Aber Jesus Imanuel Gonzales hatte ihn nicht geschlagen. Die heftige Reaktion musste einen anderen Grund gehabt haben.

Es war das kleine goldene Kreuz.

Der Arbeiter trug es um den Hals, ein Andenken seiner Mutter. Das Kreuz bestand aus Gold, ein Pfarrer hatte es geweiht, und dieses Kreuz hatte den Untoten vertrieben, weil es plötzlich frei lag.

Gonzales bekam die Chance seines Lebens. Er überlegte gar nicht, sondern warf sich auf der Stelle herum und rannte weg. Noch nie war er so gerannt. Er ließ alles hinter sich, die Angst schüttelte ihn durch und peitschte ihn gleichzeitig voran. Es erwies sich als großer Vorteil, dass er die Strecke hier unten kannte. So verlief er sich nicht und taumelte dem Ausgang entgegen.

Er schrie, weinte und keuchte in einem. Die Werkzeugtasche, die ihn behinderte, schleuderte er in den Kanal. Hin und wieder blitzte es vor seinen Augen auf. Durch seine ruckartigen Bewegungen wurde die Kette um seinen Hals in die Höhe geschleudert, sodass er ab und zu das kleine goldene Kreuz sah, das ihn gerettet hatte.

Jesus Imanuel Gonzales erreichte den Aufstiegsschacht. Er sprang hoch, packte die Sprossen und rutschte ab, weil er zu hastig war. Erst der zweite Versuch brachte ihn auf die Metalleiter. Dabei schaute er sich um.

Die lebenden Leichen verfolgten ihn nicht.

Gonzales kletterte höher. Er zitterte und bebte. Das glaubt mir keiner!, schrie es in ihm. Mein Gott, das glaubt mir keiner! Noch nie war ihm der Weg an die Oberwelt so lang vorgekommen wie in diesen Augenblicken.

Dann hatte er es geschafft!

Gestank, Angst und Grauen blieben hinter ihm zurück. Schwüle Luft drang beim nächsten Atemzug in seine Lungen.

Beide Hände legte er neben dem Ausstieg flach auf den Boden und stemmte sich hoch. Dies erforderte noch einmal seine gesamten Kräfte. Die Arme zitterten, fast knickten sie ein, und kriechend bewegte er sich die nächsten Yards voran.

Ja, er kroch wie ein verwundetes Tier über den Hof, wo der Einstieg lag.

Gonzales schluchzte auf. Erst beim zweiten Versuch gelang es ihm, auf die Beine zu kommen.

Schreiend stolperte er los, als säße ihm der Teufel persönlich im Nacken. Er schlug noch um sich, als die starken Arme einiger Kollegen ihn bereits festhielten …

Xorron, seine Zombies und die Ghouls hatten sich das erste Opfer geteilt.

Sie waren die Sieger geblieben. Und dieses Ereignis hatte auch dazu beigetragen, ihren Entschluss zu festigen.

Nichts würde sie mehr hier unten halten. Sie waren so gut wie unbesiegbar. Nun hatte auch Xorron nichts mehr dagegen, dass sie die Unterwelt verließen. Sie würden hochsteigen in die Welt der Menschen und dort ihre nächsten Opfer finden.

Xorron führte die Gestalten an.

Hintereinander schritten sie, bildeten eine Reihe und schlichen so durch die Kanäle.

Selbst die fetten Wasserratten verzogen sich, als sie die grausamen Geschöpfe bemerkten. Sie spürten, dass durch diese Gänge der absolute Schrecken wanderte.

Sie kannten sich nicht aus. Auch Xorron nicht, durch dessen silberfarbene Haut das Knochengerüst schimmerte, aber er fand mit einem sicheren Instinkt genau den richtigen Weg. Den hätten die beiden Arbeiter auch nehmen müssen, nur gingen die Zombies nicht vor bis zum Schieber, sondern bogen vorher ab.

Sie fanden den Gang, der sie zu einem Ausstieg brachte. Plötzlich stieß vor ihnen ein Schacht in die Höhe.

Selbst Untote wussten, welchen Weg sie nun zu gehen hatten. Unbeholfen kletterten sie die eisernen, mit einer dicken Rostschicht versehenen Sprossen hoch.

Xorron machte den Anfang. Er führte sie und hielt erst inne, als der schwere Kanaldeckel ihn stoppte.

Im nächsten Moment bewies Xorron, welche Kräfte in ihm steckten. Er bückte sich und drückte mit Schultern und Nacken den Kanaldeckel hoch, der an seinen Rändern festgebacken war.

Er platzte weg, und die Zombies wie auch die Ghouls hatten freie Bahn.

Xorron reckte sich. Er streckte den Kopf aus der Öffnung und schaute sich um.

Seltsame Gegenstände standen in der Nähe. Autos. Sie waren auf einem Parkplatz wieder an die Oberwelt gestiegen.

Sie hörten auch etwas.

Musik!

Die Klänge drangen an ihre Ohren. Als Xorron den Kopf hob, sah er vor sich eine Hausfassade. Es war die Rückseite eines Theaters. Hinter einigen Fenstern brannte noch Licht. Schatten bewegten sich dort.

Menschen!

Xorron verließ den Ausstieg. Es war ein Zeichen. Von jetzt an würde sie niemand mehr aufhalten …

Nach einer Dreiviertelstunde war die Sperre am Broadway aufgehoben worden.

Der Verkehr brauchte nicht mehr umgeleitet zu werden und konnte wieder fließen. Wobei das Wort fließen übertrieben war, denn nach wie vor bewegten sich die Fahrzeuge nur ruckweise voran.

Zusammen mit Jo Barracuda hockten Suko und ich im Dienstwagen des G-man. Ein Junge hatte uns etwas zu trinken und zu essen besorgt. Ich hatte einen Hamburger und trank Cola dazu. Diese Ladenkette gab es auch bei uns in London, und einen Unterschied merkte ich nicht.

Jo Barracuda achtete auf das Sprechgerät. Er stand mit der FBI-Zentrale in ständiger Verbindung, wo Abe Douglas saß und die Einsätze koordinierte.

Wir waren bewusst nicht wieder in das südliche Manhattan gefahren, denn ich ging von folgender Überlegung aus: Doktor Tod und seine Bande hatten sich nicht umsonst hier in der Nähe des Broadways herumgetrieben. Wahrscheinlich lauerten hier auch die Zombies oder Ghouls, deren Anführer Xorron war.

Die Dunkelheit hatte inzwischen den Tag verdrängt. Und der Broadway war zu einem flirrenden, bunten Lichtermeer geworden. Was es da an Reklame gab, war schon unwahrscheinlich. Über den Eingängen der großen Theater leuchteten in großen Buchstaben die Titel der gespielten Musicals und Theaterstücke.

Es gab Bars, Kneipen, Sex-Shops und einen ungeheuren Betrieb. Halb Manhattan schien unterwegs zu sein. Die laue Nacht hatte sie alle angelockt.

Da liefen leicht bekleidete Mädchen herum, auch Dealer, dann vergnügungssüchtige Touristen und auch New Yorker, die in den Eingängen der Theater und Kinos verschwanden.

Ich hatte meinen Hamburger verspeist und auch den Becher geleert. Das Papier knüllte ich zusammen und warf es aus dem Fenster. Es fiel genau in einen Abfallkorb.

Wir parkten auf dem Gehsteig. Ein paar Mal waren wir dumm angesprochen worden, dann jedoch sahen die Leute, dass es sich bei dem geparkten Wagen um ein Polizeifahrzeug handelte, und so hielten sie den Mund.

»Es tut sich nichts«, sagte Jo.

»Warte ab.«

»Kannst du dir vorstellen, wo sich die Zombies versteckt halten?« Diese Frage stellte Jo bereits zum zehnten Mal, und ebenso oft antwortete ich ihm mit einem Schulterzucken.

Suko sagte: »Bisher sind sie ja noch nicht erschienen. Und wo kann es ein besseres Versteck geben als in den Abwasserkanälen?«

Darüber hatten wir auch schon gesprochen. Während ich ein wenig skeptisch war, ließ sich Suko von seiner Meinung nicht abbringen.

»Aber wir können nicht das Abwassernetz durchsuchen lassen«, meldete sich Jo. Er saß hinter dem Lenkrad.

Ich hatte neben ihm Platz genommen. Mein Blick glitt Richtung Süden. Dort sah ich die hell erleuchtete Fassade des Broadway Theatre. Welches Musical dort lief, konnte ich nicht lesen. Die Schrift flimmerte zu sehr. Neben dem Theater ragte ein Hotel in die Höhe.

Es war etwas kühler geworden. Manchmal strich ein frischer Wind durch die Straßenschluchten, fuhr auch in den Wagen und streichelte unsere Gesichter.

Dieses verdammte Warten machte mich nervös. Ich spürte eine innere Unruhe wie selten zuvor. Man durfte erst gar nicht darüber nachdenken, was alles geschehen konnte, wenn die Zombies freie Bahn hatten. Es würde eine Massenpanik geben. In der South Bronx hatte man die Sache im Griff. Dort waren die Straßen leer, aber hier schäumte das Leben über.

Wir hingen unseren Gedanken nach. Ich sah Betrieb und registrierte ihn kaum. Mittlerweile hatte ich mich an die Menschenströme gewöhnt. Auch fühlte ich eine gewisse Müdigkeit. Das Wetter haute mich regelrecht um. Am liebsten hätte ich mich in eine Wanne mit kaltem Wasser gelegt und geschlafen. Am gesamten Körper gab es keine trockene Stelle. Man schwitzte im Sitzen.

Dann kam der Anruf.

Sofort war Jo Barracuda voll da und hob ab. Er lauschte. Ich schaute ihn von der Seite an und bemerkte, wie so etwas wie Spannung sein Gesicht überzog,

»Ja, Abe, ich habe verstanden. Wir kümmern uns darum.« Er legte auf.

»Was war los?«, fragte ich.

Jo stieß schon den Wagenschlag auf. »Die Zombies sind gesehen worden!«

»Was?«, fragte ich.

Und Suko schrie: »Wo?«

Er erzählte es uns, als wir neben dem Fahrzeug standen.

»Nicht einmal weit von hier. Ein Kanalarbeiter ist mit ihnen zusammengetroffen. Sein Kollege ist tot, er selbst konnte fliehen.«

Endlich eine Spur!

Uns hielt nichts mehr. Gemeinsam liefen wir los. Wir waren schneller als die meisten Spaziergänger und konnten auch keine Rücksicht auf sie nehmen. Da der Vorfall ganz in der Nähe geschehen war, verzichteten wir darauf, den Wagen zu nehmen.

Die Stadt unterhielt in der Nähe des Columbus Circle ein Depot, dessen Besatzung für die Reinigung der unterirdischen Abwasserkanäle zuständig war. Sie hatten einen Teil des Broadways zu kontrollieren, und bei einem dieser Kontrollgänge war es geschehen.

Der G-man wusste, wo das Depot lag. Als wir den Raum betraten, wurden wir von einem Vorarbeiter empfangen.

»Wo ist der Zeuge?«, fragte Jo und hielt seinen FBI-Stern hoch.

»Im Nebenraum.«

Zwei Atemzüge später rissen wir schon die Tür auf und sahen einen bleichen Mann, der auf einem Feldbett lag. Er war mit seinen Nerven völlig am Ende.

Man hatte ihm etwas zu trinken gegeben. Ich roch seinen Atem, als ich neben ihm in die Knie ging.

Der Mann murmelte Gebete. Er war ein Mischling, ich nahm an, dass er aus der Karibik stammte. Er hatte seine Hände fest in das Laken gekrallt, das über ihm lag. Die Worte drangen zischend und flüsternd aus seinem Mund. Er sprach von Voodoo, lebenden Toten und auch von der allgemeinen Apokalypse.

»Was haben Sie gesehen?«, fragte ich.

»Die lebenden Toten. Sie haben Sam gekriegt und ihn getötet …«

»Wo waren sie?«

»Im Kanal.«

»Sind die Monster da geblieben?«

»Ich weiß es nicht, Mister. Aber der Weltuntergang ist nah. Das sind die Vorboten gewesen. Wenn die aus der Erde steigen und ihre Särge verlassen, dann flieht und betet ...« Er hustete. »Ich werde beten, Mister.«

Der Mann stand unter einem Schock, das war völlig klar. Nur – was sollte ich machen? Er würde mir kaum eine konkrete Antwort geben können.

»Wie viele waren es denn?«, fragte Suko.

»Viele, sehr viele. Sie waren überall.«

Diesmal hatte ich das Gefühl, der gute Mann verwechselte einiges. »Mehr als zehn?«

»Kann sein.«

Damit war uns auch nicht geholfen. »Wo haben Sie genau die lebenden Toten getroffen?«

»Das habe ich gesagt. Geht jetzt, lasst mich allein, ich muss beten. Hört ihr nicht die Trommeln?«

Wir warfen uns die entsprechenden Blicke zu. Nichts zu machen. Dieser Mann gehörte in ein Krankenhaus.

Wir verließen den Raum. Der Vorarbeiter stand am Telefon und hielt den Hörer in der Hand. Er reichte ihn Jo Barracuda entgegen. »Für Sie, G-man.«

Barracuda hörte zu. Ich nahm an, dass er mit Abe Douglas telefonierte, und täuschte mich nicht, wie Jo uns erzählte, nachdem er den Hörer aufgelegt hatte.

»Sie riegeln das Gebiet ab«, sagte er.

»Vollständig?«

»Nein, John. Erst einen lockeren Ring, aber sie können sofort eingreifen, wenn wir Bescheid sagen. Es sind Scharfschützen mit dabei. Wir brauchen nur noch herauszufinden, wo sich die Zombies aufhalten.«

»Dann müssten wir in die Unterwelt steigen.«

»Glaube ich auch, John.«

Ich wandte mich an den Vorarbeiter. Der hatte schon einen Streckenplan zurechtgelegt und zeigte uns, welchen Weg die beiden Männer bei ihrem Einsatz genommen hatten.

»Hier irgendwo haben sie die Gestalten getroffen«, sagte er.

Ich bedankte mich und steckte den Plan in meine Tasche. Dann machten wir uns auf den Weg.

Wir hätten den Vorarbeiter gern mitgenommen. Er wollte nicht, aus verständlichen Gründen.

Den Einstieg hatten wir schnell gefunden. Suko verschwand als Erster im Loch. Jo Barracuda folgte, ich bildete den Schluss. Einen letzten Blick warf ich noch zum Himmel hoch. Er war nicht dunkel, sondern glühte im Widerschein zahlreicher Leuchtreklamen. Sämtliche Farben des Spektrums waren vertreten. Durch Häuserwände und Mauern gefiltert drang der Straßenlärm nur noch als dumpfes Brausen an meine Ohren und war schließlich überhaupt nicht mehr zu hören, als auch ich in dem Schacht verschwunden war.

Lampen hatten wir mitgenommen. Suko stand bereits unten. Er leuchtete hoch.

Im hellen Schein sah ich die dicke Rostschicht auf den Sprossen. Allerdings nur an den Seiten, in der Mitte, wo die Füße sie berührten, waren sie blank.

Die letzten beiden Sprossen berührte ich nicht mehr, sondern sprang nach unten. An den Gestank würde ich mich wohl nie gewöhnen können. Der drehte einem den Magen um.

In den Londoner Abwässerkanälen roch es ähnlich. Da waren wohl alle Städte der Welt gleich.

Wir schauten auf den Plan und entschieden uns für einen schmalen, tunnelähnlichen Gang, der an einer Seite einen nur sehr schmalen Steg hatte.

Wir leuchteten hinein, weil dort keine Lampen unter der gewölbten Decke brannten.

Er war leer. Keine Spur von irgendwelchen Zombies oder gefährlichen Ghouls.

Wir behielten die Reihenfolge bei, und schon bald mussten wir in die Brühe, weil der Steg unterspült worden war. Obwohl das Wasser etwas kühlte, hätte jeder von uns gern darauf verzichtet, durch die schmutzigen Fluten zu waten.

Wir konnten auch bald wieder auf den Steg klettern. Dann erreichten wir eine Kreuzung, wo zwei Kanäle zusammentrafen.

»Hier in der Nähe muss es den Arbeiter erwischt haben«, sagte Suko.

Wir nickten.

Es war auch heller geworden. Unter der Decke des breiten Kanals brannten Lampen. Das Wasser floss sehr schnell. Es quirlte, schmatzte und gurgelte an uns vorbei. Wir ließen die Lichtstrahlen über die schäumende Oberfläche wandern, und ein Lampenstrahl zuckte plötzlich hart zurück.

Jo Barracuda hatte so reagiert. »Meine Güte«, flüsterte er.

Wir sahen selbst, was ihn so entsetzt hatte.

Es waren Knochen!

Da die Strömung so heftig war, blieben sie nicht auf dem Grund liegen, sondern wurden hochgewirbelt.

»Diese Bestien«, krächzte der dunkelhäutige G-man. »Diese verfluchten Zombies …«

Ich legte Jo meine Hand auf die Schulter. »Denk nicht darüber nach. Der Mann hat es hinter sich. Wir müssen an die übrigen Menschen denken, die sich noch in Gefahr befinden.«

»Ja, John.«

Suko war schon weitergegangen. Wir suchten nach Spuren, doch im spärlichen Licht und wegen der Nässe war kaum etwas zu erkennen. Zudem nahmen wir auch keinen

Modergeruch wahr, der Gestank des Abwassers übertünchte alles.

Das Schwert hatte ich natürlich mitgenommen. Es steckte jetzt an der linken Seite in einer Scheide. Unsere Schritte wurden länger und forscher. Je weiter wir gingen, umso mehr festigte sich unsere Überzeugung, dass sich die Zombies und Ghouls nicht mehr hier unten aufhielten.

Waren sie schon an der Oberfläche?

Suko, der noch immer an der Spitze ging, blieb auf einmal stehen. Der Grund war einfach. Wenig später streifte auch uns der Luftzug.

Er drang von oben her und fuhr kühl über unsere verschwitzten Gesichter.

Suko leuchtete in die Höhe. »Da sind sie raus«, sagte er.

Niemand widersprach.

Abermals kletterte der Chinese vor, und wir erreichten einen Hinterhof, der gleichzeitig als Parkplatz diente, wie an den abgestellten Fahrzeugen zu erkennen war.

»Wo sind wir hier?«, fragte ich leise, während ich mich umschaute.

Jo überlegte kurz. »Das muss die Rückseite des Broadway Theatre sein«, meinte er.

Mein Blick glitt weiter. Neben dem Theater sah ich ein großes Haus. »Und das?«

»Ist ein Hotel.«

Ich spürte plötzlich den Klumpen im Magen. Theater und Hotel. In beiden befanden sich Hunderte von Menschen. Opfer für die Zombies und die Ghouls.

Unsere schlimmste Befürchtungen schienen sich in diesen schrecklichen Augenblicken zu erfüllen.

Wir hatten die Invasion nicht mehr stoppen können.

Ich schaute auf die Rückfassade des Theaters. Sie lag in einer nahezu trügerischen Ruhe vor mir. Keine Spur von den lebenden Leichen. Sie hatten sich irgendwo verkrochen. Oder waren sie noch gar nicht in das Gebäude eingedrungen und versteckten sich vielleicht irgendwo hier draußen?

Wir suchten zwischen den Wagen. Es war genügend Platz, sodass wir uns hindurchschlängeln konnten. Meine Hose klebte nass und stinkend an den Beinen. Ich roch widerlich.

Wir hatten Pech. Niemand von uns stolperte über einen Ghoul oder Zombie.

Achselzuckend trafen wir wieder zusammen.

»Die haben sich in Luft aufgelöst«, erklärte Jo. »Ob sie doch nicht durch den Schacht verschwunden sind?«

»Was sollen sie in den Kanälen?«, fragte ich und deutete auf die Gebäudewand. »Dahinter befindet sich all das, auf das die Ghouls so scharf sind.«

Da mussten mir die Freunde recht geben.

»Also ins Theater«, sagte Suko.

Ich nickte.

Dann hörten wir schon den Lärm, und wenig später zerplatzte eine Fensterscheibe im ersten Stock …

Eigentlich konnte man Ross Cartwright als eine Kapazität auf dem Gebiet des Musicals bezeichnen. Er kannte fast alle Stücke. Von den älteren wie Oklahoma oder Show Boat angefangen bis hin zu den neuen Werken, deren Musik für Ross irgendwie unverständlich war. Da gab es kaum Melodien, sondern fast nur Rhythmus, und viel konnte er damit nicht anfangen.

Zum Glück lief momentan mal wieder ein altes Stück. »Sound of Music« hieß es, eine Familiengeschichte, die so richtig ans Herz ging. Und Cartwright freute sich auf jede Aufführung, denn er sah sie alle. Er war auch für den technischen Ablauf verantwortlich, denn vom einfachen Bühnenarbeiter hatte er sich in den letzten fünfundzwanzig Jahren hochgearbeitet bis zum Inspizienten.

Die Schauspieler und Sänger kannten ihn, sie mochten ihn auch, und es gab keine Feier, zu der man ihn und seine als Garderobiere arbeitende Frau nicht einlud.

Das Theater war ausverkauft. Und das bei der Hitze.

Aber es waren eben viele Touristen in New York. Sie brachten den Theatern volle Kassen. Es war eben immer noch etwas Besonderes, ein Musical am Broadway zu erleben.

Und Cartwright war zufrieden. Er saß in seiner Inspizientenkammer, in der man kaum atmen konnte, so sehr stand die Luft. Vor ihm befand sich das Pult mit den zahlreichen Knöpfen und Hebeln. Es war sein eigentlicher Arbeitsplatz. Er fand sich hier auch im Dunkeln zurecht und brauchte nicht das Streulicht der Wandlampe. Eine Tür führte zur Rückseite der großen Bühne. Über eine Lautsprecheranlage war er mit den einzelnen Garderoben verbunden. Zu seinen Aufgaben gehörte es auch, die Sänger, Schauspieler und Tänzer zu ihren Auftritten zu rufen.

Im Moment lief der zweite Akt. Er hatte erst vor drei Minuten begonnen, und die Personen, die darin mitspielten, befanden sich schon alle in Bereitschaft. Sie standen entweder auf der Bühne oder hielten sich dahinter auf.

Durch ein viereckiges Guckloch konnte der Inspizient auf die Bühne schauen. Das Guckloch war so raffiniert angelegt, dass er die gesamte Fläche beobachten konnte und sein Blick auch noch einen Teil des Zuschauerraums erfasste.

Nur in Unterhemd und Leinenhose saß er da. Das graue Brusthaar quoll aus dem Hemdausschnitt. Sein Haar war stark gelichtet, und die Augen wollten auch so manches Mal nicht mehr mitmachen, deshalb brauchte er eine Brille.

Sein rundes Gesicht mit der etwas knorpeligen Nase, die ein wenig an die von Karl Malden erinnerte, zeigte einen gutmütigen Ausdruck, doch heute fühlte er sich gar nicht wohl. Er hoffte darauf, dass die Vorstellung bald vorbei war.

Das Wetter war zu schlimm. Hinzu kam das alte Theater, das schon seine fünfzig Jahre auf dem Buckel hatte. Da gab es keine Klimaanlage, und die Schauspieler schwitzten ebenso wie die Zuschauer. Ausgleichende Gerechtigkeit.

Wie immer roch es nach Schweiß, Parfüm und anderen Sprays. Die typische Theaterluft, die durch die verwendeten Kosmetika schwer geworden war und das Atmen zu einer Qual machte.

Ross Cartwright sah ein, dass er in seiner Kammer nicht bleiben konnte. Er musste mal raus und eine andere Luft schnappen. Es gab da einen jungen Bühnenarbeiter, der ihn immer ein wenig an seinen im Kindesalter verstorbenen Sohn erinnerte. Dieser junge Mann hatte so viel Verantwortungsbewusstsein, dass er ihn mal für eine halbe Stunde vertreten konnte, wenn nichts los war.

Cartwright wusste auch, wo er ihn erreichen konnte. In der Werkstatt. Er rief durch.

»Larry bitte zum Inspizienten. Larry bitte zum Inspizienten.«

Der zweimalige Ruf würde reichen. Wenn Larry ihn nicht selbst gehört hatte, würde man ihm Bescheid geben.

Schon bald klopfte es. Larry steckte grinsend seinen Kopf durch den Türspalt.

»Komm rein«, sagte Cartwright.

»Soll ich Sie ablösen?«, fragte Larry leise und schloss die Tür.

»Ja, für etwa eine halbe Stunde. Ich muss mal eine andere Luft atmen. Wenn irgendetwas ist, kannst du mich bei meiner Frau in der Garderobe erreichen.«

»Geht klar, Mr. Cartwright.« Der junge Mann mit dem schwarzen Haar nahm auf dem Inspizientenstuhl Platz.

Cartwright verließ den kleinen Raum. Er war beruhigt, denn bei Larry wusste er seinen Job in guten Händen.

Das Areal hinter der Bühne war gewaltig. Hier standen alte Kulissen, und von hier aus konnte man auch auf den Schnürboden klettern. Lange Leitern führten an den rauen Wänden hoch, und über den Köpfen der Menschen schwebte der eiserne Vorhang.

Zwei Frauen sorgten dafür, dass auch sämtliche Requisiten bereitstanden, und die Schauspieler, die im Moment Pause hatten, hockten auf Klappstühlen beieinander, unterhielten sich flüsternd und schlürften kalte Getränke, während eine Maskenbildnerin die Leute laufend frisch einpuderte, denn durch den Schweiß zerrann die Schicht sehr leicht. Schminke wurde immer dick aufgetragen.

Man winkte dem Inspizienten, doch Cartwright wollte sich nicht zu den Schauspielern setzen. Seine Frau hatte kalten Tee mitgebracht, der löschte jetzt am besten den Durst.

Er verließ den rückwärtigen Teil der Bühne und gelangte in den Flur. Links ging es zum Hinterausgang. Dort befand sich auch die kleine Portierloge. Sie war verwaist. Sicher saß der Aufpasser wieder in der Kneipe und kippte Bier. Rechts führte eine kleine Treppe noch einmal zur Bühne hinunter, während dem Ausgang gegenüber das eigentliche Treppenhaus begann.

Die Stufen waren breit und hatten graue Gummistreifen an ihren Rändern, damit niemand ausrutschte.

Der Inspizient stieg die Treppe hoch. Er kannte sein Theater, kannte den Geruch, und nachdem er einige Stufen hinaufgegangen war, blieb er stehen.

Sichtlich irritiert, was seinem Gesichtsausdruck anzusehen war. Cartwright hatte einen Geruch wahrgenommen, den es in diesem Theater wirklich noch nie gegeben hatte oder vorgekommen war. Da roch es nach Friedhof, nach Verwesung …

Er zog die Nase hoch.

Ja, er hatte sich nicht getäuscht. Und als er ein paar Stufen weiterging, wurde der Geruch sogar noch intensiver. So stark, dass es ihm fast den Magen umdrehte.

Das war direkt widerlich.

Die Garderoben lagen in der zweiten Etage. Darüber befanden sich zwar auch noch Stockwerke, allerdings wurden sie nicht mehr genutzt. Wohl als Abstellräume und Kleiderkammern. Auch alte Requisiten standen herum, die niemand wegräumen wollte, und es gab von dort aus auch einen Weg auf den hohen Schnürboden, von dem aus man auf die Bühne schauen konnte.

Er erreichte die zweite Etage. Vor sich sah er den durch Kugellampen erhellten Gang. Der Boden war mit PVC belegt, die rechts und links abzweigenden Türen weiß gestrichen.

Namensschilder hingen daran. Die Stars der Stücke hatten ihre eigenen Garderoben. Und am Ende des Ganges führte die größere Tür zum Ballettraum.

Sie stand spaltbreit offen.

Cartwright musste fast bis hinten durchgehen, bevor er die Garderobe erreichte, wo seine Frau tätig war. Sie lag auf der linken Seite. Vom Fenster aus konnte man in den Hof schauen.

Es war still hier oben. Cartwright wollte soeben anklopfen, als er das Geräusch vernahm.

Es drang aus der Garderobe und war ein verzweifeltes Wimmern und Schluchzen. Dann kippte etwas um, und der Mann hörte einen lauten Schrei.

Seine Frau!

Cartwright hielt nichts mehr. Er drosch die Klinke nach unten und riss mit einem Ruck die Tür auf.

Das Entsetzen nagelte ihn auf dem Fleck fest!

Martha, seine Frau, lag auf dem Boden, direkt neben dem umgekippten Tisch. Sie blutete aus einer Wunde an der Stirn. Der rote Lebenssaft rann wie ein dicker Faden über ihr Gesicht, rann am Hals entlang und hatte auch den Kragen des weißen Kittels gerötet.

Neben ihr kniete ein schleimiges Wesen, das bestialisch stank. Es hielt ein Stuhlbein in der Klaue, womit es auch zugeschlagen hatte. Und das zweite Wesen, es konnte direkt ein Zwillingsbruder sein, hatte sich mit einer Schere bewaffnet.

»Martha!« Der Mann schrie den Namen seiner Frau und stürzte vor. Er rannte mit Riesenschritten auf sie zu und achtete nicht auf die Gefahr, in die er sich begab.

Der grüngelb schimmernde Ghoul wandte sich um. Es war der mit der Schere. Über sein Gesicht liefen dicke Tropfen, die Augen wirkten wie eingedrückte Steine in seinem Gesicht.

Er stach zu.

Die Schere hätte Ross Cartwright in die Brust getroffen, doch durch eine schnelle Bewegung des Inspizienten verfehlte sie ihr eigentliches Ziel und traf nur die linke Schulter, wo sie stecken blieb, denn der Ghoul hatte den Griff losgelassen.

Cartwright stöhnte auf und taumelte zur Seite. Der Schmerz war schlimm, er wühlte in seiner Schulter, als hätte man das Blut mit Säure angereichert.

Der Inspizient wankte nach rechts, bis er mit der Hüfte gegen einen der zahlreichen Schminktische stieß, dabei den Arm anwinkelte und Fläschchen, Dosen und Tuben zu Boden feuerte. Seine Finger fanden eine Schere, umklammerten sie, und er riss den rechten Arm hoch.

Der Ghoul war nahe genug.

Voller Wut stieß Ross Cartwright die Schere in den Hals der schleimigen Bestie.

Er spürte kaum Widerstand, und er musste mit großen Augen zusehen, dass dem Wesen dieser Stoß nichts ausgemacht hatte. Andere wären gestorben, nicht so der Ghoul.

Er stieß ein widerliches Schmatzen aus, grunzte und zog die Schere aus seinem Hals.

Dann stach er zu.

Seine Bewegungen waren zum Glück nicht so geschmeidig, deshalb gelang es dem Mann, auszuweichen. Dicht neben ihm wischte die gefährliche Waffe vorbei und hieb in den Spiegel.

Der zersplitterte. Ein Spinnenmuster zeigte sich, ein Loch war entstanden, und auf der Fläche sah er das Gesicht des Ghouls seltsam verzerrt.

Er hörte einen dumpf klingenden Laut.

Wie ein Stromstoß stach es durch sein Gehirn. Dieser Laut, dieses Geräusch, das durfte nicht wahr sein!

Er warf einen Blick nach links.

Ja, es stimmte.

Der Ghoul, der neben seiner Frau kniete, hatte ein zweites Mal zugeschlagen!

Der Inspizient drehte fast durch. Er heulte auf und sah rot. Dabei vergaß er den zweiten Ghoul. Als Cartwright vorstürzte und den Mörder seiner Frau umbringen wollte, egal wie, da griff der andere ein. Und er war schnell.

Ross Cartwright fühlte sich von schleimigen, aber starken Händen gepackt und zur Seite geschleudert. Genau auf eine Lücke zwischen den Garderobentischen zu, wo sich das Fenster befand. Schon immer war wegen der zu tiefen Bank geklagt und geschimpft worden. Zu recht, wie sich nun bewies.

Die tiefe Fensterbank wurde dem Inspizienten zum Verhängnis. Er fiel noch dagegen, fand jedoch keinen Halt, und der Schwung trieb ihn gegen die Scheibe.

Sie brach.

Kein Kreuzrahmen stoppte den Fall des Inspizienten. Mit

einem gellenden Schrei auf den Lippen raste er der Tiefe entgegen …

Wir befanden uns praktisch schon auf dem Weg, als die Scheibe zerbrach und die Splitter in die Tiefe segelten.

Aber nicht nur sie.

Ein Körper folgte.

Haben Sie mal einen Menschen aufgefangen, der aus dem zweiten Stock fällt? Wahrscheinlich nicht. Und trotzdem versuchte es Suko. Er war der Stärkste von uns. Er jagte los und hatte schon seine Arme ausgestreckt, wobei er nicht an seine eigene Sicherheit dachte, denn er begab sich dabei auch in Lebensgefahr, aber er kam um den Bruchteil einer Sekunde zu spät.

Dicht vor seinen Fingerspitzen wischte der Körper entlang und prallte zu Boden.

Das Geräusch drang mir durch Mark und Bein. Für eine Sekunde schloss ich die Augen, und als ich sie wieder öffnete, kniete Suko neben dem Mann.

»Lebt er noch?«

»Nein.« Seine Stimme klang deprimiert.

Neben mir fluchte Jo Barracuda. »Wie viele Tote sollen wir denn noch hinnehmen?«

»Jetzt geht es erst los«, sagte ich. Mein Blick fiel nach oben. Er flog an der Hauswand hoch, und ich sah hinter der zerbrochenen Scheibe eine Bewegung.

Sie war etwas langsam, irgendwie tapsig, und ich wusste Bescheid. Dort lauerte ein Ghoul.

»Los!«, schrie ich den beiden Freunden zu und rannte bereits. Der Hintereingang war nicht verschlossen. Wir stürzten in das Theater, ich warf einen Blick nach rechts und sah die dort eingelassene kleine Portierloge.

Der Gang führte weiter. In das Treppenhaus gelangten wir

zwangsläufig. Rasch rief ich mir die Etage ins Gedächtnis zurück, wo das Fenster zerbrochen war.

Die zweite!

Da mussten wir hoch.

Wie ein Schatten wischte Suko an mir vorbei. Jo Barracuda blieb an meiner Seite. Sein Gesicht war verzerrt. Den linken Arm bewegte er nicht, weil ihm der Streifschuss zu schaffen machte.

»Kannst du noch?«, schrie ich.

»Ja, zum Henker!«

Er blieb zurück, während ich drei Stufen auf einmal nahm, um schneller hochzukommen.

Ein Gang. Unter der Decke brannten Kugellampen. Sie erleuchteten jeden Winkel. Hier gab es kein Versteck für unsere Gegner. Aber in den Zimmern.

Suko hatte schon die erste Tür aufgestoßen. Mit schussbereiter Beretta und schlagfertiger Dämonenpeitsche schaute er in das Zimmer.

Leer.

Wie das auf meiner Seite.

Jede Tür öffneten wir. Jo Barracuda beteiligte sich ebenfalls an der Suche. Er lief sogar an uns vorbei und rannte auf die große Tür am Ende des Ganges zu.

Ich drückte die auf der linken Seite auf. Wo war denn nur das zersplitterte Fenster, zum Teufel?

Hinter der nächsten Tür. Ich hatte sie kaum aufgestoßen, als ich schon den Durchzug spürte.

Und ich sah die beiden Ghouls. Hörte ihr Schmatzen und Schlürfen. Eine selten gekannte Wut überkam mich. Mein Gesicht verzerrte sich, als ich in die Garderobe stürmte.

Ich hatte Desteros Schwert. Schwarze Magie hatte es geprägt. Damit hatte Destero gekämpft und auch Dämonen, die ihm im Weg standen, getötet.

Nun gehörte es mir.

Die Ghouls drehten sich um. Die beiden Monster hatten natürlich gehört, dass ich in den Raum stürzte. Zwischen den Zähnen des Ersten sah ich ein Stück Stoff von einem weißen Garderobenkittel.

Aus vollem Lauf schlug ich zu. Das Pfeifen der Klinge vermischte sich mit einem klatschenden Laut, als der Schädel des Ghouls zu Boden fiel. Dann war Suko da.

Er hämmerte mit der Dämonenpeitsche zu, und die drei Riemen rissen tiefe Furchen in den Körper des zweiten Ghouls. Sie würden ihn ebenso zerstören wie mein Hieb den anderen Dämon.

Der Ghoul wurde durch den halben Raum geschleudert und klatschte dabei gegen die Wand. Er schrie und röchelte, aber die Magie zerstörte ihn, sie hatte ebenso wenig Erbarmen, wie er mit dem Opfer gehabt hatte, denn die Frau am Boden war tot.

Der Kittel war zerrissen, das Gesicht voller Blut. Ich drückte ihr die Augen zu, während mich von beiden Seiten eine widerliche Pestwolke einhüllte.

Die Ghouls lösten sich auf. Dabei trockneten sie ein, sodass von ihnen kaum etwas zurückblieb.

Ich erhob mich.

Suko durchsuchte die Garderobe und zog die Türen einiger Einbauschränke auf.

Nein, kein weiterer Ghoul oder Zombie hielt sich darin verborgen. Wir konnten wieder gehen.

»Vielleicht hat Jo mehr Glück gehabt«, sagte Suko.

»Möglich.«

»Wo steckt er eigentlich?«

»Er ist doch …« Ich stutzte. »Verflixt, das weiß ich nicht. Auf der Treppe war er noch dicht hinter mir, und dann …« Ich dachte nach, kam allerdings zu keinem Resultat. »Keine Ahnung, Suko. Ich habe ihn nicht mehr gesehen.«

Wir gingen auf den Flur. Auch hier sahen wir keine Spur von dem dunkelhäutigen G-man.

Wir riefen seinen Namen. Eine Antwort erhielten wir nicht. Plötzlich hatte ich eine komisches Gefühl. Das Verschwinden des Freundes und auch die Stille gefielen mir überhaupt nicht. Da lag einiges im Argen.

Ein paar Schritte weiter war der Gang zu Ende. Dort befand sich auch die größere Tür.

Suko deutete auf sie. »Schätze, wir sehen da mal nach.«

Der Meinung war ich auch.

Jo Barracuda hatte sich nicht damit aufgehalten, die einzelnen Räume zu durchsuchen. Er war weitergelaufen, auf das Ende des Ganges zu und hatte die Tür zum Ballettraum aufgerissen.

Vor sich sah er einen großen, mit Parkettboden ausgelegten Raum. Jeweils an den Längswänden waren Stangen angebracht, an denen die Tänzer und Tänzerinnen übten. An einer Wand hingen zahlreiche Spiegel. Links stand ein Klavier. Es war abgedeckt worden. Die Tür schräg gegenüber führte eine Wendeltreppe in die obere Etage. Auf den Stufen schimmerte ein grüner Teppich.

Keine Spur von den Zombies oder Ghouls.

Auf Zehenspitzen schlich Jo in den Raum. Schussbereit hielt er die mit Silberkugeln geladene Beretta. Sein Gesicht glänzte, als hätte man es mit Öl eingerieben, der Mund stand offen, er atmete schnell und keuchend.

Jetzt, wo sich die erste Erregung etwas gelegt hatte, spürte er die Schmerzen wieder. Dieser verflixte Streifschuss tat weh. Die Schulter hatte eine dicke Schramme abbekommen. Und wenn er den linken Arm zu heftig bewegte, stach es bis in die Fingerspitzen hinein.

Die Zombies waren hier gewesen.

Jo sah sie zwar nicht, er nahm sie jedoch wahr. Der Geruch war unverkennbar.

Friedhof – Moder – Grab …

»Wo seid ihr?«, flüsterte er. »Zeigt euch, ihr verdammten Biester, damit ich euch zur Hölle schicken kann.« Seit er den Tod des Mannes auf dem Parkplatz miterlebt hatte, war seine Wut noch gestiegen. Er würde jeden Zombie oder Ghoul sofort killen, der ihm vor die Mündung lief.

Immer mehr näherte er sich der Wendeltreppe. Eine Ahnung sagte ihm, dass sich die Zombies dort irgendwo versteckt hielten. Wahrscheinlich hatten sie sich sogar in die nächste Etage zurückgezogen. Allein wollte Jo da nicht hin, aber einen ersten Blick konnte er riskieren, um den anderen Bescheid zu geben.

Der G-man erreichte die Treppe. Er stellte seinen Fuß auf die erste Stufe, ging auch die zweite hoch und nahm die dritte. Dabei hielt er sich dicht an der Wand.

Er legte den Kopf in den Nacken und schaute nach oben. Dabei konnte er um eine Wendel herumblicken und glaubte auch, eine Bewegung gesehen zu haben. Leider war das nicht so genau zu erkennen, da es über ihm auf dem Schnürboden doch sehr dunkel war.

Er ging noch eine Stufe höher. Das war eine zu viel.

Plötzlich fiel etwas auf ihn. Sein Gesichtsfeld wurde durch einen schwarzen Gegenstand eingeengt. Jo erkannte nicht mehr, was es war, bekam dafür die Wirkung zu spüren.

Etwas krachte genau gegen sein Gesicht. Im ersten Moment spürte er gar nichts, dann kamen die Schmerzen, und mit voller Wucht schienen sie seinen Kopf zu zertrümmern. Etwas drang feucht aus seiner Nase, und der G-man sank langsam zusammen.

Er wurde nicht bewusstlos. Über sein Sichtfeld allerdings hatte sich ein Schleier gelegt.

Und er vernahm die Schritte.

Tapsend näherten sie sich ihm. Sie kamen von oben, Stufe für Stufe ließen sie hinter sich, und der G-man glaubte, eine schreckliche Gestalt zu sehen, die silbrig flimmerte.

Vor ihm blieb die Gestalt stehen.

Eine Hand griff nach ihm. Er spürte die Kälte an seinem rechten Gelenk, die Waffe wurde ihm aus den Fingern gewunden. Dabei kippte er etwas nach links, stützte sich auf seinen verletzten Arm, und der Schmerz machte ihn fast wahnsinnig.

Er stöhnte.

Hände griffen unter seine Achseln. Mit einem Ruck wurde der dunkelhäutige FBI-Agent hochgezogen und in die Finsternis des Schnürbodens geschleift.

Tief unter ihm lief das Musical, Musik und Gesang drangen bis zu ihm herauf.

Der G-man glaubte zu träumen. War das schon das Ende? Hörte er die Himmelsmusik?

Flüsternde Stimmen. Von allen Seiten drangen sie auf ihn ein. Hände, kalt wie Eis, die ihn abtasteten, in sein Fleisch stachen, danach fühlten.

Plötzlich riss der Faden. Jo Barracuda konnte wieder klar sehen. Er hatte die Augen weit geöffnet und sah dicht vor sich ein silbrig schimmerndes Gesicht – und ein aufgerissenes Maul mit stählern wirkenden Zähnen.

Jos Mund öffnete sich zu einem gellenden Schrei.

Zu spät.

Xorron biss zu!

Eiskalt holte er sich sein erstes Opfer …

Es gibt Vorahnungen. Da braucht man nicht einmal ein Medium oder sensitiv veranlagt zu sein, irgendwie macht es auch die Erfahrung. Wie bei mir.

Ich spürte, dass etwas nicht stimmte.

»Was ist mit dir?«, fragte Suko.

Wie ich stand auch der Chinese einen Schritt vor der Tür. Es kribbelte auf meiner Haut. Das war der Schauer, der mir über den Körper lief.

»Jo?«, flüsterte Suko. Sein Blick brannte.

»Vielleicht.« Ich packte mein Schwert so fest, dass die Knöchel hart hervortraten. Es war eine verrückte Situation. Hinter der Tür lauerte sicherlich das Verderben, und von unten, wo sich die Bühne befand, vernahmen wir Musical-Melodien.

Ich dachte an die Menschen im Theater. Sie wussten nicht, was über ihren Köpfen lauerte, denn ein Schild an der Wand zeigte uns, dass wir, um zum Schnürboden zu gelangen, zuerst den Ballettsaal durchqueren mussten.

Zwei tote Ghouls hatten wir zurückgelassen. Wie viele existierten noch von ihnen? Und wie viele Zombies?

Wir wussten keine Antwort, und ich bereute es bereits, dass ich mir die Zeit genommen hatte und so lange vor der Tür stehen geblieben war.

»Geh«, sagte Suko.

Ich stieß die Tür auf.

Das Kreuz hing jetzt vor meiner Brust. In der rechten Hand hielt ich das Schwert, der silberne Dolch steckte am Gürtel. So gerüstet mussten wir es eigentlich schaffen, denn Suko trug ebenfalls schlagkräftige Waffen.

Der Chinese ließ mich vorgehen, und ich sah mich zuerst als Spiegelbild an der gegenüberliegenden Wand. Der Ballettsaal war leer. Auf dem Parkettboden sah ich graue Streifen. Die Handläufe der Griffstangen waren dunkel vom Schweiß.

Nach allen Seiten sichernd betraten wir den Raum. Niemand hielt sich hier auf.

Und doch waren sie hier gewesen. Man roch es.

»Die Wendeltreppe«, hauchte Suko.

Da hatte er recht. Sie führte nach oben. Dort musste es dann zum Schnürboden gehen. Licht sah ich nicht. Die letzten Stufen verliefen im Dunkeln.

Aber wir hörten Schritte.

Sie klangen über uns auf und befanden sich in Nähe der Wendeltreppe. Dann erreichten sie die Stufen, und ich hörte das Tappen, das auch von einem Teppich nicht unterdrückt werden konnte.

Jemand kam.

Zuerst sah ich die Schuhe. Schwarz, mit einer Staubschicht überzogen. Dann die Beine, verdeckt von einer hellen Hose.

So eine Hose hatte auch Jo Barracuda getragen. Mein Herz klopfte plötzlich schneller. Schweiß brach mir aus, neben mir hörte ich Suko scharf atmen.

Ihn quälten dieselben Gedanken wie mich. Normal lief diese Person nicht die Treppe hinab. So wie sie ging, konnte sie nur ein Zombie, eine lebende Leiche sein.

Jo Barracuda ein Zombie?

Er ging weiter vor. Jetzt sahen wir es deutlich. Kein Zweifel bestand mehr. Es war Jo, der da mit langsamen Schritten die Stufen herabstieg.

Noch eine Kehre.

Jetzt hatte er die Treppe hinter sich gelassen.

Fünf Schritte vielleicht trennten uns. Wir schauten ihn an, er schaute uns an.

Und dann hatte ich das Gefühl, mich würde der Schlag treffen!

Am liebsten wäre ich im Boden versunken, denn Jo Barracuda, unser Freund, bot ein Zerrbild des Schreckens. Die Zombies hatten ihn in ihren Klauen gehabt und selbst zu einem lebenden Leichnam gemacht. Die Apokalypse war eingetreten, und sie traf uns mit der Wucht eines Vorschlaghammers.

Bis zur Schulter sah der dunkelhäutige Jo Barracuda völlig normal aus. Was dann folgte, war so schlimm, dass ich am liebsten die Augen geschlossen hätte. Es half nichts, ich musste mich mit den Tatsachen abfinden.

Die Zombies hatten ihn getötet. Er war in den Hals gebissen worden. Normalerweise wäre er gestorben, doch durch einen Zombie-Biss lebte er als Untoter weiter. Er war selbst zu einer lebenden Leiche, zu einem Zombie, geworden.

Und das machte die Sache so schlimm.

Mehr möchte ich nicht beschreiben. Es war schlimm genug, was wir zu sehen bekamen, und es war auch klar, wie wir reagieren mussten.

Jo Barracuda durfte nicht mehr weiterexistieren. Wir mussten ihn töten.

Verdammt auch. Ich schluckte hart, weil es mir heiß die Kehle hochstieg. Jo war zu einem Freund geworden. Er hatte uns in Florida geholfen, als wir gegen die Besatzung des Vampir-Schiffs kämpften. Er hatte uns in New York zur Seite gestanden, wir konnten uns auf ihn verlassen, und er hatte auch gegen die Mächte der Finsternis antreten wollen.

Beim zweiten Mal schon hatte es ihn erwischt.

»Jo«, sagte ich.

Er hörte mich nicht oder wollte mich nicht hören. Er ging weiter, und ich sah seine blutbesudelte Kleidung. Die Hände öffneten und schlossen sich krampfhaft, die Augen waren verdreht.

Suko begriff, was in mir vorging, deshalb fragte er: »Soll ich es machen, John?«

Ich schüttelte den Kopf. »Nein, damit muss ich fertig werden. Ich werde Jo den Frieden geben.« Meine Stimme klang krächzend.

»All right.« Der Chinese trat zurück, behielt uns aber im Auge, um eingreifen zu können, falls es nötig war.

Welche Waffe sollte ich nehmen? Eine Silberkugel wollte ich nicht verschwenden, deshalb nahm ich das Kreuz.

Ich streifte es über den Kopf. Mit dem Schwert konnte ich einfach nicht arbeiten. Ich würde es nicht übers Herz bringen, Jo den Kopf abzuschlagen.

Er kam näher.

Dabei ging er wie von Fäden gehalten. Mal bewegte er den linken Arm höher, dann den rechten. Dann wieder kippte er etwas auf die Seite, fing sich wieder und ging weiter.

Er griff nach mir. Seine Hand hatte sich geöffnet, die Finger schlossen sich – und genau um das Kreuz.

Etwas schien durch seinen untoten Körper zu fließen. Einem Stromstoß gleich zuckte er in die Höhe, sein Mund öffnete sich, ein schreckliches Röcheln drang hervor, und wo das Kreuz die Hand berührt hatte, vernahm ich ein Zischen.

Dort verbrannte Fleisch.

Er fiel. Ich fing ihn auch nicht auf. Es knallte, als er mit seinem vollen Körpergewicht auf den Parkettboden stürzte. Auf dem Rücken blieb er liegen. Endgültig tot und auch erlöst. Jo Barracuda würde ein christliches Begräbnis bekommen und nicht mehr als Untoter weiterexistieren.

Wir stiegen über ihn hinweg. In meinen Augen brannte es, mein Herz schlug doppelt so schnell, die Kehle war zu, sodass ich kein Wort hervorbrachte.

Suko merkte, was mit mir los war, und legte mir die Hand auf die Schulter. »Lass es, John, keine Vorwürfe. Du hast so handeln müssen.«

»Ich weiß. Nur ist es für mich schlimm, dass es so weit gekommen ist.«

»Da kann ich dich verstehen.«

Ich wischte mir über die Augen und auch über die Stirn. Wir standen nahe der Treppe. Beide warfen wir einen Blick in die Höhe.

Dort oben in der Dunkelheit lauerten die Zombies und Ghouls, dessen war ich mir sicher. Und wir hörten auch die Musik, die wie ferne Sphärenklänge an unsere Ohren drang.

»Moment noch«, sagte der Chinese, bückte sich und durchsuchte Jo Barracuda.

»Was ist denn?«

Suko schüttelte den Kopf. »Verflixt, er hatte doch deine Beretta. Du hast sie ihm gegeben, nicht?«

»Ja.«

»Aber jetzt ist sie nicht mehr da.«

»Wir müssen also damit rechnen, dass die Zombies oder Ghouls meine Waffe besitzen.«

»Das wollte ich damit sagen.«

»Okay, richten wir uns darauf ein«, erwiderte ich und setzte meinen Fuß auf die erste Stufe ...

In Doktor Tod tobten zwei verschiedene Welten.

Zum einen jubelte er darüber, dass es ihm endlich gelungen war, Xorron zu erwecken, zum anderen dachte er an John Sinclair und daran, dass dieser Hundesohn abermals in seine Pläne gefunkt hatte. Er und der Chinese befanden sich in Manhattan. In der U-Bahn-Station hatten sie sich gegenübergestanden, und wenn der Würfel nicht gewesen wäre, hätte Sinclair vielleicht einen halben Sieg erringen können.

So aber hatte er das Nachsehen gehabt.

Trotzdem passte Solo Morasso die Situation nicht. Da Sinclair Bescheid wusste und er sicherlich auch mit der einheimischen Polizei zusammenarbeitete, konnte Doktor Tod leicht eins und eins zusammenzählen. Die Polizisten würden aufpassen, einen Ring um das gefährdete Gebiet ziehen und sicherlich nach Xorron und seiner Meute suchen.

Um die Zombies und Ghouls war es nicht tragisch. Die

hatte Xorron gewissermaßen als kleine Beigabe mitgebracht. Doktor Tod ging es nur um seine Person. Xorron war für ihn wichtig. Vor zwei Tagen noch hatte ihm ein Mitglied der Mordliga gefehlt.

Nun war sie vollständig!

Aber Xorron befand sich in einem Versteck. Zwar unter der Erde, aber doch nicht unsichtbar. Wenn die Bullen schlau waren und nachdachten, würden sie sicherlich auch irgendwann einmal die Kanalisation durchsuchen. Vor allen Dingen, wo dieser Sinclair dabei war. Er kannte die Gepflogenheiten der lebenden Leichen, er wusste auch von ihrem ungeheuren Drang nach Blut und Menschen.

Und dieser Drang war der große unbekannte Faktor in Solo Morassos Rechnung.

Er stufte sich als einen Realisten ein. Wenn er genauer darüber nachdachte, war es eigentlich ein Unding, dass sich Xorron und seine Untoten weiterhin versteckt halten würden. Das ging wider ihre dämonische Natur. Sie hatten lange genug in der feuchten, kühlen Erde gelegen. Zu lange eigentlich, und sie würden sich auch nicht mehr in den Abwässerkanälen aufhalten.

Xorron mochte vielleicht nicht intelligent sein, aber er besaß Instinkt, und dieser Instinkt würde ihn leiten, damit er den Weg nach draußen fand.

Ghouls und Zombies in Manhattan. In einer fremden Stadt, in einer auch für sie fremden Umwelt. Sie würden ihrer Gier und ihrem Drang nachgeben, aber es konnte durchaus sein, dass sie wie die anderen Wesen in der South Bronx in die Falle liefen.

Wie konnte man dem begegnen?

Solo Morasso, Tokata und Lady X hielten sich in einer Zwischendimension auf. Der Würfel hatte sie dorthin katapultiert. Sie waren auf ihrem Stützpunkt gelandet, von dem keiner der Gegner wusste, wo er lag.

Das war bis heute Doktor Tods Geheimnis. Dieser Hort war gut geschützt. Dorthin zog er sich zurück, wenn er neue, gefährliche Pläne schmiedete. Da hatte er auch über Xorrons mögliche Rückkehr nachgedacht, bevor er für einige Wochen nach New York ging.

»Was ist mit dir?«, fragte die Scott.

»Kannst du dir das nicht denken?«

Lady X lachte.

»Ja, wir haben uns feige zurückgezogen. Du hättest Tokata auf Sinclair ansetzen sollen. Er hätte ihn sicherlich in zwei Hälften geschlagen.«

Doktor Tod schüttelte den Kopf. »Nein, Xorron war in diesem Fall wichtiger.«

»Und jetzt?«

»Ich denke darüber nach, wo er sein könnte.«

Da lachte Lady X. »Du glaubst also nicht daran, dass er sich weiterhin in der Kanalisation aufhält?«

»Das würde mich sehr wundern.«

»Frag doch den Würfel.«

Solo Morasso nickte. Sein Blick schweifte in die Ferne. Dabei schien es, als würde er direkt in ein schwarzes Loch starren. Sie befanden sich hier in einer Welt, wo es weder oben noch unten noch rechts und links gab.

Nur die Kälte des Weltalls.

Unwillkürlich dachte er an Asmodina, der er zwar seine Existenz zu verdanken hatte, die aber dennoch seine Feindin war. Sie hatte sich bisher aus dem Spiel herausgehalten, was Morasso wunderte. Denn die Teufelstochter hatte auch gewusst, wo sich Xorron aufhielt, allerdings nichts gesagt. Sie wollte Morasso einen Streich spielen. Und bestimmt hatte sie auch ihre Finger im Spiel gehabt, damit andere Dämonen nichts verrieten.

Nun war die Mordliga vollständig, und Doktor Tod wollte

zusehen, dass es auch so blieb. Deshalb musste er danach trachten, Xorron zu finden, bevor irgendetwas geschah.

»Ja«, sagte er, »ich werde den Würfel befragen.«

Doktor Tod nahm ihn in die Hand. Bisher wusste er nicht, woher der Würfel genau stammte. Er hatte ihn jedoch als willkommene Hilfe und Geschenk gern entgegengenommen, vor allen Dingen, weil er so manipulierbar war. Durch ihn konnten Wünsche realisiert werden, und er besaß Eigenschaften, die manche vielleicht mit dem Wort Zauberei umschrieben hätten.

Er sah ziemlich harmlos aus. Kaum jemand, der ihn nicht kannte, wäre auf den Gedanken gekommen, ihn mit schwarzer Magie in Verbindung zu bringen.

Weißlich blau schimmernd. Gar nicht mal groß und mit abgerundeten Kanten. Was sich innerhalb der Kanten befand, was da manchmal Schlieren zog und wallte, wusste auch Doktor Tod nicht. Und er würde sich hüten, den Würfel zu zerstören.

Mit beiden Händen umfasste er den Quader. Seine Finger waren dabei an den Spitzen gekrümmt, sodass sie eine Kante umfassen konnten. Er schaute auf die oberste Seite, konzentrierte seine Gedanken auf den Würfel und ging mit ihm eine Verbindung ein.

Lady X und Tokata hielten sich zurück. Sie sagten kein Wort, sondern ließen Morasso in Ruhe.

Doktor Tod hatte das Gefühl, in eine weißlichblaue bodenlose Tiefe zu blicken. Er sah keinen Grund, der Würfel selbst schien zu zerfließen, und es kostete ihn eine übermenschliche Anstrengung, seine Gedanken in einer Linie zu halten und dafür zu sorgen, dass sie nicht abglitten.

Xorron!

Er konzentrierte sich auf Xorron.

Die Verbindung musste hergestellt werden! Der Würfel sollte reagieren.

Und er enttäuschte Solo Morasso nicht.

Verschwommen nur, aber dennoch erkenntlich, entstanden Bilder. Sie sahen erst aus wie bei einer schlechten Filmkopie, verschwommen, verwaschen, dann jedoch deutlicher.

Konturen schälten sich hervor, zwar an den Seiten noch undeutlich, aber es war zu erkennen, dass es sich dabei um Lebewesen handelte, die eine menschliche Form hatten.

»Xorron!«, flüsterte Solo Morasso.

»Siehst du ihn?«, fragte Lady X.

»Sei still!«

Er konzentrierte sich noch stärker. Und nun sah er das Bild auch deutlicher. Je genauer und schärfer seine Gedanken wurden, umso klarer schälte sich das Bild hervor.

Xorron und seine Meute hatten die Kanalisation in der Tat verlassen. Sie befanden sich nicht mehr in den unterirdischen Gängen, sondern über der Erde. Doktor Tod hatte eigentlich damit gerechnet, sie in den Straßen Manhattans zu sehen, doch er hatte sich getäuscht. Die lebenden Leichen und die Ghouls waren in ein Gebäude eingedrungen.

In ein Gebäude mit zahlreichen Menschen.

Opfer für sie …

Dann verschwamm das Bild, bevor Doktor Tod noch Genaueres erfahren konnte.

Irgendeine starke Magie musste die Verbindung gestört haben. Eigentlich kam da nicht viel in Frage. Vielleicht das Kreuz dieses verdammten Geisterjägers. Morasso war sicher, dass sich Sinclair in der Nähe aufhielt. Er konnte gar nicht anders reagieren.

»Weißt du, wo sie sind?«, fragte Lady X.

»Nicht mehr in der Kanalisation.«

Die Pupillen der ehemaligen Terroristin wurden noch dunkler. »Interessant«, murmelte sie.

»Gar nicht, verdammt. Xorron und seine Diener sind in ein

Haus eingedrungen. Ich weiß allerdings nicht, wo das genau ist.«

»Hat der Würfel versagt?«

»So kann man es auch nennen. Eine starke Gegenmagie hat uns gestört.«

»Sinclair!« Lady X zog sofort die richtigen Schlüsse.

»Eben!«

»Und jetzt?«

Doktor Tods Gesicht verzog sich, als würde er unter Schmerzen leiden. »Ich habe da ein verflucht ungutes Gefühl. Sinclair ist stark und besitzt gute Waffen. Er wird sich den Zombies stellen. Ihm macht es nichts aus, auch wenn sie in der Übermacht sind. Deshalb müssen wir etwas unternehmen.«

»Nur – was?«

»Ich will Xorron.« Doktor Tod schaute die Scott an. »Xorron ist für mich am wichtigsten. Die anderen sind nur Beigaben, auf die können wir verzichten, deshalb müssen wir Xorron rausholen. Koste es, was es wolle.«

»Aber wie?«

Doktor Tod runzelte die Stirn. Er dachte an die magischen Möglichkeiten, die ihm zur Verfügung standen. Es waren einige. Allerdings drängte die Zeit, und Sinclair, der Geisterjäger, war wie ein Bluthund. Wenn der erst mal eine Fährte aufgenommen hatte, dann ließ er sich davon nicht mehr abbringen …

Der tote Jo Barracuda blieb zurück.

Ich hatte ihn erlöst. Er war nun wirklich gestorben, lag auf dem Rücken, und ich hatte ihm noch die Augen geschlossen, denn sein anklagender Blick war mir durch und durch gegangen.

In meinem Innern loderte der Zorn. Ich war mit Gefühlen

aufgeputscht wie ein frisch aufgeladener Akkumulator. Meine Lippen hatte ich fest aufeinandergepresst, mir brannten die Augen. Ich hatte mich der Tränen nicht geschämt, als ich den Freund erlösen musste.

Jetzt sollten die anderen büßen.

Suko ahnte, was mit mir los war. Er stieß mich leicht an, und ich drehte mich um.

»John«, sagte er beschwörend. »Ich weiß, dass es nur Worte sind, aber bleib ruhig.«

Kurz nur huschte das Lächeln um meine Lippen.

»Okay, Partner, ich werde mich zusammenreißen.«

Suko hatte ja so recht. Es war nicht gut, wenn man emotionsgeladen in die Auseinandersetzung ging. Man musste Geduld haben, cool bleiben, um im Ernstfall kalt und richtig reagieren zu können.

Ich hatte die Führung übernommen und hielt mich wie Suko dicht an der Wand, als wir die mit Teppichstücken belegten Stufen der Wendeltreppe hochschritten.

Wenn wir den Kopf in den Nacken legten, schauten wir in die Dunkelheit des Schnürbodens.

Da mussten sie stecken.

Wir sahen und hörten nichts von ihnen. Sie verhielten sich völlig still – lauerten.

Aber sie waren da.

Und auch die Menschen, die tief unter ihnen im Theater hockten und sich ein vergnügliches Musical anschauten. Wenn die Zombies durchdrehten und sie sich als Opfer aussuchten, konnte man für nichts garantieren. Allein aus diesem Grund durften wir keine Zeit verlieren.

Zudem wollte ich Xorron!

Bisher hatte ich ihn noch nicht zu Gesicht bekommen, aber wenn es meinem Erzfeind Doktor Tod gelungen war, seine Mordliga zu vervollständigen, war das für mich eine Niederlage. Nun war Xorron frei, und ich wollte dafür sorgen, dass er sofort vernichtet wurde.

Noch eine Kehre.

Wir hielten den Atem an.

Dadurch konnten wir den Gesang und die Musik deutlicher vernehmen. Wir hörten aber auch andere Geräusche, die entstanden, wenn jemand gegen Metallteile stieß.

Sie bewegten sich also.

Ich duckte mich und schlich die restlichen Stufen hoch, um einen ersten Blick auf den Schnürboden werfen zu können.

Er war wirklich gewaltig. Ich war überrascht, denn mit diesen Ausmaßen hatte ich nicht gerechnet.

Nur undeutlich sah ich all die Stangen, Eisenleitern und Scheinwerferschienen. Sie bildeten ein regelrechtes Gewirr, das kreuz und quer durcheinanderlief. Man ging hier nicht auf Plattformen, sondern auf einem starken und stabilen Drahtgeflecht, das in seiner Länge und Breite den gesamten Boden umspannte.

Die Beleuchtungsbrücke lag tiefer. Ich kannte mich etwas in diesen Theatern aus und wusste, dass sich die Beleuchter auf breiten Stegen bewegten. Zwischen den einzelnen Stegen befand sich eine Distanz von ungefähr zwei Yards. Es war noch genügend Platz für die aufgehängten Kulissen vorhanden sowie für den eisernen Vorhang. Früher mussten Bühnenarbeiter die Kulissen mit der Hand in Bewegung setzen. Heute übernahm diese Arbeit ein Elektromotor.

Ich hatte mich flach hingelegt, als ich meine Blicke schweifen ließ. Es hatte keinen Sinn, wie ein Wilder vorzustürmen, ohne sich zuvor halbwegs mit den Örtlichkeiten vertraut zu machen.

Wir befanden uns im Moment in einer miesen Position. Aus dem Ballettsaal hochsteigendes Licht traf uns und ließ auch Schatten entstehen. Die Zombies konnten uns erkennen, während wir Schwierigkeiten hatten, sie zu entdecken.

Dennoch sahen wir sie.

Sie bewegten sich, und wir rochen auch die Nähe der Ghouls, denn ein pestilenzartiger Hauch wehte uns wie eine Fahne entgegen.

Ein dumpf klingendes Brausen ertönte. Es hatte seinen Ursprung unten im Zuschauerraum und stieg bis in den Theaterhimmel hinein. Es war der Applaus der Zuschauer, mit dem eine große Szene beendet wurde. Die Menschen freuten sich, während sie nicht ahnten, was sich über ihren Köpfen zusammenbraute.

Ich schob mich vorsichtig nach vorn. Die Finger meiner linken Hand fanden das Gitter und stießen in die Löcher hinein, wo sie sich festklammerten.

Suko glitt an mir vorbei. Als er zur Ruhe kam, war der Beifall unten verrauscht. Hinter uns befand sich die Wand. Ich warf einen Blick über die Schulter und erkannte eine lange Eisenleiter, die in die Tiefe führte.

Man brauchte also nicht zu springen.

Der Geruch traf uns urplötzlich. Keiner von uns hatte die Nähe des Ghouls bemerkt. Erst als er rechts neben mir erschien, wurde ich aufmerksam.

Seine schleimige Gestalt schillerte irgendwie. Sie erinnerte mich an Pudding. Durch das Gewicht wurde der Schleim durch die Löcher nach unten gedrückt.

Mit dem Schwert stieß ich zu. Es war eine Reflexbewegung, ich dachte nicht darüber nach. Die Klinge drückte in den aufgeschwemmten Körper der Bestie.

Der Ghoul zuckte.

Schwarze Magie gegen schwarze Magie. Das Schwert jedoch war mit einer stärkeren aufgeladen, und der Ghoul verging, wobei dicke Tropfen durch das Drahtgeflecht quollen und auf den Bühnenboden fielen.

Die Schauspieler würden sich wundern.

Zum Glück war der Ghoul lautlos gestorben. Die anderen schienen von seinem Tod nichts mitbekommen zu haben. Ich bewegte mich weiter. Dann spürte ich Sukos Berührung. Ich drehte den Kopf und verfolgte den Finger meines Partners, als er einen Halbkreis schlug. Suko hatte vor, die Gegner in die Zange zu nehmen.

Damit war ich einverstanden, also trennten wir uns, nachdem wir das Siegeszeichen – ein V für Victory – gebildet hatten.

Es war nicht leicht und beileibe nicht angenehm, auf dem Drahtgeflecht zu kriechen. Das Zeug schnitt durch die Kleidung in die Haut hinein. Mittlerweile begann es zu drücken und auch zu schmerzen. Blaue Flecke würden zurückbleiben.

Deshalb blieb ich nicht mehr liegen, sondern erhob mich, wobei ich leicht geduckt stehen blieb.

Von Suko sah ich nichts mehr. Meine Augen bohrten sich in die Dunkelheit, die plötzlich von einem Scheinwerferblitz für einen Moment erhellt wurde.

Einer der Beleuchter unter uns hatte das Licht geschwenkt und auch diesen oberen Schnürboden getroffen.

Ich sah die Wesen.

Sie hielten sich weiter vor mir auf und hatten sich tiefer zurückgezogen. Leider war das Licht zu schnell weg, sodass ich nicht hatte zählen können, mit wie vielen Gegnern wir es nun zu tun hatten. Der Widerschein der Bühnenbeleuchtung reichte ebenfalls nicht aus, aber ich hatte *ihn* gesehen.

Eine silbrig glänzende Gestalt, die sich von den anderen sehr stark abhob.

Das musste Xorron gewesen sein!

Im ersten Moment zeigte ich mich überrascht, denn so hatte ich mir den Herrn der Zombies und Ghouls nicht vorgestellt. Eher monsterartig, so wie Vampiro-del-mar. Aber was ich da gesehen hatte, erinnerte mich an ein Wesen von einem anderen Stern.

Hatten die anderen mich auch entdeckt?

Ja, das mussten sie, denn am schwankenden Untergrund bemerkte ich, dass sie in meine Richtung liefen.

Das Drahtgeflecht vibrierte, es zitterte regelrecht, und ich sah vor mir plötzlich ein rötlich schimmerndes Augenpaar.

War es ein Zombie oder ein Ghoul?

Nein, ein anderer Dämon. Nicht sehr groß, er reichte mir nicht bis zur Schulter, aber er strömte einen beißenden Geruch aus, der mich an Schwefel erinnerte.

Ein Gruß aus der Hölle!

Dann gellte ein Warnpfiff auf.

Suko hatte ihn ausgestoßen.

Im nächsten Augenblick griffen die Wesen an, und für uns begann die Hölle …

Auf dem Bauch kriechend hatte Suko einen Bogen geschlagen, um so nahe wie möglich an die Gegner heranzukommen. Da ihn die Dämonenpeitsche bei diesen Bewegungen zu sehr hinderte, hatte er sie weggesteckt und hielt nur die Beretta in der rechten Hand. Nicht zum ersten Mal stand Suko den Untoten gegenüber, er wusste genau, wie gefährlich sie waren und dass sie ohne Erbarmen töteten. Jo Barracuda, der dunkelhäutige G-man, war das beste Beispiel gewesen, denn die Menschen, die sie umgebracht hatten, wurden danach ebenfalls zu gefährlichen Zombies, die man nur durch einen Kopfschuss oder ein Silberkugelgeschoss töten konnte.

Aber auch da gab es Unterschiede. Manche Untoten waren mit normalen Kugeln nicht zu töten, denn es kam immer darauf an, wer diese Wesen erschaffen hatte.

Bei diesen Zombies hier reichten die Bleigeschosse. In der South Bronx war es schließlich vorexerziert worden.

Ghouls hingegen schluckten Bleigeschosse, als würde man Erbsen gegen sie schleudern. Für sie benötigte man wirklich geweihte Silberkugeln.

Diese Gedanken schossen Suko durch den Kopf, als er sich auf dem Drahtgeflecht voranbewegte.

Drei Ghouls hatten sie erledigt.

Der Chinese wusste nicht, wie viele noch auf der Lauer lagen und vor allen Dingen wo.

Links von ihm befand sich die rohe Ziegelsteinwand. Das Drahtgeflecht reichte bis dicht daran, aber an einigen Stellen waren viereckige Ausschnitte hineingefräst worden, durch die die Eisenleitern hinunter in die Tiefe stießen.

Suko zählte zwei.

Wenn ihm nur nicht die schmutzige Dunkelheit so zu schaffen gemacht hätte. So musste sich Suko mehr auf seinen Instinkt und Tastsinn verlassen als auf die Sehkraft seiner Augen.

Suko gelangte an eine Schiene, die eine Querverstrebung vor ihm bildete.

Er wollte sie soeben überklettern, als von unten her der kurze Widerschein eines Scheinwerfers durch sein Gesicht strich. Aber nicht nur durch das Gesicht, sondern auch über die gesamte Fläche, und der Chinese sah für einen Moment die Gestalten weiter vorn am Stützgitter der Brüstung.

Dann verlosch das Licht.

Im selben Moment klatschte die feuchte Pranke eines Ghouls in Sukos Gesicht. Der Chinese zuckte zwar noch zurück und fiel dabei nach hinten, trotzdem hatte er das Gefühl, einen Säureguss gegen die Haut bekommen zu haben.

Er schlug auf das Drahtgeflecht und pfiff für seinen Freund John Sinclair eine Warnung.

Dann griff der Ghoul an.

Er richtete sich auf, streckte sich und nahm eine birnenförmige Gestalt an. Die Arme hatte er erhoben, das Maul aufgerissen, und Suko sah eine Eisenstange in der rechten Klaue.

Die Ghouls töteten erst, dann machten sie sich über ihre Opfer her. Der Chinese rollte sich zweimal um die eigene Achse. Er gewann so Distanz, und der Ghoul traf nicht ihn, sondern klatschte neben ihm auf das Gitter.

Sofort wälzte er sich herum.

Da hielt Suko bereits die Beretta in der Hand. Er drückte die Mündung in die teigige Masse und schoss.

Die Kugel wurde im Körper gestoppt. Dort blitzte es auf, und dann platzte der Ghoul förmlich auseinander. Dicke Tropfen klatschten nach allen Seiten weg. Suko hielt sich den rechten Arm schützend vor sein Gesicht. Er wollte nicht getroffen werden. Trotzdem sah er, wie der widerliche Dämon verging.

Aus – das war der Vierte gewesen!

Suko kam auf die Knie und hörte auch einen Schrei. John musste ihn angestoßen haben.

Einen Moment später – Suko wollte seinem Freund zu Hilfe eilen – griff ein Zombie ein.

Er hatte tatsächlich flach am Boden gelegen, kam jetzt hoch, und seine kalten Arme umklammerten Sukos Beine.

Der Chinese wollte noch treten. Leider gelang es ihm nicht, sich aus dem Griff zu befreien. Zudem verlor er das Gleichgewicht, fiel nach hinten und schlug hart mit dem Kopf auf.

Suko hörte zahlreiche Engel singen. Er konnte verdammt viel einstecken, mehr als ein Durchschnittsbürger, der etwas über den Schädel bekam, und deshalb wurde er auch nicht bewusstlos. Zwar legte sich ein Schleier über seine Augen, doch Suko kämpfte dagegen an. Er biss die Zähne so hart aufeinander, dass es knirschte. Es gelang ihm tatsächlich, bei Bewusstsein zu bleiben.

Aber er war schwer gehandikapt. Suko hätte gern seinen

Stab gezogen, nur war dies ein Ding der Unmöglichkeit. Der harte Aufprall hatte eine Lähmung verursacht! Der Chinese brachte den Arm nicht hoch.

Der Zombie jedoch hielt ihn nach wie vor umklammert. Er gab dem Chinesen keine Chance, sondern zog ihn weiter.

Die Klauen zerrten an seinen Hosenbeinen, der Untote schmatzte und schleckte, während er Suko herumrollte, dessen Hüften packte und den Nacken freihaben wollte.

Alarm!

Trotz seines Handikaps merkte der Chinese, was dieser Zombie mit ihm vorhatte. Und er wurde auch wieder an Jo Barracuda erinnert. Seinen Hals hatte man auch zerbissen.

Suko zog ein Bein an. Er trat schräg zu und traf auch die Schulter der lebenden Leiche. Dadurch verschaffte er sich ein wenig Luft, aber der Zombie griff sofort wieder zu.

Er stieß Suko gegen die Brust. Damit glaubte er wohl, gewonnen zu haben, denn er stürzte sich auf den Chinesen. Doch er kannte Suko nicht, der gab so leicht nicht auf.

Er zog beide Beine an und stieß sie wieder von sich.

Schmerzen verspürte der Untote nicht, als er über Suko hinwegkatapultiert wurde und gegen die Wand klatschte. Es sah aus, als hätte man eine Puppe dagegengeschleudert. Steif und ungelenk fiel der Zombie auch wieder nach unten.

Suko sprang auf ihn zu. Seine Reflexe gehorchten ihm wieder. Er konnte sich normal bewegen, auch wenn er noch den dumpfen Druck im Hinterkopf spürte.

Aber sein Instinkt hatte ihn verlassen. Er warnte ihn nicht, und Suko übersah in seinem Angriffsschwung das viereckige Loch vor der Leiter. Er trat ins Leere.

Ein überraschter Schrei.

Während sich der Zombie wieder aufrichtete, fiel Suko in die Tiefe …

Jeder Mensch – und da bildete Suko keine Ausnahme – reagiert panikerfüllt, wenn ihm der Boden so plötzlich unter den Füßen weggezogen wird.

Doch Suko fing sich schnell.

Es war der Schmerz, der ihm bewusst machte, dass er sich auf einer Reise in den Tod befand.

Mit der linken Schulter wuchtete er gegen eine Sprosse und glaubte, einen Schlag mit dem Hammer erhalten zu haben. Nur mühsam konnte er einen Schrei unterdrücken.

Wie ein Blitzstrahl kam ihm im selben Augenblick die Erkenntnis. Die Sprossen konnten sein Leben retten.

Er griff zu.

Rechts und links – wahllos …

Einmal rutschte er ab, fasste ein zweites Mal nach, hing für einen Moment fest, spürte einen reißenden Schmerz im Oberarm, griff wieder zu, rutschte abermals ab und nahm jetzt auch noch die andere Hand zu Hilfe.

Es klappte.

Doch unter welchen Bedingungen!

Der Chinese hatte das Gefühl, jemand würde ihm beide Arme aus den Gelenken reißen. Fast schossen ihm die Tränen aus den Augen. Da musste einer mit einem Messer in seine Sehnen schneiden, so weh tat es. Aber er ließ nicht los, und seine tastenden Füße fanden auf den untersten Sprossen Halt. Nur seine Beretta hatte er verloren. Sie musste irgendwo hinter der Bühne aufgeprallt sein.

Suko hielt fest.

Schwer ging sein Atem. Stoßweise drang er über die Lippen, dick lag der Schweiß auf seiner Stirn, und er zitterte von den Knien bis zu den Haarspitzen.

Aber er hatte es geschafft.

Suko hob den Kopf. Er musste ihn dabei in den Nacken legen, um nach oben zu schauen.

Dort hörte er Geräusche.

Kampfgeräusche.

John allein gegen die Zombies!

Konnte das überhaupt gut gehen?

Der Chinese entschloss sich gedankenschnell. Er musste wieder hoch, um dem Partner Hilfestellung zu geben.

Suko hatte sich halb gedreht und auch schon seinen rechten Fuß eine Sprosse höher gesetzt, als er innehielt. Seine Augen wurden groß, denn was er da sah, das hatten er und John unter allen Umständen vermeiden wollen …

Ich sah diesen seltsamen Dämon dicht vor mir. So dicht, dass ich ihn mit der Hand hätte greifen können.

Ich hütete mich, dies zu tun, und konzentrierte mich nur auf sein rotes Augenpaar.

Sie rollten in den Höhlen und kamen mir wie winzige Feuerräder vor. Und plötzlich war die gesamte Gestalt erleuchtet. Ein rötlicher Schimmer hatte sich über sie gelegt.

Jetzt sah ich ihn genauer und zögerte zu schießen, weil mir so eine Gestalt noch nie begegnet war.

Durch das Rot sah ich auch die bräunliche Haut. Sie wirkte wohl viel dunkler, als sie in Wirklichkeit war. Der Dämon hatte Hörner auf dem Kopf, sie wuchsen ihm aus der Stirn, und das Gesicht erinnerte mich entfernt an das eines Ziegenbocks.

So musste Asmodina aussehen – oder wenigstens ungefähr so. Aber der hier war nur ein Gift, Galle und Feuer spuckendes kleines Teufelchen, befreit, weil Xorron ebenfalls freigekommen war.

Feuer spie er in der Tat. Er öffnete sein Maul und wollte mir die Flammen ins Gesicht pusten.

Da stieß ich mit dem Dolch zu. Ich hatte ihn blitzschnell

aus der Scheide gerissen und traf mit der Klinge das weit aufgerissene Maul.

Der Dämon zuckte zurück. Die Flamme erstickte in seinem Rachen. Er schlug mit den überlangen Armen um sich, ich sah die scharfen Krallen, und damit zerfetzte er sich sogar noch die Haut, aus der eine bräunliche Flüssigkeit sickerte, die entgegen aller Erdanziehung an seinem Körper hochstieg und ihn auflöste.

Den Teufel gab es nicht mehr.

Das hatte ich geschafft. Etwas wie Befriedigung machte sich in mir breit.

Als vorhin der Strahl aufgeblitzt war, hatte ich mir gemerkt, wo die Zombies zu finden waren. Sie standen am Rand des Schnürbodens, wo ihn ein Gitter zur Bühne hin abgrenzte. Dort musste ich hin, wenn ich sie packen wollte. Vielleicht hatten sie auch vor, auf die Beleuchterbühne zu springen, was bei den arbeitenden Männern dort eine Panik ausgelöst hätte. Bisher jedenfalls hatten sie noch nichts bemerkt.

Da fiel ein Schuss.

Beretta, das erkannte ich sofort am Klang. Suko musste geschossen haben.

Ich stand für einen Moment still und hörte unter mir Stimmen. Auch die Männer dort hatten den Knall vernommen, und ich hoffte nur, dass sie nichts unternehmen und nachschauen würden.

Einer sagte ziemlich laut: »Wird wohl eine Birne geplatzt sein. Wir wechseln sie nach der Vorstellung aus.«

Mir fiel eine Zentnerlast vom Herzen. Die Beleuchter hätten gegen die Ungeheuer keine Chance gehabt, so viel stand fest.

Ich wusste nicht, ob Xorron, der silbern schimmernde Dämon, den nachgemachten Teufel vorgeschickt hatte oder ob er von allein gekommen war. Auf jeden Fall musste ich die anderen finden und ausschalten.

Die Entfernung war zwar nicht weit, jedoch mit zahlreichen Stolperfallen bestückt. Da liefen Schienen und Streben quer, ich musste über sie steigen und wunderte mich, dass ich so einfach an die Zombies herankam.

Deutlich sah ich Xorrons Gestalt, denn wo er und seine lebenden Leichen standen, war es etwas heller.

Drei Sekunden ließ ich mir Zeit. Xorrons Anblick prägte sich mir unauslöschlich ins Gedächtnis ein. Nur konnte ich keine Gesichtszüge erkennen, vielleicht war ich auch nur zu weit weg. Ich glaubte jedoch, unter dieser Haut etwas schimmern zu sehen.

Xorron sollte nicht überleben, Xorron durfte nicht überleben. Vernichtete ich ihn, dann war auch die verfluchte Mordliga geschwächt. Jetzt hätte ich gern meine Beretta gehabt, aber dafür hielt ich das Schwert. Vorhin hatte ich es nicht eingesetzt, jetzt wollte ich damit gegen Xorron vorgehen.

Ich wusste nicht, ob er mich sah. Das war mir auch egal. Ich wunderte mich merkwürdigerweise auch nicht über die Bewegungslosigkeit der vier Dämonen, und auch mein sechster Sinn schlug keinen Alarm. Irgendwie dachte ich in diesem schmutzigen Dunkel des Schnürbodens verkehrt, und das rächte sich.

Ich hatte das Schwert zum Stoß erhoben, um Xorron damit anzugreifen, als sich das Geflecht unter meinen Füßen bewegte.

Da kam jemand.

Sofort zuckte ich nach links herum und sah einen Untoten. Schrecklich wirkte er. Sein bleiches Gesicht kam mir vor wie ein Ballon. Ich hörte auch unter mir einen leisen Schrei und dass jemand gegen irgendwelche Eisenstreben schlug, aber ich brachte die Ereignisse nicht in die korrekte Reihenfolge.

Schon passierte es.

Durch mein Zögern konnte der Zombie zuschnappen. Und

zwar packte er meinen linken Arm, umklammerte ihn und riss ihn hoch. Dabei riss er sein Maul auf, und ich wusste genau, was er vorhatte.

Mein Stich mit dem Schwert traf ihn in der Körpermitte.

Plötzlich klappte der Mund zu. Röchelnde Laute drangen daraus hervor, die Klammer seiner Hände öffnete sich, und er taumelte zurück. Ich brauchte ihm nicht zu folgen und seinen Kopf abzuschlagen, die starke Magie des Schwertes reichte aus.

Er brach zusammen.

Dieses Geräusch wurde von seinen Artgenossen gehört. Während sich einer umwandte und auf mich zukam, sah ich mit Schrecken, was die anderen vorhatten.

Sie kletterten auf das Geländer.

Und Xorron machte den Anfang.

Vielleicht hätte ich sie mit Silberkugeln noch erwischen können, aber sie stießen sich ab und sprangen in die Tiefe, der Bühne entgegen, wo soeben das Finale des zweiten Akts begann …

Man wunderte sich zwar, dass sich Ross Cartwright nicht in seiner Inspizientenbude aufhielt, aber das wurde nicht tragisch genommen. Jeder Mitwirkende wusste auf die Minute genau, wann er aufzutreten hatte, dafür spielte man das Stück bereits zu lange, als dass Fehler hätten vorkommen können.

Die Tänzer hatten sich versammelt. Sie standen hinter der Bühne und hüpften auf der Stelle.

Die Maskenbildnerin legte noch letzte Hand an. Und auch die Kinder, die in diesem Stück mitspielten, wurden gepudert.

Auf der Bühne wurde der Dialog weitergesprochen. Noch einige Sätze, dann begann das Finale.

Man machte sich bereit.

So etwas wie eine knisternde Spannung hatte sich über die Mitwirkenden hinter der Bühne gelegt. Das bezeichnete man eben als Theaterfieber. Da konnte man den Auftritt schon hundert Mal hinter sich haben, Nervosität entstand doch.

Ein junger Mann führte die Tänzergruppe an. Er war ziemlich klein, dünn, aber trotzdem muskulös und hielt sich stets aufrecht. Sein Haar war kurz geschnitten, die Augen blickten scharf und klar, und seine Nasenflügel waren immer etwas gebläht.

»Jetzt!«, rief er und startete.

Schwungvoll katapultierte er sich aus der dritten Gasse auf die Bühne hinaus.

Gleichzeitig setzte die Musik ein. Schmissige Melodien erklangen. Die beiden Hauptpersonen traten etwas zurück, damit die Tänzer Platz hatten, denn ihnen folgten noch einige Kinder, die zu singen und zu tanzen anfingen.

Sound of Music – ein herrliches Stück, das in den nächsten Sekunden zum Sound of Horror werden sollte.

Soeben hatten die Zombies weit über dem Schnürboden das Gitter überklettert.

Gleichzeitig gaben die Beleuchter mehr Licht. Die Scheinwerfer wurden gedreht, eine helle Flut fiel auf die Bühne, die jedoch durch einen Schatten unterbrochen wurde.

Zuerst fiel Xorron.

Und in seinem Schlagschatten rasten die beiden anderen Zombies dem Bühnenboden entgegen.

Dumpf schlugen sie auf!

Ich wusste nicht, wo Suko war, ich dachte auch nicht mehr an mich, sondern nur an die nahe Zukunft. Die Zombies hatten es geschafft. Sie würden sich zwischen die Zuschauer werfen und mit einem grauenhaften Blutbad beginnen.

Es war uns nicht gelungen, sie zu stoppen. Aber wir mussten versuchen zu retten, was noch zu retten war. Zuvor musste ich freie Bahn haben, was schwierig sein würde, denn vor mir stand eine lebende Leiche.

Sie wollte meinen Tod.

Zombies sind oft langsam.

Ich war es nicht. Mein Streich mit dem Schwert wurde in Halshöhe geführt. Das Zombie-Gesicht änderte seinen Ausdruck. War es aus Angst?

Dann stand plötzlich ein Torso vor mir, während rechts von ihm der Kopf zu Boden polterte.

Eine Sekunde stand ich still.

Dann kippte mir der kopflose Körper entgegen. Ich schleuderte ihn zur Seite und hörte im selben Moment die ersten Schreie. Etwas dünn drangen sie zu mir hoch, dafür vernahm ich die Stimmen der Beleuchter umso deutlicher.

»Verdammt, da ist was passiert!«

»Los, runter!«

»Volles Licht!«

Auch ich musste nach unten. Springen konnte ich nicht, ich hätte mir sämtliche Knochen gebrochen. So war ich gezwungen, den normalen Weg zu nehmen.

Also über die Leiter.

Ich jagte quer über den Schnürboden, stolperte, fing mich, sah das viereckige Loch und auch die Leiter.

Jetzt waren die Schreie lauter geworden. Besonders die der Frauen stachen spitz hervor. Auf der Bühne und vielleicht auch im Zuschauerraum musste es zu einer Panik gekommen sein.

Ich steckte das Schwert nicht weg, sondern hielt mich nur mit der linken Hand fest, als ich nach unten kletterte. Es war mehr ein Fallen und Rutschen als ein normales Klettern. Oft stieß ich gegen das Metall, doch darauf durfte ich keine Rücksicht nehmen.

Nur weiter, immer weiter, noch retten, was zu retten war.

Aus den Augenwinkeln bemerkte ich drei Männer. Das waren die Beleuchter, denn in ihrer Höhe befand ich mich.

»Verschwinden Sie!«, schrie ich sie an, und sie blieben tatsächlich stehen, so sehr hatte sie meine Stimme erschreckt.

Wo war Suko?

Zwei Sprossen verfehlte ich, schlug dafür mit dem Gesicht gegen Eisen, und aus meiner Nase rann Blut. Ich hatte keine Zeit, mich darum zu kümmern, näherte mich immer mehr dem Bühnenboden, fiel und rutschte weiter und vernahm plötzlich den Schuss.

Die Beretta!

Suko war da.

Ich legte noch mehr zu. Und dann, als vielleicht noch sechs Stufen zu überwinden waren, sprang ich …

Zuerst reagierte niemand der Mitwirkenden. Schauspieler, Sänger, Tänzer und auch die Kinder standen so starr, als wären sie auf dem Bühnenboden festgeleimt worden.

Die Musik spielte weiter, der Dirigent hatte noch nicht bemerkt, was geschehen war.

Dafür einige Zuschauer. Sie sprangen auf, und wie auch die Schauspieler sahen sie ebenfalls die schaurigen Gestalten im grellen Licht der Scheinwerfer.

Voll trafen die Kegel den großen Ausschnitt der Bühne. In ihrem Licht sahen die Untoten noch bleicher, noch verwester und auch noch schrecklicher aus. Einer hatte noch seine Haare. Als dunkle Strähnen fielen sie zu beiden Seiten des Kopfes bis auf die Schultern. Dreckkrumen hatten sich in ihnen verfangen und sie zu einem verfilzten Gebilde verdreht.

Die Gesichter der beiden waren eingefallen, als hätte jemand mit einem Hammer dagegen geschlagen und auch die Augen tiefer in die Höhlen gedrückt. Die Lippen waren geöffnet. Ein Hauch von Moder wehte den Akteuren entgegen.

Die letzten Zombies rahmten Xorron ein. Rechts und links standen sie neben ihm wie Leibwächter. Der silbern schimmernde Dämon überragte sie um Haupteslänge. Jetzt sah man sein Gerippe unter dieser Haut noch deutlicher, und durch das grelle Licht war auch zu erkennen, dass die Außenhaut mehr einen Stich ins Gräuliche bekommen hatte. So hell wie das eigentliche Metall Silber schimmerte sie nicht.

In seinem Gesicht klaffte das Maul auf.

Zähne wurden sichtbar.

Reißzähne …

Diese Bewegung war wie ein Startzeichen. Plötzlich verstummte die Musik. Das Gesicht des Dirigenten nahm einen erstaunten Ausdruck an.

Er wollte nicht glauben, was er sah, bis eine Schauspielerin gellend anfing zu schreien.

Auf einmal kam Bewegung in die Menschen auf der Bühne. Schrei folgte auf Schrei. Im Nu war das Durcheinander perfekt, und dieses hatten sie nicht proben können. Jeder stand jedem im Weg. Man schob und schubste, drängte zurück, zwei Kinder fielen hin, und die Zombies sowie Xorron hatten ihre Opfer.

Der rechts neben Xorron stehende lebende Leichnam bückte sich und griff nach einem Kind. Das kleine Mädchen war ihm fast vor die Füße gerollt.

Das sah auch der erste Tänzer. Er wusste, was es bedeutete. Wenn der Zombie dieses Kind in die Klauen bekam, würde er es töten, denn mit erschreckender Deutlichkeit wusste der Mann, was das für Wesen waren. Nicht umsonst hatte er die zahlreichen Horror-Filme gesehen, die auf der Zombie-Welle schwammen, aber die Wirklichkeit sah noch schlimmer aus.

Hier war kein Kino, hier wurde auch kein Schauspiel aufgeführt, das hier war kalte, brutale Realität.

Der Mann stieß sich ab.

Er war gelenkig und gehörte nicht umsonst zu den besten Solotänzern des Broadway. In der Luft streckte er seinen Körper, machte einen Spagat und rammte dem Untoten seinen Fuß voll ins Gesicht, der den Aufprall nicht abfangen konnte und deshalb zurückgeschleudert wurde, sodass er mit dem Rücken auf den mit einem dünnen Teppich bespannten Bühnenboden krachte.

Sofort packte der Tänzer das Kind und schleuderte es zur Seite.

»Lauf weg!«, schrie er dem Mädchen zu und bemerkte aus den Augenwinkeln, dass der Silberne einen Schauspieler hochgerissen hatte. Der Mann schrie, er hatte die Augen weit aufgerissen und sah das Gebiss dicht vor sich.

Keine Chance mehr.

Da fiel der zweite lebende Leichnam den Tänzer an. Der Mann war von Xorrons Anblick fast gelähmt worden, sodass er vergaß, an seine eigene Sicherheit zu denken, was sich nun bitter rächte. Der Zombie riss ihn kurzerhand um und umschlang seinen Körper mit den beiden kalten Totenarmen.

In diesem Augenblick erreichte Suko die Bühne.

Zwei Sekunden benötigte er, um die Eindrücke in sich aufzunehmen. Es war schlimm.

Im Zuschauerraum hatte es eine Panik gegeben. Die Menschen waren von ihren Plätzen aufgesprungen und rannten in die Gänge rechts und links der Sitzreihen, wo es natürlich viel zu schmal war und sie sich gegenseitig behinderten, sodass es zu einem regelrechten Stau kam.

Da wurden Frauen zu Boden gerissen, nur die Stärkeren fanden den Weg zu den Türen. Man trampelte kurzerhand über die am Boden Liegenden hinweg.

Auch die Musiker hatte nichts mehr gehalten. Sie hatten es eigentlich am besten und konnten durch den unter der Bühne verlaufenden Tunnel verschwinden. Ihre Instrumente nahmen sie erst gar nicht mit, sie ließen sie auf den Stühlen liegen.

Am schlimmsten war es auf der Bühne. Dort wirbelten die drei Zombies, denn sie holten sich hier ihre Opfer. Suko sah eine am Boden liegende Gestalt. Das Kostüm war blutgetränkt. Xorron hatte sich den Mann geholt.

Ein weiterer Zombie hatte sich über einen Tänzer geworfen, der zuvor ein Kind befreit hatte.

Der Zombie wollte zubeißen.

Da feuerte Suko.

Er hatte sich sogar Zeit zum Zielen genommen, und das silberne Geschoss drang in den Schädel der lebenden Leiche ein, wo es ihn zerstörte.

Einer weniger.

Suko schwenkte die Waffe. Er suchte auch den zweiten Zombie, als er den Schrei des Mädchens vernahm.

Xorron hielt es mit beiden Händen gepackt. Und obwohl es ein Kind war, dachte er nicht daran, es aus seinen Klauen zu lassen.

Er wollte das Opfer.

In Suko vereiste etwas. Sein Gesicht wurde plötzlich starr, es schien einzufrieren, und da griff er zum letzten Mittel, weil er sich keinen anderen Rat wusste.

Er holte den Stab hervor.

Dann schrie er das bewusste Wort!

Der Aufprall war wirklich gewaltig. Ich spürte ihn bis unter die Kopfhaut. Der Teppich dämpfte nur wenig, ich wurde nach vorn katapultiert und stieß mit einer Tänzerin zusammen, der ich gegen die Beine fiel.

Sie hatte flüchten wollen und fiel zu Boden, weil sie aus dem Laufrhythmus gebracht worden war.

Ich kam allerdings auch nicht hoch, denn plötzlich hörte ich ein mir bekanntes Wort.

Suko hatte es geschrien, und augenblicklich erstarrte jegliches Leben in der unmittelbaren Umgebung. Niemand konnte sich bewegen. Bis auf einen, den Träger des Stabes und die Person, die das Wort gerufen hatte.

Das war Suko.

Er schnellte vor.

Fünf Sekunden blieben ihm. Eine verdammt kurze Zeitspanne, aber sie musste reichen, um das Kind aus den Klauen des Dämons zu befreien.

Plötzlich weiteten sich Sukos Augen entsetzt. Nicht nur er konnte sich bewegen, sondern auch Xorron!

Ja, er war nicht erstarrt, wenn er auch nur unendlich langsam seine Arme hob, in denen er das Kind hielt. Suko hatte nicht die Zeit, über dieses unerklärliche Phänomen nachzudenken, er musste dem Unhold das Kind entreißen.

Mit beiden Händen griff er zu.

Und er schaffte es tatsächlich, Xorron die sicher geglaubte Beute wieder zu nehmen.

Dann war die Zeit um.

Die Menschen bewegten sich, und ich mit ihnen. Ich war ins Straucheln geraten, fing mich jedoch und kam wieder auf die Füße.

Xorron stieß ein Wutgeheul aus, weil er sich um sein Opfer betrogen sah.

Ich wirbelte herum.

Suko stand in Xorrons Nähe und hieb mit der Dämonenpeitsche zu. Ich hatte noch das Schwert. Während die Riemen gegen die grausilbern schimmernde Haut klatschten, wollte ich Xorron mit dem Schwert attackieren.

Da war noch der zweite Untote. Und er schleuderte mir eine Frau entgegen.

Ich sah den Körper und hatte den Arm ausgestreckt. In der Bewegung ließ ich mich kurzerhand zu Boden fallen. Denn nur so rettete ich das Leben der Schauspielerin, sie wäre sonst von meiner Schwertklinge durchbohrt worden.

Dafür fiel sie über mich.

Ich verlor wieder Zeit und kam in dem ungeheuren Chaos nicht an Xorron heran.

Suko jedoch stand vor ihm.

Er hatte waagerecht geschlagen und alles in den Hieb hineingelegt. Die drei Riemen der Peitsche pfiffen durch die Luft und wickelten sich mit ungeheurer Geschwindigkeit um den Hals des Dämons.

Für einen Moment stand Xorron starr. Auch Suko vergaß den Trubel um sich herum, er war ziemlich fassungslos, denn damit hätte er selbst nicht gerechnet.

Sollte er Xorron tatsächlich geschafft haben?

Wenn ja, wäre nicht nur für ihn ein Wunschtraum in Erfüllung gegangen, sondern für das gesamte Sinclair-Team.

Es blieb ein Traum.

Xorron war zu mächtig. Die Peitsche schaffte ihn nicht, sie verletzte ihn nur, denn Suko sah dort, wo sie sich um den Hals gewickelt hatte, grüngrauen Dampf aufsteigen. Dieses Phänomen hatte ihn wohl zu sehr abgelenkt, denn Xorron war nicht erledigt. Das bewies er im nächsten Augenblick.

Suko hielt den Peitschenstiel mit der rechten Hand fest. Er hatte zwangsläufig ziemlich vorn fassen müssen, sodass noch Platz war, den Xorron ausnutzte.

Hart klammerte er seine Klaue um den Stiel.

Dann ein Ruck.

So schnell und so stark, dass selbst Suko nichts dagegen tun konnte. Er wollte noch nachgreifen, fehlte und wurde stattdessen gegen Xorron geworfen.

Plötzlich klaffte ein Loch in Xorrons Gesicht, und die Zähne blitzten wie polierter Stahl.

Suko riss seinen Arm als Abwehrbewegung hoch. Dabei zuckte er zurück. Er befand sich noch in der Bewegung, als er von Xorron einen Hieb kassierte, der ihn von den Beinen holte.

Der Chinese flog zurück, als wäre er von einem Katapult geschleudert worden.

Fangen konnte er sich nicht mehr. Da war die Bühne plötzlich zu Ende. Dicht neben dem Souffleurkasten trat Suko ins Leere. Er verschwand im Orchestergraben, wo er zwischen die Stühle fiel und dabei einige zu Bruch schlug.

Er bekam nicht mehr mit, wie Xorron sich die Dämonenpeitsche vom Hals wickelte und sie voller Wut wegschleuderte. Als Erinnerung blieben drei dunkle Streifen an seinem Hals zurück.

Das alles hatte sich innerhalb einer kurzen Zeitspanne abgespielt. Ich war nicht dazu gekommen, einzugreifen, denn noch existierte eine der lebenden Leichen.

Wie es im Zuschauerraum zuging, darum konnte ich mich nicht kümmern. Ich hörte nur die Schreie der Menschen. Die meisten Besucher stauten sich noch vor den viel zu schmalen Ausgängen, und an die Notausgänge dachte niemand.

Dann krachten zwei Schüsse.

Eine Kugel fuhr dicht an mir vorbei und traf einen Tänzer in den linken Arm. Der Mann zuckte zusammen, presste seine Hand auf die Wunde und warf sich zu Boden.

Die nächste Kugel hieb in den Boden, wo sie keinen Schaden anrichtete. Beim ersten Schuss hatte ich noch überlegt, beim zweiten war ich mir sicher.

Da hatte jemand mit einer Beretta geschossen.

Ein Zombie!

Er hielt meine Pistole in der Hand, dann musste er es auch gewesen sein, der Jo Barracuda die Waffe abgenommen hatte. Im Moment war der Untote wichtiger als Xorron. Er wusste zwar nicht recht, wie er die Waffe halten sollte, aber er konnte damit schießen, das hatte er ja bewiesen.

Ich duckte mich, umfasste den Schwertgriff mit beiden Händen und schlug zu.

Der Zombie verlor den rechten Arm. Er fiel zu Boden, und die Hand umklammerte noch immer die Waffe. Es war ein makabres Bild, und ich schüttelte mich.

Aber er war noch nicht erledigt.

Langsam drehte er sich und suchte seinen neuen Gegner, der ihn so fertiggemacht hatte.

Ich legte all meine Wut in den Schlag, denn wahrscheinlich hatte diese Bestie unseren Freund Jo Barracuda auf dem Gewissen. Und diesmal schlug ich ihm den Kopf von den Schultern.

Dumpf polterte er zu Boden.

Noch immer befanden sich Menschen auf der Bühne. Ich wusste nicht, was sie fühlten, aber für sie musste es die absolute Hölle sein, das Grauen in brutaler Perfektion. Das war kein Kino, sie konnten nicht aufstehen und hinausgehen, sondern mussten durchhalten bis zum bitteren Ende.

Um Suko konnte ich mich nicht kümmern. Ich stand allein gegen Xorron.

Und verdammt, Freunde, ich wollte ihn haben.

Mein Gesicht war verzerrt. Der Schweiß lief mir in Strömen darüber. Die letzten Minuten hatten mich regelrecht abgestumpft, ich war zu einer Kampfmaschine geworden.

Xorron!

Wo steckte er?

Er stand noch auf der Bühne, hatte die Arme erhoben und

hielt eine zappelnde Frau fest, die er töten wollte wie ein Raubtier im Dschungel.

Ich startete.

Genau einen Schritt kam ich weit. Da packte eine Hand meinen linken Knöchel und zog daran. Sie hielt eisern fest, ich wollte trotzdem weiter, rutschte mit dem anderen Fuß auf dem glatten Teppich aus und fiel hin.

Noch im Liegen packte ich den silbernen Dolch und schleuderte ihn auf Xorron zu, der jedoch auswich, sodass meine Waffe im Orchestergraben verschwand.

Dann warf ich mich herum. Der Gegner hatte meinen Knöchel wieder freigegeben, und als ich auf dem Rücken lag, konnte ich ihn zum ersten Mal sehen.

Es war eine lebende Leiche. Aber eine, die erst vor wenigen Minuten gestorben war. Ihr Gesicht schwamm in Blut.

Dann fiel mir der Zombie entgegen.

Ich kantete das Schwert hoch.

Der Zombie konnte seinen Fall nicht mehr stoppen. Die Klinge glitt in und durch seinen Körper.

Ich sah zu, dass er nicht auf mich fiel, und rollte mich zur Seite. Immer noch stand ich Xorron nicht gegenüber, aber er hatte sich die wehrlose Frau geholt.

Im selben Augenblick hörte ich eine Stimme.

»Xorron!«

Das Organ war laut, wie Donnerhall pflanzte er sich bei dieser besonderen Akustik fort – und Xorron gehorchte. Er ließ die unverletzte Frau fallen, wobei er sich umdrehte und in den Zuschauerraum starrte.

Dort standen sie.

Lady X, Tokata und Doktor Tod!

Sie wollten ihn holen, eingliedern in ihre Mordliga, und Solo Morasso hatte auch seinen Namen gerufen.

Doktor Tod stand im Gang. Tokata und Lady X hatten ihm den Weg geebnet.

Soviel ich in diesen kurzen Augenblicken sehen konnte, hatte es keine Leichen gegeben, aber die Menschen waren wie Puppen zwischen die Sitzreihen geschleudert worden.

Selbst Schreie waren nicht mehr zu hören. Die Menschen waren stumm vor Grauen.

Xorron gehorchte.

Er lief auf die Rampe zu, während ich mein Schwert hob, um es ihm in den Rücken zu schleudern. Bei einem Menschen hätte ich so etwas nie gekonnt, aber bei Xorron war es etwas anderes, er musste vernichtet werden.

Noch rechtzeitig sah ich es vor der Mündung aufblitzen. Lady X, die ehemalige Terroristin, feuerte. Sie jagte eine Garbe auf die Bühne und nahm keine Rücksicht, dass sich außer mir noch mehr Personen darauf befanden.

Ich hechtete mit einem gewaltigen Sprung zur Seite und fiel dabei in den Vorhang hinein, dicht neben die Bude des Inspizienten. Sofort kam ich wieder auf die Knie, und da war die Scott schon einige Schritte vorgelaufen und hatte die Waffe geschwenkt.

Wieder schoss sie.

Vielleicht hätte sie mich getroffen, mit großer Wahrscheinlichkeit sogar, aber da war noch Xorron. Und er rettete mir praktisch das Leben, denn sein Sprung brachte ihn genau in die Garbe der Maschinenpistole. Von seinem Körper prallten die Kugeln ab und wirbelten als Querschläger davon.

Vor Wut brülle Lady X auf. Noch lauter als die Garbe aus ihrer Killerwaffe.

Ich nutzte die Zeitspanne und brachte mich mit einem Sprung in den Orchestergraben in Sicherheit, wo ich auch

Suko zwischen den Stuhltrümmern liegen sah. Ich stolperte ebenfalls, und wie im Krampf hielt ich mein Schwert fest.

Am Ende des Grabens befand sich eine kleine Holztreppe, die auf die Bühne führte.

Da wollte ich wieder hoch.

Ich fegte Stühle und Notenständer zur Seite, erreichte die Treppe und rechnete damit, dass Lady X an der Rampe auftauchen würde.

Ich hatte mich verrechnet.

Sie blieb ebenso zurück wie Tokata und Doktor Tod. Für sie zählte nur Xorron.

Und die Flucht.

Ich sah noch den rasenden Wirbel, der sie plötzlich einhüllte. Solo Morasso hielt wieder den Würfel mit beiden Händen umklammert. Er manipulierte seine Kräfte und nutzte sie voll aus.

Die Gestalten verschwanden.

Ich stand auf der Bühne, hörte ein letztes höhnisches Lachen. Es war erfüllt von einem widerlichen Triumph, und meine rechte Hand mit dem Schwert sank langsam nach unten.

Wie bei einem Verlierer …

Denn der war ich schließlich auch. Suko und mir war es nicht gelungen, das Entstehen der Mordliga zu verhindern. Xorron war hinzugekommen und hatte damit Doktor Tods Machtposition gefestigt wie nie zuvor.

Nun konnte er anfangen.

Und davor, Freunde, hatte ich Angst …

Schon bald wimmelte es von Polizei. Nicht nur G-men waren vertreten, sondern auch Cops in ihren blauen Uniformen. Mit Abe Douglas ging ich nach oben.

Dort lagen die beiden Leichen. Das Ehepaar Cartwright war fast in derselben Minute gestorben.

Abe wurde blass. Und noch blasser wurde er, als er den toten Kollegen sah.

»Mein Gott«, flüsterte er, wobei ich die Gänsehaut auf seinem Gesicht sah, »wer hat das getan?«

»Ich, Abe. Es musste sein …« Ich berichtete ihm, was ich erlebt hatte, und der G-man schüttelte immer wieder den Kopf.

»Diese Nacht«, sagte er, »war wohl die schlimmste, die New York je erlebt hat – oder?«

Ich nickte.

Wir gingen wieder auf die Bühne. Es hatte zahlreiche Verletzte gegeben, doch zum Glück nur einen Toten, der auf das Konto der Zombies ging. Suko war auch wieder erwacht. Als ich ihm berichtete, da nickte er gedankenschwer, wobei er sich den Kopf hielt.

»Wir können uns also auf etwas gefasst machen«, meinte er.

»Ja, aber nicht nur wir.«

»Wie meinst du das?«

»Doktor Tod ist jetzt mächtig. Asmodina muss sich in Acht nehmen. Vielleicht bereut sie es inzwischen, seine Seele aus den Dimensionen des Schreckens geholt zu haben, denn ihr Diener ist er nicht mehr, sondern ihr Feind. So jedenfalls sehe ich es.«

Suko stimmte mir zu. »Du meinst also, dass es einen Kampf zwischen Asmodina und der Mordliga geben wird?«

»Möglich.«

»Und wenn zwei sich streiten, freut sich der Dritte, so heißt es doch, nicht wahr?«

»Ja. Und ich hoffe, dass dieses Sprichwort in Erfüllung geht. Wenigstens einmal …«

Bis das eintrat und ob es überhaupt eintrat, da sollte noch viel Wasser die Themse hinunterfließen.

Zwei Tage hielten wir uns noch in New York auf. Ich wollte bei Jos Begräbnis dabei sein. Und niemand der hartgesottenen G-men schämte sich seiner Tränen.

Auch ich nicht …

ENDE

DIE WERWOLF-ELITE

Das weiße Licht der Halogenscheinwerfer schimmerte in der Dunkelheit bläulich. Die langen Lichtbalken fielen auf den Asphalt und schufen helle Inseln.

Es war ruhig auf dem Gelände, das besonders gesichert wurde, denn hinter den dicken Mauern der Baracken wurden Probleme besprochen, die für die Sicherheit des Landes von unermesslichem Wert waren. Sie durften nicht an fremde Ohren gelangen, der Verteidigungsminister wäre sonst im Dreieck gesprungen.

Keine Maus konnte in die mehrfach gesicherte Zone gelangen, ohne bemerkt zu werden. Erst recht kein Mensch. Doch der kam nicht wie ein Dieb in der Nacht, sondern völlig normal.

Vielleicht ein wenig gehetzt oder taumelnd, das allerdings konnte auch an den Lichtverhältnissen liegen. Das meinte jedenfalls einer der Wärter, die in der Kabine mit schusssicherem Glas saßen.

Der zweite Mann löste Rätsel.

»He, da kommt einer!«

Der Rätsellöser schaute auf. Wie sein Kollege trat auch er an die Scheibe und schaute auf den Weg, der direkt zur nächsten Zufahrtsstraße führte.

Beide sahen sie ihn.

Wie ein Geist tauchte er aus der wattigen Schwärze auf und wurde wenige Yards später von den Halogenscheinwerfern erfasst. Für einen Augenblick blieb er stehen, nahm die Hände hoch, und es schien, als würde er sie vor seine Augen halten.

Der Mann war deutlich zu sehen. Er trug einen grauen Anzug, ein Hemd und eine Krawatte. Alles wirkte schmutzig an ihm, als wäre er über ein Feld gekrochen.

»Shit«, sagte der Mann mit den Rätseln, »der ist fertig.« Er schob seinen Kaugummi in die rechte Wangenhälfte.

Sein Kollege schwieg.
»He, warum sagst du nichts?«
»Den kenne ich.«
»Wen?«
»Der da kommt.« Der Mann grinste. »Das ist ein Hammer. Und wie der aussieht, ist er wirklich fix und fertig. Den haben sie durch die Mühle gedreht. Wahrscheinlich Auslandseinsatz. Shit auch ...«
»Sag endlich den Namen!«, forderte der andere.
»Clive Denver!«
»O Lord.«
»Ja, jetzt erinnerst du dich, wie?«
»Ich dachte, der wäre tot.«
»Haben wir alle gedacht, doch der gute Clive ist nicht so leicht in den Boden zu stampfen, mein Lieber.«
»Und was willst du machen?«
»Was ich machen will, Mensch? Reinholen, was sonst? So wahr ich Tom Warrick heiße, den Fisch dürfen wir uns nicht von der Angel gehen lassen, glaub mir.«
»Soll ich nicht erst den Alten verständigen?«
Warrick nickte. »Sicher, ruf ihn zu Hause an.«
Clive Denver hatte sich inzwischen an das blendende Licht gewöhnt. Er warf den Kopf in den Nacken und schaute hoch zum Himmel, weil dort ein voll erblühter Mond stand, der sein Licht auf die Erde schickte. Die Weltkugel badete in einem matten, silbrigen Schein.
Denver schüttelte den Kopf. Warrick konnte sehen, wie er den Mund öffnete, sich dann einen innerlichen Ruck gab und weiter auf das abgesicherte Tor zuwankte.
Tom Warrick griff zum Mikro. In der Wand waren die Rillen eines Lautsprechers zu sehen. »Mr. Denver!«, drang die etwas kratzige Stimme aus dem Lautsprecher hervor.
Clive blieb stehen. Er hatte braunes Haar. Jetzt klebte es ihm

in der Stirn, weil ein dicker Schweißfilm auf der Haut lag. Sprechen konnte er nicht, nur nicken.

Warrick wusste Bescheid. Der Mann war fertig, und er gehörte zu den Topleuten des Verteidigungsministeriums. Den musste er hereinlassen. Neben dem Tor befand sich eine kleine Pforte. Ebenfalls durch ein starkes Eisengitter gesichert.

Das schwang mit einem leisen Summton zurück.

Clive Denver hatte freien Zugang. Er taumelte auf das abgesperrte Gelände, stützte sich an der Wand des Wärterhäuschens ab und ging auf Tom Warrick zu, der die Bude verlassen hatte und den Ankömmling erwartete.

Denver ließ sich von ihm in das Haus bringen. Dort drückte Warrick ihn auf einen Stuhl.

»Verdammt, verdammt!«, keuchte Denver.

»Was ist geschehen?«

»Geben Sie mir einen Kaffee. Und informieren Sie den General, Meister.«

»Schon geschehen.«

»Dann den Kaffee.«

Diesen schwarzen Wachmacher tranken die beiden Aufpasser literweise während der Nacht. Warrick brachte die gefüllte Thermoskanne mit. Seine Mutter kochte den Kaffee. Beide Männer waren nicht verheiratet.

Denver keuchte. Er war ein harter Mann, das hatte sich inzwischen herumgesprochen. Ein Typ, der weder Tod noch Teufel fürchtete. Dass er jetzt so down war, hatte sicherlich seinen Grund, nach dem die Wärter zwar fragen konnten, aber keine Auskunft darauf erhalten würden. Das fiel unter top secret.

Warrick kippte Kaffee in den Becher, während sein Kollege den Agenten musterte.

Er sah einen mittelgroßen Mann vor sich mit einem hageren

Gesicht und harten, irgendwie gelb schimmernden Augen. Dabei machte er gar keinen Kämpfereindruck, aber Denver war einer der besten Leute, die England zu bieten hatte.

»Ihr Kaffee.«

»Danke.« Denver nahm den Becher. Er umfasste ihn mit beiden Händen und wärmte seine Hände. Dann stierte er in die Tasse, bevor er sie langsam zum Mund führte.

Die Männer schauten ihn an. Sie sprachen kein Wort. Warrick zündete sich ein Zigarillo an. Die blaugrauen Rauchwolken stiegen gegen die Decke.

»Der Kaffee ist gut«, sagte Denver.

Warrick grinste. »Sicher. Hat auch meine Mutter gekocht.«

»Kompliment.«

»Ich werde es ihr sagen.«

»Wann kommt der General?«, wollte Clive Denver wissen.

»Keine Ahnung. Bescheid weiß er jedenfalls.«

»Ja, das ist wichtig. Das ist sogar sehr wichtig, meine Herren. Es hängt vieles davon ab.« Er hob den Kopf, lächelte, und seine Augen schillerten gelb.

Warrick kannte Denver seit drei Jahren. Sie hatten sich oft gesehen, einmal auch einen draufgemacht. Das war ein Besäufnis gewesen, aber diesen Augenausdruck und vor allen Dingen die Farbe der Pupillen hatte er noch nie bei Denver gesehen.

Ein Mensch konnte sich verändern, aber auch die Farbe seiner Augen? Warrick wusste es nicht. Bei einem anderen wäre er jetzt misstrauisch geworden, nicht bei Denver. Der hatte sich schließlich selbst nach dem General erkundigt.

»Wie spät?«, fragte Denver, weil er keine Uhr trug.

»Zehn Minuten vor Mitternacht.«

Denver nickte. »Hoffentlich kommt er bald.«

»Ist dringend, wie?«, fragte Warricks Kollege.

»Sicher, Mann.«

Dann schwiegen sie wieder. Die Männer hatten sich nicht viel zu sagen.

Tom Warrick spürte ein Kribbeln auf der Haut. Irgendwie gefiel ihm das Ganze nicht.

»Zigarette?« Der andere Wärter unterbrach das Schweigen.

»Nein.« Denver stand auf. Langsam begann er im Raum umherzugehen. Vor der schusssicheren Scheibe blieb er stehen, schaute nach draußen, schloss die Hände, öffnete sie wieder und wirkte irgendwie nervös. Anscheinend konnte er es kaum erwarten, den General zu sehen.

Wird eine brandheiße Nachricht sein, dachte Warrick und erinnerte sich an seinen Job, der gar nicht mal so ungefährlich war. Sie wurden zwar nur als Wärter eingesetzt, doch auch dieser Job hatte es in sich.

Wenn jemand etwas wollte, standen sie immer zuerst im Brennpunkt. Und dieses Gelände hier war den feindlichen Agenten bekannt. Dabei wussten Warrick und sein Kollege selbst nicht genau, was hinter den Barackenmauern eigentlich ausgeklügelt wurde.

Scheinwerfer!

Ein Wagen fuhr auf den Weg, der zum Tor führte und von hohen Ulmen gesäumt wurde.

Die Lichtbahnen schwenkten, kamen näher, wurden zu kleinen Sonnen und vereinigten sich mit dem gleißenden Licht der Halogenlampen.

»Das wird er sein«, sagte Warrick.

Denver stöhnte auf. »Endlich.« Fahrig wischte er über sein Gesicht, das seltsam grau wirkte. Auch zuckte er mit den Schultern, als würden Flöhe über seine Haut tanzen und beißen.

Warrick verließ den Bau. Er wusste genau, was er zu tun hatte. Der General fuhr nie selbst.

Ein Uniformierter verließ den dunklen Rover, der vor dem Tor gehalten hatte.

Warrick grüßte.

»Ist Denver noch da?«, fragte der Fahrer.

»Ja.«

»Öffnen.«

Warrick gab dem Kollegen ein Zeichen. Der drückte auf einen Knopf, das Tor glitt zurück.

Fast lautlos setzte sich der Rover in Bewegung. Er passierte Tom Warrick. Die Scheiben waren getönt. Verschwommen nur sah der Wärter das Gesicht des Generals. Stur blickte der Offizier geradeaus.

General Britten war ein knallharter Bursche, der den Zweiten Weltkrieg noch aktiv miterlebt hatte. Er schien überhaupt kein Mensch zu sein, sondern ging in seinem Job so auf, dass er nur noch strategisch dachte. Bei seinen Untergebenen war er gefürchtet.

Der Wagen stoppte. Soeben verließ Clive Denver das Haus. Er ging geduckt auf die hintere Tür zu, die aufschwang. Denver verschwand im Wagen, die Tür klappte wieder zu.

Warrick nahm seinen Platz ein. »Diese Sorge wären wir los«, sagte er zu seinem Kollegen.

Der nickte. »Komisch ist es schon.«

»Was ist komisch?«

»Dieser Denver. Hat sich aufgeführt, als hätte man ihm Juckpulver unter die Klamotten gestreut.«

Warrick hob die Schultern. »Was wissen wir, welchen Einsatz der hinter sich hat. Denver ist ein Ostexperte. Russland und so. Der hat bestimmt in einer Hölle gesteckt und wird sich nach einer anständigen Dusche sehnen.«

Der zweite Mann nickte. »Das wird es wohl sein«, bemerkte er.

Keiner der beiden Wärter ahnte, wie sehr sie sich irrten …

»Sie haben es also geschafft«, sagte der General zur Begrüßung.

»Ja.«

»Und?«

»Es war die Hölle.«

»Kann ich mir denken.« Der General grinste schief. Er war ein breitschultriger Mann mit einem etwas blassen Gesicht, auf dessen Wangen dunkle Bartschatten schimmerten. Der Mund bildete nur einen Strich. Die Augen wirkten wie zwei dunkle Murmeln unter den dichten, schwarzen Brauen.

Er trug immer seine Uniform. Es ging das Gerücht um, dass er sie nicht einmal im Bett ablegte. An diesem Herbstabend hatte er einen grünen Stoffmantel übergestreift, auf dessen Schultern die Abzeichen glänzten.

Der Fahrer wusste genau, wohin er den Rover zu lenken hatte. Auf den kleinen Parkplatz, wo der General zwischen zwei Büschen eine eigene Parktasche hatte.

Dort stoppte er das Fahrzeug.

Denver stieg aus, noch bevor der Chauffeur ihm die Tür öffnen konnte. Sofort duckte er sich und hob dabei den Kopf. Die Augen waren gegen den Mond gerichtet, der satt und voll wie eine reife Zitrone am dunklen Nachthimmel stand und übergroß wirkte zwischen dem Millionenheer der Sterne.

Es war eine kühle, herrliche Herbstnacht. Ohne Dunst und Nebel.

»Gehen wir«, sagte der General.

Denver wusste genau, wo man ihn hinführen würde. In das abhörsichere Büro.

Der Fahrer wartete nicht draußen, sondern schloss sich den beiden Männern an. Er ging hinter ihnen, und auch ihm fiel der seltsame Gang des Agenten auf. Denver zuckte beim Gehen, schüttelte ein paar Mal den Kopf, und es hatte einige Male den Anschein, als wollte er stehen bleiben. Dann jedoch ging er weiter.

Der General schien davon nichts zu bemerken. Jedenfalls sprach er den Agenten nicht darauf an. Und auch der Fahrer sagte kein Wort. Er hatte es gelernt zu schweigen, und er redete nur, wenn er angesprochen wurde.

General Britten schloss die Tür auf. Sie betraten eine der Baracken und gelangten in einen langen Flur, dessen Wände atombombensicher waren, wie die Erbauer meinten.

Das Büro des Generals lag auf der linken Seite. Eine schmucklose Tür mit einem Sicherheitsschloss, das von Britten erst geöffnet werden musste.

Bevor sie den Raum betraten, wandte sich der General an seinen Fahrer. »Sie warten hier vor der Tür.«

Der Fahrer salutierte. »Yes, Sir.«

»Kommen Sie, Denver«, sagte Britten und ließ Clive vorgehen. Dann machte er Licht.

Es sprang förmlich aus einer Leuchtstoffröhre, die einen hellen Kreis an der Decke bildete. Ein Schreibtisch, ein paar Stühle, das Bild der Queen, Schränke und einige Telefone. An Nüchternheit war der Raum kaum mehr zu übertreffen. Das einzig Bunte war der Kalender, und auch seine Bilder zeigten nur Kriegsschiffe.

»Nehmen Sie Platz!«, sagte Britten, und Denver setzte sich. Der General blieb noch stehen. »Sie sehen aus, als könnten Sie einen Schluck vertragen. Möchten Sie?«

»Nein, nicht jetzt.«

»Wie Sie wünschen.« Britten nahm Platz. Er hockte hinter seinem Schreibtisch und berührte dort einen Kontakt, der sofort die Aufnahmespulen eines versteckten Recorders in Bewegung setzte. »Und nun erzählen Sie mal, Denver.«

Der Agent senkte den Kopf. Mitternacht war erreicht. Jetzt musste es passieren.

»Was ist?«, fragte der General. »Haben die Russen Sie in die Mangel genommen? Oder haben Sie einen Tundra-Koller?«

»Nein, nein, das nicht.«

»Dann sagen Sie endlich, was wirklich an diesem Superbomber dran ist. Sie sollten ihn fotografieren. Haben Sie es geschafft? Sind Sie so nahe an das Flugzeug herangekommen, dass …«

Ein Knurren war die Antwort.

Der General, den so leicht nichts erschüttern konnte, zeigte sich ein wenig irritiert. Eine steile Falte bildete sich auf seiner Stirn. Insider wussten Bescheid, dass der Alte immer vor einer Explosion stand, wenn dies geschah.

»Reden Sie, Mann!«, fuhr er den Agenten an.

Der hob den Kopf.

Britten war bestimmt nicht auf den Mund gefallen. Er hatte in seinem Soldatenleben allerhand erlebt, aber was er jetzt sah, das kam ihm wie ein Albtraum vor. Schlimmer als eine Bombennacht in irgendeinem verdammten Bunker.

Clive Denver war nicht mehr der Alte. Der Agent hatte sich verwandelt. Ein fremdes Gesicht starrte den General an.

Aber was für eins.

Das Gesicht eines Werwolfs!

Die Haut war einem graubraunen Fell gewichen. Wie zwei helle Punkte wirkten die gelben Augen in dem Gesicht mit der langen Schnauze, die anstelle eines Mundes gewachsen war. Auch die Zähne hatten sich verändert. Sie waren zu mörderischen Reißern geworden, die an gefährliche Messer erinnerten. Zwischen ihnen hing blassrot eine Zunge, die vorzuckte und dann wieder zurückwich. Mit ihr drang gleichzeitig ein grässliches Fauchen aus dem Maul der Bestie.

Aber die Verwandlung war noch nicht abgeschlossen. Der General bekam mit, wie sie den gesamten Körper des Agenten erfasste. Gleichzeitig wuchs Clive Denver. Er bäumte sich buchstäblich in die Höhe, die Schultern nahmen an Breite zu, und die Kleidung war diesem schnellen Wuchs nicht gewachsen.

Nähte platzten, und mit einer wütenden Bewegung schleuderte der Werwolf die Ärmel zur Seite. Hände hatte er ebenfalls nicht mehr, dafür gefährliche Pranken mit scharfen Krallen, die die Haut eines Menschen wie Messer aufschneiden konnten.

Geifer tropfte aus seinem weit geöffneten Maul. Ein gelbweißes Zeug, das sich auf dem Schreibtisch sammelte und dort als stinkende Lache liegen blieb.

Die Bestie bot ein grauenhaftes Bild, und allmählich begann dem General zu dämmern, dass er es hier mit einem Gegner zu tun hatte, der sein Leben wollte.

Aus Clive Denver war ein mordwütiges Tier geworden.

Das Fauchen schlug dem General wie ein Gruß aus der Hölle entgegen, und Britten wusste wirklich nicht, wie er reagieren sollte. Sprechen konnte er nicht mehr. Seine Kehle war plötzlich zugeschnürt, selbst die Luft wurde ihm knapp, sodass er nur noch keuchend atmen konnte.

Das war zu grauenhaft.

Bis jetzt hatte der ehemalige Agent nur vor dem Schreibtisch gestanden. Nun setzte er sich in Bewegung. Er schritt um das Möbelstück herum, und Britten wusste, dass er ihm an den Kragen wollte.

Die Bestie wollte sein Leben!

Der General sprang auf, öffnete den Mund und schrie den Namen seines Fahrers.

»Person!«

Der Mann musste ihm helfen. Er konnte nicht nur jeden Wagen fahren, er war auch ausgebildeter Einzelkämpfer. Ein knochenharter Typ, der schon manchen siegreichen Kampf hinter sich hatte.

Nicht umsonst hatte der General Britten ihn an der Tür warten lassen.

Person hörte auch den Ruf. Er vernahm den Klang der Stimme und wusste genau, was er zu tun hatte.

Der Fahrer wuchtete die Tür auf.

Sie wurde förmlich in den Raum hineingeschleudert, prallte gegen die Wand, kam zurück und wurde vom Fuß des Mannes gestoppt.

Der General war aufgesprungen. Er stand an der Wand neben dem Bild der Queen. Auf seiner Stirn perlte Schweiß, ansonsten war keine Reaktion bei ihm festzustellen. Er gab sich beherrscht wie immer.

Person, der Fahrer und Leibwächter, brauchte keinen Befehl von seinem Chef. Er wusste auch so, was er zu tun hatte. Der Mann schnellte auf den Werwolf zu, der ihm den Rücken zudrehte, vergrub seine rechte Hand in dem Fell an der Schulter und wuchtete die Bestie herum.

Diese schlug rechtzeitig zu. Mit dem Prankenhieb hatte der Fahrer nicht gerechnet. Er traf ihn völlig unvorbereitet und dazu mitten im Gesicht.

Blut quoll aus streifigen Wunden, und Persons Gesicht zeigte plötzlich ein rötliches Muster. Für einen Augenblick konnte er nichts sehen, weil ihm das Blut in die Augen gelaufen war. Mit einer fahrigen Handbewegung wischte er es weg, dann jedoch griff er an.

Auch der Werwolf sprang auf ihn zu.

Auf halber Strecke prallten die beiden zusammen. Person hatte seine Fäuste zusammengelegt. Er wuchtete sie in den Leib der Bestie, die diesen Schlag hinnahm, ohne überhaupt eine Reaktion zu zeigen. Dafür sah Person die weit aufklaffende Schnauze dicht vor seinem Gesicht, und die Panik überfiel ihn für einen schrecklich langen Augenblick. Er brachte soeben seinen Kopf noch zur Seite, als der Werwolf zubiss. Deshalb wurde er nicht am Hals getroffen, sondern an der Schulter.

Die scharfen Zähne drangen durch die Kleidung und auch in die Haut hinein.

Wieder spritzte Blut, und Person merkte im ersten Moment den Schmerz nicht, weil er unter einem zu hohen Stress stand. Es gelang ihm sogar, seinen Gegner nach hinten zu wuchten und sich so von ihm zu lösen.

Der General hatte den Kampf beobachtet. Er war ein Stratege, und er wusste, wann ein Kampf verloren war.

Wie hier.

Deshalb musste er zu einem anderen Mittel greifen. Unter dem Mantel trug Britten seine Dienstwaffe. Es war ein Armeerevolver, gut gepflegt, immer geladen.

Ihn holte Britten hervor.

Sein Adjutant taumelte. Er wankte gegen die Längswand und konnte seinen linken Arm nicht mehr bewegen. Verzerrt war sein Gesicht. Blut und Schweiß mischten sich miteinander. Hart biss er die Zähne zusammen. Taumel hatte ihn erfasst. Das Grauen stand in seinen Gesichtszügen geschrieben.

Der Werwolf drehte sich um. Den General bedachte er nur mit keinem Blick. Ihn interessierte der andere.

Britten presste die Lippen noch härter zusammen. Er streckte seinen rechten Arm aus, hielt die Waffe so ruhig es eben ging und drückte ab.

Überlaut hörte sich der Schuss in dem engen Raum an. Die Kugel hieb in den Körper der Bestie, und der General registrierte sogar den klatschenden Aufschlag.

Jetzt musste der Werwolf fallen.

Er fiel nicht.

Die Augen des Generals wurden groß. Er sah das Einschussloch, in dessen unmittelbarer Umgebung das Fell rötlich nass war, mehr allerdings geschah nicht.

Auch die zweite Kugel nahm die Bestie voll. Diesmal wuchtete das Geschoss in seinen Hinterkopf und zog seine Bahn durch den Schädel. Die Bestie zuckte zwar, ansonsten blieb sie auf den Beinen und griff Person an.

Der Arm des Generals sank nach unten. Und jetzt zitterte auch seine Hand. In den folgenden Sekunden war er nicht fähig zu denken. Das Blut wich aus seinem Gesicht, fahle Blässe zeichnete die Haut, das Herz klopfte hart, die Schläge dröhnten wie Donnerhall in seinem Gehirn wider.

Die Bestie sprang.

Person, sowieso schon gehandikapt, hatte nicht die Spur einer Chance. Ausweichen konnte er nicht. Der Werwolf prallte gegen ihn und hieb mit beiden Pranken zu.

Die Krallenpranke traf seinen Kopf. Tausend Disco-Sonnen zur gleichen Zeit schienen vor seinen Augen zu explodieren, dann folgte die tiefe Bewusstlosigkeit.

Der letzte Kampf hatte sich nicht an der Tür abgespielt. Sie war nicht ins Schloss gefallen, sondern stand noch so weit offen, dass die Bestie ihr Opfer packen und in den Gang schleudern konnte. Der Bewusstlose fiel gegen die gegenüberliegende Wand.

General Britten hatte seine Überraschung verdaut. Und er wusste, dass er das zweite Opfer der Bestie werden sollte. Dagegen wollte er etwas tun.

Die Chance war nie so günstig.

Bevor der Werwolf irgendwie reagieren konnte, war Britten um seinen Schreibtisch herumgelaufen, befand sich in seinem Rücken und trat zu.

Er hatte all seine Kraft in den Tritt gelegt und gleichzeitig die Tür weiter aufgerissen.

Der Werwolf wurde in den Gang katapultiert und fiel über den Bewusstlosen, wobei er ein wildes Fauchen ausstieß. Der General hörte dies kaum, denn er rammte blitzschnell die Tür zu und verschloss sie von innen.

Jetzt war er in vorläufiger Sicherheit, denn die Tür bekam die Bestie so leicht nicht auf. In ihrem Innern befand sich eine Stahlverstärkung.

Andere hätten vor Angst nicht ein noch aus gewusst. Britten blieb ziemlich beherrscht.

Seine Hand klatschte auf den Hörer des Telefons, und der General wusste, was er zu tun hatte.

Alarmstufe Eins!

Knapp und klar kamen seine Befehle. Er scheuchte einige Leute hoch, und danach wählte er eine andere Nummer.

Scotland Yard, denn Britten wusste genau, dass es dort einen Mann gab, der sich für das Auftauchen der Bestie sicherlich interessieren würde. Noch während er wählte, hörte er, wie der Werwolf draußen auf dem Gang gegen die Tür hämmerte.

Dumpf erreichten die Schläge seine Ohren.

General Britten grinste nur grimmig …

Eigentlich ist der Bentley kein Rennwagen. In diesem Fall sprang ich über meinen eigenen Schatten und prügelte ihn voll durch, falls mir dieser Vergleich gestattet ist. Durch das nächtliche London raste ich, um das Gelände zu erreichen, von dem der Alarmruf erfolgt war.

Sir James Powell, mein Chef und Superintendent, hatte mich aus dem ersten tiefen Schlaf gerissen. Alarm aus dem DEFENCE SCIENCE DEPARTMENT. Was da so einen hochtrabenden Namen führte, war eine militärische Hexenküche. Sie unterstand der Führung des militärischen Abschirmdienstes und war gewissermaßen eine Geheimdienstzentrale, die sich auf militärische Objekte beschränkte.

Wer für sie arbeitete, der verdiente sein Geld entweder im Stab oder mit der Auswertung von Informationen, wie es getarnt umschrieben wurde, oder aber man schickte die Mitarbeiter an die »Front«. Und die lag in neunzig von hundert Fällen hinter dem Eisernen Vorhang.

Englische Agenten in Russland, Albanien oder China. Männer, die auf dem Pulverfass saßen, Abenteurer, trotzdem diszipliniert, harte Kerle, die weder Tod noch Teufel fürchteten und bei einer Enttarnung sofort erschossen wurden, falls man sie nicht zuvor erst durch die Foltermühle drehte.

Das waren Jobs für Einzelgänger, für Männer ohne Nerven. Mich hätte man da nicht freiwillig hinbekommen, doch wie es aussah, musste ich mich mit diesen Männern und deren Jobs befassen. Etwas, das mir überhaupt nicht schmeckte, denn ich sah schon Schlimmes auf mich zukommen.

Man hatte mich alarmiert, weil in diesem geheimen Camp ein Werwolf aufgetaucht war. Wie und warum, das wusste ich nicht, das würde man mir an Ort und Stelle sagen. Auf jeden Fall hatte ich den guten Sir James ziemlich aufgeregt erlebt.

Was hinter den Mauern des Camps genau geschah, wusste ich nicht. Die Dinge waren so geheim, dass sicherlich nicht einmal die Mitarbeiter hundertprozentig informiert waren. Man breitete den Mantel des Schweigens darüber, denn offiziell gab es auch die Agenten nicht, die für DSD tätig waren. Wurden sie geschnappt, sah es böse aus, dann blieb ihnen nur die letzte Möglichkeit. Sie konnten die Pille zerbeißen, die sie anstatt einer Zahnfüllung trugen.

Eine Kurve.

Hart ging ich sie an. Die Servolenkung machte es leicht, den schweren Wagen durch Kurven zu fahren. Ich radierte hinein, der Wagen brach nicht aus, das Heck blieb ruhig, und auch die Reifen hielten.

Eine herrliche Herbstnacht. Dunkel der Himmel. Wie schwarzer Samt, auf den eine gewaltige Hand glitzernde Splitter gestreut hatte, die Sterne.

Ich bewegte mich bereits am Stadtrand von London. Dörflich die Umgebung. Mal ein Haus, dann wieder weite Felder, auf die schimmernd das Mond- und Sternenlicht fiel.

Ich rauschte an einsamen Radfahrern vorbei und überholte manchmal sehr riskant, aber der Auftrag war heiß.

Brandheiß sogar!

Zudem meldete sich noch das Autotelefon. Ich behielt das Steuer in einer Hand und hob mit der anderen ab.

Hellwach klang die Stimme meines Chefs. »Sind Sie noch nicht am Ziel, John?«

»Fliegen kann ich noch nicht.«

»Dann beeilen Sie sich.«

»Wenn ich im Straßengraben lande, müssen Sie den Job machen, Sir«, erwiderte ich und senkte das Tempo, weil das Licht der Scheinwerfer eine weit geschwungene Kurve aus der Dunkelheit riss.

»Werden Sie nicht unverschämt.«

Ich lachte innerlich. »Wie sieht es denn aus, Sir?«

»Ganz gut. Der Werwolf befindet sich noch auf dem Gelände. Soldaten haben es abgesperrt, allerdings halten sie sich zurück. Noch haben sie keinen Einsatzbefehl bekommen. Man wartet auf Sie. Und der General hockt in seinem Büro.«

»Traut sich nicht raus, wie?«

»Häme ist fehl am Platze«, antwortete Sir James dozierend. Dann unterbrach er das Gespräch.

O Lord, hatte der Alte wieder eine Stimmung. Zum Wegwerfen.

Ich drückte trotzdem aufs Tempo. Nicht weil ich Sir James damit einen besonderen Gefallen tun wollte, nein, ich dachte an den Werwolf und an die Menschen, die unter Umständen Opfer dieser Bestie werden konnten. Meine Spezialwaffen trug ich bei mir.

Kreuz, Beretta, Dolch.

Das Kreuz bestand aus Silber, der Dolch ebenfalls und auch die Kugeln in meiner Beretta. Sie wurden in einem Kloster hergestellt. Ein Mönch drehte sie. Erst vor Kurzem hatte ich wieder Nachschub bekommen. Father Ignatius, der Schmied, hatte mir einen Brief beigelegt. Im Kloster wäre alles in Ordnung, die Mächte der Hölle hatten nicht wieder versucht, die Festung des Guten zu stürmen.

Nicht mehr lange, dann würde ich mein Ziel erreichen. Das Gelände lag zwar einsam, doch es gab eine Verbindung von der Straße aus, wie ich auf der Karte gesehen hatte.

Und auf dieser Straße befand ich mich jetzt.

Ein Schild wies auf die Forschungsstätte hin. Es war nur schwer zu sehen, und ich entdeckte es wirklich im letzten Augenblick. Vor mir schienen zwei grelle Sonnen. Ein Wagen kam mir entgegen. Der Fahrer hatte aufgeblendet.

Ich zog den Bentley herum und bog in den schmalen Weg ein, der eine glatte Asphaltierung ohne Unterbrechung aufwies.

Ulmen rechts und links. Kerzengerade verlief die Strecke, die vom Scheinwerferlicht voll ausgeleuchtet wurde.

Wo das Licht verschwamm und die Dunkelheit anfing, sah es aus, als würden sich die Bäume rechts und links der Straße immer näher kommen.

Dreißig Sekunden waren erst vergangen, als ich über den Bäumen den hellen Schein bemerkte.

Licht vom Camp!

Sicherlich hatten sie dort sämtliche Lampen eingeschaltet. Das Licht über dem bunten Laub der Ulmen war so kalt, dass es nur von Halogenleuchten stammen konnte.

Ich fuhr mit voller Geschwindigkeit in eine weit geschwungene Kurve.

Das Licht schwenkte, wurde von Eisenstäben reflektiert. Das Tor zum Camp.

Schwer bewaffnete Posten davor, die augenblicklich ihre MPis hoben, als ich heranfuhr.

Reifen radierten, als ich stoppte. Dann war ich bereits aus dem Wagen.

Die Mündungen der Waffen glotzten mich an. Ich hielt meinen Spezialausweis in der Hand. Man kannte meinen Namen, denn man führte mich sofort auf eine Tür neben dem großen Tor zu. Sie schwang auf.

Rückwärts blickend sah ich die Einsatzwagen und eine Dienstlimousine.

Taghell war das Gelände von den Halogenscheinwerfern erleuchtet. Das Licht lag wie eine weiße Kuppel über den barackenähnlichen Bauten.

Überall sah ich bewaffnete Posten.

Ein Colonel winkte mir. Ich ging auf ihn zu.

»Snyder mein Name«, schnarrte er. »Die Lage sieht folgendermaßen aus …«

Militärs mochte ich nicht besonders. Sie hielten sich meiner Ansicht nach zu oft für elitär, doch diesmal kam mir die knappe Sprache zugute. Ich wusste bereits nach wenigen Sätzen, wie der Hase, beziehungsweise Werwolf, hier lief.

Ein Agent, sein Name war Clive Denver, war von einem Einsatz völlig erschöpft zurückgekehrt. Die Wache hatte den zuständigen General informiert, der war mit seinem Fahrer gekommen, hatte sich mit Denver in sein Büro verzogen, und dort musste sich der Zurückgekehrte wohl in den Werwolf verwandelt haben. Wie es dem General gelungen war, ihn aus dem Raum zu bekommen, ohne dabei selbst sein Leben zu verlieren, war rätselhaft. Allerdings sollte die Bestie bereits ein Opfer auf dem Gewissen haben.

Den Fahrer und Adjutanten des Generals.

»Alles klar?«, fragte mich der Colonel und musterte mich dabei von oben bis unten.

»Sicher. Halten Sie nur Ihre Männer zurück.«

»Und Sie schaffen es tatsächlich, diese ungewöhnliche Horror-Gestalt zu erledigen?«

»Ich versuche es.«

»Dann man los. Schade, ich hätte andere Befehle gehabt. Bei mir wäre dieser Wolf schon von Kugeln zersiebt worden.«

»Bestimmt. Nur würde er dann noch leben«, erwiderte ich und ließ den Knaben stehen.

Im Prinzip hatte der Colonel recht. Man brauchte nicht unbedingt geweihte Waffen, um einen Werwolf zu töten. Das gelang auch mit oder durch Feuer, doch es barg immer unkalkulierbare Risiken, deshalb wohl der Befehl, auf mich zu warten.

Außerdem hielten sich die Militärs für den Nabel der Welt. Sie begriffen es nicht oder taten sich zumindest schwer damit, dass es Zivilisten gab, die effektiver arbeiteten als sie.

Bis jetzt war der Werwolf vom Wachpersonal noch nicht gesichtet worden. Demnach musste er noch in der Baracke stecken, wo der General sein Büro hatte.

Man zeigte mir den Bau. Er sah ebenso schmucklos aus wie all die anderen. Das grelle Licht von drei Scheinwerfern strahlte ihn an. Es waren gekrümmte Bogenlampen, die ihre kalte Pracht auf den Boden warfen.

Die Wachtposten blieben hinter mir zurück. Nach wie vor hielten sie ihre Waffen schussbereit. Auch auf den Dächern der anderen Baracken sah ich die Soldaten.

Ich schritt über Betonplatten. Wo sie aneinandergelegt waren, zeigten sie dunkle Streifen.

Ein wenig komisch war mir schon zumute, denn ich dachte nicht nur an die Gegenwart, sondern auch an die Zukunft. Ich war gespannt, woher der Werwolf kam, und irgendwo musste er zu dieser Bestie gemacht worden sein.

Wer hatte Interesse daran, die Welt mit Werwölfen zu überfluten? Vielleicht Lupina, die Königin der Wölfe. Sie gehörte zu Doktor Tods Mordliga.

Die Fenster bestanden aus dickem, schusssicherem Glas. Das Büro des Generals lag auf der Rückseite. Ich musste demnach um die Baracke herum.

Da lagen auch die Parkplätze. Ein paar Büsche fristeten zwischen dem Beton ihr karges Dasein. Auch die Dienstlimousine des Generals sah ich. Einen dunklen Rover.

Vom Wind bewegten sich die Zweige der Büsche nicht. Hinter ihnen hockten Soldaten. Einer hatte ein Sprechfunkgerät und war über mein Kommen informiert worden.

»Der General befindet sich noch in seinem Büro«, meldete er.

Ich nickte.

Weiter vorn fiel ein breiter Lichtstreifen auf das Pflaster. Da ich das Fenster noch nicht sehen konnte, hatte ich das Gefühl, das Licht würde aus der Wand dringen.

Drei Schritte brachten mich an das Fenster. Ich blieb daneben stehen und schaute ins Büro.

Der General stand vor seinem Schreibtisch, schaute auf die Tür und hielt eine Waffe in der Hand. Mir drehte er den Rücken zu. Deshalb klopfte ich gegen die Scheibe.

Britten hörte das Geräusch und fuhr herum.

Ich gab ihm ein Zeichen mit der Hand, indem ich den Arm von oben nach unten bewegte und dann im rechten Winkel abknickte. Hoffentlich verstand er die Geste.

Britten war kein Dummkopf. Ohne die Tür aus den Augen zu lassen, kam er zum Fenster und öffnete es.

»Wer sind Sie?«, zischte er.

Ich zeigte ihm meinen Sonderausweis.

Er las ihn, nickte und gab ihn mir zurück. »Sie wollen die Bestie erledigen?«

»Ja.«

»Ich hoffe, Sie machen Ihrem Spitznamen Geisterjäger alle Ehre«, flüsterte er scharf.

»Mal sehen. Aber warum haben Sie das Büro nicht durch das Fenster verlassen?«, fragte ich.

»Der Kapitän verlässt sein Schiff niemals«, antwortete er. »Ich bleibe auch jetzt.«

Es war sein freier Wille. Der General half mir, durch das Viereck zu steigen. »Es ist gut, dass Sie diesen Weg genommen haben, damit wird die Bestie nicht rechnen.«

Möglichst leise sprang ich auf und grinste. »Manchmal haben auch Zivilisten gute Ideen.«

Er brummte etwas, das ich nicht verstand. Dann fiel mein Blick auf das Blut am Boden. Der General hatte dies bemerkt und nickte. »Mein Fahrer hat den Kampf nicht gewinnen können.«

»Und wo ist er jetzt?«

»Draußen.« Britten räusperte sich und senkte den Blick. »Wahrscheinlich tot, der Mann.«

Ich war schon an der Tür und legte mein Ohr gegen das Holz.

»Es hat keinen Zweck«, sagte Britten. »Sie werden nichts hören. Wir haben schalldicht und schusssicher gebaut.«

Ich drehte mich halb um und streckte dabei meinen Arm aus. »Bleiben Sie jetzt zurück«, sagte ich. Dann schloss ich vorsichtig und so leise wie möglich die Tür auf.

»Knarrt sie?«, fragte ich leise.

»Nein.«

Okay, ich versuchte es. Die Klinke glitt nach unten. Britten stand am Fenster und beobachtete mich scharf. Er sah, dass ich die Tür spaltbreit geöffnet hatte und jetzt in den Gang peilen konnte. Der Blickwinkel war schlecht, ich schaute nur gegen die nackte Betonwand. Deshalb musste ich die Tür weiter öffnen, was ich auch tat.

Luftholen, ein Sprung, ich stand draußen.

Nach rechts und links flog mein Blick.

Zuerst sah ich den Fahrer. Er lag auf dem Boden. Die Blutlache vergrößerte sich noch. Der verdammte Werwolf hatte schrecklich gewütet, und in meinem Magen zog sich etwas zusammen, während ein kalter Schauer über meinen Rücken lief.

Dann sah ich die Bestie.

Sie stand am Ende des Ganges, wo die letzte Lampe brannte. Dahinter schimmerte eine Glastür.

Längst hielt ich die Beretta in der Hand. Die Entfernung war zwar nicht optimal, aber ich wollte versuchen, es mit einem Schuss zu schaffen.

Feuer!

Als hätte der Werwolf es gerochen, so warf er sich plötzlich zur Seite und gleichzeitig nach hinten. Er fiel gegen die Tür, drückte sie auf, und meine Kugel hieb dicht über ihm in das Glas.

Im nächsten Augenblick schwappte die Tür wieder zu und verschloss die Lücke.

Pech gehabt.

Ich knirschte mit den Zähnen, denn nun begann die Jagd nach der reißenden Bestie …

Wo die Hudson Bay wie eine breite Zunge in den kanadischen Kontinent hineinstößt, gab es Sümpfe, Flüsse, Wälder, Seen und die große Einsamkeit. Menschen waren rar in diesem Landstrich, in dem es kaum Orte gab und noch weniger Industrie. Und wenn, dann waren es Holzfabriken, die sich in Küstennähe angesiedelt hatten, wo die Flüsse mündeten, denn sie waren immer noch der billigste Transportweg für die Baumstämme aus den unendlich erscheinenden Wäldern des kanadischen Kontinents.

Die Menschen hier waren von einem besonderen Schlag. Ziemlich schweigsam, hart, rau, aber verlässlich. Denn sie wurden noch von dem erfüllt, was man mit Pioniergeist umschrieb. Das andere Kanada, Städte wie Montreal, Quebec oder Edmonton, interessierte sie nicht. In der Weite der Provinz Ontario verlief das Leben eben nach eigenen Regeln.

Nur wenige Orte waren von den Topografen erfasst und auf Karten eingezeichnet worden. Die Arbeiter hier lebten meist allein in den Holzhäusern, denn ihre Familien wohnten in den größeren Städten.

Im Winter zogen sie dann zu Frau und Kindern. Wenn die Flüsse und manchmal sogar die Hudson Bay zufroren, war es vorbei mit dem Holztransport, dann lag das gesamte Land an der Bay unter dem weißen Schneemantel des Schweigens.

Im Herbst jedoch wurde noch gearbeitet. Hochkonjunktur. Man wollte vor dem Winter einiges schaffen, und die Besitzer der Holzfabriken nahmen Aufträge über Aufträge an, sodass manche Arbeiter vierundzwanzig Stunden hintereinander schufteten, bevor sie todmüde in ihre Betten fielen.

Zu diesen Männern gehörte auch Rock Dale. Er hatte es geschafft, Vorarbeiter zu werden, und sich auch ein eigenes Häuschen gebaut, in dem er oft den Winter verbrachte, denn Verwandte oder nahe Angehörige hatte er nicht mehr.

Das Haus lag im Wald, wo der Pfad aufhörte und der dichte Busch begann, der sich hinzog bis zu den Sümpfen, die überaus tückisch waren und schon manches Menschenleben gefordert hatten.

Freunde hatte Rock Dale kaum. Er war auch nicht erpicht darauf. Man konnte ihn als den typischen Einzelgänger bezeichnen, als einen Mann, der sich vor der Welt verkrochen hatte, zwar seine Arbeit tat, doch sonst nichts anderes im Sinn hatte.

Als die Sirene heulte und den Feierabend einläutete, schaute er von seinen Plänen auf. Er war dabei, Liefertermine abzuhaken und gleichzeitig zu bestätigen. Die Fuhren waren alle raus, seine Schicht hatte es geschafft, und ein Grinsen flog über sein knochiges Gesicht, in dem die Spuren der Anstrengung deutlich zu lesen waren und es noch hohlwangiger erscheinen ließen.

Die Arbeiter ließen ihre Werkzeuge fallen. Sie hatten keine Lust mehr, verständlich, die nächste Schicht stand schon bereit. Auch der Mann, der Rock Dale ablöste, betrat die Kabine in dem Wellblechschuppen. Dale musste sich das winzige Büro mit dem Kollegen teilen.

»Alles klar?«, fragte dieser und zog seine Jacke aus.

Dale nickte.

»Wunderbar, dann werde ich mich mal in die Arbeit stürzen.« Der Mann trat ans Fenster, legte den Kopf schief und schaute in den grau verhangenen Himmel. »Das sieht nach Schnee aus«, kommentierte er. »Na ja, wir haben Anfang Oktober.«

»Noch nicht«, meinte Dale, nahm die Jacke und warf sie sich über die Schulter. »Bis morgen dann.«

»Okay.« Kopfschüttelnd schaute der Vorarbeiter seinem Kollegen nach. Aus Dale wurde er nicht schlau, aus dem wurde niemand schlau. Ihn brauchte es nicht zu kümmern.

Rock Dale hatte inzwischen seinen Land Rover erreicht, öffnete die Tür und stieg ein. Sein Gesicht war unbewegt, als er hinter dem Lenkrad Platz nahm. Auch er wusste, wie die anderen über ihn dachten, was ihm jedoch völlig egal war. Hauptsache, sie ließen ihn privat in Ruhe und fanden nichts über sein zweites Leben heraus.

In der Tat führte Rock Dale ein Doppelleben, von dem niemand etwas ahnte.

Tagsüber war er der schweigsame Vorarbeiter, der Mann, auf den man sich verlassen konnte, doch nachts, da wurde er zu dem Wesen, das nicht nur die Menschen fürchteten, sondern auch die Tiere.

Dale, der Werwolf!

Einmal im Monat, wenn der Vollmond am Himmel stand, kam es über ihn. Dann ging er des Nachts auf Jagd und holte sich seine Beute. Zumeist waren es Tiere, aber er hatte schon zweimal einen Menschen getötet, der ihm über den Weg gelaufen war.

Einmal einen Jäger und dann einen allein gehenden Wanderer, der ihm buchstäblich vor die Haustür gelaufen war. Dale hatte diesen Mann zerrissen.

Die Royal Canadian Mounted Police, auch Rotröcke genannt, stellte Nachforschungen an. Irgendwie war das Verschwinden der beiden durchgesickert, doch auf die Fragen der Polizisten wusste niemand etwas, niemand wollte etwas sagen, und besonders Rock Dale hütete sich, den Mund aufzumachen.

Schließlich wurde die Suche abgebrochen, denn die Polizisten waren davon überzeugt, dass der Sumpf die beiden Männer in die Tiefe gezogen hatte.

Daran musste Rock Dale denken, als er den schmalen Weg zu seinem Haus fuhr. Vor zwei Tagen hatte es geregnet. Die Sonne hatte kaum noch Kraft, deshalb schimmerten Pfützen auf der Strecke. Das Wasser füllte die Löcher aus, und manchmal sank der Land Rover bis zu den Achsen im Schlamm ein.

Es war dämmrig geworden. Rock Dale hatte das Licht eingeschaltet. Die beiden hellen Finger hüpften auf und nieder, je nachdem, wie der Wagen gebeutelt wurde.

Hin und wieder beugte sich Rock Dale vor. Dann versuchte er, einen Blick auf den grauen Himmel zu erhaschen, ob sich dort nicht doch die Scheibe des Mondes zeigte, denn den Mond brauchte er, aus ihm schöpfte er seine Kraft.

Noch war nichts zu sehen, aber die Zeit näherte sich, das fühlte er ganz deutlich.

Das Kribbeln im Körper, das Gefühl der Unruhe, das Hinausmüssen, es waren die ersten typischen Anzeichen für eine bevorstehende Verwandlung.

Sie konnte heute stattfinden oder erst am anderen Tag.

Letzteres war sicherer, denn noch stand der Mond nicht in seiner vollen Pracht am Himmel.

Dann würde es wieder bei der Arbeit Schwierigkeiten geben, denn für eine Stunde war Rock Dale außer Gefecht gesetzt. Zwischen Mitternacht und ein Uhr musste er sich verstecken oder auf Jagd gehen.

Der Wald lichtete sich.

Mal erschien ein Haus. Sogar eine Tankstelle hatte man gebaut. Doch sie hatte seit Jahren schon keinen Pächter mehr gefunden. Die Tanksäulen verrosteten.

Weiter.

Noch eine Viertelstunde, dann hatte er sein Ziel erreicht. Dales Haus lag am weitesten draußen. Die Kollegen nannten es den letzten Vorposten der Zivilisation.

Die Beschaffenheit des Bodens änderte sich. Er wurde weicher, sodass Dale das Gefühl hatte, auf Gummi zu fahren. Nur gut, dass er einen Land Rover besaß. Mit dem Vierradantrieb und den großen Rädern kam der Wagen immer wieder frei.

Den Weg zum Haus hatte er selbst angelegt. In mühevoller Arbeit hatte er Baumstamm neben Baumstamm gepresst, sodass er auf Bohlen bis zu seiner Hütte fahren konnte.

Einsam lag sie im letzten Licht des Tages. Und auch der Schuppen daneben, wo Dale seinen Wagen unterstellen konnte. Zum Weg hin war der Schuppen offen. Dale lenkte den Rover rückwärts hinein. Dann stieg er aus und ging zu seinem Haus. Auch hier schritt er über einen selbst angelegten schmalen Bohlenweg. Hinter dem Bau begann der Wald. Dschungelähnlich wucherte das Unterholz zwischen den hohen und oft sehr alten Laubbäumen.

Das Gezwitscher der Vögel würde auch bald verstummen, wenn erst einmal die Dunkelheit über das Land gefallen war.

Eigentlich brauchte man hier seine Haustür überhaupt nicht

abzuschließen, der Kanadier hatte sie trotzdem mit einem Vorhängeschloss versehen, und den Schlüssel trug er um den Hals. Er streifte das Band über seinen Kopf, steckte den Schlüssel ins Schloss und zuckte zusammen.

Es war nicht abgeschlossen.

Für zwei Sekunden blieb er unbeweglich stehen. Nur seine Zunge huschte über die Lippen. Dann stellte er sich wieder aufrecht und blickte sich sichernd und vorsichtig um.

Lauerte dort jemand?

Die Dämmerung hatte zusehends Fortschritte gemacht, und die Sicht wurde immer schlechter. Dem Haus gegenüber standen nur junge und zum Teil verkrüppelte Bäume. Die Birken hatten ihr Laub schon fast verloren. Die Blätter lagen auf weichem Boden, denn dort begann schon der so gefährliche Sumpf.

Erlengebüsch, hohes Gras und weiter hinten das Schilf bildeten einen dichten Teppich, der mit Blicken nicht zu durchdringen war. Da konnte sich ruhig jemand versteckt halten, von der Hütte aus wurde er nie gesehen.

Wenn jemand da gewesen wäre, hätten sich die Vögel anders verhalten, sie zeigten sich normal und stoben nicht aufgeschreckt davon.

Vielleicht habe ich wirklich vergessen abzuschließen, dachte Rock Dale und drückte die Tür auf.

Seine Hütte bestand aus einem großen Raum mit zwei kleinen Fenstern. Eins davon führte zur Rückseite, wo der Wald begann. Dort war es bereits dunkel.

Deshalb musste Rock Dale auch, wollte er im Innern der Hütte etwas sehen, Licht machen. Elektrizität war zwar vorhanden, ein hauseigener Generator sorgte dafür, doch der musste noch angestellt werden. Zudem stand er in einem winzigen Anbau.

Also musste sich Rock Dale zuvor mit einer Kerze behelfen.

Sie lag immer griffbereit auf einem Regalbrett neben der Tür.

Er trat über die Schwelle.

Und plötzlich zuckte er zusammen.

Rock Dale hatte etwas gerochen.

Raubtiergeruch …

Den hatten seine feinen Sinne augenblicklich wahrgenommen, und sofort spannte sich seine Haltung. Er wusste auch, wer so roch.

Ein Wolf. Seine Blicke bohrten sich in die Dunkelheit, und er sah am Ende des Raumes etwas schimmern.

Die beiden gelben Punkte schienen in der Luft zu stehen, nur wenn er genauer hinschaute, erkannte er den Schatten darum.

Scharf zog er die Luft ein.

»Schließ die Tür und komm näher«, sagte eine Frauenstimme. »Ich habe mit dir zu reden.«

Diese beiden Sätze waren so befehlsgewohnt gesprochen, dass Rock Dale automatisch folgte.

Mit dem Fuß drückte er die Tür und betrat den Raum.

»Mach Licht!«

Dale holte die Kerze sowie Zündhölzer, riss eines an und hielt die Flamme gegen den Docht.

Sie fand sehr schnell Nahrung, gab zuckendes Licht, und Widerschein tanzte an den Wänden.

Jetzt sah Rock Dale seine Besucherin zum ersten Mal genauer. Es war tatsächlich ein weibliches Wesen.

Jedoch halb Mensch und halb Bestie.

Lupina, die Königin der Wölfe, stand vor ihm!

Ich erreichte die Glastür und sah, dass die Kugel stecken geblieben war. Die Tür war in der Tat schusssicher.

Der Werwolf war aus meinem Sichtfeld verschwunden. Hinter der Tür führte der Gang noch ein kurzes Stück weiter, bevor er abermals vor einer Tür endete. Sie war aus Metall, und jemand hatte dort einen roten Blitz aufgemalt.

DANGER – Gefahr …

Hochspannung!

Es gab keine andere Möglichkeit. Der Werwolf musste dort stecken, sonst hätte ich ihn verschwinden sehen müssen.

Bis ich über mir das Geräusch hörte.

Sofort zuckte mein Kopf herum, und ich sah über mir eine gläserne Kuppel. Sie war gewölbt und ließ Licht durch.

Es gab eine Leiter an der Wand. Eigentlich nur ein paar Eisentritte, die sich vom Boden aus hochzogen und dicht unter der Decke endeten. Das war also der Weg, den der Werwolf sich ausgesucht hatte und den ich ebenfalls nehmen musste, wollte ich ihn packen.

Über der Kuppel strahlte das helle Halogenlicht. Es brach sich im schusssicheren Glas der Kuppel, und ich kletterte inzwischen an der Wand hoch.

Gar nicht mal einfach, Freunde, auf diesen schmalen Eisensprossen das Gleichgewicht zu bewahren. Schon bald musste ich den Kopf einziehen und mich noch nach hinten beugen, wenn ich die Glaskuppel erreichen und hochdrücken wollte.

Mit einer Hand hielt ich mich fest, mit der anderen drückte ich. Die Beretta hatte ich zwischen die Zähne geklemmt.

Die Kuppel fiel aufs Dach.

Kühlere Luft strömte mir entgegen. Ich bekam den Rand zu fassen und hing wie ein Turner am Reck mit beiden Beinen über dem Boden. Es war eine kritische Lage, denn jetzt konnte mich die Bestie angreifen, wobei ich so gut wie wehrlos war. Ein Klimmzug würde mich hochbringen.

Da erschien über mir ein Schatten.

Der Werwolf!

Und ich hing hier am Rand der Luke, konnte meine Waffe nicht ziehen, weil ich beide Hände brauchte. Deutlich sah ich das Gesicht der Bestie. Es befand sich dicht an dem meinen. Der Werwolf hielt seinen Kopf schräg, die Schnauze hatte er geöffnet, Zähne schimmerten. Aus dem Maul rann gelblicher Geifer, der sich am Unterkiefer sammelte und auf meinen Kopf tropfte.

Wie Säure traf es mich. Ich schloss die Augen, weil auch meine Stirn Tropfen abbekam, riss sie im nächsten Augenblick wieder auf, weil ich sonst eine Attacke der Bestie nicht rechtzeitig genug erkannt hätte.

Das Knurren stach mir entgegen. Er hörte sich an wie ein Signal zum Angriff, und eigentlich gab es nur eine Chance für mich. Ich musste mein mühsam erworbenes Terrain aufgeben und mich fallen lassen.

So weit kam es nicht.

Etwas huschte über das Dach. Ein heller Schein. Er wischte erst vorbei, dann aber traf er den Werwolf.

Gleichzeitig hämmerten Schüsse.

Es hörte sich nach einer Maschinenpistole an. Auch Revolver und Gewehre krachten, und der Werwolf wurde getroffen. Die schwerkalibrigen Geschosse konnten ihn zwar nicht töten, sie wirbelten ihn jedoch herum. Ich hörte den Werwolf wütend fauchen, dann verschwand er von der Öffnung.

Das war meine Chance!

Ich hing noch immer am Rand der Luke, und meine Füße baumelten weiterhin über dem Boden. Die Finger starben mir fast ab, doch aufgeben wollte ich nicht.

Ich biss die Zähne zusammen, gab mir Schwung, stachelte mich innerlich an und kam hoch.

Das war eine Quälerei. Meine Arme zitterten, die Hände erst recht. Hart musste ich die Zähne zusammenbeißen, konnte mich schließlich mit dem Knie abstützen und schaffte es, mich auf das Dach des Gebäudes zu rollen, wo ich flach und auf dem Bauch liegen blieb.

Meine Befürchtung, dass die Soldaten schießen würden, wenn ich erschien, bestätigte sich nicht. Die Gewehre und Revolver schwiegen.

Ich hob den Kopf, denn ich wollte wissen, wo der Werwolf steckte. Lampen blendeten mich. Die Soldaten lauerten, und so wussten sie, wo sich der Kampf konzentrierte.

Deshalb hatten sie die Lampen geschwenkt, sodass der Werwolf und ich wie auf dem Präsentierteller lagen und auch geblendet wurden.

Noch immer liegend hob ich den Arm. Ich wusste nicht, ob sie das Zeichen verstanden hatten, hoffte es zumindest. Dann erhob ich mich auf die Knie.

»Löscht die Schweinwerfer!«, brüllte ich in die Helligkeit hinein.

Nichts geschah.

»Weg damit!«, schrie ich noch einmal und schwenkte dabei beide Arme.

Endlich reagierten sie, allerdings erst, als mein Befehl bestätigt und weitergegeben worden war. So waren eben die Militärs, daran konnte man nichts ändern.

Ich konnte wieder besser sehen und auch etwas erkennen.

Der Werwolf lag flach auf dem Dach.

Vielleicht sechs oder sieben Schritte von mir entfernt. Die Kleidung zerrissen, wie ich es oft bei einem Lykanthrophen erlebt hatte, wenn er sich von einem Menschen in die Bestie verwandelte. Sein Körper wuchs dabei und streckte sich, und das konnte kein Kleidungsstück aushalten. Deshalb sah ich nur noch Fetzen.

Es war eine gespenstische Szene. Und irgendwie wirkte sie auch kalt, denn da war auf einer Seite die Technik und die

Perfektion eines Militärbetriebes, und auf der anderen stand ihnen ein Wesen gegenüber, dessen Ursprung noch niemand ergründet hatte und um das sich seit dem frühen Mittelalter Legenden und Sagen rankten, die sich gerade in der abendländischen Kultur zu einer Hochblüte entwickelten und erst in Vergessenheit gerieten, als mit der industriellen Revolution ein neues Zeitalter anbrach.

Doch die geheimnisvollen Kräfte und Mächte hatten nie geschlafen, sich höchstens zurückgezogen und beobachtet. So lange, bis die Zeit reif war.

Nun war sie reif.

Die Mächte aus dem Jenseits, der Teufel, die Hölle mit all ihren Abartigen hatten zum Sturm auf die Menschheit geblasen.

Der Werwolf war nur ein Teil des gewaltigen Dämonen-Mosaiks, wozu auch Vampire, Ghouls und andere Schattenwesen gehörten, gegen die ich bereits oft genug gekämpft hatte.

Und jetzt wieder gegen einen Werwolf.

Auch er war nicht mehr liegen geblieben, sondern auf die Beine gekommen.

Licht fiel noch genügend auf das Dach. Es war nicht nur der Widerschein der Lampen, auch an den Rändern sah ich große, helle Halbkreise, wo das Dach von den Lampen beschienen wurde.

Kugeln hatten ihn getroffen. Sie waren in seinen Körper gefahren und hatten regelrechte Stücke aus dem Fell gerissen sowie ihm große Wunden zugefügt. Auch am Kopf war er verletzt worden. Er bot wirklich kein schönes Bild.

Aber er lebte, und er war gefährlich. Er würde versuchen, mich zu töten.

Ich hatte die Wahl der Waffen. Mein Kreuz konnte ich ebenso nehmen wie die Beretta oder den Dolch.

Ich entschied mich für den Silberdolch. Er und das Kreuz bildeten praktisch eine Einheit. Mit dem Dolch musste ich es schaffen, und ich sparte dabei noch Munition.

Die Silberklinge blitzte auf, als sie von den Lichtstrahlen getroffen wurde. Der Werwolf sah dies, zuckte zusammen und fauchte grimmig.

Dann startete er. Und er bewies, dass ihn die Geschosse zwar getroffen hatten, seine Kampfeskraft jedoch nicht darunter litt. Er wollte mich.

Während er sprang, reckte er seinen Körper in die Höhe. Dabei riss er die Tatzen hoch, öffnete das Maul noch weiter, bot mir seinen ungedeckten Körper, und die Chance ließ ich mir natürlich nicht entgehen.

Es war fast ein klassischer Konter, als ich in ihn hineinging. Dabei duckte ich mich, tauchte zur Seite, und mein rechter Arm, bei dem der silberne Dolch die Verlängerung bildete, schnellte vor, wobei er gleichzeitig einen Halbkreis beschrieb.

Ich spürte kaum Widerstand, so reibungslos und glatt lief alles ab. Dabei wusste ich genau, wann ich den Dolch loszulassen hatte und zur Seite springen musste.

Der Werwolf lief an mir vorbei.

Nein, es war kein Laufen mehr. Er taumelte nur noch. Als würde ein Windstoß von hinten gegen ihn wuchten, so torkelte er weiter, wobei er schreckliche Laute ausstieß und dem Dachrand immer näher kam.

Ich hielt ihn auch nicht.

Zwei Schritte noch, dann trat er ins Leere. Nicht ein Schrei war zu vernehmen, als er in die Tiefe fiel. Nur den Aufschlag hörte ich. Danach war es für wenige Sekunden still, bis die Echos der Schritte mein Ohr erreichten, als die Soldaten auf den Werwolf zuliefen, der sicherlich sein untotes Dasein ausgehaucht hatte.

Ich wollte nicht freiwillig vom Dach springen, die Distanz war zu hoch. Durch die Luke kletterte ich wieder zurück, stieg die Leiter hinab und sah, wie General Britten sein Büro verließ.

»General!«, rief ich.

Er drehte sich um und wartete auf mich. Seine Mundwinkel zuckten.

»Sie haben es also geschafft«, sagte er. »Das Biest ist tot.«

Ich hob die Schultern.

»Gut gemacht, Sinclair«, lobte mich der General. »Ich habe ihn fallen sehen. Allerdings konnte ich nicht erkennen, womit sie ihn getötet haben.«

»Mit einem Dolch aus geweihtem Silber.«

»Die alten Methoden?«

»Genau, Sir.«

Wir hatten inzwischen die Baracke verlassen und schritten um den kleinen Parkplatz herum, wo der Werwolf dicht neben der Dienstlimousine des Generals lag.

Soldaten hatten einen Ring um ihn gebildet. Als sie uns sahen, machten sie schweigend Platz.

Ich ahnte schon, was mich erwartete, und ich wurde auch nicht enttäuscht. Vor uns lag kein Wolf mehr, sondern ein Mensch namens Clive Denver. Aber wie sah er aus?

Zahlreiche Kugeln hatten ihn getroffen, und in seiner Brust steckte ein Silberdolch.

Ich zog ihn hervor.

Der General stand neben mir. Auch er schaute auf den Mann hinab. Seine Hände hatten sich zu Fäusten geballt. In seinem Gesicht zuckte es. Das bläulich weiße Licht der Schweinwerfer ließ es noch blasser erscheinen.

Niemand sprach.

Es war still geworden, und die Männer hingen ihren Gedanken nach. Bis sich die Gestalt des Generals ruckartig straffte.

Er ging einen Schritt zurück, drehte sich um und schaute seine Leute an. Er vergatterte sie zu absolutem Stillschweigen über das, was sie hier gesehen hatten. Dann bestimmte er einen Offizier, der dafür Sorge zu tragen hatte, dass beide Leichen abtransportiert wurden.

Die Worte des Generals hatte ich kaum verstanden, denn meine Gedanken bewegten sich bereits in der Zukunft. Von allein war der Agent nicht zu einem Werwolf geworden. Irgendwo musste diese Verwandlung ihre Ursache gehabt haben. Und das herauszufinden würde meine nächste Aufgabe sein.

Der General sagte: »Eine Erklärung habe ich nicht, Sinclair, doch wir müssen der Sache auf den Grund gehen.«

»Um ein Gespräch mit Ihnen hätte ich sowieso gebeten«, erwiderte ich.

»Ja, es wird nötig sein. Und ich muss Sie zu völligem Stillschweigen vergattern, Sinclair.«

»Das wird bei mir nicht nötig sein, denn wenn jemand schweigen gelernt hat, dann bin ich es«, konterte ich.

Der General hob die Schultern. »Gehen wir«, sagte er dann.

Rock Dale wusste nicht, wie er reagieren sollte. Diese Person war ihm fremd, und dennoch kam sie ihm bekannt vor. Er hatte schon von ihr gehört. Des Nachts, wenn er als Werwolf durch die Wälder irrte, dann waren manchmal Stimmen in seinem Gehirn gewesen, die ihn wie einen Ruf erreicht hatten.

Wessen Ruf?

Er schaute die Besucherin an, denn sie stand nicht im Dunkeln. Neben ihr brannte eine Petroleumlampe, die ihr Licht auf die Gestalt warf und sie umschmeichelte.

Er sah das Gesicht einer Frau. Einer schönen Frau mit blonden Haaren, die ein wenig kraus gewachsen waren und dennoch die Schultern erreichten. Das Gesicht war etwas schmal geschnitten, die Nase gerade, der Mund klein. Besonders jedoch fielen die Augen auf. Sie hatten eine seltsame Farbe, schimmerten irgendwie gelb und grün zur gleichen Zeit. Es waren die Augen eines Tieres.

Eines Raubtieres ...

Der Hals glich dem eines Menschen. Doch was danach begann, hatte mit einem Menschen nichts mehr zu tun. Das war der Körper einer Bestie, obwohl er von einem dunkelblauen Kleid verdeckt wurde. Aus den Armlöchern schauten keine menschlichen Arme, sondern die Läufe eines Wolfes, mit dichtem Fell bewachsen, das rötlich braun schimmerte und sich an einigen Stellen ein wenig aufgerichtet hatte. Hände hatte die Bestie ebenfalls nicht, sondern Pranken, deren Nägel ebenso spitz waren wie die des Werwolfs.

Sie musterten sich schweigend, und in Dales Gehirn kreisten die Gedanken. Schließlich raffte er sich auf, um die entscheidende Frage zu stellen.

»Wer bist du?«

Sie lächelte. Ihre Lippen verzogen sich nur ein wenig, trotzdem erkannte Rock Dale den spöttischen Ausdruck.

»Kennst du mich wirklich nicht?«

»Müsste ich das?«

In den Augen flimmerte es für einen winzigen Moment. Vielleicht Ärger oder Wut, denn die Antwort, die sie gab, klang schroff.

»Ich bin Lupina, deine Königin!«

»Die Königin der Wölfe?«

»Ja, endlich hast du es begriffen. Du hast also schon von mir gehört, Rock Dale ...«

Der Mann wischte über sein Gesicht. Dabei spürte er bereits

den feinen Haarpelz. Er war noch nicht dicht, erinnerte höchstens an einen Bart, war aber schon vorhanden und ein untrügliches Zeichen dafür, dass die unselige Verwandlung dicht bevorstand.

»Ich warte auf Antwort.«

Dale nickte. »Ja, ich glaube, von dir gehört zu haben. Manchmal, wenn ich zum Wolf geworden war, dann spürte ich die fremden Gedanken in meinem Hirn …«

»Das war ich.«

»Und weshalb bist du gekommen?«

»Weil ich dich brauche.«

»Wozu?«

»Für die Werwolf-Elite!«

Davon hatte Rock Dale noch nichts gehört. »Was ist das?«, fragte er.

»Du wirst sie kennenlernen. Die Werwolf-Elite setzt sich aus zahlreichen Werwölfen zusammen, und niemand auf der Welt ahnt, dass sie bereits existiert und wo sie sich befindet. Ich habe sie ins Leben gerufen und meine Diener gefunden. Wir sind viele. Und zwar so viele, dass wir einen Gegner töten können.«

Rock Dale hatte die Worte zwar verstanden, doch er reagierte nicht darauf. Der Gegner war ihm völlig egal, die Werwolf-Elite interessierte ihn mehr. »Du hast sie gegründet?«

»Fast. Aber da war noch jemand, der mich überhaupt auf den Gedanken gebracht hat. Oleg Brassow, ein Werwolf, der wie du in den großen Wäldern lebt, nur nicht hier in Kanada oder in Amerika, sondern in Sibirien.«

»So weit?«

»Ja, und dort werden auch wir hingehen, denn ich habe beschlossen, die Führung der Werwolf-Elite zu übernehmen, wobei du, Rock Dale, und Oleg Brassow meine Adjutanten sein werden. Mit der Werwolf-Elite sind wir in der Lage, die Welt zu erobern. Sibirien ist ein gutes Land für unsere Pläne. Niemand wird uns dort stören, und der Einzige, der es könnte, wird in der Weite der Taiga sein Grab finden. Dieser Mann heißt John Sinclair. Die Werwolf-Elite wird ihm das Genick brechen. Endlich, muss ich sagen.«

»Du hast dir viel vorgenommen«, sagte Rock Dale.

»Ja, das stimmt. Ich gebe mich nun mal nicht mit Kleinigkeiten ab, mein Lieber.«

»Und warum hast du gerade mich ausgesucht?«

»Das ist ganz einfach. Du bist stark, du bist kräftig, und du fühlst dich hier nicht mehr wohl. Alles Gründe, die dafür sprechen, dass ich dich geholt habe. Wirst du meinem Ruf folgen?«

Rock Dale überlegte. Nein konnte er schlecht sagen. Obwohl er ein männliches Wesen war, bereitete ihm der Anblick der blondhaarigen Wölfin Unbehagen. Sie strahlte eine Macht aus, die auch auf Rock Dale ihre Wirkung nicht verfehlte.

Er hatte seine Entscheidung bereits getroffen. »Ja, Lupina«, sagte er, »ich werde dir folgen.«

»Das ist gut.« Sie lächelte wieder. »Ich hatte auch nichts anderes von dir erwartet.«

»Und was wäre geschehen, wenn ich nicht mit dir gegangen wäre?«, fragte er.

»Die Folgen wären fürchterlich gewesen«, antwortete die Königin der Wölfe. »Ich hätte dich zerrissen.« Mehr sagte sie nicht, aber in ihrer Stimme lag eine solche Schärfe, dass Rock Dale zusammenzuckte und keinen Grund sah, an den Worten zu zweifeln.

Er hatte nur noch eine Frage. »Wie werden wir nach Sibirien kommen? Es ist eine weite Reise.«

»Ich weiß«, lautete die Antwort, »aber dafür ist gesorgt.« Lupina machte eine Bewegung mit dem linken Arm und deutete auf den Gegenstand, der neben ihr auf einem kleinen

Tisch stand. Rock Dale hatte ihn schon die ganze Zeit über gesehen und sich auch gewundert, denn ihm gehörte er nicht.

Es war ein Würfel.

Blauweiß schillerten seine Seiten, und sie waren auch nicht klar, sondern hinter ihnen schienen grauweiße Schlieren zu wallen, die sich in dauernder Bewegung befanden und permanente Unruhepole bildeten.

Lupina legte eine Pranke auf den Würfel. »Mit ihm, dem Würfel des Unheils, werden wir die weite Reise schadlos überstehen, denn auch ich bin durch seine Hilfe in dein Haus gekommen.«

Rock Dale verstand nicht. Es war nicht nötig, er konnte sich voll auf Lupina verlassen, die ihm zuwinkte, und Rock Dale verstand das Zeichen. Dicht vor ihr blieb er stehen.

Lupina nickte Rock Dale zu. »Leg deine Hände ebenfalls gegen den Würfel.«

Dale gehorchte. Sie hatte das Wort Hände gebraucht. Ja, er hatte wirklich Hände, das würde sich jedoch bald ändern.

Lupina schaute ihn an, senkte danach ihren Blick, konzentrierte sich auf den Würfel.

Dieser Zauberwürfel hatte es wirklich in sich. Wer ihn hatte, besaß auch Macht. Seine Herkunft lag im Dunkel der Vergangenheit. Selbst sein jetziger Besitzer, Doktor Tod, wusste nicht, woher der Würfel stammte. Er hatte ihn Lupina nur überlassen. Aber der Quader reagierte genau so, wie sein Besitzer es haben wollte. Mann konnte ihn manipulieren. Zum Guten als auch zum Bösen.

Und Doktor Tod sowie die Mitglieder der Mordliga manipulierten ihn zum Bösen hin. Er passte hervorragend in ihre verbrecherischen, dämonischen Pläne.

Der Werwolf merkte plötzlich, wie ein nie gekanntes Gefühl seinen Körper durchströmte. Es fing bei den Beinen an, stieg prickelnd hoch, und während er auf den Würfel schaute, glaubte er, die Oberfläche verschwimmen zu sehen.

Aus ihr wurde ein See, der sich ausbreitete, dabei eine milchige Färbung annahm und ihn verschlang.

Mit Lupina geschah das Gleiche.

Zurück blieb eine leere Hütte.

Ich war mit dem General allein in seinem Büro. Britten stand, ich saß. Der General hatte seine Hände auf die Schreibtischplatte gestützt und blickte zu Boden. Die Lippen bildeten einen Strich, die Mundwinkel waren verzogen.

Wir schwiegen.

Bewusst übernahm ich nicht das Wort. Ich wollte Britten Zeit lassen, den Schock zu verdauen. Er hatte etwas Schlimmes erlebt, sein Gedanken- und Weltbild musste durcheinander geraten sein, denn der General war ein Mann, der in militärischen Bahnen dachte und jetzt völlig umdenken musste.

Er hatte zwei Männer verloren, und einer von ihnen war dabei zu einem Werwolf geworden, einem Wesen, von dem Britten vielleicht gehört, jedoch es nie für möglich gehalten hatte, dass es so etwas gab. Und nun war er damit konfrontiert worden.

Durch die Nase holte er Luft. Dann schaute er mich an. »Ich glaube, wir könnten beide einen Schluck vertragen – oder nicht?«

»Ja, General.«

»Was nehmen Sie?«

»Whisky.«

Britten holte zwei Gläser und eine Flasche. Es war irischer Whisky. Während er einschenkte, sagte er: »Wissen Sie, Sinclair, Whisky ist etwas Normales. Ich freue mich, wenn ich sehe, wie die Flüssigkeit in die Gläser läuft. Das vorhin, das war ein böser Albtraum. Ein zur Realität gewordener Schrecken.« Er stellte die Flasche zur Seite. »Aber dieser Whisky, der ist echt.« Dabei reichte er mir das Glas, in dem ein Doppelter goldbraun schimmerte.

Wir prosteten uns zu. Der General kippte den Schnaps. Er brauchte ihn einfach. Ich trank langsamer.

Hart stellte Britten das Glas auf den Schreibtisch zurück. Deshalb überhörte er vielleicht das Klopfen. Ich stand näher an der Tür und öffnete einfach.

Ein Uniformierter erschien, den ich nicht kannte. Aber hinter ihm tauchte ein mir nur allzu bekanntes Gesicht auf. Es gehörte Sir James Powell, meinem Chef.

Der General hatte schon eine scharfe Antwort auf den Lippen, als er Sir James sah.

»Komm rein«, sagte er.

Der Offizier zog sich zurück.

Die beiden Männer begrüßten sich mit Handschlag. Sir James nahm den Hut ab. Sein Gesicht wirkte müde, doch die Augen hinter den dicken Brillengläsern blickten uns klar an.

»Ich habe nur zum Teil gehört, was geschehen ist, Horace«, sagte er. »Deshalb bitte ich um einen genauen Bericht.«

»Den kann ich Ihnen auch geben, Sir«, sagte ich.

Erst jetzt schaute mich mein Chef an. »Der Werwolf ist erledigt?« Es war mehr eine Feststellung als eine Frage.

Ich drehte das Glas in meinen Händen und nickte. »Ja, Sir, das haben wir hinter uns.«

Dann erzählte ich. Das Spiel war mir bekannt. Ich übertrieb nicht, sondern fasste alles in knappe, klare Sätze. Sir James nickte ein paar Mal und meinte nach einer Weile, als ich ausgeredet hatte: »Das war erst der Anfang, nicht wahr?« Er schaute dabei den General an, der zustimmte.

»Ja, James, das war wirklich erst der Anfang.«

»Welchen Auftrag hatte Clive Denver?«

Die Frage brachte Britten ein wenig in Verlegenheit. »Der

Job war heiß und top secret. Ich weiß nicht, ob ich etwas darüber verlauten lassen kann.«

»John wird ebenso schweigen wie ich«, beruhigte Sir James den hohen Offizier.

Der General schritt zum Fenster, blickte hinaus und drehte uns dabei den Rücken zu. Dann begann er zu sprechen. »Wie wir alle wissen, stecken wir momentan in einer Phase des gegenseitigen Misstrauens und der Aufrüstung. Jeder Machtblock verfolgt nur seine eigenen Interessen, jeder entwickelt neue Waffen. Clive Denver hatte den Auftrag, herauszufinden, was es mit dem neuen sowjetischen Langstreckenbomber auf sich hat. Wir hatten uns mit der CIA in Verbindung gesetzt, sodass es zu einer Co-Operation zwischen uns und den Amerikanern gekommen war. Sie setzten einen Agenten ein, wir ebenfalls. Die beiden wollten getrennt marschieren und gemeinsam zuschlagen. Was aus diesem Vorsatz geworden ist, weiß niemand. Ebenso wenig wissen wir, was in Sibirien passiert ist und wieso Clive Denver zu einem Werwolf wurde. Dass die Quelle jedoch in der Weite der Taiga zu suchen ist, steht für uns hundertprozentig fest. Denver kann nun seinen Job nicht mehr ausführen, es gibt ihn nicht mehr. Wir brauchen einen anderen Mann, denn wir müssen wissen, was vorgeht, schon allein um unserer Sicherheit wegen.«

Diese Worte waren bei Sir James auf fruchtbaren Boden gefallen. Ich blickte meinen Chef nicht an, aber ich ahnte, welche Gedanken ihn bewegten, die ich auch in den nächsten Sekunden bestätigt bekam.

»Natürlich, Horace, wir müssen etwas unternehmen und einen zweiten Mann nach Sibirien schicken.«

Der General drehte sich um. »Wissen Sie einen?«

»John Sinclair!«

Klar, das musste ja so kommen. Ich sollte die Kastanien für die Abwehr aus dem Feuer holen.

»Sinclair ist Polizist, kein Agent«, warf Britten ein.

»Aber besser als mancher eurer Spione«, konterte Sir James. »Außerdem geht es nicht nur um den Prototyp des Langstreckenbombers, sondern um Werwölfe. Dass dieser Clive Denver nach London gekommen ist und ein Werwolf war, darf und kann uns nicht ruhen lassen. Wir müssen die Quelle finden, und dabei dürfen uns auch keinerlei Grenzen oder Eiserne Vorhänge stören. Das ist gewissermaßen ein Dienst an der Menschheit, mein lieber Horace.«

»Du redest, als wolltest du auch noch die Russen mit einschalten.«

»Warum nicht?«

»Nein, James, du kennst sie nicht.« Der General schüttelte den Kopf. »Werwölfe in der Sowjetunion, das darf es nicht geben. Nicht in einem sozialistischen Staat. So etwas untergräbt die Moral der Bevölkerung.«

»Obwohl die Russen gerade in der PSI-Forschung groß eingestiegen sind«, bemerkte Sir James.

»Das stimmt. Nur sind Werwölfe etwas anderes. Ich bleibe dabei, diese Aktion muss top secret über die Bühne laufen, sonst ist alles verloren.«

Die Worte des Generals schwebten im Raum, und ich dachte darüber nach. Er war ein Kenner der Materie.

Wenn wir wirklich etwas unternahmen, dann musste es heimlich geschehen, denn die Russen waren mehr als misstrauisch. Sie würden demjenigen, der ihr Land besuchte, einen Begleiter oder Aufpasser an die Seite stellen. Wenn so etwas geschah, konnte ich mir eine erfolgreiche Arbeit abschminken. Sir James sah das natürlich anders. Bisher hatten mich meine Aufträge meist in die freie Welt geführt. Da konnten die Behörden untereinander Kontakt aufnehmen, zudem hatte der Superintendent großartige Beziehungen, doch mit den Russen war das schwer.

Sir James Powell nickte. »All right, Horace, du hast mich überzeugt. Wir machen es so, wie du es vorgeschlagen hast.«

Der General lächelte. »Es wird schon richtig sein, James, glaub mir. Ich habe da meine Erfahrungen.« Er blickte mich an. »Was sagen Sie dazu, Sinclair?«

»Es wird ein harter Job, nicht wahr?«

»Noch härter.«

»Dann möchte ich jemanden an meiner Seite haben.«

Die Augenbrauen des Generals schoben sich in die Höhe. »Und wen bitte?«

»Meinen Partner Suko.«

»Hört sich chinesisch an.«

»Ist es auch.«

»Kann man sich auf den Mann verlassen?«, erkundigte sich der General bei Sir James.

»Unbedingt.«

Britten überlegte. Er schaute mich dabei ein paar Mal an und musste wohl meinem Gesicht abgelesen haben, dass ich nicht mehr umzustimmen war. Er gab nach und hatte nichts dagegen, dass Suko und ich gemeinsam fuhren.

»Danke, General«, sagte ich.

»Die Sache eilt natürlich«, erklärte er. »Sie ist sogar mehr als dringend. Deshalb schlage ich vor, dass wir nun zu den Einzelheiten des Auftrags kommen und sie genau durchsprechen.«

»Ich habe nichts dagegen«, erwiderte ich und spitzte in den folgenden zwei Stunden die Ohren …

Sibirien!

Ein Land, das man kaum beschreiben kann, weil einfach die Vergleiche fehlen. Auf der einen Seite gehört es zur Sowjetunion, doch seine Einwohner haben einen wesentlich stärkeren asiatischen Einschlag und fühlen sich auch mehr zu den

Völkern Asiens hingezogen als zu den Europäern. Sibirien ist ein Rätsel, das noch längst nicht alle Geheimnisse preisgegeben hat.

Unermesslich groß – unermesslich weit. Taiga und Tundra, kurze Sommer, lange Winter. Eis und Polarnacht, ein gewaltiger Himmel, Wälder, Sümpfe, Seen – und die große Einsamkeit.

Es gab zwar einige Städte in dieser ungeheuren Weite, doch lebten in Sibirien relativ wenig Menschen. Es war ein leeres, ödes Land, durch das sich die breiten Ströme wälzten und wo in der großen Einsamkeit noch die letzten Sibirischen Tiger lebten.

Sibirien war reich, unermesslich reich sogar. Nicht an Geld oder Gold, obwohl man Letzteres dort auch fand. In Sibirien gab es gewaltige Vorkommen an Bodenschätzen. Und da zählte wiederum nur ein Stichwort.

Öl!

Dass tief in der Erde das Öl sprudelte, wussten auch die Regierungskreise in Moskau. Vor zehn Jahren noch hatte man gar nicht so darauf reagiert. Der Staat hatte eben Öl, und das war die Hauptsache.

Über Nacht begann die Ölkrise.

Plötzlich sah alles anders aus. Russisches Öl war gefragt. Natürlich glich man sich auch als sozialistischer Staat den Marktpreisen an und dachte gar nicht daran, den Bruderländern die Energie billiger zu lassen, man wollte selbst absahnen.

Vor die Ernte hat der liebe Gott aber den Schweiß gesetzt. Und da gab es Schwierigkeiten. So riesig die Ölvorräte auch waren – die größten der Welt –, so schwierig gestaltete sich eine Förderung. Das war ungemein problematisch, denn die Ölvorkommen lagen unter den riesigen Sümpfen der Taiga.

In Moskau startete man das Projekt Sibirien. Ein gigantischer Plan. Ein Teil Sibiriens sollte kultiviert und industrialisiert werden.

In einem sozialistischen Staat herrscht die Planwirtschaft. Obwohl es niemand offiziell zugeben wollte, gab es trotzdem Pannen, die kaum zu zählen waren.

Da war erst einmal die Natur. Es gab keine Straßen zu den Ölfeldern, die mussten gebaut werden und wurden gebaut. Man schaffte Betonplatten heran. Die hielten einen Sommer. Im Winter, wenn das sumpfige Gelände gefroren war, brachen sie.

Man baute Städte. Nach dem Reißbrettmuster wurden sie aus dem Boden gestampft. In der Taiga waren plötzlich Hochhäuser zu sehen, denn die arbeitenden Menschen mussten mit ihren Familien schließlich irgendwo untergebracht werden. Straßen gab es nicht. Die Menschen wateten in der kurzen Regenzeit durch den Schlamm. Zustände wie im Wilden Westen.

Sibirien erlebte eine Hölle.

Und der große Plan wankte.

Die Russen sahen plötzlich ein, dass sie sich wohl etwas zu viel vorgenommen hatten. Und dann gab es da noch die Technik. Für gewisse Arbeiten kam man mit der Hau-Ruck-Technik des Ostens nicht weiter, da brauchte man Geräte aus dem Westen und natürlich auch westliche Spezialisten.

Die wurden eingeflogen. Für Deutsche und Franzosen war es ein Chaos. Die Männer konnten nur den Kopf schütteln, doch über Nachschub brauchten sie sich nicht das Gehirn zu zerbrechen, sie waren nur für das technische Know-how der Ölförderung zuständig.

Trotz aller Bemühungen geriet die Produktion weiterhin ins Stocken. Das lag nicht nur an der Natur, sondern auch an der Arbeitsauffassung im Sozialismus. Wenn schon in Sibirien hocken, dann soll es sich wenigstens lohnen, hieß die

Devise. Revisoren sowie Bürokraten merkten plötzlich, dass da einiges nicht mehr stimmte.

Aus Moskau kamen sie. Von der Partei geschult und im Schnüffeln perfekt. Hinterlistig getarnt arbeiteten die Funktionäre eiskalt. Zwei Monate dauerte es, da waren sie hinter das gut ausgebaute System gestiegen.

Jetzt schlugen sie zu. In einer Nacht-und-Nebel-Aktion wurde verhaftet.

Die Männer aus Moskau räumten eiskalt auf. Sie zerschlugen einen gewaltigen Clan und scheuten sich auch nicht, korrupte Direktoren zu verhaften. Moskau wollte natürlich, dass die Schuldigen bestraft wurden. Ein Schauprozess lief nicht. Die Zentrale in der Hauptstadt verlangte, dass die Männer in Sibirien blieben und dort weiterarbeiteten, denn man bekam keine Arbeiter, die freiwillig in die Taiga gingen. Den meisten Russen war es dort zu mies, vor allen Dingen denen, die aus dem europäischen Teil der Sowjetunion stammten.

Man kannte es noch vom Krieg. Gefangenenlager wurden errichtet. Nicht sehr weit von den Bohrfeldern und damit den alten Arbeitsplätzen entfernt. Primitive Bauten stellte man mitten in die Taiga und pferchte die Menschen dort zusammen.

Es war die Hölle.

Keine Heizung. Im kurzen Sommer heiß, im langen Winter eiskalt. Zahlreiche Männer starben, was die Verantwortlichen nicht weiter störte, denn es gab genug Nachschub.

Die Arbeitsmoral war entsprechend. Es wurde nur unter Bewachung geschuftet, und die Posten waren besonders ausgebildete und geschulte Leute, die gegen eine Bestechung auf niedriger Ebene immun waren. Doch innerhalb der Lager wurde sehr schnell wieder die alte Korruption eingeführt.

Einer der verantwortlichen Lagerleiter war ein Mann, der aus Sibirien stammte. Ein Bär von Kerl. Wild anzusehen mit einem wuchernden Vollbart, dunklen Augen, schrankbreiten Schultern und regelrechten Muskelpaketen. Ein Typ zum Fürchten, und in der Tat hatten die meisten Gefangenen vor Oleg Brassow Respekt.

Seine Herkunft lag völlig im Dunkeln. Es ging das Gerücht um, dass seine Mutter ihn in früher Kindheit in den Wäldern Sibiriens ausgesetzt hatte und er von den Tieren großgezogen worden war. Ein sibirischer Tarzan, gewissermaßen.

Mit einem Tier hatte er zwar keine Ähnlichkeit, aber wenn man seinen menschlichen Körper anschaute, kam man leicht ins Grübeln. Es gab wohl kaum einen Menschen auf der Welt, der so behaart war wie dieser Oleg Brassow.

Die einzigen freien Flächen schienen die Wangen zu sein, die hell aus dem Bartgestrüpp schauten. Wer ihn unter der Dusche sah, konnte meinen, einen mit Fell bedeckten Menschen vor sich zu haben.

Oleg Brassow war gefürchtet. Er redete kaum, und wenn, dann schrie er die Gefangenen an oder schlug mit einer kurzstieligen Peitsche zu, die er stets bei sich trug. Er wusste genau, wie der Hase lief, und er hielt die Gefangenen unter Kontrolle.

In der letzten Zeit hatte es große Aufregung unter den Sträflingen gegeben. Einige von ihnen waren auf recht merkwürdige Weise ums Leben gekommen. Man hatte sie tot in den Wäldern gefunden. Die Leichen hatten ausgesehen, als wären sie von einem Tier angefallen worden. Völlig ausgeblutet und kaum noch zu identifizieren. Gerüchte über ein wildes Raubtier entstanden. Man schickte Jäger los, doch die fanden nichts.

Wie auch, denn die Bestie befand sich mitten unter den Gefangenen. Es war kein anderer als Oleg Brassow, der von dem unseligen Trieb eines Werwolfs besessen war und in langen Vollmondnächten auf Menschenjagd ging.

Er fand seine Opfer. Manchmal lockte er sie sogar aus dem Lager weg, um sie in der tiefen Einsamkeit des Landes zu töten.

Obwohl die Morde offiziell vertuscht wurden, sprachen sie sich doch herum. Und an anderer Stelle war man beunruhigt. Zwanzig Kilometer nördlich befand sich eine jener geheimen Forschungsstätten der Sowjetunion, die gleich nach dem Krieg eingerichtet worden waren, als noch niemand an den großen Ölboom dachte. Man hatte die Forschungsstätte weiter ausgebaut und das große Entwicklungsprogramm Langstreckenbomber dorthin verlegt.

Es war streng geheim, und das Gelände galt als tabu. Niemand durfte es betreten, es war bestens bewacht, aber man hatte Sorgen. Die Ölfelder breiteten sich aus. Es war auszurechnen, wann die ersten Förderpumpen unmittelbar vor dem abgeschirmten Militärgelände auftauchten.

Nach einer Lösung grübelte man in Moskau. Die Experten hockten dort an ihren Schreibtischen und zerbrachen sich darüber die Köpfe, aber zu einem Entschluss waren sie noch nicht gekommen.

Der eine dachte an das Öl, das dem Land schließlich Devisen bescherte. Doch der Verteidigungsminister sprach von der Krisenlage in der Welt und wollte sein militärisches Forschungsprogramm um keinen Rubel gekürzt wissen.

So ging es hin und her, doch eine Einigung war nicht in Sicht. Inzwischen bauten die Männer Straßen, fällten Waldstücke und schafften die Baumstämme heran, damit sie nebeneinander in den sumpfigen Boden gepresst wurden und einigermaßen feste Unterlagen bildeten, auf denen die schweren Lastwagen fahren konnten.

Sie rollten Tag und Nacht. Auf der kilometerweiten Baustelle gab es keine Pause, und als markantes Zeichen schwebten die Feuerzungen der Erdgasfackeln über dem riesigen Areal.

Wenn der Wind sie erfasste, dann wurden sie wie lange Fahnen bewegt, und selbst Sturzregen oder gewaltige Schneefälle konnten sie nicht löschen.

So vergingen Tage, Monate und Jahre.

Auch Oleg Brassow wurde älter. Mit zunehmendem Alter jedoch spürte er immer stärker das Andere in ihm. Hatte er sich früher beherrschen können und war nur einmal in den Vollmondnächten auf Jagd gegangen, so schlich er jetzt in der Nacht durch die Wälder, wenn der Mond seine volle Pracht zeigte.

Er suchte Opfer!

Oft fand er welche, manchmal kehrte er zurück, ohne seinen Trieb gestillt zu haben, da wurde er dann am anderen Morgen zum Schwein, wovon die Gefangenen ein Lied singen konnten, denn Brassow ließ an ihnen seine Launen aus.

Auch heute war es wieder so weit. Im Lager waren die Lichter längst gelöscht. Nur an den Wachtürmen brannten einige trübe Lampen. Die Stille hatte sich über den Platz gesenkt, die nur durch das Summen der mit Hochspannung aufgeladenen Zäune unterbrochen wurde.

Wer hier durchwollte, der verbrannte jämmerlich.

Hin und wieder strichen lange Scheinwerferbahnen über das Gelände vor den Unterkünften. Nie regelmäßig, je nachdem, wie die Wächter auf den Türmen ihre Launen hatten.

Sie und auch der Lagerleiter Oleg Brassow wohnten zwar auf dem Gelände, jedoch in einem Areal, das streng von den anderen abgeteilt worden war.

Brassow lebte allein. Ein kleines Holzhaus nannte er sein eigen. Und sogar einen Wagen.

Es war ein Geländefahrzeug russischer Produktion, das wirklich jedes Schlammloch schaffte und dessen Motor noch ansprang, wenn andere längst aufgegeben hatten.

Dieser Wagen verband Brassow mit der Außenwelt. Wann immer er wollte, durfte er das Lager verlassen.

Wie an diesem Abend.

Längst war die Sonne gesunken und hatte dem Mond Platz gemacht. Voll stand er am Himmel, ein gewaltiges gelbes Auge, das seinen Schein auf die Erde schickte.

Brassow stieß die Tür seines Hauses auf. Er trat über die Schwelle, blieb stehen und legte seinen Kopf in den Nacken. Am liebsten hätte er den Mond angeheult, so aber schaute er ihn nur an und badete sich in seinem fahlen Licht.

Das war sein Freund, sein Kraftspender.

Ein paar Minuten blieb er unbeweglich stehen. Auf die Stimmen der Wachtposten achtete er nicht. Die Männer spielten Karten, zudem gab es in diesem Teil des Lagers kaum etwas zu bewachen.

Brassow drehte sich um, ging zu seinem Wagen und kletterte hinein. Er startete. Wie immer spotzte der Motor ein wenig, sprang dann jedoch an, und als die Scheinwerfer aufflammten, erfassten sie das Wärterhäuschen, wo die Wachtposten saßen.

Er fuhr an.

Die Aufpasser kannten das Geräusch des Motors. Einer verließ die Bude und öffnete das Tor.

Oleg fuhr hindurch. Den Gruß des Mannes nahm er überhaupt nicht zur Kenntnis, seine Gedanken beschäftigten sich mit der nahen Zukunft, denn heute sollte ein besonderer Tag sein. Einer, den er schon lange herbeigesehnt hatte.

Lupina wartete auf ihn.

Die Königin der Wölfe!

Bisher hatte er nur von ihr gehört. Aber dann hatte sich Lupina mit ihm in Verbindung gesetzt, und zwar auf telepathischem Wege.

Sie wollte ihn treffen.

Der Weg vom Lager war weder asphaltiert noch mit irgendwelchen Bohlen bestückt. Es war nur eine Piste, in der die großen Reifen der Lastwagen und Transporter ihre Spuren hinterlassen hatten. Es hatte schon seit einigen Wochen nicht geregnet, deshalb war die Piste trocken und relativ gut befahrbar.

Doch wehe, wenn der große Regen kam. Er war der Vorbote des Winters, dann goss es in Strömen, schüttete wie aus Kannen, das Wasser weichte das gesamte Gelände auf, verwandelte es in eine regelrechte Schlammhölle, die selbst den schwersten Trucks Schwierigkeiten bereitete, hindurchzukommen.

Dem Regen folgte der Schnee.

Im Durchschnitt schneite es zwei Monate ununterbrochen. Der steife Nordwestwind brachte unvorstellbare Schneemassen mit sich. Und er blieb wie ein unendliches Leichentuch bis weit in den Mai hinein über dem Land liegen.

Doch die Arbeit ging weiter.

Die Männer und Frauen hatten sich auf den Winter eingestellt, sie wussten genau, wie sie ihm begegnen mussten. Dann schafften sie allerdings nur mit doppelter Kraft das Gleiche wie in den Sommermonaten. Sibirien wurde zu einer weißen Hölle.

Oleg Brassow kannte dieses Land. Er selbst bezeichnete sich als Stück Natur, als Teil eines Ganzen, und er wusste genau, dass die letzten schönen Tage bald vorbei sein würden.

Brassow fuhr in den Wald.

Er nahm nicht die Abzweigung, die zu den Ölfeldern führte. Die Gefangenen hatten eine Schneise in den dichten Wald geschlagen, die immer wieder freigehalten werden musste, weil das Unterholz zu sehr wucherte.

Es war dunkel. Selbst das Mondlicht schaffte es nicht mehr, den Boden zu berühren, wo eine handdicke Moosschicht lag, die von den Reifen zerquetscht wurde.

Im Scheinwerferlicht waren Spuren zu sehen, die darauf hinwiesen, dass dieser Weg nicht zum ersten Mal befahren wurde. Oleg Brassow kannte ihn genau, und er würde Lupina dort treffen, wo er sich immer verwandelte.

Auf der Lichtung!

Es waren meist Birken, die dicht an dicht standen und schon einen Teil ihres Laubes verloren hatten. Auch Nadelhölzer waren vertreten, und der Boden wurde noch weicher.

Ausläufer des riesigen Sumpfes machten sich bemerkbar. Nicht weit entfernt wälzte sich ein breiter Strom von Süden nach Norden. Wenn er während der Schneeschmelze über die Ufer trat, überschwemmte er auch das Sumpfgebiet.

Brassow fuhr durch die Büsche. Sein Wagen war wie ein Roboter, der alles niederwalzte. Zweige klatschten gegen die Karosserie, kratzten über das Glas, schlugen wie Peitschenhiebe gegen den Wagen.

Vornübergebeugt hockte Brassow am Lenkrad. Hart hielt er es umklammert. Er hatte die Lippen zusammengepresst, sodass sie nur einen Strich bildeten.

Und er spürte die innerliche Unruhe.

Ja, sie war da. Je mehr sich die Uhrzeiger der Tageswende näherten, desto größer wurde sie. Er fühlte das Kribbeln. Sein Blut rauschte, es lief schneller durch die Adern und brauste in seinem Kopf.

Bald musste er es geschafft haben!

Da war die Lichtung!

Er brach durch das letzte Buschwerk und stoppte den Wagen dicht neben den beiden vom Sturm gefällten Bäumen, die ein quer liegendes Hindernis gebildet hatten.

Er stieg aus.

Stille umgab ihn. Der Motor knackte noch ein paar Mal, und auch das Blech schien zu stöhnen, als Brassow dagegen drückte, dann war es still und er war allein mit seinen Gedanken.

Er hockte sich zu Boden.

Automatisch legte er den Kopf in den Nacken und schaute hoch. Am Himmel stand der Mond. Oleg hatte sich so gesetzt, dass er einen möglichst großen Ausschnitt von ihm sehen konnte, und an diesem Tage wirkte er besonders groß und voll.

Eine gewaltige Kugel, gelb, fahl und doch voller Kraft steckend. Für ihn genau richtig.

Wann kam Lupina?

Er schaute auf seine Uhr. Es waren nur noch wenige Minuten bis Mitternacht, die Verwandlung musste bald eintreten. Brassow spürte schon das Jucken, den unheimlichen Drang, und seine Haare auf den Handrücken stellten sich hoch.

Er riss seinen Mund auf.

Das Heulen drang schaurig hervor. Er war nicht mehr in der Lage, menschliche Laute auszustoßen, sondern heulte den Mond an, wobei er sich auf den Boden warf, Arme und Beine anzog, sie wieder von sich stieß, zuckte und sich um die eigene Achse drehte, mit den Händen auf den Boden schlug, dicke Grasbüschel ausriss und sie dann von sich schleuderte.

Das Tier in ihm war nicht mehr aufzuhalten.

Sein Gesicht hatte sich schon verändert. Der Mund war zu einer Wolfsschnauze geworden, beide Kiefer klafften auf. Die Zähne wirkten wie eine Reihe von gelbweißen Messerspitzen, zwischen denen der Geifer tropfte und lange Fäden zog.

Er schleuderte sich seine Kleidung vom Körper, schrie, heulte, schluchzte und keuchte.

Plötzlich sprang er auf.

Nicht mehr als Mensch.

Ein gewaltiger Werwolf stand auf der Lichtung. Dicht behaart, ein dickes, schimmerndes Fell und ein gefährliches Maul.

»So ist es gut, mein Lieber«, hörte er plötzlich eine Stimme.

Brassow fuhr herum und sah – Lupina!

Sie stand dort, wo sie zwischen zwei Birkenstämmen Platz gefunden hatte, und sie war wirklich eine imposante Erscheinung. Das blonde Haar leuchtete im Mondlicht und fiel ihr bis auf die Schultern, wo es das glatte seidig schimmernde Fell berührte. Das Gesicht war das eines Menschen. Die Augen, leicht schräg gestellt, wirkten kühl und wachsam. Die Lippen waren zu einem spöttischen Lächeln verzogen, und obwohl Oleg Brassow sie an Körpergröße weit übertraf, hatte er doch Respekt vor ihr.

Er spürte den Strom, der von ihr ausging und ihn traf. Das war nicht wie bei anderen Werwölfen, dahinter steckte mehr. Macht, ein unbändiger Wille, Einfluss und die Fähigkeit zu befehlen und zu regieren über ein Heer von Bestien.

Sie war nicht allein gekommen. Hinter ihr stand noch ein Werwolf, der sie ebenfalls überragte und fast Brassows Größe hatte.

In den Händen hielt Lupina einen Würfel, aus dem feine Nebelschwaden stiegen.

Lächelnd kam sie näher und blieb dort stehen, wo das Mondlicht die Lichtung traf. Auch sie badete sich in dem Schein, und ihre Augen funkelten gelblich grün.

»Du bist Oleg Brassow?«, sprach sie den verwandelten Lagerchef an.

»Ja.«

»Und du hast auf mich gewartet?«

»Ja, Königin.« Er sprach sehr demutsvoll, denn er wusste genau, dass sie mächtiger war als er.

»Hast du meinen Auftrag ausgeführt?«

»Ich habe diesen Agenten gefasst, gebissen und den Keim in ihn gelegt.«

»Du hast ihn also nicht getötet?«

»Nein, ich habe mich an deine Abmachung gehalten, die du mir telepathisch mitgeteilt hast.«

»Das ist gut, Oleg. Ich sehe, dass ich mich auf dich verlassen kann.« Sie lächelte plötzlich und drehte den Kopf. »Dann darf ich dir unseren Helfer vorstellen. Das ist Rock Dale. Er kommt aus Kanada. Wie du hat auch er meinen Ruf erhalten und ist ihm gefolgt. Wir drei werden eine ungeheure Macht erreichen. Das Lager mit den Gefangenen steht zu unserer Verfügung?«

»Es ist alles vorbereitet.«

Lupina lachte. »Sie werden unsere Brüder«, frohlockte sie. »Alle werden unsere Brüder, das kann ich dir versprechen. Niemand ist in der Lage, die Werwolf-Elite aufzuhalten, und sollte es doch einer versuchen, wird er getötet!«

Diese Worte waren Balsam für die schwarzen Seelen der höllischen Geschöpfe. Sie hatten bisher nur immer im Verborgenen leben müssen, nun konnten sie sich zeigen. Und mit Lupina als Führerin würde schon nichts schiefgehen.

»Wann wird es sein?«, fragte Oleg Brassow.

»Heute noch nicht. Wir haben Zeit. Am morgigen Tag steht der Mond so voll am Himmel wie nie, dann schlagen wir zu. Wie viele Gefangene befinden sich im Lager?«

»Siebzig.«

»Sind es nur deine Landsleute?«

»Nein, auch ein Ausländer ist dabei.«

»Wer ist es?«

»Ein Amerikaner.«

»Und sein Name?«

»Mark Baxter!«

Lupina überlegte einen Augenblick. Dann schüttelte sie den Kopf. »Nein, ich kenne ihn nicht.«

»Er soll in zwei Tagen abgeholt werden. Spionage«, fügte der Lagerchef hinzu.

Es schien Lupina nicht zu interessieren. »Hast du heute Nacht schon dein Opfer gerissen?«, erkundigte sie sich.

»Nein.«

»Dann lässt du es auch bleiben. So schlimm es für dich auch sein wird. Denk an später.«

»Ja, ich werde dir gehorchen.«

»Du wirst uns morgen um die gleiche Zeit am Lager treffen. Wir finden den Weg allein, deshalb brauchst du uns nicht abzuholen.«

Es waren Lupinas letzte Worte. Sie nickte Brassow noch einmal zu, drehte sich um und verschwand.

Oleg Brassow stand noch einige Minuten unbeweglich auf der Lichtung und badete sich im Schein des Mondes. Dann öffnete er sein Maul und stieß ein schauriges Heulen aus.

Es hörte sich an wie das eines großen Siegers …

Wo der Jenissej in ein gewaltiges Mündungsdelta strömt, sollten wir abgesetzt werden.

Es war eine Gegend, in der ein Mensch es verflucht schwer hatte, zu existieren. Sümpfe über Sümpfe. Dazwischen die gewaltigen Mündungsarme des breiten Stroms, der manchmal aussah wie ein Meer.

Wir flogen in den aufgehenden Tag hinein, und lange Sonnenstrahlen fielen auf das unter uns liegende Wasser, das silberfarben aufleuchtete, als hätte jemand mit einem gewaltigen Pinsel den Metalliclack darüber gestrichen.

Der Pilot suchte nach einem Landeplatz. Wir hockten in keinem normalen Flugzeug, sondern in einer Maschine, die Schwimmträger hatte und auf dem Wasser landen konnte. Gestartet waren wir von einer Insel aus, die im Nordmeer liegt, deren Namen ich aber vergessen hatte. Dort lebte der Pilot als Fischer und Pelzjäger. Dass er für den englischen Geheimdienst arbeitete, wussten die Wenigsten. Er kannte sich auf jeden Fall aus und hatte das Radar unterflogen. Er würde uns auch wieder abholen.

Das Wasserflugzeug war ein wenig umgebaut worden. Es verfügte über Zusatztanks. So wurde es schwerer und langsamer, und wir waren ziemlich spät dran.

Eisberge hatte wir ebenfalls gesehen. Unbeweglich trieben sie im grauen Wasser. Der Polarkreis war schließlich nicht weit entfernt, und wenn wir Pech hatten, gerieten wir in den ersten Schnee, obwohl die Wetterfrösche nichts dergleichen vorausgesagt hatten. Sie glaubten weiterhin an ein ruhiges Herbstwetter, das auch die nächsten Tage anhalten würde.

Wir gingen tiefer. Das geschah ziemlich ruckartig, sodass ich das Gefühl hatte, mein Magen würde oben in der Kehle sitzen. Erst jetzt merkte ich, wie schnell wir waren, denn Sumpf und Wasser glitten als schimmernde Fläche unter uns weg.

Kreischend stiegen gewaltige Vogelschwärme auf und flohen vor uns in den hellgrauen Himmel.

Die Temperatur lag nur zwei Grad über dem Gefrierpunkt. Und viel wärmer würde es auch nicht werden. In der Nacht hatte es sogar gefroren.

Bodenkontakt.

Besser gesagt, Wasserberührung, denn an den kleinen Fenstern spritzten plötzlich graue Fontänen hoch.

Ich sah Wildgänse nach Osten fliegen. Majestätisch wirkte auf mich ihr Flug. Und nach Osten wollten wir auch. Denn etwas südöstlich des Deltas lag unser Einsatzgebiet. Wir trugen Spezialkarten bei uns aus dem Archiv des Geheimdienstes.

Der Wind kam von vorn, er trieb die Wellen des Mündungsarms hoch, warf sie gegen das Flugzeug und schüttelte es durch.

Suko und ich hatten in der letzten halben Stunde nicht gesprochen. Wir blickten an zwei verschiedenen Seiten nach draußen, und ich sah den dunklen Gürtel zuerst, auf den das Flugzeug zuhielt. Das Wasser gischtete weiterhin in die Höhe. Berge aus glitzernden, sprühenden Tropfen fielen über unserer Maschine zusammen und überzogen die Haut des Vogels mit einem glänzenden Film.

Fünf Minuten später berührten die Schwimmer festeren Boden. Sumpf.

Die Maschine stand, der Pilot drehte sich um und winkte uns.

Wir hatten schon durch die Fenster gesehen, wo wir gelandet waren, und schüttelten die Köpfe.

»Hier sollen wir raus?«, fragte ich.

»Ja.«

»Und dann versacken wir im Sumpf.«

»Nein, das sieht nur so aus. Ich kenne die Stelle. Sie haben ja Stiefel an, und wenn Sie schnell gehen, werden Sie bald einen brüchigen Steg erreichen. Dort wartet man dann auf Sie.«

»Auf Ihre Verantwortung«, sagte ich.

»Ich?« Er lachte auf und erhob sich von seinem Sitz. »Ich bin nur ein kleiner Pilot, mehr nicht.«

»Der es faustdick hinter den Ohren hat.«

Der Ausstieg war inzwischen geöffnet. Kalter Wind pfiff in die Maschine. Wir waren heilfroh, die Jacken mit dem Steppfutter angezogen zu haben.

Der Wind wehte auch über den Sumpf. Er bewegte das Gras, das hüfthoch aus dem Wasser ragte, sodass es auf uns wirkte wie ein grünbraunes, wogendes Meer.

Es wuchs bis zum Wald hin. Eine freie Fläche oder einen trennenden Zwischenraum sah ich nicht. Der Pilot hatte eine kleine Leiter ausgefahren. Sie klebte am Rumpf. Über die Sprossen stiegen wir nach unten.

Ich hatte die Führung übernommen und versank deshalb als Erster in der Mischung aus Wasser und Schlamm. Als meine Füße den Grund aufwühlten, nahm das Wasser eine noch stärkere Trübung an.

Die hohen Stiefel erwiesen sich jetzt als nützlich. Fast bis zu den Knien sackte ich ein und fühlte unter meinen Füßen einen schwammigen Grund.

»Bewegen Sie sich«, riet der Pilot, »sonst sacken Sie ein!«

Das tat ich, wobei ich Mühe hatte, meine Beine wieder aus dem Grund hervorzuziehen. Suko ging es nicht anders.

Der Pilot war so dicht am Wald gelandet, wie er gerade noch verantworten konnte. Als wir weit genug entfernt waren, startete er, wendete die Maschine und zischte über das Wasser.

»Mutiger Bursche«, sagte Suko.

Wir waren für einen Moment stehen geblieben und schauten dem Flugzeug nach.

Ich hob die Schultern. »Er hasst das System. Sein Vater war Russe. Er starb in einem Lager.«

Der Vogel hob ab. Er hatte einen grünlichen Tarnanstrich, doch jetzt blitzte selbst dieser auf, denn das Flugzeug schien direkt in die Sonne hinein zu fliegen.

Wir waren zu lange stehen geblieben und hatten Mühe, wieder freizukommen. Schwer stapften wir weiter und merkten schon bald, dass der Untergrund härter wurde. Schließlich verschwand auch das Wasser, wir passierten Ausläufer des Schilfgürtels und erreichten zwar feuchten, aber dennoch festen Boden.

Dort blieben wir erst einmal stehen.

Stille und Einsamkeit umgab uns. Die Maschine war schon verschwunden. Wir sahen sie nicht einmal mehr als Punkt im Grau des Himmels.

Diese Gegend war ein Paradies für Naturforscher. Bretteben lag sie vor unseren Augen. Gewaltige Vogelschwärme schienen aus der Sonne zu kommen, stießen nieder und fanden überall auf dem weiten Wasser- und Sumpfgelände ihren Platz sowie Nahrung.

Suko hatte die Karte hervorgeholt. Es waren etliche Meilen bis zu unserem Ziel, und allein würden wir es kaum schaffen. Davon waren wir beide überzeugt.

Wir sollten abgeholt werden. Von der Person war nichts zu sehen. Nicht einmal den Namen wussten wir, da konnte jede x-beliebige Person erscheinen, wir mussten ihr einfach vertrauen. Das gefiel mir überhaupt nicht.

Suko deutete nach Südosten. »Sollen wir?«

Ich hob die Schultern. »Klar, wer nicht kommt zur rechten Zeit …«

»Genau.«

Wir marschierten los. Jeder Atemzug stand als kleine Wolke vor unseren Lippen. Es war empfindlich kalt. Der sibirische Winter ließ sich nicht aufhalten.

Schon nach wenigen Schritten blieb ich stehen und sah mich um.

»Suchst du etwas?«, fragte der Chinese.

»Ja, den Steg, von dem unser Pilot gesprochen hat.«

»O verflixt, den hatte ich ganz vergessen.«

Wir waren noch nicht in den Wald eingedrungen. Vor mir sah ich einen Baum. Ich kletterte hoch und hielt Ausschau.

Ich hatte Glück. Der Steg war von meiner Position aus zu erkennen. Wie ein dunkles Band lief er in einen schräg vor uns liegenden Schilfgürtel hinein.

Ich sagte Suko Bescheid und sprang nach unten.

Der Chinese war schon vorgegangen. Wieder wurde der Boden weicher. Wenn wir auftraten, schmatzte es unter unseren Füßen. Die Sohlen der Stiefel hinterließen tiefe Abdrücke, in die sofort Wasser rann.

Ein dicker Frosch, aufgebläht wie ein Ballon, hüpfte mir fast über die Füße, weil ich ihn erschreckt hatte.

Mit beiden Händen drückte der vor mir gehende Suko das Schilf zur Seite. Weiter vorn stießen träge, breite Dunststreifen von der Wasseroberfläche hoch, weil die Sonnenstrahlen damit begannen, Flüssigkeit zu verdampfen.

Dann sahen wir den Steg. Wir befanden uns ungefähr dort,

wo er begann. Vertrauen erweckend sah er mir nicht aus. An einigen Stellen war er zerbrochen. Die Bohlen hingen schief, und manche waren überhaupt im Wasser verschwunden.

Hier sollten wir den Kontaktmann also treffen.

»Ich sehe ihn nicht«, sagte Suko und warf einen Blick auf seine Uhr.

Wir machten einen Zeitvergleich und stellten beide fest, dass wir uns verspätet hatten.

»Der wird schon wieder verschwunden sein«, murmelte Suko.

Ich schüttelte den Kopf. »So ein Mensch muss doch wissen, dass wir hier nicht pünktlich auf die Minute sein können.«

»Du willst also warten?«

»Genau.«

»Dann sehe ich mich mal um«, meinte Suko und wollte den Steg betreten, als wir in unserem Rücken eine Stimme vernahmen, die sich recht zaghaft anhörte.

Wir drehten uns um.

Vor uns stand ein Mädchen!

Mit allem hatten wir gerechnet, nur damit nicht. Ein Mädchen in dieser Einöde, das war wirklich ein Hammer.

Ich schluckte, und auch Suko konnte seine Überraschung nicht verbergen.

Bevor ich eine Frage stellte, betrachtete ich die Kleine genauer. Klein war sie wirklich. Sie reichte mir nur bis zur Schulter, trug einen wollenen Rock und eine Steppjacke mit Kapuze, die sie jedoch nicht über ihren Kopf gestülpt hatte, deshalb sah ich die feinen schwarzen Haare, die das schmale Gesicht umrahmten, sodass die Haut noch blasser wirkte, als sie ohnehin schon war.

Das Mädchen hatte einen fein geschwungenen Mund und große Augen, in denen die Scheu nistete.

»Wer bist du?«, fragte ich.

»Jovanka.«

»Und du sollst uns abholen?«

»Ja.«

Zum Glück sprach sie Englisch, sodass das erste Eis zwischen uns gebrochen war.

Ich reichte ihr meine Hand. Sie zögerte erst noch, dann griff sie zu.

»Mein Name ist John«, sagte ich und stellte auch Suko vor.

Der Chinese lächelte. Auch er begrüßte das Mädchen mit einem Händedruck. Wir waren noch immer überrascht, denn damit hatten wir wirklich nicht gerechnet. Niemand hatte uns gesagt, dass wir von einem Mädchen abgeholt werden würden.

»Kommt«, sagte sie.

Suko und ich hoben die Schultern. Wir waren Fremde in einem fremden Land und mussten ihr folgen.

Wir verließen die Nähe des Stegs und drangen in den Wald ein. Aus der Ferne hatte er sehr dicht ausgesehen, nun bemerkten wir, dass das ein Trugschluss war. Zwischen Erlen und Birken gab es genügend Platz, sodass wir relativ bequem hindurchgehen konnten.

Die Bäume waren allesamt nicht hoch. Das ließ das Klima einfach nicht zu.

Jovanka war ein Kind des Landes. Obwohl wir als kräftige Männer eigentlich hätten leicht Schritt halten müssen, hatten wir Schwierigkeiten, ihr zu folgen.

Schnell und geschmeidig ging sie vor uns her, hüpfte manchmal über kleine Tümpel, und ihr derber Stoffrock schwang dann wie eine Glocke hoch, sodass wir ihre Beine sehen konnten, die in dicken Wollstrümpfen steckten.

Ich sah schon vorher, dass es bald nicht mehr weiterging, denn vor unseren Augen glitzerte ein Flusslauf. So breit, dass das gegenüberliegende Ufer nur als grauer Dunststreifen zu erkennen war.

Die Tümpel wurden größer. Ich sah sogar Wasserschlangen. Wir mussten die nassen Löcher umgehen, gerieten wieder in einen im Wind wogenden Schilfgürtel, in dem das Mädchen plötzlich verschwunden war.

Wasser platschte.

Suko war zuerst bei mir. Er hatte sich gebückt, drängte einige Rohre zur Seite und drehte den Kopf.

»Ein Boot, John.«

Wenig später sah ich es auch. Es war ein alter Holzkahn, der sogar einen Außenborder hatte sowie einen Mast. Das Segel allerdings lag zusammengefaltet auf den Planken, die unbearbeitet waren. Dann befanden sich noch mehrere Kanister im Boot. Ich nahm an, dass sie Treibstoff enthielten.

»Bitte«, sagte Jovanka.

Wir ließen uns nicht lange auffordern und stiegen ein. Der Kahn schwankte ein wenig, und Suko begab sich sofort ans Heck, um den Motor anzuwerfen, wobei er Jovanka fragend anschaute.

Sie nickte lächelnd.

Dreimal musste der Chinese an der Leine ziehen, bevor überhaupt ein Spotzen zu hören war. Beim fünften Versuch sprang der Motor an. Mit wenigen Worten machte Jovanka uns klar, wie wir fahren sollten. Immer in der Nähe des Schilfgürtels bleiben, damit wir so rasch wie möglich verschwinden konnten.

Wir erfuhren auch, dass wir uns auf einem Nebenarm des großen Stromes befanden, also nicht auf dem Jenissej selbst. Wie breit musste erst der Fluss sein!

Abermals erschreckten wir zahlreiche Vögel, die im dichten Schilf gesessen hatten und nun hochstoben. Zuvor hatten wir keine gesehen.

Flussaufwärts fuhren wir. Suko steuerte, und wir schwiegen. Das Mädchen starrte auf die Wasserfläche, die vom Wind bewegt wurde und kräuselnd vor uns lag.

Ich beobachtete sie und sah nicht zum ersten Mal, dass sie traurige Augen hatte. Ihr Alter schätzte ich auf 22.

Zweimal mussten wir Sprit nachfüllen. Dann war ein Kanister leer. Es standen jedoch genügend zur Verfügung.

Ich versuchte, mit Jovanka ein Gespräch anzufangen.

Sie antwortete einsilbig, wobei sie allerdings zugab, dass uns eigentlich ihr Bruder Boris abholen sollte.

»Und warum kommt er nicht?«, erkundigte ich mich.

»Er kann nicht.«

Mehr sagte sie nicht. Langsam stieg die Sonne höher. Es wurde Mittag. Wir fuhren auch nicht mehr auf dem Nebenarm, sondern auf einem See, der überging in einen gewaltigen Sumpf.

Als es genau 12 Uhr war und ich fragen wollte, wie weit wir denn noch zu fahren hatten, sahen wir plötzlich Vögel, die wild aufflatterten.

Jovanka erschrak. Ihr Gesicht wurde noch blasser. Und Panik erfüllte ihre Augen, als sie die Stimmen hörte.

»Soldaten!«

Augenblicklich stellte Suko den Motor ab. Vom eigenen Schwung getrieben glitt das Boot in einen Grasgürtel hinein, der so hoch wuchs, dass der aufrecht stehende Mast kaum auffiel.

Hatten die Soldaten etwas bemerkt?

Wir drei lagen auf dem Boden des Bootes, wagten kaum zu atmen und warteten ab.

Die Stimmen wurden lauter. Ich verstand nicht, was gesprochen wurde, hörte ein Lachen und dann einen Befehl. Im nächsten Moment brummte ein Motor auf.

Es war ein sehr lautes Geräusch, das uns unter die Haut

ging. Wellen rollten an und schaukelten unseren Kahn. Dann war das andere Boot vorbei.

Wir warteten noch. Erst als wir das Motorengeräusch kaum noch hörten, standen wir auf.

Ich trug einen kleinen Feldstecher bei mir und holte ihn aus der Seitentasche.

Durch die Optik brachte ich den Gegenstand näher an mich heran. Es war in der Tat ein mit Soldaten besetztes Boot gewesen. Die russische Fahne flatterte am Mast.

Sechs Mann Besatzung zählte ich. Ho, da hatten wir Glück gehabt.

Dabei war unsere Reise zu Ende. Wenigstens die auf dem Wasser. Den Rest mussten wir zu Fuß zurücklegen. Aber nicht mehr durch den Sumpf, sondern durch dichte Wälder.

Das war ein regelrechter Urwald, durch den das Mädchen mit traumwandlerischer Sicherheit seinen Weg fand. Da lagen Bäume quer, bildeten gewaltige Hindernisse. Andere wuchsen schräg, sodass sie sich den gegenüberliegenden anlehnten, und so manches Mal kamen wir ohne zu klettern nicht weiter.

Jovanka fand ihren Weg. Sie war wirklich Spitze und führte uns sehr sicher.

Unsere warmen Jacken hatten wir ausgezogen und über die Schultern gehängt.

Plötzlich erreichten wir eine Straße.

Sofort blieben wir stehen.

»Was ist das?«, fragte ich.

Jovanka erklärte mir mit wenigen Worten, dass es nicht mehr weit zu unserem Ziel wäre, und sagte mir auch, dass die Straße den Holzfällern und Ölarbeitern gehörte.

Nun, Straße war übertrieben. Mehr ein Pfad, auf dem man Baumstämme dicht nebeneinander gelegt hatte. Links sah ich sogar einen Lastwagen. Ich wunderte mich darüber, dass niemand arbeitete, doch das Mädchen sprach von einer Mittagspause.

Das sagte alles.

Wir waren froh, auf der anderen Seite wieder in den Wald eintauchen zu können, der sich schützend über uns breitete.

Bisher hatte ich mich nicht getraut, Jovanka nach den Wölfen zu fragen. Das holte ich nach.

Sie gab keine Antwort.

»Gibt es sie nun?«

»Vielleicht, John. Sibirien ist weit, die Geister leben, die Rätsel liegen tief.«

Damit konnte ich wirklich nichts anfangen.

Wir wurden noch vorsichtiger. Zudem hörten wir immer wieder Stimmen. Dazwischen Axtschläge und das Geräusch der Motorsägen. Die Zivilisation hatte uns wieder.

Als wir auf einen Weg stießen, deutete Jovanka nach vorn. »Wir sind gleich da«, sagte sie.

Ich folgte ihrem ausgestreckten Zeigefinger mit meinen Blicken. Sie hatte recht, denn wo der Weg zu Ende war, sah ich Häuser.

»Euer Dorf?«, fragte ich.

»Ja.«

»Man wird uns sehen.«

»Nein, die Männer sind im Wald. Und die Frauen …« Sie hob die Schultern und lächelte. »Ihr seid eben Freunde aus dem Ölcamp.«

Sie wusste sogar den Namen Ölcamp, und ich fragte sie, wo sie Englisch gelernt hatte.

»In Moskau.« Danach blieb sie wieder verschlossen.

Wir gingen nun den Weg entlang, der zu dem kleinen Walddorf führte. Dabei hielten wir uns dicht am Waldrand. Zu sehr wollten wir das Schicksaal doch nicht herausfordern.

Abermals war uns das Glück hold. Soviel wir erkennen

konnten, wurden wir nicht gesehen, aber man hätte uns auch aus dem Unterholz heraus beobachten können.

Das Haus, in dem Jovanka wohnte, lag etwas abseits. Zwischen den Holzbauten gab es keine Wege. Der normale Pfad endete am Ende der Hüttenansammlung.

Niemand pflegte die unmittelbare Umgebung. Gras und hohe Farne konnten zwar wachsen, waren aber von den Rädern der Fahrzeuge geknickt worden und lagen wie eine Schicht am Boden.

Das Hallen der Axtschläge und Brummen der Motorsägen war hier die ständige Begleitmusik. Wir mussten die Straße verlassen, um Jovankas Haus zu erreichen. Es lag dicht am Wald, war eines der letzten, nur das gegenüberliegende Haus stand noch weiter hinten.

»Du wohnst mit deinem Bruder allein hier?«, fragte ich das Mädchen.

»Ja.«

»Ist er da?«

»Nein.« Jovanka blieb vor der Tür stehen, holte einen Schlüssel heraus und schloss auf. Es war ein schweres Vorhängeschloss und an allen Seiten verrostet.

Das Knarren der Tür begleitete uns, als wir die Schwelle übertraten und in einen Raum gelangten, der drei Funktionen erfüllte. Wohn-, Ess- und Schlafraum.

Der Tür gegenüber und nach links seitlich versetzt, sahen wir die gemauerte Feuerstelle, von der aus ein Kamin zum Dach führte. Vor der Feuerstelle stand eine lange Holzbank, davor wiederum ein Tisch und einige Stühle. Der Fußboden bestand aus zurechtgeschnittenen Bohlenbrettern, auf denen unsere Schritte hohl nachklangen, wenn wir auftraten.

Rechts sah ich zwei Betten. Sie standen im rechten Winkel zueinander. Zu den beiden Seiten der Tür wuchsen Holzregale an den Wänden hoch. Es war irgendwie gemütlich, anheimelnd und roch nach Harz und Tannen. Auf einmal fühlte ich mich wohl und musste lächeln.

Es wurde erwidert. Jovanka merkte, dass es mir gefiel. Auch Suko nickte.

Zwischen Kamin und Bett sah ich noch eine Tür. »Wo führt sie hin?«, fragte ich.

»In einen Schuppen. Da haben wir unser Holz für den Winter.«

Das klang einleuchtend. Auf dem gemauerten Herd standen drei Töpfe. Elektrisches Licht gab es nicht, dafür entfachte Jovanka mit einem primitiven Blasebalg das fast heruntergebrannte Feuer von Neuem an. Als sie sich aufrichtete, sagte sie: »Ich habe heißes Wasser aufgesetzt. Der Tee wird euch nach der Sauna gut tun.«

»Sauna?«, fragte ich.

»Ja, ihr seid meine Gäste. Es ist bei uns Sitte, dass man Gäste in die Sauna führt.«

Davon hatte ich gehört. Aber so ganz passte mir das nicht. Ich warf Suko einen Blick zu.

Der Chinese hob die Schultern. »Wir brauchen ja nicht zur gleichen Zeit in die Sauna gehen. Einer kann hier Wache halten. Schließlich darf man so eine freundliche Einladung nicht ausschlagen.«

Suko hatte mich überstimmt. Ich nickte Jovanka zu. »Du hast es gehört, gehen wir in die Sauna.«

Das Mädchen strahlte. »Du musst noch einen Moment warten, bis das Wasser heiß ist.«

Die Wartezeit nahmen wir gern auf uns. Wir verkürzten sie mit Tee. Ich bot Zigaretten an. Jovanka nahm sie gern.

Sie erzählte, dass wir erst weiterkonnten, wenn die Dunkelheit über das Land gefallen war. Dabei fragte sie nicht einmal nach dem Grund, und ich versuchte wieder, das Gespräch auf die Wölfe zu lenken.

Da wich sie seltsamerweise immer aus, gab jedoch andere Informationen bereitwillig preis.

So sprach sie über Clive Denver.

»Du kanntest ihn?«

»Ja.«

»Und den Amerikaner?«

»Ihn habe ich auch gesehen.«

»Wo befindet er sich jetzt? Clive Denver ist ja wieder nach London zurückgekehrt.«

Sie saß neben mir auf der Bank. Ihre schmalen Finger spielten mit einem einfachen Ring aus Kunststoff. Jovanka hatte die Jacke ausgezogen und trug darunter eine derbe Leinenbluse, die trotz ihres Schnitts nicht verbergen konnte, dass die Russin eine gute Figur hatte.

»Der andere ist noch hier.«

Die Antwort hatte ich fast erwartet und fragte noch einmal nach. »Ist er denn normal?«

Sie drehte den Kopf und schaute mich aus großen Augen an. »Wie meinst du das?«

»Nun, hat er sich verändert?«

»Das weiß ich nicht. Er befindet sich in einem Straflager. Hier in der Nähe. Willst du hin?«

»Möglich.«

»Aber deswegen bist du doch gekommen, oder nicht?«

Die Frage war schwer zu beantworten. Ich nahm einen Schluck Tee. Er schmeckte gut. Anders als der, den ich sonst trank. Irgendwie frisch gepflückt. Und er hatte eine tiefgrüne Farbe.

»Ja«, sagte ich nach einer Weile, »wir sind auch wegen des Amerikaners hier.«

»Gibt es noch einen Grund?«

Das Mädchen hatte mich sehr gut verstanden, und ich nickte.

»Clive Denver kam bis nach London durch, und dort war er

nicht mehr der Alte. Er verwandelte sich in einen Werwolf.«

Ich schaute Jovanka an, als ich diese Worte sagte, aber sie reagierte nicht, hob nur die Schultern und sprang dann auf, allerdings nicht wegen meiner Antwort, sondern wegen des Wassers.

»Es kocht bereits«, sagte sie. »Du kannst in die Sauna.«

Mit kräftigem Griff nahm sie die zwei Töpfe vom Herd und schleppte sie durch die zweite Tür nach draußen in den Anbau.

»Was hältst du von ihr?«, fragte Suko.

»Tja, sie ist sehr seltsam.«

»Das meine ich auch.«

»Auf jeden Fall werde ich mal die Sauna benutzen.« Ich stand auf und schritt durch die gleiche Tür, die auch Jovanka genommen hatte. Der Anbau war sehr klein und niedrig. Zudem teilte ihn ein Gang. Links davon lag die Sauna. Rechts wurde das Holz gestapelt.

Ich hörte das Zischen. Es entstand, wenn man das heiße Wasser auf die Steine kippte. Dampf wölkte durch die offene Tür, und Jovanka war nur schemenhaft zu erkennen. Der Dampf roch wunderbar. Würzig, nach Wald und Kräutern.

Jovanka kam zu mir. Ihre langen Haare glänzten, und sie wischte sie aus dem Gesicht. »Du kannst jetzt hineingehen«, sagte sie und lächelte mich dabei an.

Dann schlüpfte sie an mir vorbei und war verschwunden. Ein seltsames Mädchen, wirklich, dachte ich und bückte mich, um durch die Tür zu gehen.

Dampfschwaden nahmen mir die Sicht. Ich sah links von mir einen Holzschemel, wo ich meine Sachen ablegen konnte. Allerdings nahm ich den Schemel mit hinein, so ganz wollte ich mich von meinen Waffen nicht trennen.

Inzwischen konnte ich besser sehen.

Es gab zwei Liegebänke in dieser kleinen Sauna. Beide

bestanden aus dickem Holz, das sogar noch eine Rinde hatte. In Kniehöhe waren die Bänke angebracht worden, ich brauchte mich nur auf einer auszustrecken. Ich nahm die von der Tür aus gesehen an der rechten Seite stehende. Da befanden sich auch die Steine in der Nähe. Sie waren mit Reisig überdeckt, und ich sah sogar unter ihnen Feuer glimmen.

Tief atmete ich ein, als ich mich auf den Rücken gelegt hatte. Diese Schwaden taten mir gut. Sie drangen weit in meine Lungen, und füllten sie aus. Der Geschmack von Eukalyptus breitete sich in meinem Mund aus.

Es tat wirklich gut.

Ruhig blieb ich liegen. Schon längst schwitzte ich. Der Dampf trieb mir den Schweiß aus allen Poren. Ich sah aus wie jemand, den man mit Öl eingerieben hatte.

Dann traf ein kühler Luftzug meine Schultern.

Ich zuckte zusammen, rollte mich herum, denn dieser Luftzug konnte nur bedeuten, dass jemand gekommen war.

Suko vielleicht.

Mit der Hand wedelte ich ein paar Schwaden weg.

Nein, Suko war nicht gekommen, sondern das Mädchen.

Es stand noch an der Tür, und ich konnte trotz der schlechten Sichtverhältnisse erkennen, dass es nackt war …

Suko drehte den Kopf, als Jovanka zurückkehrte. Das Mädchen lächelte.

»Alles klar?«, fragte der Chinese.

»Ja.« Sie blieb neben dem Herd stehen und deutete auf den dritten Topf. »Da ist noch heißes Wasser. Wenn dein Freund fertig ist, werde ich es aufschütten.«

»Das finde ich toll von dir.«

Etwas verlegen hob Jovanka die Schultern. »Möchtest du noch Tee?«

»Wenn es dir nichts ausmacht?«

»Nein, nein, ganz und gar nicht.« Sie goss heißes Wasser in den Becher, wo der getrocknete Tee den Boden bedeckte. Das frische Glas hatte sie dem Regal entnommen.

Suko ließ den Tee einige Zeit ziehen. Er war an sich auch ziemlich schweigsam, und da Jovanka nichts sagte, sah auch der Chinese keine Veranlassung, den Mund aufzumachen.

Er nahm den ersten Schluck.

Heiß war der Tee, so heiß, dass sich Suko fast die Lippen verbrannt hätte.

Der Chinese beugte sich nach vorn.

Darauf hatte Jovanka gewartet. Sie stand hinter Suko und hielt ein Stück kantiges Holz in der Hand. Aus dem Schuppen hatte sie es mitgebracht, jedoch gut versteckt gehalten. Als Suko zum zweiten Mal trank, schlug sie zu.

Der Chinese hörte wohl noch das Pfeifen, wollte zurückweichen, doch er kam nicht mehr dazu.

Jovanka traf ihn genau. Die Kante des Holzstückes hieb gegen Sukos Hinterkopf. Ein ziehender Schmerz raste durch seinen Schädel, der in einer wilden Explosion mündete.

Mit dem Gesicht warf Suko noch die Tasse um, als er nach vorn sackte und mit der Stirn hart auf den rohen Holztisch krachte.

»Es tut mir leid«, flüsterte Jovanka, ließ das Holzstück fallen, ging ein paar Schritte zur Seite und bückte sich. Sie hob einen hölzernen Griff an, der sich so sehr der Farbe des Bodens anglich, dass er kaum zu sehen war.

Ein Ruck, und die Luke einer Grube stand offen.

Sofort huschte Jovanka zurück und zischte, während sie sich bewegte: »In der Sauna.« Dann zog sie sich in Windeseile aus.

Sie war kaum verschwunden, als sich im Keller etwas bewegte. Und im nächsten Augenblick erschien eine Pranke. Sie klammerte sich um den Lukenrand.

Suko saß bewusstlos am Tisch, sonst hätte er sehen können, dass ein Werwolf aus der Öffnung kletterte …

Im ersten Moment musste ich schlucken. Zu groß war die Überraschung.

»Gehört das bei dir auch zur Betreuung der Gäste?«, fragte ich ein wenig kratzig.

»Möglich …«

Jovanka war nicht an der Tür stehen geblieben, sondern kam langsam näher. Dabei bewegte sie sich wie ein Model, hatte genau den richtigen Hüftschwung, und wenn der nicht einstudiert war, dann konnte man sie als Naturbegabung bezeichnen.

Ich hatte Zeit, mir sie genauer anzusehen.

Ihr Körper wies keinerlei Makel auf, vielleicht konnte man die Schultern als ein wenig zu breit bezeichnen. Was das Leinenkleid verdeckt hatte und mir nun offenbart wurde, war wirklich sehenswert. Die etwas schwer wirkenden Brüste zitterten, als sie ging, und als sie sich neben mich setzte, sah ich auch bei ihr bereits den Schweißfilm auf der Haut.

Ihre Hand fand meinen Arm: »Wenn uns die Gäste gefallen, dann gehen wir immer mit ihnen.«

»Und ich gefalle dir?«

Sie schaute an mir hinab und nickte. Dann wanderte ihr Blick weiter und blieb an dem Kreuz hängen, das ich nicht abgenommen hatte. »Was ist das?«, fragte sie.

»Ein Kreuz.«

»Ja, das kenne ich. Aber willst du es nicht abnehmen?«

»Nein.«

Sie lächelte und drückte sich gegen mich. Ich wusste, was sie wollte, und machte Platz, wobei ich mich auf die Pritsche zurücklegte, sodass sie neben mir Platz fand.

Sie legte sich auch nieder. Ihr langes Haar war nass. Die Strähnen rutschten nach links, fielen mir ins Gesicht und kitzelten mich. Sehr dicht sah ich ihre Lippen vor den meinen, und in den Augen las ich ein begieriges Funkeln.

Ich musste innerlich grinsen. Wenn mir einer vor zwei Tagen das prophezeit hätte, was ich nun erlebte, den hätte ich ganz einfach ausgelacht. Aber ich befand mich in der Realität. Das war keine Halluzination, die ich da durchlebte, neben mir lag in der Tat dieser schwarzhaarige Vulkan namens Jovanka.

Wie schnell das gegangen war!

Fast zu schnell.

Ich bin kein Feind der Frauen und sehe auch nicht gerade aus wie Frankenstein. Allerdings war ich auch kein Schönling, sodass die Mädchen gleich schwach wurden, wenn sie mich sahen. Gerade bei dieser schönen Russin hätte ich es nicht erwartet. Sie war so scheu und zurückhaltend, war unseren Blicken immer ausgewichen, und nun lag sie in meinen Armen und bewegte sich dabei wie eine Schlange.

Ihre weiche Haut rieb über meinen Körper. Mich durchströmte ein Gefühl, als wären meine Adern mit Elektrizität gefüllt. Ihr Gesicht kam mir jetzt groß vor, die Augen mit den dunklen Pupillen sah ich dicht vor mir, der Mund lächelte, und dann spürte ich die Lippen auf den meinen.

Sie küsste mich.

Teufel, die Kleine war ein Vulkan. Ich hatte schon des Öfteren geküsst und auch noch mehr, aber Jovanka war wirklich etwas Besonderes.

Sie drückte mich nach unten, sodass sie über mir lag. Ich spürte, wie ihre festen Brüste über meinen Körper rieben, sie öffnete die Lippen, spielte mit ihrer und meiner Zunge, klammerte sich mit den Beinen an mich und hielt die Augen halb geschlossen.

Ich hatte Mühe, die Fassung zu bewahren. Noch immer

traute ich dem Braten nicht, und deshalb schloss ich auch nicht die Augen.

Ihre Finger gingen auf Wanderschaft. Sie erforschten meinen Körper, als wäre er unbekanntes Terrain. An der Brust befand sich das Kreuz.

Ich bemerkte die Berührung natürlich und rechnete damit, dass Jovanka das Kreuz abnehmen würde. Sie dachte nicht daran.

Es störte sie nur, dass es auf meiner Brust lag, deshalb rückte sie es zur Seite.

»John!«, stöhnte sie. »Lass es uns machen. Bitte, ich will dich. Ich will …«

Ich blieb wachsam, obwohl es mir verdammt schwerfiel. Aber das war eben viel zu schnell gegangen, ich traute dieser schönen jungen Russin plötzlich nicht mehr über den Weg

Sie löste ihre Lippen von meinem Mund. Dann flüsterte sie mir Worte ins Ohr, die ich nicht verstand, weil sie in ihrer Muttersprache geredet wurden. Doch wie sie diese Worte betonte, da wurde mir deren Bedeutung schon klar.

Plötzlich spürte ich den Luftzug.

Vielleicht wäre er mir nicht einmal aufgefallen, hätte ich ihn nicht schon einmal bei Jovankas Eintritt bemerkt. So war ich gewarnt, dass jemand kommen musste oder schon gekommen war.

»John!«, stöhnte Jovanka. Sie lag noch immer auf mir und küsste mich. »John, ich will …« Plötzlich lächelte sie, hob ihren Kopf und stemmte sich auf die Knie.

»John, ich möchte mit dir schlafen. Aber nicht hier. Lass uns woanders hingehen …«

Ich schaute ihr ins Gesicht. Es glänzte, und ihre Augen leuchteten. Halb offen waren die Lippen, und wie dieses Mädchen da vor mir hockte, das war eine einzige Versuchung.

Sie deckte mir allerdings mit ihrem Körper mein Sichtfeld zur Tür hin ab.

Hatte das etwas zu bedeuten?

Eine Antwort darauf fand ich nicht, denn im nächsten Augenblick überstürzten sich die Ereignisse.

Mit der geschmeidigen Bewegung einer Schlangentänzerin rutschte sie von der Saunapritsche, um Platz zu schaffen für den, der den Raum betreten hatte.

Für einen Werwolf!

Er sah mich, ich sah ihn. Er gab mir keine Zeit, zu reagieren, denn sofort sprang er auf mich zu ...

Ich zog die Beine an und ließ sie wieder vorschnellen. Eine instinktive Reaktion, reflexartig ausgeführt und schon in Fleisch und Blut übergegangen.

Ich glaube nicht, dass der Werwolf damit gerechnet hatte. Jedenfalls warf er sich nicht zu irgendeiner Seite, sondern musste den wuchtigen Tritt voll nehmen.

Meine Füße rammten vor seinen Brustkorb, ich spürte den Aufprall bis in die Knie, hatte Angst, dass meine Beine einknickten, und rammte sie noch einmal vor.

Die Bestie flog zurück.

Wie ich vorhin schon erwähnte, war die Sauna wirklich nicht groß. Der Werwolf schlug um sich und krachte gegen die Holzwand der Hütte, die durch den Aufprall in ihren Grundfesten erschüttert wurde. Sein Maul hatte er weit aufgerissen, stieß einen heulenden Laut aus und musste sich erst einmal wieder fangen.

Das gab mir Gelegenheit, von der Pritsche zu rutschen.

An meine Waffen kam ich nicht heran, der Schemel stand zu weit weg. Allerdings hatte ich noch mein Kreuz. Jovanka hatte es zwar zur Seite gelegt, sodass es auf meinem Rücken hing, doch durch eine rasche Drehung brachte ich es wieder in die richtige Lage.

Ich warf einen raschen Blick nach rechts.

Das Mädchen hockte auf dem Boden. Das Gesicht hatte Jovanka in beide Hände vergraben, sie zitterte, wobei ich nicht wusste, aus welchem Grund. Vor Angst oder weil sie einfach befürchtete, dass ich den Kampf gewinnen könnte.

Jedenfalls stand sie nicht auf meiner Seite. Die Einladung zu saunieren, die große Verführung, das war alles Schau gewesen, und ich fragte mich auch, wie es Suko wohl ergangen war, der mir den Rücken decken sollte.

Die Zeit, mir darüber weiter Gedanken zu machen, blieb mir nicht, denn der Werwolf wollte meinen Tod. Er war ein gewaltiges Vieh. Ziemlich groß, breit in den Schultern und mit einem pechschwarzen Fell bedeckt. In seinem Maul schimmerte der Geifer, die Dampfschleier wallten wie träge Tücher zwischen uns, trotzdem sah ich das Funkeln in seinen Augen.

Und er hatte sich bewaffnet.

Erst jetzt sah ich die Axt, die er in seiner rechten Pranke hielt. Anscheinend traute er seinen eigenen Kräften doch nicht so recht und verließ sich lieber auf die Waffe. Vorhin hatte ich sie nicht gesehen, nun aber hielt er sie lässig, und die Schneide wies auf mich.

Dann kam er.

Schnell, gewandt und gefährlich.

Halbhoch schlug er mit der Axt. Wenn, dann hätte er mich an der Brust und Hüfte getroffen. Viel Platz zum Ausweichen hatte ich nicht, sprang nach hinten und versuchte es mit Karate.

Mein rechter Fuß schnellte in die Höhe, traf seine Schulter und stoppte damit seinen ersten Angriffsschwung. Dann sprang ich auf die Pritsche, denn der Werwolf wuchtete sich trotzdem voran und verfehlte mich, weil ich so schnell reagiert hatte.

Er krachte auf die Steine.

Sie waren zwar nicht glühend, aber sehr heiß. Sein Fell zischte, es begann zu schmoren, und der Werwolf stieß einen Laut aus, der mich an das wütende Knurren eines urwelthaften Tieres erinnerte.

Und aus der Drehung schleuderte er die Axt.

Es war ein verdammt gemeiner Trick. Wahrscheinlich hätte er mich getroffen, wenn ich nicht gerade in dem Augenblick von der Pritsche gesprungen wäre. So pfiff dieses gefährliche Mordinstrument an mir vorbei und hieb in die Wand, wo es zitternd stecken blieb.

Für einen Moment war die Bestie konsterniert. Sie hatte mit einem Volltreffer gerechnet.

Als der Werwolf seine Überraschung überwunden hatte, hechtete er auf die Axt zu, um sie wieder an sich zu reißen.

Mitten im Sprung traf ihn mein Angriff.

Ich kam von der Seite, und nicht nur ich, sondern auch mein Kreuz. Ich hatte mir die Kette abgenommen und hieb das geweihte Kruzifix in das dichte Fell.

Eine Explosion hätte bei ihm wohl nicht schlimmer sein können. Ein wahrlich tierischer Schrei drang aus seinem weit aufgerissenen Maul. Mitten im Sprung wurde er gestoppt, und dabei erinnerte er mich an eine Marionette, der man die Fäden gekappt hatte. Schwer fiel er nach unten und klatschte auf die Pritsche. Fast wäre sie zusammengebrochen, mich wunderte es, dass sie überhaupt hielt.

Mit den Füßen berührte er noch den Boden, da er schräg lag, und er schlug auch um sich, doch es waren letzte Zuckungen, die ich als erste Vorboten seines nahen Todes erkannte.

Hinter mir vernahm ich das Schluchzen.

Jovanka hatte es ausgestoßen. Zusammengekrümmt hockte sie auf dem Boden und hatte ihr Gesicht in beiden Hände vergraben. Dabei murmelte sie den Namen Boris, und plötzlich wusste ich, wer dieser Werwolf war.

Ihr Bruder!

Sie hatte den Namen erwähnt, als wir mit ihr sprachen, doch nichts davon gesagt, dass er zu einem Werwolf geworden war, wobei ich mich fragte, wer die Schuld daran trug.

Ich würde mich später danach erkundigen. Jovanka lief mir nicht weg. Dafür drehte ich mich wieder um und schaute auf meinen Feind, der sich langsam verwandelte. Aus der Bestie wurde wieder ein Mensch.

Das Fell verschwand, es fiel ab wie welkes Laub im Spätherbst. Die Haare rieselten zu Boden, und dort, wo ihn das Kreuz berührt hatte, sah ich eine tiefe, klaffende Wunde. Der Abdruck hatte seinen Weg durch die Haut gefunden und den Toten für alle Zeiten gebrandmarkt.

Auch sein Gesicht wurde wieder normal. Starr blickten die Augen gegen die Decke, und ich sah, dass er die gleichen Pupillen hatte wie seine Schwester.

Der Werwolf alias Boris war tot.

Oder erlöst, denn dieser Ausdruck gefiel mir besser. Er hätte sonst ein unseliges Leben geführt und wäre zu einer Gefahr für die Menschheit geworden.

Ich glaube, dass jeder von Ihnen verstehen kann, dass ich so gut wie kein Triumphgefühl verspürte. Irgendwie war eine erdrückende Leere in mir, und ich musste hart schlucken.

Ich drehte mich um und schaute auf Jovanka nieder. Sie saß noch immer am Boden, ihre Arme hatte sie allerdings sinken lassen und die Hände rechts und links ihres Körpers aufgestützt. Tränennass schimmerte es in ihren Augen. Ich sah die Qual auf ihrem Gesicht, und mir wurde plötzlich klar, dass dieses Mädchen eine Hölle durchgemacht haben musste.

Ich lächelte Jovanka an. Und dieses Lächeln, Freunde, das war ehrlich gemeint. Es kam vom Herzen.

»Darf ich dir aufhelfen?«, fragte ich und streckte meinen rechten Arm aus.

»Aber ich ...«

»Bitte.«

Sie nahm meine Hand. Ich merkte, dass ihre Hände zitterten. Sie waren nass, ich musste schon fest zugreifen, bis sie schließlich vor mir stand und mich ansah.

Dass wir beide nackt, wie Gott uns geschaffen hatte, dort standen, wurde uns gar nicht bewusst. Wir schauten uns nur an.

Schließlich öffnete Jovanka den Mund. »Er – er ist tot, nicht wahr?«, hauchte sie.

»Ja, er hat seinen Frieden.«

Dann schüttelte sie den Kopf und verbarg ihr Gesicht an meiner Schulter. »Ich musste es tun, wirklich, ich konnte nicht anders. Es war alles so schrecklich.«

»Nun ist es vorbei. Komm, wir ziehen uns an.«

»Ja.«

Meine Kleidung lag in der Nähe. Sie war feucht und klamm. Das Mädchen hatte ihre Sachen im Haus.

Während ich in die Hose stieg, erkundigte ich mich nach Suko. Beschämt senkte Jovanka den Kopf. »Er liegt – oder ich weiß nicht. Ich habe ihn niedergeschlagen.«

So ähnlich hatte ich mir das vorgestellt. Meine Jacke hängte ich über ihre Schultern, dann betraten wir den Wohnraum. Ich hatte kaum die Tür aufgestoßen, als ich das Fluchen und Stöhnen hörte. Suko war bereits wieder zu sich gekommen. Er hatte sich am Tisch hochgestemmt und stand schwankend da. Sein Gesicht war verzerrt, auf seinem Kopf wuchs eine Beule. Das Stück Holz, mit dem Jovanka zugeschlagen hatte, lag neben dem Stuhl.

Suko hörte uns und wollte herumfahren, wobei seine Hand nach der Waffe tastete.

»Lass stecken«, sagte ich. »Es ist alles klar.«

Suko ließ sich wieder auf den Stuhl fallen. Sein Blick traf das Mädchen.

»Es tut mir leid«, flüsterte Jovanka.

»Und mir tut es weh«, erwiderte der Chinese trocken.

Die Antwort zeigte mir, dass Suko nicht nachtragend war. Jovanka ging zur Seite und streifte wieder ihre Kleidung über. Ich untersuchte inzwischen Sukos Wunde.

Die Haut war aufgeplatzt. Etwas Blut rann aus der Beule. Es klebte in den Haaren.

»Ich – ich möchte gern helfen«, sagte Jovanka leise. »Wir haben da eine Salbe, die hilft bestimmt. Die Holzfäller werden oft verletzt und da …«

Ich nickte. »Natürlich.«

Das Mädchen war froh, etwas tun zu können. Aus dem Regal holte Jovanka eine Schale und nahm den Deckel ab. Grünlich schimmerte die Salbe. Während Jovanka meinen Freund mit flinken Fingern behandelte, sah ich mir den Keller an.

Es war ein kleines Verlies unter der Hütte. Ein Mensch konnte nur geduckt dort hocken. Hier hatte sich der Werwolf also versteckt gehalten.

Ein seltsamer Geruch traf meine Nase. Irgendwie streng. So rochen Raubtiere.

Sogar Pflaster besaß Jovanka. Sie klebte eines auf Sukos Wunde.

»Ich glaube, jetzt geht es«, sagte sie.

Suko lächelte und reichte ihr die Hand. »Schließen wir Frieden?«, fragte er.

Die junge Russin wurde rot. Sie weinte wieder, aber Suko fuhr sie bewusst barsch an, und die Worte stoppten auch ihren Tränenstrom.

Wie zuvor nahmen wir am Tisch Platz. Diesmal jedoch hatte ich einige Fragen. Ich wollte wissen, wie ihr Bruder Boris zu einem Werwolf geworden war.

Die Antwort überraschte mich eigentlich nicht, denn irgendwie hatte ich damit gerechnet.

»Dieser englische Agent war bei uns. Und er hat Boris gebissen. Er hat den Keim gelegt, ich musste es mit ansehen, und mir wurde gesagt, dass sicherlich bald jemand aus England kommen würde, dann sollte ich mich an ihn heranmachen. Wenn nicht, würde mein Bruder sterben. Er war doch der Einzige, den ich noch hatte.«

Ein schlimmes Schicksal, das mussten wir zugeben. Wir erfuhren auch, dass Jovanka das System der Sowjetunion hasste und deshalb für den Westen als Spionin arbeitete. Ihr Bruder hatte ebenfalls für die Sache der freien Welt gekämpft. Bisher waren sie nicht enttarnt worden, und die beiden hatten schon des Öfteren heikle Aufträge übernommen, Papiere außer Landes geschmuggelt oder Gegner des Regimes in ihrem Haus versteckt.

Ich war noch nicht ganz zufrieden und hakte deshalb nach. »Dein Bruder ist also von Clive Denver gebissen worden. Aber wer hat Denver infiziert?«

»Ich weiß es nicht.«

»Hat Denver wirklich nichts gesagt?«

»Nein, John.«

»Und Boris?«

»Natürlich haben wir darüber gesprochen, und er hat auch ein paar Mal etwas gesagt, das ich jedoch nicht für bare Münze nehmen konnte. Es klang so unwahrscheinlich und war sicherlich auch nur seinen Wunschträumen entsprungen.«

»Sag es trotzdem.«

»Er redete immer von einer Frau. Sie wäre toll, und sie würde uns irgendwann einmal besuchen. Diese Frau hätte blonde Haare und sei ein Wesen zwischen Mensch und Bestie.«

Jovanka brauchte nicht weiterzusprechen. Ich wusste, wer gemeint war.

Lupina!

Auch Suko hatte etwas geahnt. Er warf mir einen entsprechenden Blick zu, den auch die junge Russin bemerkte, denn sie fragte: »Kennt ihr die Frau etwa?«

»Wahrscheinlich.«

Plötzlich blitzten ihre Augen. »Sag es, John. Bitte, sag es ...«

»Was hast du vor?«

Sie schaute sich um. »Ich habe genug einstecken müssen. Mit dem Tod meines Bruders ist das Fass übergelaufen. Boris und ich hingen wie Kletten zusammen. Der eine konnte sich auf den anderen verlassen, und jetzt ist er tot. Niemand wird ihn mehr zum Leben erwecken, aber ich gebe derjenigen die Schuld, die ihn dazu gebracht hat.«

»Sie ist zu mächtig.«

»Sag mir den Namen.«

»Lupina, die Königin der Wölfe!«

Ich hatte eine Reaktion erwartet und war deshalb überrascht, dass sich bei Jovanka so gut wie nichts tat. Sie hob nur die Schultern und meinte: »Kenne ich nicht.«

»Ja«, bestätigte ich, »sie ist relativ unbekannt, aber dafür sehr gefährlich.«

»Und warum hat sie so etwas gemacht?«

»Eigentlich geht es um uns, das jedenfalls kann ich mir vorstellen.« Dabei deutete ich auf Suko. »Wir sind ihre Feinde. Uns will sie vernichten. Und sie hat sich einen raffinierten Plan ausgedacht, wobei sie weder Mühen noch Strapazen scheute. In diesem Land sind wir doch hilflos. Hier können wir für alle Zeiten verschollen bleiben, wenn wir gefasst werden. Das hat auch Lupina gewusst und uns deshalb auf eine raffinierte Weise hergelockt. So jedenfalls sehe ich es.«

Das Mädchen hatte mit offenem Mund zugehört. Ich las das Staunen vom Gesicht der Russin ab.

»Daran hätte ich nie gedacht«, gab sie ehrlich zu.

»Das kann ich mir vorstellen.«

»Und diese Lupina befindet sich hier in der Nähe?«, erkundigte sich Jovanka.

»Ich hoffe es.«

Jovanka senkte den Kopf.

»Dabei dachte ich, dass es allein um den neuen Bomber geht.«

»Das eine schließt das andere nicht aus. Für uns allerdings ist vorrangig, Lupinas Plan zu stoppen, denn sie bedeutet im Moment eine akutere Gefahr als das Flugzeug.«

»Das sehe ich ein.«

Ich schaute auf meine Uhr. »Lange können wir nicht hier bleiben. Deshalb sollten wir aufbrechen.«

»Bis zum Lager ist es nicht weit. Das liegt ja alles zusammen. Die Forschungsstätte und auch das Gefangenenlager.«

»Die Menschen dort wären sicherlich willkommene Opfer für die Königin der Wölfe.«

»Himmel, das wäre ja schrecklich«, gab die Russin flüsternd als Antwort.

»Das wäre nicht nur, das ist sogar schrecklich«, erwiderte ich.

»Dann dürfen wir keine Zeit verlieren.« Sie schob ihren Schemel zurück und stand auf.

Suko und ich waren der gleichen Meinung.

Und ich hatte das Gefühl, dass ich Lupina noch heute gegenüberstehen würde.

Hoffentlich war ich dann schneller als sie …

Sein Name: Mark Baxter!

Beruf: Agent der CIA.

Besondere Kennzeichen: ein Mann, der sich unsichtbar machen konnte und deshalb zu den besten Leuten zählte, die die Agency aufzuweisen hatte.

Mark Baxter wurde nur dort eingesetzt, wo es lichteloh brannte. Er war gewissermaßen die Feuerwehr der CIA und an allen Krisenpunkten der Welt zu finden. Er hatte sich in Persien ebenso herumgeschlagen wie am Nordpol, Italien oder Afrika.

Und auch hinter dem Eisernen Vorhang.

Wie jetzt.

Als den Amerikanern zu Ohren gekommen war, dass die Russen an einem neuen Langstreckenbomber bastelten, setzten sie alles daran, um dieses Flugzeug fotografieren zu können. Durch ihre Satellitenbilder wussten sie, wo sich die russischen Forschungsstätten in der Taiga befanden. Ein Plan wurde ausgeklügelt, und Mark Baxter bekam von General Benson, seinem Chef, den Auftrag, den Bomber zu fotografieren und die Bilder in die Staaten zu transportieren.

Gleichzeitig hatte auch der englische Geheimdienst Wind von der Sache bekommen und schickte ebenfalls einen Agenten los. Zum Glück verständigten sich die beiden NATO-Partner.

Denver und Baxter beschlossen, gemeinsam zu arbeiten. Leider hatten sie Pech und wurden erwischt. Für Baxter war es bis heute ein Rätsel, wie sein Kollege es geschafft hatte zu entkommen. Ihn hatten die Russen gefangen und eingesperrt, von Denver hatte er nichts mehr gehört.

Mark Baxter war zu seinem Job gekommen wie die Jungfrau zum Kind. Als Professor für Strahlenphysik hatte er seine Brötchen in den Kensington Labors verdient. Dort beschäftigte man sich vor allen Dingen mit der Laserforschung und allem, was dazugehörte. Nicht nur als theoretische Physik, sondern auch in der Praxis wurde geforscht. Diese Aufgabe fiel Mark Baxter zu.

Und irgendwann traf Mark Baxter auf Strahlen, die bisher unbekannt gewesen waren. Selbst heute wusste er noch nicht, welche Wellenlänge diese unbekannten Stahlen hatten. Sie wurden von ihm kurzerhand Gamma 17 genannt, und sie hatten für das große Phänomen gesorgt. Da Mark Baxter voll von den geheimnisvollen Strahlen getroffen worden war, bekam er auch hundertprozentig ihren Wirkungsgrad zu spüren. Der damalige Professor wurde unsichtbar. Zuerst traf ihn der Schock mit fürchterlicher Wucht, dann jedoch gewöhnte er sich an das Phänomen, und er fand heraus, dass er die Unsichtbarkeitsphase steuern konnte. Wenn er sich nämlich auf diesen Unfall damals voll konzentrierte, setzte ein bohrender Kopfschmerz ein, und er wurde unsichtbar.

Genau für zwei Stunden.

Jeweils nur innerhalb von vierundzwanzig Stunden konnte er sich für zwei mal sechzig Minuten unsichtbar machen.

Das war das Handikap.

Die CIA bekam Wind von der Sache. Obwohl sich Mark Baxter erst sträubte, hatte er gegen den Apparat keine Chance. Wen die Agency haben wollte, den holte sie sich auch. Man legte Mark Steine in den Weg, es war ihm unmöglich, seinem Beruf nachzugehen, und so blieb ihm nichts anderes übrig, als für die Agency zu arbeiten.

Am Anfang nahm er die Jobs nur widerwillig an. Jetzt sah er die Sache ein wenig anders. Er setzte sich für die freie Welt ein und hatte es wirklich schon oft genug geschafft, Menschen vor Katastrophen ungeahnten Ausmaßes zu bewahren.

Momentan jedoch war von dem Top-Agenten der CIA nicht mehr viel übrig. Er hockte in einer miesen Zelle, die ihm nicht viel größer als ein Sarg vorkam. Aufrecht stehen konnte er nicht, er musste sich schon auf den Boden setzen, der aus festgestampftem Lehm bestand und vor Feuchtigkeit Schimmel angesetzt hatte.

Es war wirklich kalt in diesem Loch, das zu den sogenannten Bewährungszellen der Strafanstalt zählte.

Die Tür bestand aus Eisen. Sie war nur halb so groß wie eine normale. Licht fiel durch einen Schlitz in der Tür, der etwa die Größe einer Briefkastenöffnung hatte.

Mark hätte normalerweise nicht gewusst, ob es Tag oder Nacht war, aber einer der Wärter war so freundlich und hatte ihm sein Spezialchronometer gelassen. Wenn er nach Moskau geschafft würde, dann würde er dem Wächter die Uhr geben.

Vor Moskau fürchtete er sich ein wenig. Dort würden sie ihn durch die Verhörmühlen drehen, dass ihm jeder Spaß verging. Aber noch war es nicht so weit, und der Agent hatte den Gedanken an Flucht längst nicht aufgegeben.

Vor ihm lag eine lange Nacht, die er nutzen wollte.

Mark Baxter saß so, dass er die kleine Tür im Auge hatte. Durch den Spalt fiel nur wenig Licht. Ein blasser Streifen bildete sich auf dem Boden und traf auch das Geschirr, in dem man Mark das Essen servierte.

Geschirr war übertrieben, eine flache Holzschale, auf die irgendeine Pampe gefüllt wurde, mehr nicht. Mark hatte einmal davon gegessen, und es wäre ihm fast wieder hochgekommen.

Jemand stand vor der Tür. Aufgeschlossen wurde nicht, aber Baxter sah, während er auf den Spalt schaute, ein paar Augen und ein grinsendes Gesicht.

Es war der Wärter, dem er die Uhr versprochen hatte. »He, Kamerad aus Amerika«, sagte der Mann, ein gutmütiger Kirgise mit leicht schräg stehenden Augen, »wie geht es dir?«

Mark grinste. »Den Umständen entsprechend.« Zum Glück sprach er etwas Russisch.

»Noch eine Nacht, Kamerad.«

»Sicher.«

»Moskau ist weit, Kamerad. Und nicht schön. Ich habe es gehört. Die Stadt wird dir nicht gefallen, Kamerad.«

Der Mann sagte immer Kamerad. Baxter hatte sich bereits daran gewöhnt.

»Mal sehen.«

»Schade, ich hätte gern, wenn du noch hier geblieben wärst. Du hättest mir etwas erzählen können. Von der Welt, meine ich. Du hast doch sicherlich viel gesehen, Kamerad.«

»Das stimmt.«

»Warst du auch schon in Afrika?«

»Ja.«

»Und?«

»Dort ist es sehr heiß. Und es gibt kaum Wasser.« Baxter kam sich selbst dumm bei diesen Antworten vor, doch der etwas einfältige Kirgise war zufrieden.

»Mich wollten sie auch dorthin schicken. Ich bin aber nicht gegangen. Deshalb sitze ich hier.«

»Wo solltest du denn kämpfen?«, fragte Baxter.

»Angola und Äthiopien.«

Ja, dachte Mark, da mischen die Russen ganz schön mit. Sie und die Kubaner. »Sei froh, dass du hier bist.«

»Bin ich auch, Kamerad.« Er verschwand wieder.

Mark rutschte vor und brachte seine Lippen dicht an den Schlitz.

»Wo willst du hin?«, rief er, doch der Russe gab keine Antwort.

Er kam schnell wieder zurück. Mark roch den Rauch der starken russischen Zigaretten, als er durch den Schlitz quoll. Der Wärter hatte dem Unsichtbaren ein Stäbchen gedreht. Zwei Finger schoben die brennende Zigarette in das Innere der Zelle. »Hier, nimm. Mehr kann ich nicht für dich tun. Deine Zigaretten haben andere.«

Mark nahm das Stäbchen. »Ich weiß«, sagte er. »Dabei hätte ich sie dir gern gegeben.«

»Klar, Kamerad. Eigentlich bist du ein guter Mensch, du Spion.«

»Sieh mal an.« Mark nahm einen Zug und musste husten, als der Rauch in seine Lunge drang. Eine Wohltat war das nicht.

Der Kirgise lachte. »Sind stark, nicht?«

»Kann man wohl sagen.«

»Draußen ist es schon dunkel«, meldete der Wächter. »Ich hole jetzt dein Essen, Kamerad.«

»Nein, lass mal.«

»Aber es ist dein letztes hier.«

»Eben. Darauf kann ich verzichten.«

»Wie du willst.«

Mark dachte darüber nach, wie er seinen Fluchtversuch starten sollte. Natürlich als Unsichtbarer, aber war es gut, wenn er sich jetzt schon seiner Fähigkeit bediente?

Nein, er wollte noch warten. Die Zigarette rauchte er zu Ende und trat die Kippe aus.

Sein »Freund« kehrte zurück. »Du, Kamerad«, sagte er, »da tut sich was.«

»Was?«, fragte Mark.

»Ich glaube, sie holen dich.«

Baxter erschrak. »Jetzt schon?«

»Ja, ich habe Lärm gehört. Ich glaube, sie kommen. Pech für dich, Kamerad. Gib mir die Uhr, du hast sie mir versprochen.«

»Nein, nein«, erwiderte Baxter. »Erst wenn ich weiß, dass sie mich wirklich abholen.«

»Wenn ich es dir sage.«

»Ich glaube dir nicht.«

Da begann der Kirgise zu schimpfen. Und dies in seinem Heimatdialekt, den Mark Baxter nicht verstand. Er trampelte sogar mit dem Fuß auf. Baxter entnahm den Lauten des Mannes, dass dieser ihn bis in die tiefste Hölle verfluchte.

Baxter ließ die Schimpfkanonade gelassen an sich vorbeirauschen. Er hockte im Schneidersitz auf dem Boden und sah einen dicken Käfer durch den Lichtstrahl krabbeln.

Mit der Handkante schlug Baxter zu.

Der Käfer zerknackte.

Marks Freund hatte aufgehört zu schimpfen. Er war ziemlich still geworden.

Das hatte seinen Grund.

Die Schreie waren so laut, dass sie sogar bis an die Ohren des Agenten drangen. Dann hörte er Schritte, die den Gang hinunterpolterten, ein wildes Fauchen und hämmernde Schüsse.

Sie waren dicht vor der Tür abgegeben worden. Mark zuckte unwillkürlich zusammen. Mit einem Auge peilte er durch den Schlitz und sah etwas Helles.

Mündungsfeuer.

Ein Fall, wieder ein Schrei. Im nächsten Augenblick verstummten die Schüsse.

Dafür vernahm der Agent ein schreckliches Stöhnen. Jemand atmete laut und rasselnd.

»Neiinnn!«

Mark lief eine Gänsehaut über den Rücken, als er das Wort vernahm. Er hatte die Stimme identifizieren können. Der Kirgise hatte diesen röchelnden Laut ausgestoßen.

War er tot?

Schleichende Schritte, dazwischen ein Tapsen, als würden nackte Füße auf den Boden klatschen.

Von außen drehte sich der Schlüssel in der Tür.

Sie kamen!

Mark wich zurück. Er rutschte auf dem Hosenboden und schaute gebannt auf die Tür, die langsam aufgedrückt wurde …

Oleg Brassow und Rock Dale hatten sich völlig in die Hand der Werwölfin begeben. Sie taten genau das, was sie anordnete, denn sie ahnten, dass sie beide dieser Königin unterlegen waren.

Für Brassow war es wirklich keine Schwierigkeit gewesen, seinen Artgenossen Rock Dale und Lupina bis dicht an das Gelände des Gefangenenlagers zu führen.

Die hier lebenden Männer waren inzwischen samt und sonders zurückgekehrt. Sie hatten draußen arbeiten müssen, waren erschöpft, ausgelaugt und konnten nun ihre kärgliche Mahlzeit einnehmen.

Es gab Hirsebrei.

Davon hatten die Russen genug. Mit Weizen musste gespart werden, doch Hirse wuchs überall in der Sowjetunion. Ein Kalfaktor schlug ihnen das dampfende Zeug auf die Teller.

Manche waren so ausgehungert, dass sie sich erst gar nicht auf ihre Lagerpritschen hauten, sondern die kleinen Schüsseln an den Mund setzten und kurzerhand mit den Zähnen und den Lippen aßen.

Das alles hatte Oleg Brassow Lupina und seinem neuen Freund erzählt. Und er hatte weiter davon gesprochen, dass kein Gefangener daran dachte, irgendwelchen Terror zu machen. Nach dem Essen fielen die meisten todmüde auf ihre Pritschen, denn um vier Uhr morgens schrillten bereits wieder die Weckpfeifen.

Sie hörten das Summen der Hochspannungszäune.

Diese Dinger standen unter Starkstrom. Auch die Werwölfe würden sich hüten, damit in Berührung zu kommen, denn dann verbrannten auch sie.

Brassow kannte die Wege. Sie befanden sich dort, wo der Pfad zu seinem Wärterhaus führte, das nicht von Starkstromleitungen abgesichert war.

Alle sahen die Posten.

»Was machen wir?«, flüsterte Lupina. Sie hatte sich nicht völlig in einen Wolf verwandelt. Nach wie vor schimmerte ihr Haar wie mit Gold überdeckt.

»Töten.«

Brassow hatte die Antwort gegeben, und Lupina war einverstanden. »Aber so, dass die anderen nichts merken. Deshalb werde ich sie anlocken.«

Die Wölfe verstanden. Sie stießen beide ein pfeifendes Geräusch aus und schüttelten die Köpfe.

Lupina achtete nicht mehr auf sie, die Königin der Wölfe war bereits weitergehuscht.

Sie ging nicht mehr aufrecht, sondern geduckt. Sie roch den Wald, diesen natürlichen Duft, der anzeigte, dass die Natur hier noch in Ordnung war.

Lautlos glitt sie durch das Gras.

Es gab kein Gatter, sondern ein Tor, das von zwei Wachtposten nicht aus dem Auge gelassen wurde. Die Männer hockten in einer kleinen Bude, deren Umriss sich scharf und deutlich vor dem auf die Erde fallenden Mondlicht abhob.

Um diese Zeit lag die Wachablösung schon zurück. Die Soldaten, die frei hatten, blieben nie auf dem Gelände, sie suchten woanders Zerstreuung.

Meist tranken sie Unmengen von billigem Wodka.

Lupina huschte bis an die Rückwand. Nicht weit entfernt sah sie die starken Gitter des Tores.

Und sie sah das helle Rechteck in der Hüttenwand. Licht fiel nach draußen und malte einen breiten Streifen auf den Boden. Auf diesen Streifen bewegte sich die Königin der Wölfe zu. Noch bevor sie von ihm erfasst werden konnte, schraubte sie sich langsam in die Höhe, wobei sie mit dem Gesicht genau über den Rand des unteren Fensters schaute.

Mehr würden die Männer von ihr vorerst nicht sehen.

Im Moment wandten sie ihr den Rücken zu. Lupina machte

auf sich aufmerksam, indem sie klopfte. Mit den langen Nägeln der Pranke tickte sie gegen die Scheibe, und beide Männer zuckten zusammen. Sie wirbelten dann herum, wobei der eine sogar seine Maschinenpistole hochriss.

Lupina schaffte es, einen erschreckten Ausdruck auf ihr Gesicht zu zaubern.

Der Kerl mit der MPi grinste verstört.

Sein Kollege wischte sich über die Augen. Beide starrten wie Mondkälber auf das Gesicht Lupinas, das sie hinter dem Fenster klar und deutlich erkannten.

Sie redeten miteinander, wobei Lupina nicht verstehen konnte, was sie sagten. Bis sich einer entschloss, die Bude zu verlassen. Der andere blieb zurück.

Eiskalt wartete Lupina ab.

Sie vernahm das Knarren der Tür und hörte das Rascheln des Grases, als schwere Schuhe es knickten.

Sie zog sich zurück.

Der Wärter blieb stehen. »He, wo bist du?«, rief er.

»Hier«, antwortete Lupina. Sie befand sich jetzt etwa fünf Schritte von ihrem vorherigen Standort entfernt und lachte silberhell. Der Russe hatte seit Monaten keine Frau mehr in den Armen gehabt. Er war ausgehungert nach einem weiblichen Körper. Er wollte die Frau. Zum Teufel mit den verdammten Dienstvorschriften.

»Ich hole dich!«, versprach er. »Warte nur, du kleines Luder, bis ich da bin.«

»Dann komm doch endlich«, lockte Lupina. In ihren Raubtieraugen flimmerte es.

Der Soldat kam. Er hatte keinen Helm aufgesetzt. Wind spielte mit seinem dunklen Haar. Das Gesicht leuchtete als bleicher Fleck – wie das der Lupina.

Nur dafür hatte der Mann Augen. Er wollte diese Blonde. Er würde sie vernaschen und …

Der Mann war blind für alle Gefahren. Er sah nicht, wie schräg hinter ihm ein Schatten aufwuchs.

Rock Dale hatte nur darauf gewartet, dass der Wärter so weit gehen würde.

Noch ein Schritt …

»So, Täubchen, ich bin – aaahhh …« Die weiteren Worte gingen in einem gurgelnden Laut unter, denn Rock Dale hatte zugeschlagen. Mit beiden Händen.

Der Soldat kippte steif wie ein Brett zu Boden. Auf dem Bauch blieb er liegen.

Dale wollte sich schon auf ihn stürzen, doch Lupina hielt ihn zurück.

»Erst kommt der andere an die Reihe!«, forderte sie.

»Und der gehört mir«, flüsterte Brassow.

»Selbstverständlich.«

Nun bewiesen die drei Kreaturen, dass sie keine Nerven hatten, denn sie warteten eiskalt ab. Irgendwann würde sich der zweite Soldat regen.

Im Schutz des Unterholzes lauerten sie. Das Fenster der Hütte lag immer in ihrem Blickfeld.

Noch wurde der zweite Mann nicht misstrauisch, aber er war unruhig, denn er schritt auf und ab. Sein Schatten bewegte sich, wobei er hin und wieder das helle Viereck verdunkelte.

Die beiden Werwölfe wurden ungeduldig. Sie sahen den Mann am Boden liegen.

Und sie konnten nicht an ihr Opfer heran.

Brassow stieß ein Knurren aus. Er wollte Blut. Der unselige Trieb war in ihm voll erwacht, und der am Himmel stehende Mond tat sein Übriges.

»Halte dich zurück!« Leise und dennoch scharf stieß Lupina den Befehl aus.

Brassow gehorchte.

Abermals verging Zeit. Zwei Minuten tropften dahin.

Dann gab sich der Wärter einen Ruck. Die drei Bestien sahen, wie sich seine Gestalt straffte. Er drehte sich um und näherte sich der Tür. Zwei zügige Schritte brachten ihn ans Ziel.

Mit dem Fuß stieß er die Tür auf. Er trat nicht über die Schwelle, nur sein Schatten fiel nach draußen.

»He, wo bist du?«

»Seid ruhig«, wisperte Lupina. Sie selbst kroch auf allen vieren vor und hob ihren Kopf wiederum nur so weit, dass der Soldat nicht mehr als ihr Gesicht erkennen konnte.

»Dein Freund scheint schlapp zu sein«, lachte sie. »Vielleicht bist du besser.«

»Und ob!«

»Dann komm her.«

Lupina regte sich. Mit einer Bewegung des Kopfes warf sie ihr Haar zurück, und das Mondlicht zauberte einen schimmernden Reflex.

Der Soldat, ein kräftiger junger Bursche aus Kiew, wäre gern gekommen. Aber er dachte auch an seine Pflichten. Man hatte ihn strafversetzt. Wenn er sich jetzt eines Wachvergehens schuldig machte und dieses auffiel, dann steckten sie ihn ins Lager. Für mindestens zehn Jahre.

Das wollte der junge Soldat doch nicht riskieren, obwohl ihn das Weib schon lockte.

»Willst du nicht?«, fragte Lupina.

»Doch, aber ich kann nicht hier weg. Komm du doch her, Täubchen, und bringe Pjotr gleich mit.«

Die Lage spitzte sich zu, und Lupina wusste, dass sie jetzt blitzschnell handeln musste.

Der Soldat trug ein Gewehr bei sich. Zwar zeigte die Mündung zu Boden, doch er konnte die Waffe schnell hochreißen, und die Schüsse hätten auch die anderen Wachtposten auf den Türmen alarmiert.

»Gut, ich komme zu dir«, erwiderte Lupina und bewegte sich gleitend voran, wobei sie sich immer noch geduckt hielt. Sie wollte sich erst ganz zeigen, wenn es nicht mehr anders ging.

Der Soldat blickte ihr entgegen. Drei, vier Schritte kam Lupina weit, dann wurde der Bursche misstrauisch.

»He, warum stehst du nicht …«

Lupina schnellte hoch. Nun bewies sie, welch eine Kraft in ihrem Körper steckte. Sie war schnell wie der Blitz. Zwar ahnte der junge Soldat die Gefahr und wollte noch sein Gewehr hochreißen, doch Lupina hatte ihn schon gepackt.

Ihre Pranken schlugen nach seiner Kehle.

Das Gesicht des Soldaten verzerrte sich. Wahnsinniger Schmerz erfasste ihn und ließ ihn taumeln. Der nächste Hieb traf sein Gesicht, und der Mann brach blutüberströmt zusammen.

Schon war Brassow da. In seinen Augen leuchtete die Gier.

»Da«, sagte Lupina, »er gehört dir.« Sie trat zur Seite, denn sie wollte ihr Versprechen halten.

Oleg Brassow warf sich neben den jungen Soldaten ins weiche Gras. Rock Dale, sein Artgenosse, hatte sich des anderen Opfers bemächtigt.

Lupina wandte sich ab, sie schritt in das Wärterhäuschen. Was für einen normalen Menschen unvorstellbar grausam war, geschah hinter ihr und nötigte ihr nicht mehr als ein Lächeln ab. Durch die offene Tür drangen fürchterliche Geräusche an ihre Ohren, die irgendwann verstummten.

Lupina drehte sich wieder um.

Zugleich erhoben sich die Wölfe und kamen zu ihr. Als das Licht sie traf, sah die Königin der Wölfe die blutigen Schnauzen ihrer beiden Leibwächter.

Sie lächelte.

»Jetzt sind wir stark«, sagte Brassow, und Rock Dale, der Kanadier, nickte dazu.

»Das müsst ihr auch sein. Bisher war es nur ein Kinderspiel. Nun wird die Sache ernst.«

Brassow wischte sich das Blut von seiner Schnauze. »Was sollen wir tun?«

»Wir wollen alle Gefangenen haben. Doch zuerst müssen wir die Wächter ausschalten.«

»Wäre es nicht gut, wenn sie zu Wölfen würden?«, fragte Rock Dale. »Wir hätten dann noch mehr Macht.«

»Wo es sich machen lässt, bestimmt. Wir dürfen nur keine Zeit verlieren.« Lupina schaute sich um. »Wie sieht es hier aus? Was hat das zu bedeuten?«

Ihre Krallenhand wies auf ein Schaltpult, wo einige Knöpfe zu sehen waren.

»Von hier aus kann man versteckt angebrachte Scheinwerfer einschalten«, erklärte Brassow. Es war schon seltsam, wie er als Werwolf mit menschlicher Stimme sprach.

Lupina nickte. »Sonst nichts?«

»Die Hochspannung leider nicht.«

»Dann müssen wir sie in Kauf nehmen. Jetzt aber hoch zu den Türmen. Die Zeit drängt.«

Sie liefen auf den großen Platz vor den beiden Lagerbaracken. Die Scheinwerfer drehten sich weiterhin. Irgendjemand ließ sie permanent kreisen.

Geschickt umgingen sie das helle Licht, das zumeist die Baracken erfasste, und hielten sich dabei dicht an dem unter Hochspannung stehenden Zaun.

Das Summen begleitete sie bis zum ersten Turm.

Er war aus Holz gebaut.

Die Königin der Wölfe brauchte diesmal keinerlei Arbeit zu übernehmen. Ihre beiden Leibwächter sorgten dafür, dass die Posten ausgeschaltet wurden.

Auch auf den Türmen hielten jeweils zwei von ihnen Wache. Die Holzbauten standen auf einer etwas breiteren Plattform, so konnten die beiden Bestien um den Bau herumgehen.

Geschmeidig und lautlos bewegten sie sich. Nun zeigte sich, dass aus ihnen tatsächlich Raubtiere geworden waren. Ihre schräg stehenden Augen leuchteten kalt. Sie hielten selbst ihre Mäuler geschlossen, um sich durch allzu rasches Atmen nicht vorzeitig zu verraten.

Brassow schlich vor. Er kannte sich hier aus. Als Mensch war er die Strecke schon oft genug gegangen.

Nun kam er als Bestie, als Mörder …

Die Posten waren ahnungslos. Sie hockten auf ihren unbequemen Stühlen und drehten der an der rückwärtigen Wand liegenden Tür ihre Rücken zu.

Brassow blieb vor der Tür stehen. Er wartete, bis auch Rock Dale neben ihm war. Sie gehörten zur Werwolf-Elite und würden ihrem Namen alle Ehre machen.

Sie nickten sich zu.

Brassow las das Einverständnis in den kalten Augen seines Artgenossen.

Wuchtig riss er die Tür des Holzhauses auf. Gleichzeitig mit der Windbö stürmten die beiden Bestien in das schmale Haus.

Die Soldaten wirbelten herum. Sie kamen nicht dazu, ihre Waffen hochzureißen, urplötzlich waren die Werwölfe da, und auf den Gesichtern der Soldaten gefror das Entsetzen zu einer starren Maske.

Ein Hieb mit der Pranke schleuderte einen von ihnen zu Boden. Sein Kamerad folgte. Er riss noch eine Knarre hoch, doch der harte Hieb fegte sie ihm aus der Hand.

Dann bissen die Werwölfe zu.

Sie töteten diesmal nicht, ihre Zähne gruben sich durch die derbe Kleidung und fügten den Männern Wunden zu, wobei die Werwölfe gleichzeitig den Keim des Bösen weitergaben.

Schreie erstickten, die Soldaten zuckten ein paar Mal, dann lagen sie still.

Brassow und Dale erhoben sich.

»Gut gemacht.«

Sie drehten sich um und sahen Lupina in der Tür stehen. Sie lächelte und hatte weiterhin darauf verzichtet, sich ganz in eine Werwölfin zu verwandeln.

»Wie viele sind es noch?«, wollte sie wissen.

»Sechs«, sagte Brassow.

»Die schafft ihr.«

»Ja, aber anders.« Der Werwolf stieß ein Fauchen aus. »Ich habe mir da etwas ausgedacht. Über Funk hole ich sie her, und dann geben wir ihnen keine Chance. Wir stürzen uns alle auf sie, auch du, Lupina.«

Damit war die Königin der Wölfe einverstanden.

Brassow hob den Hörer des schwarzen Telefons mit beiden Pranken an und befahl eine Zusammenkunft zwecks Wachkontrolle.

»Der werden sie folgen«, sagte er.

Und sie kamen auch.

Einer nach dem anderen kletterte die Leiter hoch. Jeder Soldat lief in sein Verderben.

Minutenlang war nur das Fauchen, Schmatzen und Schlürfen zu hören. Als alle vom Keim infiziert worden waren, standen die Ersten bereits wieder auf.

Acht Werwölfe waren es.

Hinzu kamen Lupina und ihre beiden Leibwächter.

Also elf!

Eine gefährliche Truppe, die nicht gewillt war, sich durch irgendetwas aufhalten zu lassen.

»Kommt«, sagte Lupina. »Die Gefangenen warten …«

Ich war wirklich froh, dass uns niemand gesehen hatte, als wir die Hütte verließen. Jovanka ging auch nicht mehr den normalen Weg zurück, sondern schlug sich mit uns zusammen sofort in den Wald.

Und der war verdammt dicht.

Eine genaue Entfernungsangabe hatte sie nicht geben können. Jovanka kannte sich selbst da nicht so aus, sie meinte aber, dass wir drei Stunden unterwegs sein würden.

Die waren fast um.

Hinter uns lag wirklich eine schwere Strecke. Der Wald zeigte sich von einer Seite, wie ich sie von England her nicht kannte. Das war ein Urwald, durch den wir uns geschlagen hatten, und ich wunderte mich, dass sich Jovanka trotz der Dunkelheit so gut zurechtfand, denn inzwischen war es finster geworden.

Der Himmel hatte eine dunkelgraue Farbe angenommen. Wenn sich der Baumbestand etwas lichtete und wir nach oben schauten, sahen wir auch den satten Vollmond am Himmel leuchten.

Werwolfwetter.

An meinen Job dachte ich kaum noch. Ich stiefelte und stolperte kurzerhand hinter Jovanka her. Suko tat das Gleiche. Irgendwann machte man so etwas auch automatisch, da bewegten sich die Beine, da gab man nur auf Stolperfallen acht und schaltete das Denken aus.

Als Jovanka stehen blieb, wäre ich fast an ihr vorbeigelaufen, so sehr war ich in Gedanken. Suko erging es ähnlich. Zudem war es fast stockfinster.

Obwohl uns hier sicher niemand hören konnte, sprach die Russin mit gedämpfter Stimme.

»Also«, sagte sie. »Es ist nicht mehr weit. Wir sind gleich da, vielleicht noch eine halbe Stunde, und wir müssen hier mit Überraschungen rechnen. Seht mal nach rechts und dann in die Höhe.«

Das taten wir und entdeckten erst jetzt den schwachen rötlichen Schein am Himmel.

»Ein Feuer?«, fragte Suko.

Jovanka schüttelte den Kopf. »Nein und ja. Das ist brennendes Gas, ein Zeichen, wie nahe wir bereits unserem Ziel sind.«

Ich nickte lächelnd.

Dann gingen wir weiter und erreichten plötzlich eine Straße, die in den Wald führte und aus Betonplatten bestand, was mir nur ein Kopfschütteln entlockte.

»Wir sind nahe am Camp. Schaut euch den Wald an. Er ist jünger, frischer. Das ist schon nachgewachsen.«

Sie hatte recht. Wir standen in einem Gebiet, das wesentlich heller war.

Und wir sahen die Lichter.

Rechts von uns glühten sie in der Nacht. Rote, weiße, gelbe, grüne, ein Farbenspektrum, in dem die brennenden Gasströme wie rotgelbe Fahnen wirkten.

Irgendwie ein imposantes Panorama. Industrie inmitten einer noch intakten Naturlandschaft.

Mich berührte das Bild seltsam, doch Jovanka drängte zur Eile.

»Weiter!«, hauchte sie.

»Und wo liegt das Lager?«, fragte ich.

Jovanka deutete schräg nach links. »Dort irgendwo. Man kann keine Lichter sehen.«

»Also nicht weit.«

»Nein, nein. Wir müssen nur achtgeben, dass wir nicht gesehen werden.«

»Von den Gefangenen?«, fragte Suko.

Sie lachte. »Das nicht, da sind andere, die uns gefährlich werden könnten. Die Arbeiter in den Ölcamps. Die schimpfen zwar auf ihren Job, aber sie würden nie etwas durchgehen lassen, denn sie werden gut bezahlt. Spione haben bei ihnen keine Chance.«

Das waren keine guten Aussichten, aber damit hatte ich auch nicht gerechnet. Ich musste im Prinzip froh sein, dass es bisher so gut geklappt hatte.

Wir gingen weiter.

Jetzt nicht mehr durch den Wald, sondern parallel zur Transportstraße. Vor einigen Jahren hatte hier auch noch Wald gestanden, doch dann war der Ölboom ausgebrochen und hatte die Natur gefressen. Wo keine Straßen aus Holz gebaut wurden, nahm man Betonplatten, die allerdings nicht viel taugten. Sie waren erstens teuer, und zweitens litten sie unter der starken Kälte im Winter. Ich sah an zahlreichen Stellen Einbrüche. Manche Platten waren gerissen und wiesen große Löcher auf.

Auch in der Dunkelheit war alles voll in Betrieb. Noch immer fuhren Lastwagen. Sie rumpelten über den Beton, und die Schlaglöcher schüttelten sie durch. Lichter tanzten.

Von Wagen, die uns entgegenkamen, wurden wir geblendet und tauchten dann in die Deckung des Unterholzes.

Unsere Waffen nahmen wir mit. Allerdings trug ich Desteros Schwert nicht bei mir. Es war mir zu unhandlich gewesen, es auch noch mitzuschleppen. Wir hofften stark, dass die Pistolen, das Kreuz und andere Dämonenbanner für unseren Kampf ausreichten.

Jovanka blieb stehen und deutete über die Straße. »Wir müssen auf die andere Seite.«

Gesagt, getan. Bevor der nächste LKW anrumpelte, starteten wir und schafften es in wenigen Sprüngen. An dieser Seite gab es praktisch keinen Wald. Nur ein flaches Gelände mit Büschen und kleineren Bäumen und weichem Untergrund, der mich schon wieder an den Sumpf erinnerte.

»Das war auch Sumpfgebiet«, erklärte Jovanka, die meine Gedanken erraten hatte. Sie zeigte nach vorn.

Irgendwie bewunderte ich die Energie dieses jungen Mädchens. Jovanka gab nicht auf, sie wollte weiter, und sie war der Typ, der bis zur Selbstaufgabe für eine Sache kämpfte. Imponierend, fand ich.

Schon sahen wir das Licht.

Ein heller Finger, der in der Luft zu stehen schien und sich dabei auf der Stelle kreisend bewegte.

»Das Lager!« Unwillkürlich hatte Jovanka die Stimme gesenkt.

Wir schauten hin.

»Scheint alles in Ordnung zu sein«, bemerkte der Chinese nach einer Weile. Ich nickte.

Suko stieß mich an. »Lass uns näher ran. Vielleicht sehen wir Lupina oder ihre Verbündeten.«

»Hör auf mit den Verbündeten. Ich hoffe, es ist noch nicht so weit gekommen.«

Wir bewegten uns schneller, allerdings auch geduckt, und waren in der Dunkelheit kaum auszumachen. Dabei lauschten wir, doch selbst Suko hörte nichts Verdächtiges.

Ich hatte Angst vor Minen und fragte die junge Russin danach.

»Nein, keine Gefahr. Das können sie sich nicht leisten. Hier laufen auch zu viele Ölleute herum.«

»Deshalb also.«

Dafür hatten sie Starkstrom. Ich kannte das Geräusch. Ich hatte es schon in einiger Entfernung vom Lager gehört.

Es war überall und hatte uns praktisch eingekesselt. Über den Zaun kamen wir nie.

Wir hockten im Gras und starrten in Richtung Lager. Dort bewegte sich nach wie vor der lange Lichtfinger. Lautlos glitt er über den Boden, aber er holte keine Gestalten oder irgendwelche Gegner aus der Dunkelheit. Das Gelände innerhalb des Hochspannungszauns schien menschenleer zu sein.

Vier Wachtürme sahen wir ebenfalls. Normalerweise mussten sie besetzt sein. Nur sah ich keinen Posten. Jedenfalls zeichnete sich hinter den erleuchteten Sichtfenstern kein Schatten ab.

»Das ist mir zu tot«, flüsterte Jovanka.

»Und was machen wir?«, fragte Suko.

»Aufs Gelände müssen wir, daran geht kein Weg vorbei. Nur bereitet mir der Hochspannungszaun da einige Sorgen. Gibt es keine andere Möglichkeit?«

Diese Frage war an Jovanka gerichtet, und die junge Russin reagierte gut. »Ja, da gibt es etwas. Wir müssen das Gelände dort betreten, wo sich der Eingang für das Wachpersonal befindet.«

»Und der ist nicht abgesichert?«

Sie hob die Schultern.

Wir versuchten es. Als positiv empfand ich, dass der Scheinwerfer nur innen das Lager ausleuchtete und nicht auch noch nach außen schwenkte. So huschten wir im Schatten der Büsche voran, und wieder einmal bewunderte ich Jovanka. Sie gab sich sehr sicher, und sie kannte sich auch gut aus.

Unser Ziel war von dem übrigen Gelände abgetrennt.

Wir erreichten sogar einen Weg, und im hellen Mondlicht erkannten wir Reifenspuren, die tiefe Abdrücke im feuchten Boden hinterlassen hatten.

»Der Lagerleiter hat einen Wagen«, berichtete uns Jovanka.

Den sahen wir auch bald. Er parkte außerhalb des Lagers. Es war ein Geländefahrzeug russischer Produktion. Robust, wenig komfortabel, genau das Richtige für diese Ecke der Welt. Damit kam man auch auf schwierigem Gelände voran.

Wir wurden noch vorsichtiger. Irgendetwas lag in der Luft, das spürte ich genau.

Dann sahen wir das Tor. Daneben stand das Haus der Posten. Und es sah verlassen aus.

Mein Misstrauen verdichtete sich. Hier stimmte einiges nicht, dessen war ich mir sicher. Ich war kein Kenner von irgendwelchen Gefangenenlagern, doch dass ein Komplex so aussah, daran wollte ich nicht glauben.

Als wir flüsternd darüber sprachen, stimmten mir Jovanka und Suko zu. Unangefochten erreichten wir das Postenhaus. Zu dritt quetschten wir uns hinein.

Jovankas Blicke flogen über das kleine Schaltpult. Sie fand auch den richtigen Kontakt, um das Tor zu öffnen.

»Soll ich?«

»Sicher.«

Jetzt wollte ich es wissen. Lange genug hatte man uns im Unklaren gelassen. Ich spürte, wie sich die Spannung in meinem Innern verdichtete. Das Tor schwang auf.

Ein Summen ertönte, als es auf einer Schiene zur Seite lief und dann stillstand.

Ich schaute durch das Fenster nach vorn.

Wieder bewegte sich der Scheinwerfer. Ein sehr breiter Lichtstrahl wanderte über den Innenhof und erfasste plötzlich einige Personen. Bevor ich genau hinsehen konnte, war er bereits weitergeglitten.

Auch die anderen hatten etwas bemerkt, und so warteten wir die nächste Umdrehung ab.

Diesmal traf er voll.

Und was wir sahen, ließ unseren Atem stocken.

Bestimmt ein Dutzend Werwölfe, so genau konnte ich nicht nachzählen, schritten über den Innenhof.

An ihrer Spitze aber ging eine Mischung zwischen Frau und Bestie.

Lupina!

Mark Baxter wartete mit angehaltenem Atem. Er wusste plötzlich, dass etwas geschehen war. Sein »Freund«, der Wärter, rührte sich nicht mehr. Entweder war er tot oder bewusstlos.

Der CIA-Agent spannte sich. Allerlei Gedanken schossen durch seinen Kopf. Was hatten die Schüsse für eine Bedeutung gehabt? Wer war gekommen? Hatte die CIA vielleicht ein Einsatzkommando geschickt, um ihn herauszuholen?

Kaum, denn ein Agent musste in der Lage sein, sich durch eigene Kraft zu befreien.

Die Tür war offen.

Hinter ihr sah Mark Baxter einen Schatten. Er konnte nicht genau erkennen, wer dort stand, aber ein Mensch war das nicht. Einen Augenblick später hörte er das Fauchen.

Mark zuckte zusammen. Jemand schien ihm einen Peitschenschlag versetzt zu haben. Dieses Fauchen passte nicht hierher, das hörte sich an, als hätte ein Wolf es ausgestoßen.

Dann bewegte sich der Schatten. Er sackte in die Knie und tauchte durch die Öffnung, um das kleine Gefängnis zu betreten.

Mark sah ihn genauer.

Ja, es gab keinen Zweifel, das war ein Wolf. Eine große Bestie, die kein normales Tier war. Nein, eine gefährliche Mutation, der der Mordwillen aus den schräg gestellten Augen leuchtete.

Und noch etwas sah Mark, obwohl das in das Verlies fallende Licht ziemlich schwach war.

Die blutige Schnauze!

Der Wolf hatte bereits ein Opfer gerissen, und Reste klebten noch an seinen Kiefern.

Mark wusste genau, wer nun daran glauben sollte.

Er selbst!

Und er war sicher, dass er es hier mit keinem Trick der Gegenseite zu tun hatte, denn dieses Raubtier war echt, so konnte sich niemand verkleiden.

Das Tier sprang.

Bei einem Menschen hatte Mark den Angriff oft genug vorausahnen können, wobei sich die Reaktion zuvor in den Augen der Person zeigte. Hier aber ging alles blitzschnell und ohne Vorwarnung.

Ausweichen konnte Mark Baxter nicht. Nur abblocken. Er zog den Kopf ein, riss die Fäuste hoch. Der Werwolf prallte hart gegen ihn, und seine gefährlichen Pranken hämmerten zu.

Mark Baxter musste die Schläge voll hinnehmen, die zum Glück nicht seinen Kopf trafen. Die scharfen Krallen hieben gegen seine hochgerissenen Arme und zerfetzten dort die Kleidung. Mark hörte das Reißen des Stoffs, und er roch die scharfe Ausdünstung des Raubtieres, weil sich der Wolf dicht vor ihm befand.

Auch den Blutgeruch nahm er wahr. Süßlich bitter stieg er in seine Nase, und als der Wolf seine Pranken zurücknahm, um zu einem erneuten Schlag auszuholen, da wuchtete der CIA-Agent sein Knie vor.

Er traf die Bestie hart, die aus dem Konzept geriet und ein wenig zurückgedrängt wurde.

Baxter hatte eine eisenharte Ausbildung hinter sich. Er krümmte die Hand und hämmerte sie nach unten.

Die Schnauze der Bestie klaffte auf. Baxter traf den Oberkiefer, und beide Kiefer klackten von der Wucht des Schlages zusammen, sodass ein Zittern durch die Gestalt lief.

Mark musste so rasch wie möglich raus.

Hier würde er nur den Kürzeren ziehen, weil es zu eng war. Er rollte sich über den Boden, wobei er die Beine angezogen hatte. Das war sein Glück, denn ein Rundschlag der Bestie verfehlte ihn nur knapp. Die Pranke klatschte dicht neben seinem Knie auf den harten Lehmboden.

Mark nutzte seine Chance. Er tauchte durch die Tür und fand sich im Gang wieder, wo sich die anderen Zellen befanden und die Bude des Aufpassers.

Sie war leer.

Der Wärter lag mitten im Gang.

Mark fiel sogar gegen ihn, rollte sich herum und sah im trüben Licht der Deckenleuchte, was mit dem Mann geschehen war, der Mark immer als Kamerad bezeichnet hatte.

Der Russe war tot.

Er war auf eine schreckliche Weise gestorben und lag inmitten einer Blutlache.

Neben ihm sah Mark noch das Gewehr, mit dem er sich verteidigt hatte.

Der CIA-Agent schnappte sich die Waffe, kam auf die Füße und wartete auf seinen Gegner.

Der kroch durch die niedrige Tür.

Da feuerte Mark.

Geduckt stand er da, während er den Abzug mehrmals hintereinander durchzog. Es war eine Schnellfeuerwaffe, und die Geschosse hieben in die breite Brust der Bestie.

Der Wolf wurde durchgeschüttelt. Fell flog in Fetzen weg, die Bestie verschwand auch, aber sie war nicht tot.

Mark hörte sein wildes Fauchen, und eine Gänsehaut rann über seinen Rücken.

Der Wolf würde ihn noch einmal angreifen, da war er sicher.

Mark machte sich keinerlei Gedanken darüber, wie es sein konnte, dass die Bestie nicht zu besiegen war, er musste nur zusehen, dass er dieser Hölle entkam.

Ein Fenster gab es bestimmt in der Bude des Aufpassers. Mark riss die Tür auf und stürmte mit schussbereitem Gewehr über die Schwelle.

Fast wäre er noch gegen einen Ofen gelaufen, dessen Platte eine dunkelrote Farbe zeigte, weil sie überheizt war.

Dann sah er das Fenster. Es war klein, aber wenn er den Rahmen aus der Fassung schlug, musste es zu schaffen sein.

Es blieb beim Vorsatz.

Nicht nur hinter sich auf dem Gang hörte er das Fauchen, auch die Scheibe wurde eingeschlagen. Pranken hieben das Glas entzwei, und Mark schaute mit weit aufgerissenen Augen die drei Wölfe an, die sich vor dem Fenster aufhielten.

Der CIA-Agent wurde blass. Dieser Weg war ihm versperrt. Und die Tür? Er kreiselte herum und sah seine Chancen sinken. Die Tür wurde so wuchtig aufgehämmert, dass sie Mark im Rücken traf.

Zuerst sah Mark den Werwolf, den er erledigt hatte. Hinter ihm erkannte er noch vier oder fünf andere.

Einer davon war eine Frau.

Für einen Moment war der CIA-Agent konsterniert. Er konnte es nicht fassen, denn die Frau war weder Bestie noch Mensch, sondern eine Mischung zwischen beiden. Sie hatte den Kopf eines Menschen, jedoch den Körper eines Tieres – eines Wolfs.

Mark hielt den Atem an. Er hatte in seiner Laufbahn viel erlebt, doch so etwas wie hier war ihm noch nicht unter die Augen gekommen.

Das war der nackte Horror!

Ein Abziehbild des Grauens, was ihm da entgegenschaute, und als Mark in seinem Rücken Geräusche vernahm, da drehte er den Kopf. Er musste mit ansehen, wie die Wölfe durch das Fenster stiegen. Bei einigen war die Verwandlung noch nicht völlig abgeschlossen. Ihre Gesichter zeigten noch menschliche Züge. Er sah durch das noch nicht so dicht gewachsene Fell die helle Haut schimmern und erkannte auch, wie sich das Gesicht veränderte, dass der Mund lang gezogen wurde, eine Wolfsschnauze bildete, die aufklaffte und ein gefährliches Gebiss präsentierte.

Plötzlich wusste Baxter Bescheid. Er wollte es zwar noch immer nicht glauben, aber es gab keine andere Möglichkeit. Vor und hinter ihm standen keine normalen Wölfe, sondern mutierte Wesen. Das waren Werwölfe.

Jawohl!

Mark entsann sich sehr wohl der Geschichten, die man über die Wesen erzählte. Mit normalen Kugeln nicht zu töten, sondern nur durch geweihte Silbergeschosse.

Und die besaß Baxter nicht, so war das Gewehr völlig wertlos für ihn.

Er ließ es trotzdem nicht fallen. Als Schlagwaffe wollte er es benutzen.

Bei den Wölfen an der Tür entstand Bewegung. Die Bestie mit dem Frauengesicht drängte sich vor. Wahrscheinlich wollte sie mit Baxter reden, und Mark ging zurück, sodass sich die Seitenwand in seinem Rücken befand.

Dann hob er das Gewehr.

Die Wölfin lächelte spöttisch.

»Damit kannst du mich nicht erschrecken«, sagte sie kalt. »Gegen Kugeln sind wir gefeit.«

Mark nickte. »Ich habe es inzwischen bemerkt. Wer bist du?«

»Lupina!«

»Kenne ich nicht.«

»Das glaube ich dir wohl. Aber du bist auch kein Russe, wie ich an deiner Sprache höre.«

»Nein, Amerikaner.«

»Spion, nicht?«

Mark gab keine Antwort.

Da lächelte Lupina. »Wir werden dich nicht töten, Spion, sondern zu einem der Unseren machen. Du wirst weiterleben und weiterexistieren können, aber nur als Werwolf, nicht mehr als Mensch. Wie gefällt dir das?«

»Überhaupt nicht.«

Lupina lachte auf. »Kann ich mir denken.« Dann gab sie den Befehl. »Packt ihn!«

Baxter schoss. Er hatte dabei auf die Frau gehalten, in der wahnwitzigen Hoffnung, sie, die ja vom Aussehen her keine Werwölfin war, zu töten.

Die Kugeln trafen auch. Allerdings nicht sie, sondern andere Wölfe, die sich blitzschnell vor ihre Königin gestellt hatten und sie mit ihren Körpern deckten.

Vier, höchstens fünf Kugeln verließen den Lauf. Dann hatte sich Mark verschossen.

Nun benutzte er das Gewehr als Schlagwaffe. Wie eine Keule schwang er es, traf auch und sah, wie die Bestien nicht nur durcheinandergewirbelt wurden, sondern auch von der Wucht der Treffer zu Boden fielen, wo sie sich gegenseitig behinderten.

Trotzdem blieb Baxter der Fluchtweg zur Tür und zum Fenster weiterhin versperrt.

Da griff er zu seiner letzten Chance.

Der Unsichtbarkeit!

Er rammte sein rechtes Bein hoch, traf mit dem Fuß die Platte des Schreibtisches von unten und schleuderte ihn herum. Er kippte auf die Seite, so wie Mark es sich gewünscht hatte.

Ein Hechtsprung brachte ihn hinter das Möbelstück. Ein paar Sekunden blieben ihm. Er hörte, wie Lupina ihre Diener anfeuerte, und konzentrierte sich trotz des Chaos um ihn herum auf die Ereignisse in den Kensington Labors, die jetzt schon einige Jahre zurücklagen.

Als würden Messer in seinen Kopf schneiden, so stark wurde auf einmal der Schmerz.

Ein gutes Zeichen für ihn!

Aber noch war er sichtbar, und noch musste er sich gegen die Übermacht der Bestien wehren.

Und sie kamen.

Zu dritt stürzten sie sich auf ihn. Ihre Mäuler waren aufgerissen. Fauchende und knurrende Laute drangen hervor, vereinigten sich zu einer Sinfonie des Schreckens, die in den Ohren des Unsichtbaren gellte.

Der Schmerz schien seinen Kopf zerreißen zu wollen. Mark stand dicht vor dem Punkt. Als letzte Bewegung rammte er sein Bein vor, traf den Schreibtisch und schleuderte ihn den angreifenden Werwölfen entgegen.

Die Ablenkung gelang, doch aufhalten konnte er die Bestien nicht, die weiterhin von Lupina angefeuert wurden.

Und da verschwand Mark Baxter!

Plötzlich, von einer Sekunde zur anderen, war die Stelle, wo er zuvor noch gelegen hatte, leer. Mark wusste selbst, dass er auch als Unsichtbarer verletzbar war, denn wenn ihn eine Kugel traf, dann würde man ihn und den Einschlag zwar nicht sehen, doch das dann sichtbar werdende Blut zeigte den Gegnern, wo sich der »Unsichtbare« befand.

Mark hatte insofern Glück, als dass er die Überraschung seiner Gegner ausnutzen konnte. Sie schauten völlig konsterniert auf die Stelle, wo er soeben noch gelegen hatte. Der Unsichtbare aber schlängelte sich dicht über dem Boden und versuchte, durch die Tür zu schlüpfen.

Lupina begann zu toben.

Sie erlitt einen regelrechten Anfall und schlug wütend um sich.

»Wo steckt er?«, schrie sie. »Wo, zum Henker?«

Wild schaute sie sich um. Ihre eisigen Blicke trafen dabei die sie umstehenden Bestien.

Ratlosigkeit breitete sich aus. Niemand wusste eine Antwort. Dieser Gegner war vor ihren Augen verschwunden. So etwas konnte und durfte es nicht geben.

Nicht in dieser Welt. Sicherlich in irgendwelchen Dämonenreichen, wo völlig andere Gesetze herrschten, aber auf der Erde war so etwas unmöglich.

Mark hatte inzwischen die Tür erreicht. Dicht an der Wand hielt er sich, und als eine der Bestien einen Schritt vortrat, da öffnete sie dem Unsichtbaren automatisch den Weg aus dem Büro hinaus in den Gang.

Mark hatte die Schwelle kaum erreicht, als er sich aufrichtete. Noch immer durchsuchten die Wölfe das Zimmer. Sie waren beschäftigt, und Lupina stand wie ein Feldherr bei ihnen.

Sie drehte dem Unsichtbaren den Rücken zu. Mark Baxter konnte sich die Chance nicht entgehen lassen. Er holte zu einem wuchtigen Handkantenschlag aus und ließ seinen Arm nach unten sausen. Er traf die Stelle zwischen Kopf und Schultern im Nacken der Wölfin, und er sichelte Lupina praktisch von den Beinen.

Die Königin der Wölfe wurde nach vorn geschleudert, konnte den Schwung nicht mehr abfangen und krachte zu Boden.

Ein Mensch wäre liegen geblieben. Nicht so Lupina. Sie fuhr augenblicklich herum. Ihr Gesicht war zu einer Fratze verzerrt, wobei die Augen Feuer zu sprühen schienen.

»Was war das?«, kreischte sie wild. »Wer hat mich hier angegriffen?«

Niemand gab eine Antwort. Ihre Wölfe standen ebenso konsterniert herum, wie sie auf dem Boden hockte.

Ihre fellbedeckten Arme schnellten vor. »Warst du es? Du oder du vielleicht?«

Bei jeder Frage zielte sie auf einen anderen Wolf.

Kopfschütteln.

Lupina stand knurrend auf. Sie wollte nicht zugeben, dass sie sich im Moment überfordert fühlte, und befahl deshalb, die Suche abzubrechen.

»Los, kommt jetzt zu den Gefangenen. Wir haben schon genug Zeit verloren.«

Die Wölfe sammelten sich.

Auch Mark Baxter hatte die Worte vernommen. Er schlich bereits durch den Gang und hatte die Tür nach draußen erreicht.

Zwei Stunden konnte er nur unsichtbar bleiben. Und diese Zeit wollte er nutzen …

»Mein Gott«, flüsterte ich, »das ist doch nicht möglich …«

Neben mir atmete Suko schwer.

Jovanka, die junge Russin, stieß Worte aus, die ich nicht verstand. Aber ihrem Gesicht war abzulesen, was sie meinte. Es zeigte Spuren von Resignation.

Unseren Augen bot sich wirklich ein gespenstisches Bild. Die Werwölfe mit Lupina an der Spitze hatten es nicht einmal eilig. Wie eine Woge bewegten sie sich über den Innenhof, verschwanden einmal im Dunkeln und wurden Augenblicke später vom Licht des Scheinwerfers erfasst, wenn er wieder einen Schwenk hinter sich gebracht hatte.

Deutlich sahen wir ihr Ziel.

Das Gefangenenlager!

Zwei Baracken standen dort. Die darin eingepferchten Menschen schienen noch nichts gesehen oder bemerkt zu haben, denn sie verhielten sich still.

Da kein Aufpasser zu sehen war, folgerte ich, dass sich Lupina diese Wächter geholt hatte, um sie in den Kreis der Werwölfe einzureihen.

Der Wind fuhr über den Platz, warf Staub hoch, kämmte trockenes Gras und verfing sich auch in der langen blonden Mähne der Werwölfin. Deutlich sah ich ihre geschmeidigen Bewegungen, mit denen sie der Meute voranschritt, und uns war klar, dass wir jetzt nicht mehr zögern durften. Die Hälfte der Strecke hatte die Meute bereits hinter sich gebracht. Es dauerte nicht mehr lange, dann standen sie vor der Baracke.

Wenn sie die erst betreten hatten, dann gnade Gott den Gefangenen. Das Grauen und das Chaos würde über die Menschen hereinbrechen, wobei ich mich noch immer wunderte, dass niemand der Gefangenen etwas bemerkt hatte und den Bau verließ.

Ich nahm mir noch die Zeit und sprach Jovanka darauf an.

»Es gibt da Fallen, John. Wahrscheinlich auch noch Hochspannung. So genau kann ich es nicht sagen!«

»Okay.«

»John!«, drängte mein chinesischer Freund. »Wir dürfen nicht länger warten!«

»Ja.«

Drei Sekunden brauchten wir, um uns zu entscheiden. Das Mädchen sollte zurückbleiben. Suko und ich aber rannten vor, um Lupina in die Zange zu nehmen.

»Los jetzt!«

Ich hatte den Befehl gegeben und lief geduckt los. Hoffentlich hielt sich Jovanka auch an unsere Abmachungen, denn ich wollte nicht, dass sie sich in Gefahr begab.

Voll schien das Mondlicht auf den Hof. Ideale Kraftnahrung für die mörderischen Werwölfe. Ich konnte sie jetzt sehen, auch wenn sie nicht mehr in den Kreis des Scheinwerfers gerieten.

Suko hatte den weiteren Weg. Er musste einen großen Bogen schlagen, deshalb wollte ich mich zuerst zeigen.

Lupina sollte ihre Überraschung erleben, bei Gott, das schwor ich mir.

Meine Füße hämmerten auf den Boden. Bei dem schnellen Lauf waren Geräusche unvermeidlich.

Jetzt befand ich mich bereits mit den Werwölfen auf einer Höhe. Noch einen Bogen, dann …

Der Scheinwerfer erfasste mich. Für wenige Herzschläge lang wurde ich geblendet, hetzte weiter und schaffte es.

Vielleicht noch dreißig Schritte, dann hatte die Königin der Wölfe als Erste das Lager erreicht.

Ich steigerte mein Tempo – und kam von der Seite.

Sie musste mich sehen, sie …

Lupina stoppte.

Auch ich hielt an.

Und dann hallte mir ein Schrei entgegen. Laut, kreischend, angefüllt mit Hass und Wut, all das, was sie für mich fühlte, schleuderte sie mir um die Ohren.

»John Sinclair!«

Ich war stehen geblieben. Der Ruf gellte in meinem Kopf, und ich war wirklich erschreckt über den gewaltigen Hass, der darin mitschwang. Lupina und ich waren Feinde – Todfeinde, ebenso wie ich ein Feind der anderen Mordliga-Mitglieder war. Einmal hatte ich mich sogar in Lupina verliebt, da war ich zu einem Werwolf geworden, als man mir ein Serum gespritzt hatte. Zum Glück war es synthetisch gewesen, und ich konnte durch eine Bluttransfusion gerettet werden. Zuvor jedoch hatte ich tatsächlich wie ein Wolf um Lupina gekämpft, damit sie mir und ich ihr gehörte. Das war vorbei, die Fronten waren wieder neu abgesteckt.

Jetzt wollte sie nur noch eins.

Meinen Tod!

Ich hatte meine Waffen griff- und sichtbereit. Die Beretta hielt ich in der rechten Hand, vor meiner Brust baumelte das geweihte Silberkreuz. Davor fürchtete sich die Königin der Wölfe am meisten, wie ich wusste.

Wir starrten uns an. Ich griff sie nicht an, denn ich wollte, dass sich Suko in aller Ruhe an sie heranschleichen konnte. Wir fixierten uns nur.

Lupina war so erregt, dass sich ihr Fell sträubte. Die einzelnen Haare stellten sich aufrecht, in den schräg gestellten Augen leuchtete der Kampfeswille und gleichzeitig die Bereitschaft, mich restlos zu vernichten.

»Du bist da«, sagte sie.

Ich nickte. »Ja. Hast du dir den Plan ausgedacht?«

»Natürlich, John Sinclair. Dieser Clive Denver lief uns genau in die Arme. Er redete, denn er war unseren Methoden nicht gewachsen, und so kam ich auf den genialen Einfall, ihn zu einem Werwolf zu machen und dich hierher zu locken. Ich wusste genau, dass man in London so reagieren würde, wenn er dort einmal auftauchte. Und ich habe mich wirklich nicht getäuscht. Du bist gekommen!«

»Ja, so wie du mich vernichten willst, so werde ich deinem Leben ein Ende bereiten«, erwiderte ich.

»Siehst du die Übermacht?«

»Sicher.«

Ihr Gesicht verzerrte sich. »Diesmal stehen sie alle auf meiner Seite. Keiner meiner Freunde wird es wagen, sich gegen mich zu stellen, das kannst du mir glauben. Gegen uns kommst auch du nicht an. Zudem werden es bald noch mehr sein, wenn wir erst einmal in alle Gefangenen unseren Keim gelegt haben. Hier entsteht die Werwolf-Elite, und sie wird zuerst dieses Land überschwemmen und sich dann auf der Welt ausbreiten. Was die Vampire bis heute noch nicht geschafft haben, werde ich fertigbringen, darauf kannst du dich verlassen, Geisterjäger.«

»Hat dir Morasso es denn erlaubt?«, höhnte ich.

»Er steht voll auf meiner Seite, denn er weiß genau, dass ich die Wölfe um mich sammle, Xorron die Untoten und Ghouls,

Vampiro-del-mar die Blutsauger und Tokata die Verfluchten der Hölle aus der unheiligen Erde Asiens.«

Große Worte. Ich kannte sie, ich war sie nicht anders gewohnt. Allerdings hütete ich mich, darüber zu lachen. Gingen auch manche Versprechen der dämonischen Führerschicht nicht in Erfüllung, so blieb doch ein Rest, der schrecklich genug war. Da brauchte ich nur an Xorron zu denken, dessen Erweckung auf Doktor Tods Konto ging und die ich nicht hatte verhindern können.

Trotzdem hatte ich das Gefühl, dass sich Lupina nicht so hundertprozentig sicher war. Ich besaß die Beretta, sie musste wissen, dass genügend geweihte Silberkugeln im Magazin steckten, um über die Hälfte ihrer Brut zu töten. Wahrscheinlich war ich wirklich zu früh aufgetaucht. Sie hatte sicherlich erst in das Lager der Gefangenen eindringen wollen. Daraus wurde erst einmal nichts.

Ich riskierte sogar ein Lächeln. »Diese Worte, Lupina, habe ich schon des Öfteren gehört. Auch von dir. Ich glaube nicht, dass sich deine Prophezeiungen erfüllen werden. Im Gegenteil, ich habe sogar das Gefühl, dass dein Weg hier zu Ende sein wird.«

»Und wie«, hörte ich plötzlich die Stimme des Chinesen. Sie war im Rücken der Werwölfe aufgeklungen.

Lupina fuhr herum, ebenfalls die anderen. Dadurch deckten sie ihre Königin.

Angriff!

Ja, wenn wir jetzt nicht handelten, dann konnte es unter Umständen zu spät sein.

Ich startete und brüllte gleichzeitig Sukos Namen.

Nach zwei Schritten stoppte ich. Plötzlich drang ein Scheppern an meine Ohren. Gleich darauf erlosch alles Licht.

Aus einer kleinen Hütte stachen Flammen, und im nächsten Moment schien sie zu explodieren.

Auf dem Hof erstarrte alles. Nicht nur Suko und ich, sondern auch die Werwölfe.

Ich hatte mich noch nicht von dem Schreck erholt, als irgendwo Holz splitterte.

Ich schaute nach rechts und sah, wie die Wände der Gefangenen-Baracke buchstäblich auseinandergerissen wurden. Ein gewaltiges Menschengewoge quoll daraus hervor. Eine Tür wirbelte durch die Luft, und etwas Schlimmeres hätte uns eigentlich nicht passieren können.

Die Gefangenen waren frei.

Mark Baxter, der Unsichtbare, wusste genau, dass außer ihm noch andere Menschen in dem Lager schmachteten. Und er wollte nicht nur für sich selbst den Weg in die Freiheit freikämpfen, auch die anderen Menschen sollten nicht länger in ihren primitiven Unterkünften hausen.

Deshalb nahm sich Mark die Zeit, die Leute von ihrem Schicksal zu erlösen.

Dass diese Tat zu einem Bumerang werden sollte, konnte er nicht ahnen, denn die Ereignisse überraschten ihn ebenso wie uns.

Der CIA-Agent hatte zwar lange in seinem Verlies gehockt, doch als man ihn herschaffte, hatte er sich genau umgesehen. Er wusste also, wo die Baracken zu finden waren, zudem konnte er sie nicht übersehen.

Niemand entdeckte ihn, als er über den Lagerplatz lief. Am Himmel stand ein großer Mond, der fahlgelb leuchtete. Für einen Moment erinnerte sich Mark Baxter daran, dass er diesen Mond auch in seiner Heimat sehen konnte, doch nun war er Tausende von Meilen davon entfernt.

Amerika lag weit, weit zurück. Für ihn jedenfalls weiter als der Mond.

Er erreichte die Baracken. Und er sah die Drähte blitzen, die um das Gebäude herumliefen. Sie waren nur hauchdünn, aber sie bildeten ein Starkstromgitter, das keiner durchbrechen konnte, es sei denn, er war lebensmüde.

Aber Mark wusste Bescheid. Nicht weit entfernt stand ein kleines Häuschen, in dem sich die Quelle dieser Stromsicherung befand. Sie musste zerstört werden.

Das Haus war rechteckig, sah aus wie ein Verteiler, und die Tür hatte einen grünen Anstrich. Sie war nicht abgeschlossen. Jeder konnte sie aufziehen.

Als Mark das Haus erreicht hatte, hörte er auf dem Platz die Werwölfe. Auch die Stimme der Frau war deutlich zu vernehmen. Sie trieb ihre Beschützer zur größtmöglichen Eile an.

Für Mark Baxter wurde es Zeit. Es kam auf jede Sekunde an, denn er wollte nicht riskieren, dass die Gegenseite schneller war.

Die Tür hatte einen schmalen Griff. Es sah schon makaber aus, als sich die Tür wie von Geisterhand gezogen auf einmal öffnete. Im rechten Winkel blieb sie stehen.

Mark warf einen Blick in das Innere. Diesmal war er froh über das Mondlicht. So brauchte er keine Lampe, um sich im Innern der Stromversorgung zurechtzufinden.

Mit einem Stein wollte Mark es machen. Er fand auch in der Nähe einen und war bereit, ihn zu schleudern, als er plötzlich andere Stimmen hörte.

Da sprach jemand Englisch.

Mark zögerte. War es möglich, dass die CIA doch Kollegen geschickt hatte, um ihn herauszuholen? Nein, wenn er genauer hinhörte, dann sprach der Mann keinen amerikanischen Dialekt. Vielleicht gehörte er zur britischen Abwehr und war wegen Clive Denver erschienen. Ja, so musste es sein.

Der Unsichtbare lächelte. Er hielt den Stein in der rechten Hand und schleuderte ihn.

Voll traf er sein Ziel. Der Stein hämmerte in das Herz des

summenden Aggregats. Und seine Aufprallwucht zertrümmerte dort Magnete, Spulen, Verstärker und Kondensatoren.

Winzige Leitungen schmorten durch, Blitze zuckten auf. Funken sprühten, Entladungen fanden statt, und dann züngelten sogar kleine blaue Flämmchen über die isolierten Drähte, die wichtige Teile miteinander verbanden.

Die Explosion stand dicht bevor. Und sie erfolgte. Der Unsichtbare hatte sich rechtzeitig zurückgezogen. Die Stichflamme, die aus dem Innern schoss, war gewaltig. Sie fauchte hervor. Es stank nach verbranntem Kunststoff, und das Feuer fraß sich immer weiter vor und fand neue Nahrung. Auch der Scheinwerfer auf dem Hof verlosch. Das Lager war ohne Strom.

Mark Baxter hatte sein Ziel erreicht. Die Gefangenen konnten ihre Baracken verlassen.

Ein paar lange Schritte brachten den Unsichtbaren bis an die Tür des ersten Lagers. Sie stellte für ihn kein Hindernis dar. Er riss sie auf und stand schon bald in der Baracke.

Niemand sah ihn, und die Gefangenen glaubten an einen Windstoß, der die schmale Tür aus den Angeln gefegt hatte. In Zweierreihen lagen sie auf knochenharten Pritschen, konnten sich kaum drehen und rutschten erst langsam, aber dann immer schneller von ihren Lagern.

»Ihr seid frei!«, dröhnte plötzlich Baxters Stimme. »Los, Kameraden, haut ab, verschwindet!«

Drei Sekunden tat sich nichts.

Dann hatte es jeder der Männer begriffen. Und die Baracke erzitterte in ihren Grundfesten …

Die plötzliche Dunkelheit wirkte wie ein Tuch. Bis sich meine Augen an die neuen Lichtverhältnisse gewöhnt hatten, dauerte es etwas.

Die paar Sekunden reichten.

Die Woge der Gefangenen kam. Einige liefen direkt zum Ausgang, andere rannten auf die Buden der Wärter zu, wahrscheinlich, um sich zu bewaffnen.

Im Nu war das Chaos perfekt.

Auch um mich herum waren plötzlich Menschen. Sie nahmen keinerlei Rücksicht, zu lange hatten sie im Lager verbringen müssen. Sie rannten, schrien und stießen sich gegenseitig aus dem Weg. Auch ich musste achtgeben, um nicht von ihnen überrannt zu werden. Zwei sprangen mich an, ich keilte aus, hämmerte mit dem Waffenlauf zu, verschaffte mir Luft, und schemenhaft erkannte ich, dass sich außer den Gefangenen auch die Werwölfe zwischen sie gemischt hatten.

Das würde Panik geben.

Einen sah ich plötzlich dicht vor mir. Ehe ich noch einen Schuss abfeuern konnte, hatte er sich schon einen der Befreiten geschnappt und zugebissen.

Das Letzte, was ich von dem Mann sah, war sein von Entsetzen und Angst gezeichnetes Gesicht, dann riss es mich buchstäblich von den Beinen, und ich spürte, dass Krallen meine Haut auffetzten. Hart fiel ich zu Boden, rollte mich herum und schaffte es nur zur Hälfte, denn da waren zwei Werwölfe, die mich festhielten. Einer hatte meinen Arm gepackt, drehte ihn, und ich schrie auf, weil der stechende Schmerz bis in meine Schulter raste.

Die Beretta entglitt meinen Fingern. Als das geschehen war, sprang der zweite Werwolf auf mich. Sein Gewicht drückte mich am Boden fest, ich konnte mich nicht mehr rühren. Die Bestie gab genau acht, dass sie nicht mein Kreuz berührte, das zwar noch an der Kette um meinen Hals hing, jedoch in Verlängerung meiner rechten Schulter auf dem Boden lag.

Die Bestie öffnete die Schnauze.

Geifer tropfte hervor, fiel auf mich, und ich musste mich vor Ekel schütteln.

Der zweite Werwolf hielt meine Arme fest, sodass ich die Hände nicht hochreißen konnte, um meine Kehle zu schützen.

Der Hals lag frei.

Frei für den Biss!

Keinem, auch nicht John Sinclair, hatte Jovanka gesagt, dass sie das breite Jagdmesser mitgenommen hatte. Sie trug es unter der Kleidung verborgen. Es hatte ihrem Bruder gehört, und dieses Messer hatte ihr einmal das Leben gerettet, als sie von einem Bären bedroht worden war, der sie töten wollte. Im letzten Moment war ihr Bruder hinzugekommen und hatte das Tier getötet.

Mit eben diesem Messer!

Jovanka war fest entschlossen, diejenige damit umzubringen, die ihren Bruder auf dem Gewissen hatte. Denn nur durch diese Wölfin war er zu einer Bestie geworden.

Das verlangte nach Rache!

Trotz ihres Hassgefühls war Jovanka eiskalt. Und sie wartete ruhig ihre Chancen ab.

Im hohen Gras hatte sie sich hingehockt und beobachtete. Sie sah John Sinclair und auch Suko. Der Chinese schlug einen Bogen, um in den Rücken der schrecklichen Kreaturen zu gelangen. Sinclair wurde zuerst entdeckt. Es entspann sich ein wuterfüllter Dialog zwischen ihm und der Wölfin.

Die beiden kannten sich sehr gut, das entnahm die junge Russin den Worten.

Ihre Hände streichelten das Messer. Die Klinge glänzte, als wäre sie eben erst nachgeschliffen worden. Das Lächeln auf Jovankas Lippen war böse, Mordgedanken durchströmten ihren Kopf.

Gewissensbisse hatte sie nicht. Wenn sie diese Mutation

zwischen Frau und Wolf tötete, dann war das in ihren Augen kein Mord. Tiere konnte man nicht ermorden.

Vorsichtig richtete sie sich auf.

Den Griff des Messers hielt sie umklammert. Hart traten ihre Knöchel hervor. Die Augen waren leicht zusammengekniffen, der Mund bildete einen Strich.

Sinclair und der Chinese hatten Mut, den konnte man ihnen nicht absprechen, doch Jovanka glaubte einfach nicht daran, dass sie auch die Kaltblütigkeit besaßen, um die Gegner zu töten.

Aber – sie wollte es.

Sinclair war entdeckt worden, während die Bestien den Chinesen noch nicht gesehen hatten. Jovanka lächelte hart. Die würden sich wundern, sie hatten nicht nur zwei Gegner, sondern drei.

Sie konnte sich entscheiden, in welche Richtung sie schleichen wollte. Jovanka ging weder nach rechts noch nach links. Sie suchte sich genau die Mitte aus, praktisch zwischen John Sinclair und dessen Partner Suko.

Lupina und Sinclair sprachen miteinander. Sie schleuderten sich gegenseitig Vorwürfe ins Gesicht. Die Wölfin stand allerdings nicht sehr günstig für einen Angriff. Weder von Sinclairs noch Sukos oder Jovankas Seite. Ihre Kreaturen deckten sie einfach zu gut ab.

Jovanka verharrte. Sie überlegte noch, wie sie es anstellen sollte, als plötzlich das Licht erlosch. Von einem Augenblick zum anderen war von dem Scheinwerferstrahl nichts mehr zu sehen.

Dunkelheit! Nur der Mond stand am Himmel. In seinem fahlen Licht schimmerte das Fell der Wölfe seltsam silbrig. Auch warf es blitzende Reflexe auf das lange blonde Haar der Dämonin.

Und dann hörte Jovanka die Explosion und wenig später

die Schreie. Sie erlebte mit, wie die Gefangenen-Baracke buchstäblich auseinanderbrach und die Menschen aus ihren Gefängnissen stürmten.

Das war eine Überraschung, die sie nicht so leicht verdaute. Sekundenlang stand die junge Russin starr auf dem Fleck. Ihre Augen waren geweitet. Sie hatte die Männer nie zuvor gesehen, wenn sie im Lager zusammengepfercht waren, aber sie wusste, dass sich dort auch Aggressionen aufstauten, die sich nun in einer Welle von Gewalt entluden.

Und dazwischen die Werwölfe!

Jovanka begriff sehr wohl die Gefahr, die sich von einem Augenblick zum anderen verdichtet hatte. Ihre Angst wurde unnatürlich groß, doch der Wille zur Rache blieb.

»Jetzt erst recht!«, knirschte sie.

Sie jagte auf die Werwölfe zu.

Die Bestien standen nicht mehr im Pulk zusammen. Sie und die Gefangenen hatten sich vermischt. Schreie gellten über den Lagerplatz, Wut- und Hassgebrüll, Schläge klatschten, das erste Blut floss.

Andere Häftlinge waren zu den Wachhäusern der Wärter gerannt. Wahrscheinlich wollten sie sich bewaffnen, doch darüber brauchte sich Jovanka den Kopf nicht zu zerbrechen, sie befand sich auf einmal inmitten des Hexenkessels aus Gewalt und entladendem Zorn.

Plötzlich war sie eingekeilt von Gestalten. Menschen, Werwölfe, die Bilder verwischten. Sie sah verzerrte Gesichter und die weit aufgerissenen Rachen der Wölfe, die hin und wieder zuschnappten, um sich ein Opfer zu holen.

Es war die Hölle.

Jovanka traute sich nicht, das Messer einzusetzen. Sie hatte Angst, einen der Gefangenen tödlich zu verletzen. Wenn sie zustach, dann musste sie die Gewissheit haben, einen der Werwölfe zu treffen.

Die Chance bekam sie.

Von rechts warf sich ein Schatten heran, schlug nach ihr, und sie spürte scharfe Krallen, die ihre Kleidung aufrissen und Streifen in die Haut ihrer Schulter zogen.

Ein Werwolf.

Auf der Stelle wirbelte sie herum. Flockiger Geifer klatschte in ihr Gesicht.

Sie stach einfach zu.

Dabei spürte sie kaum Widerstand, als die Klinge dicht unter dem Hals des Wolfes in dessen Brust glitt. Sofort färbte sich das Fell rot, die Bestie zuckte auch zurück, doch sie fiel nicht, und dem Mädchen wurde in dieser Sekunde klar, dass sie mit einem normalen Messer nichts gegen die Wölfe ausrichten konnte.

Die Bestie schüttelte sich, wollte erneut angreifen, als sie von zwei befreiten Männern angerempelt und zu Boden gestoßen wurde. Die Männer sprangen über die Bestie hinweg und rannten in Richtung Tor.

Jovanka sah ihre Chance. Sie löste sich vom Fleck und suchte Lupina. Eigentlich musste sie leicht zu finden sein, denn ihr helles Haar leuchtete auch in der Dunkelheit.

Das Mädchen hatte sich eine Sekunde zu lange ablenken lassen. Auf dem Rücken hatte Jovanka keine Augen, und sie sah auch nicht den mutierten Rock Dale, der sich angeschlichen hatte und seine gewaltigen Arme um ihren Leib schwang.

Jovanka schrie auf. Der Werwolf hob sie in die Höhe, und die Russin verlor den Kontakt zum Boden.

Dann wurde sie auf die Erde geschmettert.

Mit dem Hinterkopf schlug sie schmerzhaft auf. Sie umklammerte zwar noch immer ihr Messer, das allerdings nützte ihr nichts mehr, denn die Bestie warf sich auf sie …

Natürlich wurde auch Suko von den Ereignissen völlig unvorbereitet getroffen. Er und John Sinclair hatten Lupina wirklich in der Zange gehabt, dann passierte so etwas.

Das Licht erlosch, und mit der Wucht einer Bombe brachen die Gefangenen aus. Auch Sukos Augen mussten sich erst an die neuen Lichtverhältnisse gewöhnen.

Die Gefangenen stürmten auf ihn zu.

Männer, die vom Drang nach Freiheit nahezu besessen waren. Suko hatte den Plan, sich auf Lupina zu stürzen, aufgegeben. Erst musste er die eigene Haut verteidigen.

Zwischen die Schreie der Menschen und dem Keuchen der Wölfe mischten sich die ersten Schüsse. Sie waren kaum zu hören, aber Suko konnte sich einen mächtigen Werwolf nur mit zwei Kugeln aus seiner Beretta vom Leibe halten.

Die Geschosse schleuderten die Bestie zurück. Sie prallte zu Boden, überschlug sich und schrie, wobei sie beide Pranken gegen ihr braunschwarzes Fell schlug. Dabei trat schon die Rückverwandlung ein, was Suko allerdings kaum noch mitbekam, denn die anderen nahmen ihm die Sicht. Er fing sich einen Schlag mit dem Ellbogen ein. Einer der Gefangenen drehte durch, und seine Arme arbeiteten wie Mähdrescher. So bahnte er sich seinen Weg.

Dann wurde er von einem Werwolf angesprungen. Die fellbedeckte Bestie vergrub den Tobenden unter sich. Bevor Suko eingreifen konnte, biss sie schon zu.

Durch Karateschläge verschaffte sich der Chinese Luft. Um ihn herum wogte ein Meer aus Leibern und Werwolfkörpern. Verzweifelt suchte der Chinese nach seinen Freunden, und er hielt auch Ausschau nach Lupina, denn ihretwegen waren er und John schließlich in dieses weite Land gekommen.

Hin und wieder sah er sie. Bevor sich Suko zu ihr durchkämpfen konnte, war sie schon wieder verschwunden. Er dachte auch daran, seinen Stab einzusetzen.

Für fünf Sekunden konnte er damit die Zeit anhalten, aber die Spanne war zu kurz. In diesem Chaos konnte er nicht viel erreichen, da hätte sich Lupina schon direkt in seiner Nähe aufhalten müssen.

Als ihm eine kleine Atempause vergönnt war, zog er die Dämonenpeitsche. Er schlug einen Kreis über den Boden, und im nächsten Augenblick rutschten die drei Riemen aus der Öffnung.

Diese Waffe war Gold wert, das merkte der Chinese schon bald, als ein Werwolf ihn angriff.

Halbhoch schlug Suko zu. Die Riemen wickelten sich um den Körper der Bestie und entfalteten ihre zerstörerische Kraft. Der Wolf heulte schaurig auf. Er konnte sich nicht mehr auf den Beinen halten und brach zusammen.

Suko riss die Peitsche wieder an sich.

Noch immer wogten die Leiber um ihn herum, und dann hörte er auch die ersten Schüsse. Einigen befreiten Gefangenen musste es gelungen sein, sich zu bewaffnen.

Das hatte noch gefehlt. Wie leicht konnten Unschuldige getroffen werden, und den Werwölfen war mit normalen Bleimantelgeschossen sowieso nicht beizukommen. Nur, wer sagte das den Männern?

Da sah Suko innerhalb des Chaos eine zierliche Gestalt. Jovanka!

An sie hatte er nicht mehr gedacht. Er glaubte auch, das Messer in ihrer Hand zu sehen, und musste gleichzeitig mit ansehen, wie Jovanka von einer Bestie angegriffen und zu Boden geschmettert wurde.

Dem Chinesen blieb fast das Herz stehen. Gegen einen Werwolf hatte Jovanka nicht die geringste Chance, auch nicht mit ihrem Messer.

Die Bestie hatte sich auf sie geworfen. Ihr Kopf näherte sich der Kehle des Mädchens.

Suko schlug sich den Weg frei. Ihm blieben nur Sekunden, noch wehrte Jovanka sich. Sie bewegte ihren Körper wild, drosch um sich und blieb nicht still liegen, denn dann hätte sie dem Werwolf die Chance gegeben, sie zu töten.

Ein paar Mal traf sie die Bestie sogar mit dem Messer. Sie schlitzte Fell auf, Blut floss, aber das Tier ließ nicht von seinem Opfer ab. Jovanka sollte sterben.

Und dann war Suko da. Er nahm weder die Beretta, noch setzte er den Stab ein. Für ihn reichte die Dämonenpeitsche. Damit griff der Chinese an.

Er schlug schräg von oben nach unten. Die Riemen pfiffen durch die Luft, und sie sägten förmlich in die Gestalt der unheimlichen Bestie hinein.

Der Werwolf heulte schrecklich. Er war tödlich getroffen, rollte sich herum und gab den Körper der jungen Russin frei.

Rauch stieg aus seinem Fell, das mittlerweile eine graue Färbung angenommen hatte und auch abfiel.

Jovanka schaute zu, aber Suko wollte hier keine Wurzeln schlagen. Er zog die Russin hoch.

»Was fällt dir eigentlich ein!«, fuhr er sie an. »Du kannst dich doch nicht in den Kampf einmischen.«

»Ich will Lupina!«

»Unsinn, die ist stärker. Lauf jetzt weg und warte auf uns, zum Teufel!«

»Und wohin?«

Suko überlegte. »Da stand doch ein Wagen in der Nähe des Postenhauses. Erinnerst du dich?«

»Ja.«

»Da laufe hin und warte dort auf uns.«

»Und ihr?«

»Wir kommen schon.«

Sie nickte. Suko drängte sie weg, damit sie endlich aus der Gefahrenzone verschwand.

Sie hatte Lupina töten wollen. Eine Illusion. Die Königin der Wölfe hätte sie zerrissen.

Inzwischen war es nicht mehr so schlimm. Das Chaos hatte sich etwas gelichtet.

Dafür wurde geschossen.

Fahle Mündungslichter leuchteten dort auf, wo sich die Baracken der Wärter befanden. Der Chinese ging in Deckung, denn die Kugeln pfiffen gar nicht mal so weit an seinem Kopf vorbei. Die Gefangenen schossen auf die Wölfe. Manche wurden getroffen. Sie zuckten, stolperten manchmal, aber sie liefen weiter.

Und dann hörte Suko etwas anderes. Ein Geräusch, das er eigentlich schon vermisst hatte.

Alarmsirenen und das Knattern von Hubschraubern.

Die Behörden hatten Verdacht geschöpft. Jetzt ging es um jede Sekunde ...

Für mich schien die Zeit stillzustehen. Das Chaos um mich herum war gar nicht mehr vorhanden, ich sah nur die aufgerissene Schnauze der Bestie und die beiden Kieferhälften mit den gefährlichen Reißzähnen.

Sie würden mich töten.

Da peitschte ein Schuss.

Ich sah, wie der Kopf des auf mir hockenden Wolfs zerschmettert wurde.

Der Werwolf kippte zur Seite, und dann hörte ich einen zweiten Abschuss.

Auch die andere Bestie wurde getroffen. Wieder zerstörte die Silberkugel den Schädel.

Ich war frei.

Aber wo steckte mein Retter?

Ich schaute mich um, weil ich Suko suchte. Von dem war

nichts zu sehen, trotzdem hatte jemand geschossen, und plötzlich fiel mir meine Beretta in den Schoß.

Buchstäblich vom Himmel kam sie. Dann hörte ich ein leises Lachen, und eine Stimme sagte: »Gut gemacht, Kollege.«

Ich fuhr herum.

Nichts zu sehen.

Da wollte mich einer auf den Arm nehmen, denn ich bildete mir die Stimme wirklich nicht ein, sie war tatsächlich vorhanden gewesen, und mich hatte auch jemand gerettet. Beide Werwölfe waren durch geweihte Silberkugeln getötet worden. Ich hatte sie fallen sehen, doch meinen Lebensretter entdeckte ich nicht.

Ich kam wieder auf die Beine.

Natürlich blieb der Auftrag. Ich wollte Lupina haben, doch sie war nicht zu sehen.

Irgendwie hatte sich alles verlagert, und als eine Kugel dicht an meiner Schulter vorbeipfiff, ging ich erst einmal zu Boden.

Die befreiten Gefangenen drehten durch. Die Männer hatten sich Waffen besorgt und schossen nun auf alles, was sich bewegte. Auch nicht gerade die feine englische Art.

Ich überrollte mich ein paar Mal am Boden. Die Werwölfe jagten über den Platz. Einen sah ich besonders gut. Er hielt einen schreienden Mann umklammert und zog ihn wie ein Bündel Lumpen hinter sich her.

Der Mensch hatte gegen die Bestie keine Chance. Dieser Werwolf würde ihn ohne Erbarmen töten.

Und dagegen hatte ich einiges.

Ich richtete mich auf die Knie, hob meinen rechten Arm und stützte das Gelenk mit der linken Hand ab. Jetzt musste ich haargenau zielen.

Der Schuss!

Fahl leuchtete es vor der Mündung auf. Für Büchsenlicht

sorgte der Mond, und die Kugel traf. Sie hieb in den Körper der laufenden Bestie und entfachte voll ihre zerstörerische Kraft. Der Werwolf torkelte noch zwei, drei Schritte voran, dann verließen ihn die Kräfte, und er sackte zusammen.

Wuchtig prallte er zu Boden, wobei er noch um sich schlug und die Erde aufriss. Sein Opfer aber ließ er los. Der Mann merkte gar nicht, dass er nicht weitergezerrt wurde. Er blieb auf dem Rücken liegen und schrie.

Ich atmete auf.

Einen hatte ich gerettet. Leider wusste ich nicht, wie viele Menschen sich noch in den Klauen der Bestien befanden oder bereits von ihnen getötet worden waren.

Etwas behäbig stand ich auf, weil ich mich umsehen wollte. Es herrschte noch immer ein Durcheinander, aber das große Chaos war vorbei.

Meinen Retter sah ich nicht. Suko war es nicht gewesen, ihn hätte ich entdeckt. Zudem war aus meiner eigenen Beretta geschossen worden, die mir aus der Hand gefallen war. Wer also hatte mich vor dem Tod bewahrt?

So sehr ich auch nachschaute und überlegte, ich kam zu keinem Ergebnis. Irgendwelche Kräfte aus dem Unsichtbaren mussten eingegriffen haben, eine andere Alternative gab es für mich nicht. Es war müßig, sich weiterhin darüber Gedanken zu machen. Die Gegenwart interessierte mich mehr.

Das Mondlicht war zwar nicht so hell wie ein Scheinwerfer, doch es reichte aus, um einigermaßen sehen zu können.

Die meisten Gefangenen hatten sich in die Baracke der Wächter zurückgezogen. Dort splitterten Scheiben, sie hatten sich verbarrikadiert, um den Angriff der Werwölfe abzuwehren, denn auch die Bestien wussten genau, wohin sie sich zu wenden hatten.

Ein paar Männer waren tot.

Ich sah sie auf der harten Erde liegen. Bewegungslos, mit

tödlichen Verletzungen. Sie waren den Bestien nicht mehr entkommen, die sich in einem wahren Blutrausch befunden hatten.

Meine Kehle wurde trocken, als ich die Opfer sah. Nur von Lupina entdeckte ich nichts.

Hatte sie sich nach dem halben Sieg feige zurückgezogen und den anderen das Feld überlassen?

Fast sah es mir so aus. Ich knirschte wütend mit den Zähnen. Wären die Gefangenen nicht freigekommen und hätte es durch sie nicht das Chaos gegeben, dann wäre uns Lupina sicherlich in die Hände gefallen. Uns?

Mein Gott, wo steckte Suko?

Obwohl ich den Platz vor den Lagerbaracken absuchte, hatte ich den Chinesen nicht gesehen. Ich wollte es riskieren und seinen Namen rufen, als wieder Schüsse peitschten.

Das geschah in meinem Rücken. Ich drehte mich um und sah die Mündungslichter aus den Fenstern der Baracke blitzen. Schattenhafte Gestalten taumelten, als sie von den Kugeln getroffen wurden, sie starben allerdings nicht.

Diese Bestien waren wirklich immun gegen Bleigeschosse.

Aber noch ein anderes Geräusch vernahm ich. Ein Dröhnen. Es war ein Hubschrauber. Irgendwie musste man an anderer Stelle bemerkt haben, dass in diesem Lager etwas nicht stimmte, und man hatte reagiert. Auch vernahm ich das Heulen von Sirenen. Sicherlich fuhren dort Einsatzwagen, die die Hubschrauber begleiteten.

Für mich wurde es Zeit zu verschwinden.

Und Suko?

»John!«

Vor Freude übersprang mein Herz fast einen Schlag. Ich hatte die Stimme des Chinesen gehört. Rechts von mir war sie aufgeklungen. Ich drehte mich um und sah meinen Freund. Geduckt hetzte er auf mich zu.

»Wir müssen weg!«, rief er, noch bevor er mich erreicht hatte. »Los, John.«

»Und wohin?«

»Ich habe das Mädchen zu diesem Wagen geschickt. Es ist unsere einzige Chance. Wenn die Hubschrauber erst einmal hier sind ...«

Suko brauchte nichts mehr zu sagen. Ich sah es selbst, denn die fliegenden Riesenlibellen waren mit Suchscheinwerfern ausgerüstet.

Gewaltige, lange helle Finger stachen aus der Luft dem Boden entgegen und machten die Nacht zum Tag. Noch hatten die Maschinen ihr eigentliches Ziel nicht erreicht, doch es konnte höchstens noch eine halbe Minute dauern, dann waren sie da.

Wir befanden uns in einem fremden Land, ohne jegliche Unterstützung. Wenn man uns hier lebend erwischte, dann würden wir für alle Zeiten irgendwo verschwinden.

Und das sollte auf keinen Fall passieren.

Wir rannten los ...

Zweimal hätten sie Jovanka fast erwischt. Nur im letzten Augenblick konnte sie den Werwölfen entkommen, indem sie sich zu Boden warf und hinter einem Busch Deckung suchte.

Dann erreichte sie den Wagen.

Jovankas Herz hämmerte. Ihr schmales Gesicht glänzte schweißnass, aber noch immer lag der entschlossene Ausdruck in ihren Augen. Sie hatte nicht damit gerechnet, dass es einmal so schlimm werden würde, an Aufgabe dachte sie allerdings nicht.

Nein, sie wollte weitermachen.

Der Wagen stand gut getarnt. Um ihn zu starten, brauchte

man aber einen Zündschlüssel. Und den besaß das Mädchen nicht. Sie suchte das Armaturenbrett ab, ohne den Schlüssel zu finden.

Vor Enttäuschung schluchzte sie auf. Alles war vorhanden, sogar zwei große Reservekanister mit Benzin, die man außen am Wagen angebracht hatte, nur kein Schlüssel.

Ihre Panik dauerte nicht einmal zehn Sekunden. Jovanka war durch eine harte Schule gegangen, und ihr Bruder hatte sie gelehrt, niemals aufzugeben, war die Lage auch noch so kritisch. An diese Worte musste sie wieder denken, als sie hinter dem Lenkrad hockte und verzweifelt nachdachte.

Vielleicht konnte man den Wagen kurzschließen. Jovanka wusste, dass es so etwas gab. Und sie hatte auch schon zugesehen, wie vor einiger Zeit ihr Bruder so etwas gemacht hatte.

Wie war das nur gewesen?

Die junge Russin überlegte fieberhaft. Dabei schlugen ihre Gedanken Purzelbäume. Für sie war es schwer, sich zu konzentrieren. Sie vergegenwärtigte sich die Szene noch einmal genau und dachte daran, dass ihr Bruder sich damals gebückt und unter dem Armaturenbrett herumgewerkelt hatte.

Dort musste es Kabel oder Ähnliches geben, die für eine erfolgreiche Ausführung wichtig waren.

Ihre Finger zitterten. Hinzu kam die Dunkelheit, und eine Lampe besaß sie nicht. Schon bald war sie in Schweiß gebadet. Die Angst, es nicht zu schaffen, erzeugte bei ihr Magendrücken. Sie riss an mehreren Drähten, führte sie auch zusammen, doch ein Erfolg war ihr nicht vergönnt.

Sie betete flüsternd. Wieder versuchte sie es mit anderen Drähten, hielt sie gegeneinander und sah manchmal Funken sprühen, die blauweiß schimmerten.

Jovanka war so in ihre Aufgabe vertieft, dass sie die Gefahr nicht bemerkte.

Drei Werwölfe schlichen sich an.

Einer davon war Lupina. Sie hatte sich jetzt auch ganz verwandelt. Das blonde Haar war zu auffällig gewesen, und dennoch stach sie von den anderen ab. Irgendwie schimmerte ihr Fell heller als das ihrer beiden Begleiter.

Sie ging auch in der Mitte. Zu ihrer Rechten schritt Oleg Brassow. Rock Dale war tot, sie hatte ihn opfern müssen, aber Brassow sollte an ihrer Seite bleiben.

Der andere gehörte zu den ehemaligen Wärtern. Seine Schnauze war blutverschmiert. Immer wieder schaute er sich um und keuchte.

Lupina war längst klar geworden, dass sie nur einen Teilsieg errungen hatte, wenn nicht sogar eine Niederlage daraus geworden war. Deshalb kam es jetzt darauf an, sich gut und vor allen Dingen rasch aus der Affäre zu ziehen. Dieses überraschende Auftauchen der Gefangenen hatte überhaupt nicht in ihren Plan gepasst, und sie dachte noch immer darüber nach, auf welches Ereignis dies zurückzuführen war.

Jetzt sah sie das Mädchen.

Jovanka hockte noch immer im Wagen und bemühte sich verzweifelt, ihn zu starten. Sie machte sich dabei bittere Vorwürfe, dass sie damals nicht besser aufgepasst hatte.

Wenn sie wollten, dann verstanden es die Bestien, sich lautlos zu bewegen.

Lupina sagte auch nichts, sie gab nur ein Zeichen. Die Bestie mit der blutigen Schnauze schlich voran. Lupina und Brassow hielten sich zurück. Die Wölfin sicherte nach hinten, denn sie wollte keine Überraschungen erleben.

Drei Schritte nur trennten Brassow von dem Wagen.

In diesem Augenblick richtete sich Jovanka auf.

»Ich schaffe es nicht«, flüsterte sie. »Verdammt, ich schaffe es …«

Da packte die Bestie zu.

Jovanka merkte erst etwas, als sich die beiden Pranken um ihre Kehle legten, die Haut aufrissen und zudrückten. Ihr Schrei erstickte schon im Ansatz, und dann wurde sie mit großer Gewalt aus dem Wagen gerissen.

Sie fiel.

»Ja, töte sie!«

Lupina hatte den Befehl gegeben, und dem Mädchen wurde klar, dass sie nicht die Werwölfin besiegen würde, sondern es umgekehrt war. Und das konnte sie kaum fassen. Wilde Angst stieg in ihr hoch.

Im selben Augenblick war auch Brassow da, der mit eisenhartem Griff ihre Füße packte und sie hochhob. Die beiden Bestien wollten Jovanka in ein Gebüsch schleppen, um sie dort zu töten.

Nur ein Wunder konnte die junge Russin noch retten.

Und dieses Wunder geschah!

Man hatte Jovanka zwar die Kehle zugedrückt, doch sehen konnte sie noch immer.

Und sie sah den Knüppel.

Nur ein Teil von ihm war zu erkennen, ein abgebrochener Ast, aber er schwebte in der Luft, und er raste plötzlich mit ungeheurer Wucht nach unten.

Zuerst hatte Jovanka Angst, dass er ihr Gesicht treffen würde. Erst als sie das Klatschen hörte und auch den wütenden Schrei der Bestie vernahm, da wusste sie, dass der in der Luft schwebende Hartholzknüppel das Gesicht ihres Gegners getroffen hatte.

Der war so überrascht, dass er Jovanka losließ. Sie schlug zu Boden, während der andere Werwolf ihre Beine noch festhielt. Und schon wuchtete der Knüppel auf ihn zu.

Abermals ein Treffer!

Der Wolf heulte auf, denn er hatte den Schlag genau auf die Schnauze bekommen. Er ließ Jovanka los und drehte sich knurrend im Kreis. Das Mädchen reagierte instinktiv richtig und kroch aus der Gefahrenzone.

Die junge Russin hatte keine Ahnung von Mark Baxter. Sie wusste nichts von dem Mann, der sich unsichtbar machen konnte, sie glaubte wirklich an ein Wunder.

Da sah sie ihr Messer.

Sie hatte es im Wagen liegen gelassen, aber jetzt fegte die Klinge durch die Luft und wuchtete in die Brust der Wölfin. Davon wurde selbst Lupina überrascht. Sie torkelte und hatte Mühe, auf den Beinen zu bleiben. Weit öffnete sie ihr Maul. Ein gefährliches Fauchen drang daraus hervor, und ihre beiden Helfer standen konsterniert auf dem Fleck. Sie wussten nicht, wie sie sich verhalten sollten.

Das Erscheinen dieses unsichtbaren Gegners hatte auch sie völlig verwirrt.

Jovanka hörte die Stimme. »Bleiben Sie liegen, Mädchen. Rühren Sie sich nicht.«

Die Russin nickte automatisch. Sie dachte auch nicht mehr nach. Ihr war alles egal.

Aber Lupina nicht.

Mit beiden Pranken riss sie sich das Messer aus der Brust. Sie schrie dabei und hob den rechten Arm, um es auf Jovanka zu schleudern.

Da war plötzlich die Klammer. Unsichtbare Hände pressten ihr Gelenk zusammen und bogen den Arm nach hinten. Lupina war so überrascht, dass sie die Waffe fallen ließ. Sie selbst ging zurück und hörte auch das Geräusch der anfliegenden Hubschrauber sowie das schrille Jaulen der Sirenen.

Und da kamen zwei Männer.

Die Werwölfin sah ihre Gestalten. Sie riss ihr Maul auf und brüllte: »Sinclair!«

Ich hatte den Ruf vernommen. Die Stimme kannte ich nur zu gut, so unterbrach ich meinen Lauf.

Auch Suko blieb stehen.

Wir hatten wirklich alles aus uns herausgeholt und waren wie die Wilden gerannt.

Wenn es für uns noch eine Chance gab, zu entkommen, dann mit dem Wagen.

Dass wir dabei auf Lupina treffen würden, damit hatten wir nicht gerechnet.

Aber nicht nur sie war da. Auch zwei andere Bestien hielten sich in ihrer Nähe auf.

»Tötet ihn!«, geiferte Lupina und zog sich danach blitzschnell zurück, weil sie selbst kein Ziel bieten wollte.

Feige war sie auch.

Die beiden Bestien teilten sich die Arbeit. Ein Wolf griff mich an, der andere Suko.

Ich hatte den größeren der beiden vor mir. Eine unheimliche Gestalt mit schwarzem Fell, das sich gesträubt hatte. Hell blitzten die Reißzähne im rötlichen Schlund des Rachens. Ich durfte die Bestie nicht an mich herankommen lassen, sonst war ich verloren.

Die Beretta ließ ich stecken und nahm den Dolch. Vor meiner Brust hing noch das Kreuz. Um den Werwolf mit ihm angreifen zu können, hätte ich erst die Kette über den Kopf streifen müssen.

Die Zeit drängte. Jede Sekunde war wichtig. Die Bestien durften uns nicht aufhalten.

Er sprang.

Werwölfe machen immer den gleichen Fehler. Sie verlassen sich zu sehr auf ihre urwüchsige Kraft und kennen keinerlei Kampftechnik. Das Manko nutzte ich aus.

Der Dolch war unterwegs, als sich die Bestie in der Luft befand. Und er traf.

Hart hieb er in die Kehle des Monsters. Ich musste schnell weg, sonst hätte er mich mit seinem Gewicht noch erwischt und zu Boden gerissen. In der Bewegung hielt ich nach Lupina Ausschau. Sie stand als Nächste auf meiner Liste, doch von der Wölfin war nichts mehr zu sehen.

Dafür sah ich Suko.

Er hatte bereits den zweiten Werwolf erledigt. Die drei Riemen der Dämonenpeitsche hatten der Bestie fast den Kopf von den Schultern gerissen. Aus seinem Körper stieg der Rauch in dicken, langen Streifen, die in der Luft zerfaserten.

Das war's!

Der von mir erledigte Werwolf war auf den Bauch gefallen. Mit dem Fuß drehte ich ihn um und nahm meinen Dolch wieder an mich. Um Lupina konnten wir uns nicht mehr kümmern, denn wir mussten wirklich weg. Soeben landeten die Hubschrauber.

Das Gelände vor den Baracken schien im gleißenden Licht zu explodieren. Gestalten sprangen aus den Helikoptern und huschten vor.

Sie würden gegen die Bestien ankämpfen müssen und noch schwere Arbeit bekommen. Das allerdings sollte nicht mein Bier sein. Unsere Aufgabe war erledigt, wenn auch nur halb, wie ich ehrlich eingestehen musste.

Auf einmal sprang der Wagen an.

Niemand von uns, selbst Jovanka nicht, hatte mitbekommen, wie so etwas möglich gewesen war.

Zauberei?

Ich machte mir darüber keine Gedanken, sondern packte das Mädchen und hievte es auf den Rücksitz. Suko nahm neben mir Platz. Ich wollte fahren.

»Nehmt mich doch auch mit!«, hörte ich plötzlich hinter mir eine Stimme, und Jovanka schrie erschreckt auf.

Zwei Sekunden saß ich bewegungslos. Ein kalter Schauer rieselte über meinen Rücken.

Dann gab ich Gas!

Wir kamen tatsächlich weg.

Und der Geländewagen war Spitze. Jovanka, die sich wieder einigermaßen gefangen hatte, leitete uns sicher durch die Dunkelheit. Zum Glück kannte sie die schmalen Pfade durch den Wald, so brauchten wir nicht auf den Betonpisten zu bleiben.

Zurück blieb ein Chaos.

Noch sehr lange hörten wir das Knattern der Hubschrauber. Sie flogen ununterbrochen. Im Lager musste weiterhin die Hölle los sein.

Erst als sich kein Tropfen Sprit mehr im Tank befand, mussten wir stoppen. Das geschah bereits in der Nähe der großen Sümpfe und Wasserläufe. Suko und ich sprangen aus dem Fahrzeug und lösten einen der außen angebrachten Reservekanister.

Dann füllten wir nach.

Als der erste Kanister leer war und ich ihn in ein Gebüsch schleuderte, geschah es.

Plötzlich versteifte sich Jovanka, denn wie auch ich sah sie, dass auf dem Sitz hinten etwas zu flimmern begann.

Und dann saß plötzlich ein Mann dort.

Blitzschnell hielt ich die Waffe in der Hand und zielte auf den Unbekannten.

Der grinste und hob beide Hände. »Wollen Sie wirklich Ihren Lebensretter erschießen, John Sinclair?«

»Lebensretter?«

»Ja, erinnern Sie sich nicht? Wer hat denn die beiden Werwölfe erledigt, die Sie umbringen wollten?«

Ich schaute ihn an, dann Suko, doch der Chinese hob nur die Schultern.

»Wer sind Sie?«, fragte ich nach einer Weile.

»Mein Name ist Mark Baxter.«

»Und?«

»CIA.«

Da ging bei mir ein Kronleuchter auf. Ihn hatte der amerikanische Geheimdienst also geschickt. Einen Mann, der sich unsichtbar machen konnte?

Ich hatte viel erlebt, wirklich, Freunde, aber das war mir doch ein Rätsel. Ziemlich belämmert musste ich aus der Wäsche geschaut haben, denn der braunhaarige Agent lachte.

»Kommen Sie, John, wir müssen weiter. So schön dieses Land auch ist, für immer möchte ich nicht hier bleiben.«

»Ja, Sie haben recht.«

Ich fuhr wieder an, nachdem Suko auch den zweiten Kanister in den Tank geleert hatte.

Unterwegs berichtete Baxter. Er war ebenfalls auf den neuen russischen Langstreckenbomber angesetzt worden. Im Gegensatz zu Clive Denver hatte er die Aufnahmen. Natürlich tat es ihm leid, dass er uns ungewollt ins Handwerk gepfuscht hatte, indem er die Gefangenen befreite. Doch das hatte er nicht wissen können.

Wir hatten es auch so geschafft.

Mit dem Sprit kamen wir fast bis zu unserem Boot. Den Rest – zwei Meilen vielleicht – mussten wir uns zu Fuß durchschlagen.

Dann tuckerten wir wieder über das Mündungsdelta des großes Flusses. Von Verfolgern sahen wir nichts. Die hatten im Lager genügend zu tun. Mehr als einmal stellte ich mir die Frage, wie es dort wohl aussehen würde. Mir war jedoch klar, dass ich es nie erfahren würde. Denn die Russen würden auf keinen Fall die Existenz von Werwölfen zugeben.

Wir konnten allerdings aus diesem Fall noch eine zweite Lehre ziehen. Für Dämonen, ganz gleich welcher Art und Beschaffenheit, gab es keine Grenzen, keine Eisernen Vorhänge. Sie waren wirklich im wahrsten Sinne des Wortes international.

Hoffentlich hatte der Pilot richtig reagiert und war zurückgekommen.

Als die Sonne langsam aufging, sahen wir nicht nur ihren fahlen Schein, sondern auch die ersten grauen Wolken.

»Das gibt Schnee«, sagte Jovanka.

Sie hatte recht. Zehn Minuten später fielen bereits die ersten Flocken. Erst nur wenige, dann wurden es immer mehr, und wenig später hüllte uns ein weißer Wirbel ein.

Wir hatten längst angelegt und warteten auf die Maschine. Jovanka wollte nicht mit.

Als ich sie noch einmal darauf ansprach, sagte sie: »Nein, Russland ist meine Heimat. Ich bleibe hier. Und vielleicht kann ich euch hier nützlicher sein als im Westen.«

Wenn man es so sah, dann hatte sie recht.

Sie wollte auch nicht mehr bei uns bleiben. Stürmisch umarmte sie mich und flüsterte mir ins Ohr, sodass die anderen es nicht hören konnten: »Es war schön mit dir, John. Ich würde gern noch einmal mit dir in die Sauna gehen.«

»Ich auch«, erwiderte ich leise und gab ihr einen Kuss.

Sie verabschiedete sich von Suko und Mark Baxter. Über seine Fähigkeiten würde sie kein Wort verlieren. Dann drehte sie sich um und ging. Wir schauten ihr so lange nach, bis der weiße Flockenwirbel sie verschluckt hatte.

»Ein mutiges Mädchen«, sagte Baxter.

Ich nickte. »Ja, das ist sie.«

Mit einer zweistündigen Verspätung traf die Maschine ein. Wir waren schon fast zu Schneemännern geworden, als wir das Brummen vernahmen. Dann tauchte ein Schatten aus dem

Schneevorhang auf. Die Maschine landete auf dem See. Wasser gischtete hoch, der Ausstieg wurde geöffnet. Wir mussten durch das Wasser.

Ich ging als Erster.

Wieder sah ich die Leiter. Der Pilot grinste mich an. Durch den Schneevorhang konnte ich sein Gesicht kaum sehen, glaubte aber, dass es ein anderer war.

Auch egal.

Ich stieg die Sprossen hoch.

Und da sah ich die Waffe. Der Pilot hielt sie in seiner rechten Hand, die zu einer Pranke geworden war. Über der ausgestreckten Hand erkannte ich auch das Gesicht.

Es gehörte einem Werwolf!

In dieser einen Sekunde machte ich Schreckliches durch. Ich empfand Angst, Entsetzen, Resignation …

Dann peitschte der Schuss.

Ich hatte erwartet, dass mir die Kugel den Kopf zerschlagen würde, doch das geschah nicht. Dafür sackte der Pilot auf dem Sitz zusammen. Aus der klaffenden Wunde in seinem Gesicht lief das Blut.

Suko hatte geschossen.

Fast wäre ich in den See gefallen, so sehr zitterte ich.

»Schmeiß ihn raus!«, sagte der Chinese. »Oder willst du hier festwachsen?«

»Nein.« Ich packte zu und wuchtete Clive Denvers letztes Opfer an mir vorbei. Es klatschte, als der Tote im See verschwand. Für uns war der Weg frei.

Wir losten aus, wer flog. Es traf Mark Baxter. Er verstand etwas davon und zog den Vogel sicher hoch. Wir stießen hinein in die graue Schneewand, gingen auf Höhe und mussten nur noch nach den Instrumenten fliegen, da ein Sichtflug so gut wie unmöglich war. Auch konnten wir nicht höher als die Schneewolken. Die Motoren wären zu schnell vereist.

Nie war mir ein Flug so lang vorgekommen. Aber wir schafften es.

Im Westen klarte der Himmel auf, so als wäre es symbolisch gemeint. Denn dort lag die Freiheit.

Auch für uns …

ENDE

Jason Dark lässt wieder das Blut gefrieren

Jason Dark
DIE SCHÖNE AUS DEM
TOTENREICH
Horror
416 Seiten
ISBN 978-3-404-73976-9

Der Kampf in Atlantis geht weiter, und John Sinclair muss sich gegen die Mächte der Dunkelheit behaupten. Mit Arkonda, dem uralten Magier, ist ein neuer Feind auf den Plan getreten …

Bastei Lübbe Taschenbuch